MARTIN JENNI

AUFGEGABELT

Ausgabe 2021

Stimmungsvolle Beizen
Authentische Produkte
Besondere Retreats

Über 600 Adressen in der Schweiz

at VERLAG

Innerhalb der Kapitel sind die Adressen bis auf wenige Ausnahmen nach den Postleitzahlen geordnet.

Titel in Rot bezeichnen Beizen, die in Schwarz Einkaufsadressen.
In Blau stehen am Ende der Kapitel jeweils ausgewählte Übernachtungsadressen. Die Auszeichnungen 2021 sind in Orange gehalten.

Wichtiger Hinweis
Da die Öffnungszeiten vieler der hier vorgestellten Betriebe unregelmässig und Änderungen unterworfen sind, wird auf eine Angabe dazu verzichtet. Bitte konsultieren Sie vor einem Besuch stets die jeweilige Website oder fragen Sie telefonisch nach.

Inhalt

Einfach schmeckt besser

Martin Jenni hat es geschafft. Niemand sonst hat es je fertig gebracht, dass ich Blut- und Leberwürste esse. Die «Premiere» fand an einem stimmungsvollen Ort mit grandiosen Würsten und der ansteckenden Essenslust der Gäste statt. Ich war und bin immer noch begeistert von den Empfehlungen, die ich in den Büchern von Martin Jenni lese. Die Schweiz ist eine Schlaraffia. Ihre kulinarische Vielfalt und ihre innovativen wie auch traditionellen Gerichte lassen mich schwelgen. Wer auf Entdeckungsreise geht, wird reich belohnt, vorausgesetzt, er weiss, wie suchen und wo finden. Denn schwarze Schafe gibt es genug, die das Spezielle versprechen und mit Convenience Food tricksen. Das ist eine Gastronomie, wie sie Marketingfachleute konzipieren. Herzblut und Echtheit findet man dort nicht. Stattdessen unser aller Tomaten-Mozzarella-Salat, der so schmeckt, wie ihn die Industrie für uns uniformiert. Nur mit Tomaten hat das nichts mehr zu tun. Wer dieser Art von Kulinarik fern bleiben will, liest in «Aufgegabelt» von Martin Jenni nach. Wohl niemand kennt die kulinarische Schweiz so gut wie er. Er ist ein Garant für eine genussvolle Orientierung. Von Trends und Modeluftblasen hält er nicht viel. Zum Glück ist er allergisch darauf. Sein Antrieb, immer wieder das «Echte» zu suchen, ist seine eigene, ungebändigte Lust am Genuss. Seine Trouvaillen haben allesamt eine Gemeinsamkeit: Es stehen Menschen dahinter, die ihr Handwerk mit Leidenschaft leben.
Wer die Schweiz und ihre kulinarischen und gastronomischen Schätze liebt, erhält von Martin Jenni ungeschminkte Beschreibungen von dem, was ist. Seine Sprache ist so wie seine Persönlichkeit, und die Oasen, die er beschreibt, sind voller Ecken und Kanten.

Dani Fohrler, Schweizer Radiomoderator

Beseelte Orte für kulinarische und geistige Nahrung

Sie halten den Guide «Aufgegabelt» 2021 in den Händen. Es ist eine spezielle Ausgabe mit vielen neuen Adressen (über 70), die wir durch den Winter, im Vorfrühling und im Sommer kurz vor Drucklegung entdeckt haben. Wie immer stellen wir keine überkandidelten Häuser vor, sondern Oasen, die Freude bereiten und in denen die Unkompliziertheit wichtiger ist als die Etikette. Orte, an denen sich Gast und Gastgeber mit einem Lächeln auf Augenhöhe begegnen. Dieser Führer straft nicht ab und pflegt keine Lobhudelei, vielmehr erzählt er Geschichten von Momentaufnahmen, die einen Einblick geben, was der Gast und Kunde erwarten darf. Eindrücke, die bei einem Besuch entstanden sind. Eine Garantie, dass es immer so ist, wie hier beschrieben, gibt es nicht, muss es auch nicht geben.
«Aufgegabelt» erhebt keinen Anspruch auf Vollständigkeit, was bei solch einer subjektiven Auswahl auch gar nicht möglich ist. Bei den vielen Guides, Apps, Blogs und Kritikern, die sich im kulinarischen Haifischbecken des Internets tummeln, sind wir, Verlag, Jury und ich, einen Schritt weiter gegangen. Seit der Ausgabe 2019 küren wir jährlich sechs spezielle Häuser und ihre Macher in den jeweiligen Sparten «Beiz», «Newcomer», «Lebenswerk», «Die etwas andere Beiz», «Unter einem Dach» und «Einkauf» zur Adresse des Jahres.
Leider haben wir uns von zahlreichen Persönlichkeiten verabschieden müssen, die nach der Covid-19-Zwangspause ihre Beizen geschlossen halten. Ich denke da ans wundervolle «Gasthaus im Feld» in Gurtnellen oder an meine Appenzeller Lieblingsbeiz «Sonder» von Urgestein Sepp Kölbener. Hoffen wir auf ein gesundes 2021.
Falls Sie Lust oder Interesse verspüren, mit dem Autor in Kontakt zu treten, mit ihm bei einem Glas über die kulinarische Landschaft der Schweiz zu diskutieren, dann besuchen Sie ihn doch im «Engel» in Rodersdorf an der Grenze zum Elsass. Details dazu lesen Sie auf der Seite 17.
Viel Vergnügen beim Lesen und Ausprobieren – und denken Sie daran: Wir erscheinen jährlich.

Martin Jenni, Autor

Die Auswahlprinzipien

Alle Adressen werden anonym getestet.

Die Auswahl erfolgt subjektiv und erhebt keinen Anspruch auf Vollständigkeit.

Besuchte Adressen, die nicht den Vorstellungen des Autors und der Scouts entsprechen, werden ihm Guide nicht aufgeführt. Eigenheiten oder Unzulänglichkeiten der beschriebenen Adressen werden je nachdem erwähnt. Die Adressen und ihre Macher sind so beschrieben, wie sie vom Autor und seinen Scouts persönlich wahrgenommen werden.

Die Prämierung erfolgt jährlich in sechs Sparten durch die Abgabe der Stimmen der Jury, die eine Vorsondierung trifft und in einer zweiten Phase die sechs Preisträger durch Mehrheitsentscheid wählt. Wichtige Kriterien sind dabei der Gesamteindruck des Hauses, die Qualität des Angebots und die Freundlichkeit und Kompetenz der Gastgeber.

Folgende Symbole bezeichnen **Adressen, die im Speziellen herausragen:**

Lieblingsadressen des Autors

Leichte und innovative, zum Teil moderne Küche

Küche zwischen Tradition und Innovation, saisonal und regional

Ein durchdachtes, stimmiges, nicht alltägliches Weinangebot.

NEU Neu in dieser Ausgabe

AWARD 2021 Auszeichnung 2021

Die Jury

Claudia Link
Die studierte Künstlerin, eidgenössisch diplomierte Fotodesignerin und freischaffende Fotografin hat ein Faible dafür, kulinarische Themen ins rechte Licht zu rücken. Ihre Fotografien wecken den Appetit, ihre Reportagen das Reisefieber. Sie sitzt gerne in der Beiz, mit und ohne Kamera, und weiss ein Ochsenkotelett genauso zu schätzen wie Linguine con Barba di Frate.

Kathrin Horn
Die freischaffende Grafikerin, Fotografin und Illustratorin hat in über fünfzehn Jahren schon viele Gastronomen und ihre Lokale abgelichtet. Sie ist eine ambitionierte, kräuteraffine Hobbyköchin und Verfechterin der «Nose to tail»-Philosophie. Sie ist für nahezu jedes kulinarische Experiment fernab von Massenproduktion zu haben. Ihre Produkte kauft sie lokal und direkt bei den Erzeugern ein.

Rudolf Trefzer
Der Historiker ist Publizist, Buchautor und Mitarbeiter von Radio SRF 1. Er befasst sich schwerpunktmässig mit Themen der Koch-, Ess- und Trinkkultur. Sein jüngstes Buch «Klassiker der Kochkunst. Die fünfzehn wichtigsten Rezeptbücher aus acht Jahrhunderten» handelt von Kochbüchern, welche die europäische Küchenkultur seit dem Mittelalter geprägt und verändert haben. Er steht täglich selbst in der Küche und isst grundsätzlich alles, ausser Randen und Kohlrabi.

Urs Hunziker
Der studierte Naturwissenschaftler arbeitet seit über drei Jahrzehnten für den AT Verlag und steht seit 30 Jahren an dessen Spitze. Er liebt nicht nur inspirierende Kochbücher, sondern mag auch eine unprätentiöse, fadengerade Küche, die er mit seinem feinen Gaumen immer wieder auf seinen Reisen in England, Schottland, Frankreich, Italien und in der Schweiz sucht und findet.

Martin Jenni
Der freischaffende Genussjournalist und Buchautor liebt schön gealterte Einkehren, die ohne fadenscheinigen Glanz und gezierte Steifheit auskommen. Appetit macht ihm die einfache wie die hochstehende Küche, wobei er für einen Speck-Käse-Salat im «Blauen Engel» jede Pommernente stehen lässt. Seine Spürnase führt ihn in der Schweiz, den Nachbarländern und in seinem geliebten Grossbritannien immer wieder zu Adressen, denen der unverfälschte Genuss am Herzen liegt.

Die Auszeichnungen

Die letzten Auszeichnungen

Beiz des Jahres
2019: «Bad» in Schönenbuch, Baselland
2020: «Schäfli» in Uznach, St. Gallen

Newcomer
2019: «Moment» in Bern
2020: «Morgensonne» in Wilen, Thurgau

Lebenswerk
2019: «Bären» in Birrwil, Aargau
2020: «Alte Post» in Aeugstertal, Zürich Land

Die etwas andere Beiz
2019: «Metzg» in Zürich
2020: «Chez-le-Baron» in Epauvillers, Jura

Unter einem Dach
2019: «Auberge du Mouton» in Porrentruy, Jura
2020: «Rössli» in Mogelsberg, St. Gallen

Einkauf
2019: «Batavia Épicerie moderne» in Biel, Bern Land
2020: «Dorfladen Studinger» in Biel-Benken, Baselland

Beiz des Jahres
Bacchus Bistro & Genussmanufaktur in Hildisrieden, Luzern Land

Er ist ein Spitzenkoch, er ist launisch, mutig, frech und fröhlich. Werner Tobler war Privatkoch, Caterer, hat die «Braui» in Hochdorf auf 15 GaultMillau-Punkte gekocht, hat im «Weinrausch» in Luzern Kochkurse gegeben und führt seit 2016 das Bistro und die Genussmanufaktur «Bacchus» in Hildisrieden. Sein Kochbuch hat sich über 12 000-mal verkauft und steht bei den Hobbyköchinnen und -köchen nicht im Bücherregal, sondern liegt auf dem Küchentisch. Seine Rezepte sind nachvollziehbar und anwenderfreundlich, seine sonntäglichen Mittagstische im «Bacchus» sind legendär. Seine Gerichte sind Gaumentänze; wer Verstand hat, erteilt ihm eine «Carte Blanche» und lässt den Meister machen. Dann kommt's noch besser. Ihm zur Seite steht Partnerin Uschi Frapolli, sein Leuchtturm in der Not, kurz, die starke Frau an seiner Seite, ohne die gar nichts geht. Der «Bacchus» ist unsere Beiz des Jahres 2021 (siehe auch Seite 152).

Newcomer
Brasserie Uno in Zermatt, Wallis

Die unkonventionelle «Brasserie Uno» in Zermatt läuft so souverän wie ein Bentley. Luis Romo, der entspannte mexikanische Küchenchef, zaubert aus der kleinen Küche die Gerichte auf die bunten Teller und behält die Übersicht, auch wenn der Laden auf Höchsttouren läuft. Nicht anders verhält es sich mit dem schwedischen Inhaber und Gastgeber Andreas Alm (links im Bild), der mit stoischer Ruhe für jeden Gast und fast jeden Wunsch ein offenes Ohr hat und ihn mit diskretem Humor und Kompetenz durch den Abend begleitet. Eigentlich machen Luis und Andreas das, was sich Werner Tobler schon lange wünscht: Sie kochen ein Menü, bestehend aus mehreren Gängen, und obwohl sie eine kleine À-la-carte-Auswahl anbieten, nehmen die Gäste vorwiegend das Menü, was alle beglückt. Die «Brasserie Uno» ist unser Newcomer 2021 (siehe auch Seite 290).

Lebenswerk
Gasthof zum Brunnen in Fraubrunnen, Bern Land

Keiner unter den Schweizer Köchen trägt das Haar so wild wie Alexander Rufibach, den seine Freunde «Rufi» oder Alex nennen. Berühmt ist er für seinen «Suure Mocke» und seinen Ochsenmaulsalat, den er auf lauwarmen Kartoffeln serviert. Berühmt ist er auch für sein jährlich zelebriertes Innereien-Menü; und stehen die Jäger vor dem Haus Spalier, dann wissen seine Gäste, dass Alex Rufibach die Gamsen und Rehe in der Kammer abhängen lässt, bevor er sie gemeinsam mit den erlegten Wildenten meisterlich zerlegt. Sein Weinkeller verbirgt so manche Trouvaillen, im Napoleon-Keller setzen die Stammgäste mit Partagas und Co. Rauchzeichen. Und steht Ostern vor der Tür, fabriziert seine Frau Brigitte mit alten Formen die schönsten und besten Osterhasen, die ich kenne. Seit vierzig Jahren wirtet er mit Lebenslust, Kompetenz und einer Portion Sturheit im historischen und geschichtsträchtigen Gasthof zum Brunnen, und wie bei Werner Tobler ist die Frau an seiner Seite der Fels in der Brandung. Brigitte und Alex Rufibach sind unsere Alte Hasen 2021 (siehe auch Seite 49).

Die etwas andere Beiz Jazzkantine in Luzern

Sylvan Müller (links im Bild) ist nicht nur ein begnadeter Fotograf, sondern auch ein Bonvivant. Er ist den schönen Künsten und der feinen Lebensart zugetan, ohne dass er nicht pragmatisch denken und handeln würde. Er ist ein herzlicher Gastgeber, der für seine Gäste und sein Team auf Augenhöhe da ist, was in der «Jazzkantine» einen saloppen und unkomplizierten, aber nie nachlässigen Service ermöglicht, bei dem sich Frischlinge und Stammgäste gleich wohl fühlen. Er ist ein Verfechter des guten Geschmacks, kauft nur qualitativ hochstehend ein und organisiert immer wieder unkonventionelle Anlässe, die dem Haus und Luzern gut tun. Ihm zur Seite stehen eine ganze Menge innovativer Persönlichkeiten, die mithelfen, dass der Erfolg kommen konnte und bleiben kann. Allen voran sein Geschäftspartner und begnadeter Koch Mario Waldispühl, der mit seinem bodenständigen Engagement mit dazu beiträgt, dass die «Jazzkantine» unsere etwas andere Beiz 2021 ist (siehe auch Seite 145).

Unter einem Dach
Berghotel Mettmen oberhalb von Schwanden, Glarus

Glauben versetzt bekanntlich Berge, und wer gleich ein Millionenprojekt umsetzt, ohne abzuheben oder zu verzweifeln, der muss geerdet sein, und im Kanton Glarus ticken die Uhren eh noch etwas anders. Sie bringen erfolgreiche Unternehmer hervor, deren Karrieren an die amerikanischen – vom Tellerwäscher zum Millionär – erinnern. Alles scheint in dieser innovativen und fortschrittlichen Region möglich zu sein. Wer sich dem Berghotel Mettmen nähert, wird von der modernen Architektur, von der Natur und von der Gastfreundschaft von Romano und Sarah Frei-Elmer beeindruckt sein. Hier einige Tage zu verbringen, fördert den Müssiggang und zeigt auf, wie schnell der Alltag vergessen geht. Zum Rest des Glücks trägt die Kochsprache von Romano bei, die Tradition und Moderne optimal miteinander verbindet. Ein weiterer Grund, das Haus zu unserem Hotel 2021 in der Sparte «Unter einem Dach» zu küren (siehe auch Seite 177).

Einkauf
Cherzen-Jeger in Solothurn

Der wundervoll gealterte und von einer anderen Zeit sprechende Kolonialwarenladen in Solothurn ist ein Bollwerk gegen die Verrohung der Einkaufssitten. Zu verdanken ist dies Urs Jeger, dem es nie in den Sinn gekommen wäre, das Haus unnötig zu modernisieren. Selbst die kleinsten Details stimmen noch genauso, wie das durchdachte Angebot gut ist. Nicht allein basierend auf berühmten Produktenamen, sondern bestückt mit Köstlichkeiten von kleinen Manufakturen. Es gibt nicht mehr so viele Läden in der Schweiz. Einige hat's noch; wir, die Konsumenten, haben es aber mit in der Hand, dafür zu sorgen, dass ihnen in Zeiten von Online-Shopping nicht der Schnauf ausgeht. Ein Besuch bei Urs Jeger ist vom ersten Augenblick an ein Erlebnis. Das fängt mit seinem berühmten «Wer-kommt-denn-da-Blick» an, geht mit einer guten Beratung weiter (zum Beispiel auch für Stoffe und Kerzen) und endet mit einer herzlichen Verabschiedung. Bis zum nächsten Mal. Der «Cherzen-Jeger» ist unser Einkaufskorb 2021 (siehe auch Seite 106).

Zum Engel
Die Vereinigung für kulinarische und geistige Nahrung

Lebensmittelfundamentalismus ist mir fremd, ich suche einfach nur gerne nach dem Guten. Ein Einkauf dauert bei mir drei Stunden. Zwei für den Einkauf, eine für den Aperitif. Im Oktober 2019 bin ich von der Ajoie ins Schwarzbubenland gezügelt. Ich wohne in einem Haus aus dem 18. Jahrhundert, das bis vor fünfzig Jahren das Wirtshaus Engel war. Hier habe ich die «Vereinigung für kulinarische und geistige Nahrung» gegründet, die sich der Pflege und der Förderung der Ess- und Trinkkultur widmet. Es ist eine Begegnungsstätte, in der sich Mitglieder an Mittagstischen, Matineen und verschiedenen kulturellen Anlässen begegnen. «Aufgegabelt»-Leser sind dazu eingeladen, (auf Voranmeldung) auf ein Glas im «Engel» vorbeizukommen. Vielleicht verraten Sie mir Ihre persönlichen Einkehr- und Einkaufs-Tipps und erzählen mir von den Erlebnissen bei Ihren Besuchen meiner Empfehlungen. Interessiert? Melden Sie sich über jenni.martin@bluewin.ch.

Martin Jenni, Autor und Gastgeber

Brauerei Felsenau

Der Fels in der Brandung Bereits seit 1881 wird am Ufer der Aare im Felsenau-Quartier Bier gebraut. Bier ist Kult, liegt im Trend und bietet Heimat. Die Felsenau AG ist die älteste unabhängige Berner Brauerei, und ihr «Bärner Müntschi» ist das bekannteste Kind der Familie. Unfiltriert, unpasteurisiert, leicht gehopft und von heller, trüber Farbe. Es ist das Lieblingsbier der Eingeborenen und weit über die Stadtgrenzen hinaus begehrt. In den altehrwürdigen Backsteingebäuden halten sich traditionelle Brauverfahren und modernste Technologie die Waage. So entstehen zehn verschiedene, authentische und charakterstarke Biere. In bester Handarbeit und basierend auf dem Wissen zahlreicher Generationen. Zum Wohlsein.

3004 Bern, Strandweg 34, 031 301 22 08, www.felsenau.ch

Vatter Royal

Nachhaltig! Zwar ist auf der Homepage die Rede von Mafia, Camorra und Cosa Nostra, mit ihr am Hut hat der sympathische Quartierladen mit Café-Bar aber gar nichts. Die angebotenen italienischen Köstlichkeiten stammen von Kooperativen, die Land bewirtschaften, das der Mafia entrissen wurde. Die feinen Lebensmittel von der «befreiten Erde» werden dementsprechend unter der Bezeichnung «Libera Terra» angeboten. Im Süden Italiens schafft ihre Produktion neue Perspektiven. Nachhaltige eben. Grund genug, bei «Vatter» vorbeizugehen und vielleicht vor oder nach dem Einkauf im Café einen gemütlichen Halt einzulegen. Vergessen Sie dabei nicht, ein Glas von der Honig-Orangen-Marmelade mitzunehmen und eine Packung der traditionell handgemachten Pasta und ...

3005 Bern, Luisenstrasse 14, 031 302 10 00, www.vatter.ch

Obstberg

Reims in Bern Die «Brasserie Obstberg» könnte auch in Reims stehen, so stilecht präsentiert sie sich. Kein Etepetete, kein gar nichts kann den Genuss schmälern. Das spürt der Gaumen unter anderem bei den Hausklassikern Foie gras de canard, Coq au vin und Bœuf bourguignon. Mit dem Engagement von Spitzenkoch Werner Rothen (ehemals Schöngrün, Bern) strebt die «Brasserie Obstberg» eine höhere Liga an. Unter dem Titel «Top-Kulinarik in der Quartierbeiz» setzt der neue Küchenchef seine kulinarischen Akzente, z.B. mit einer konfierten Riesenkrevette mit Pomelo (Grapefruit) und grüner Mango auf Glasnudeln. Wem das nun zu «Crossover» ist, setzt sich mit einem Hackbraten de Luxe, temperiertem Saibling oder einer geschmorten Kalbskinnbacke auseinander. Die Weinkarte präsentiert sich klassisch zeitlos, ohne Überraschungen, die von den Stammkunden im «Obstberg» aber auch gar nicht gesucht werden, besser gesagt noch nicht gesucht werden.

3006 Bern, Bantigerstrasse 18,
031 352 04 40, www.brasserie-obstberg.ch

Eiger

Aufstieg Der Eiger ist in die «KG-Gastro-Kultur» eingebunden. «KG» setzt sich aus den Anfangsbuchstaben der Nachnamen von Regula Keller und Michel Gygax zusammen. Zusammen mit Marc Häni und Igor Gaić bilden die vier die Geschäftsführung des Unternehmens. Zum «Eiger» gesellen sich das Restaurant «Le beizli» im Liebefeld, das «Bistrot l'esprit nouveau» in der Schweizerischen Nationalbibliothek, das «Restaurant Du Nord» in der Lorraine, das «Restaurant zum Schloss» in Köniz, das «Restaurant Marzer» im Marzili und die Weinhandlung «Weinerlei» im Liebefeld. Das Unternehmen bietet keinen langweiligen Einheitsbrei, sondern setzt auf Individualität. Den «Eiger» führen Jonas Staub und Nicolette Mosimann. Küchenchefin ist Tamara Brändli, die Vegetarier mit einem Kohlrabi-Fenchel-Carpaccio mit Wildkräutern und Fleischtiger mit einem Tatar verwöhnt. Die Qualität wird im «Eiger» hochgehalten, und wer liest, woher die Ware kommt, weiss, dass er beruhigt zubeissen kann. Das Ganze ist eine bekömmliche Normalität in unnormalen Zeiten.

3007 Bern, Belpstrasse 73, 031 371 13 65,
www.eigerbern.ch

Dr Süder

Im Berner Südbahnhof Die Beiz ist schön, patiniert, mit Feingefühl dekoriert. Die Gastgeber Renate Fankhauser und Martin Moser sind freundlich, die Mitarbeiter in Form, und die Küche überzeugt mit luftig-leichten Gerichten. Nichts wirkt verkrampft, nichts ist überteuert. Der «Süder» ist eine zuverlässige Adresse, die mit ihrem kreativen Angebot aus Bern nicht mehr wegzudenken ist. Linsen-Mango-Salat mit Avocadocreme oder ein frühsommerlicher Gemüseteller mit Fenchelglace, Ofenkarottencreme, gepickelten Radieschen und Petersilien-Mayonnaise, bei dem die Jakobsmuschel zur Nebendarstellerin mutiert, sind zum Beispiel Gründe, um an warmen Tagen vorbeizugehen. Dazu passt ein im Stahltank ausgebauter Cortese, der mit erfrischenden 11,5 Volumenprozent Alkohol zur Leichtfüssigkeit nach dem Essen beiträgt.

3007 Bern, Weissensteinstrasse 61, 031 371 57 67, www.restaurant-sueder.ch

O bolles

Eine für alle In der Öde zwischen Bahnhof und Innenstadt oder, anders formuliert, am Knotenpunkt zwischen Lorraine, Länggasse und Altstadt findet sich am Bollwerk ein Bollwerk gegen die Verrohung kulinarischer Sitten. Ein Lichtblick für Bern, für Besseresser und für alle, die knapp bei Kasse sind. Im «O bolles» ist das Preis-Leistungs-Verhältnis vorbildlich, und den reich gefüllten Teller am Mittagstisch gibt es zum Freundschaftspreis. Das Schöne daran ist, dass die Preispolitik nicht zu Lasten von Qualität und Tier geht. Das Fleisch stammt aus artgerechter Tierhaltung, alles ist möglichst bio und lokal produziert. Das «O bolles» ist ein Klassiker, der mittags und abends brummt und in den Zwischenzeiten leise schnurrt. Was ins Glas und auf den Teller kommt, hat Klasse, schmeckt und zeigt, dass Erfolg auch ohne Spektakel entstehen kann.

3011 Bern, Bollwerk 35, 031 318 35 45, www.obolles.ch

Restaurant des Pyrénées

Gelungen Die Bedenken waren gross, als es hiess das «Pyri», so der Kosename der Beiz, werde von der Taberna Gastro-Kultur AG übernommen und renoviert. Um es vorwegzunehmen, die Renovation ist gelungen; wer das Lokal und seine charismatische Gastgeberin «Pyri Sile» nicht von früher her kennt, nimmt an, dass es hier schon immer so war, wie es heute ist. Einzig die Aphorismen an den Wänden wären zu überdenken; da gibt es durchaus andere, bessere Kaliber. Es ist an diesem Donnerstag ein Kommen und Gehen. Bonvivants teilen sich die Beiz mit Lebens- und sonstigen Künstlern oder solchen, die es werden wollen. Blaunasen halten sich die Waage mit Prada-Damen, Krawatten- mit Hosenträgerträgern. Es ist eine bunte Mischung quer durch alle Gesellschaftsschichten, die sich hier ein Stelldichein gibt und auf Holzbänken und -stühlen an blanken Holztischen am Chasselas nippt oder Kaffee schlürft, ins Croissant beisst oder die Zeitung liest. Und oft werden Fremde im Gespräch zu Copains, was das «Pyri» auszeichnet.

3011 Bern, Kornhausplatz 17,
031 311 30 63

Harmonie

Kompliment! Bern pulsiert in Sachen Gastronomie. Kaum ein Tag vergeht, ohne dass eine neue Beiz entsteht. Gut, das mag etwas übertrieben sein, kommt der Realität aber dennoch ziemlich nahe. Bei allen Neuheiten ist es wichtig, Langzeitwohlfühloasen wie die «Harmonie» nicht zu vergessen. Seit über zwanzig Jahren stehen Walter Aebischer und Fritz Gyger hier ein für «Suure Mocke», Kalbs-Paillard, Suprême de volaille, original Olma-Bratwurst, Wurst-Käse-Salat und andere Klassiker. Im legendären «Harmonie»-Fondue rühren nicht nur knipsende Touristen und seufzende Nationalräte, sondern auch Beizengänger wie Sie und ich. Respekt für diese gastronomische Langzeitleistung, wobei die Herren immer wieder laut über ihre Pensionierung nachdenken.

3011 Bern, Hotelgasse 3, 031 313 11 41,
www.harmonie.ch

BERN STADT

Bier-Café Au Trappiste

Zu schade für den Durst Das sympathische «Au Trappiste» ist vor Jahren erfolgreich gestartet, hat sich etabliert, die Berner verblüfft, begeistert und nun expandiert. Einige Meter weiter lädt neu die Brasserie Au Trappiste (siehe Text rechts) lustvoll und kompetent zur belgischen Küchenkunde ein. Im Biercafé geht es nach wie vor ums zivilisierte Biertrinken, was nicht heissen will, dass es nichts zu knabbern gibt, verursachen doch Hopfen und Malz Hunger, zumindest Appetit. Sechs Biere kommen frisch vom Zapfhahn, die durch zahlreiche Gast- und reguläre Biere ergänzt werden. IPA, Double IPA, Stout, Imperial Stout, Porter, Witbier, Dubbel, Trippel, Saison oder Lambic – kein Wunder zieht das kleine Biercafé mit seiner grossen Auswahl für grosse Durste so zahlreiche Bierfreunde aus nah und fern an. Ich zumindest fahre immer wieder mal 90 Minuten, um in die Welt von Lambic und Bitter hineinzutauchen.

3011 Bern, Rathausgasse 68,
031 311 07 89, www.autrappiste.ch

NEU Brasserie Au Trappiste

Les Belges Drei Regionen, drei Sprachen, eine gute Küche mit zahlreichen regionalen Spezialitäten und einer Bierauswahl, die einzigartig ist – das ist Belgien in Bern. Nach zwei Jahren Ankündigung haben die Biercafé-Au-Trappiste-Macher gemeinsam mit Küchenchef Christoph Häberli ihre Brasserie eröffnet. Und wie sie es getan haben! Mit einer Bierkarte, die begeistert (auch wenn eines meiner Lieblingsbiere fehlt, das «Poperings Hommelbier», das ich einst in Dranouter in der unkomplizierten Michelin-Sterne-Beiz «In de Wulf» kennengelernt hatte) und mit Gerichten, die mir Freudentränen in die Augen treiben. Käsekroketten, Kaninchen-Rillette, Sauerkraut und Speck auf Blutwurstbett, hausgemachte Bierbratwurst (Rind und Schwein) mit «Chimay bleue», konfierte Wildtaube, Rindshohrückensteak mit belgischen Frites und Bierbutter, in «La Rulles Triple» eingelegtes Huhn, flämischer Fischeintopf und ein Schokoladentörtchen mit «Oude Kriek». Noch Fragen? Die stellen sich höchstens unkonventionelle Weintrinker, die darüber sinnieren, ob man das Angebot nicht mit einigen englischen Provenienzen ergänzen könnte. Würde doch passen – belgische Küche und englische Weine.

3011 Bern, Rathausgasse 11,
031 311 30 66,
www.autrappiste.ch/brasserie

Zur Chäshütte

Die Oma war's In Bern und darüber hinaus reden alle von «Jumi» und schwärmen (ich eingeschlossen) von ihrem ausgewählten Käse, genauso wie es das britische Königshaus tut, aber der ursprünglichste Käseladen Berns befindet sich in der Rathausgasse. Und dann erst dieser Käsekeller – filmreif! Das traditionsreiche Geschäft gibt es schon seit über hundertzwanzig Jahren. Von der Grossmutter 1894 gegründet, hat ihn ihr Enkel, Dieter Heugel, in der dritten Generation über fünfzig Jahre weitergeführt. Heugel wurde durch die TV-Sendung «SRF bi de Lüt» national bekannt, und sein Geschäft lief so gut wie noch nie. 2014 hat er sich in die Pension verabschiedet, heute liegen die Käselaibe in den Händen der Gebrüder Bärfuss. Zwei Quereinsteiger, mit dem Sinn für Tradition und Genuss. Viel hat sich seitdem nicht verändert, ausser dass das Sortiment erweitert wurde. «Heugel's Fonduemischung» bleibt aber so, wie sie immer war, die beste.

3011 Bern, Rathausgasse 82,
031 311 37 16, www.chaeshuette-bern.ch

Tredicipercento

Berner Legende Die Kellerbeiz Tredicipercento ist ein Rückzugsort von Alltag und Hektik, von schlechten Weinen und banalem Essen. Hier wird frisch und frei von der Leber weg gekocht. Es wird ein Menü serviert – gegessen wird, was auf den Tisch kommt und was die Saison und Nonnas Rezepte hergeben. Dazu werden aussergewöhnliche Provenienzen kredenzt. Wer Mühe hat, unter den 500 Positionen auszuwählen, lässt Gastgeberin Julia Gurtner bestimmen. Dann kommt's gut. Übrigens: Für die zum Haus gehörende Weinhandlung gilt es zwingend Zeit einzuplanen. Das Angebot ist durchdacht und für die Schweiz speziell, unter anderem mit Provenienzen der Domaine de la Borde von Julien Mareschal aus Pupillin bei Arbois und zwei Barolo Riserva meines piemontesischen Lieblingswinzers Lorenzo Accomasso (mehr über ihn auf Seite 373). Kurz gesagt: Weine mit Charakter von eigenwilligen Persönlichkeiten. Zum Weinen schön!

3011 Bern, Rathausgasse 25,
031 311 80 31, www.tredicipercento.ch

Café du Commerce

Gäng wie gäng Das «Commerce» ist eine Berner Institution. Auch nach dem Wechsel 2002 brummt die stimmungsvolle Beiz wie eh und je vor sich hin. Wer nicht rechtzeitig reserviert, hat bei Rui und Anabela Pacheco keine Chance, sich einen der begehrten Tische der kleinen, stimmungsvollen Beiz zu ergattern. Das «Commerce» wird nicht nur von Bernern, sondern auch von ganz vielen «fremden Fötzeln» aufgesucht, die sich lust- und trinkvoll den Spezialitäten des Hauses hingeben. Die Paella ist ein sicherer Wert, die Calamari gehören zur besseren Sorte ihrer Art, und die Gambas al ajillo sind so schmackhaft, dass einen noch nach vier Stunden die Knoblauchfahne daran erinnert, wie aromatisch das Gericht war. Das Schwergewicht des Weinangebots, das zugleich eine Passion des Patrons ist, liegt bei den wuchtigen roten Säften aus Spanien und Portugal, die rege bestellt und getrunken werden. Etwas mehr Leichtigkeit würde der Auswahl gut anstehen, will doch der Weintrinker nicht bereits nach einer Flasche die Fische im Aquarium doppelt sehen.

3011 Bern, Gerechtigkeitsgasse 74,
031 311 11 61,
www.restaurantcommerce.ch

Café Postgasse

Was für eine Bouillabaisse! Es gibt einige Gründe, um das wunderschöne traditionelle Café Postgasse von Regula und Stephan Hofmann zu besuchen. Im Winter freue ich mich über die Muscheln und im Sommer über die hervorragende Bouillabaisse, die selbst die Marseillais nicht besser zubereiten könnten. Dazu eine Flasche Sauvignon Blanc, und Paris ist in Gedanken und im Gaumen nicht mehr weit weg. Wer sich wieder einmal eine romantische Auszeit in einer filmreifen Kulisse wünscht, sitzt hier am richtigen Ort. Und an so manchem Abend geht in der «Postgasse» so richtig die Post ab. Kein Wunder bei einer Berner Institution, die seit Jahrzehnten ihre Flughöhe hält.

3011 Bern, Postgasse 48, 031 311 60 44,
www.cafepostgasse.ch

Moment

Unbedingt! Wer einen feinen Gaumen hat und ihn wieder einmal auf die Probe stellen will, Lust auf eine Birnen-Sellerie-Suppe oder auf Randen-Ravioli verspürt, sitzt hier richtig. Andrin Steuri hat das Talent, ganz viele Berner und «fremde Fötzel» glücklich zu kochen. Auch mit zartem Kalbfleisch, aromatischen Schwarzwurzeln oder einer Cremeschnitte der besseren Art. Wer Zeit mitbringt, leistet sich das mehrgängige Menü für unter hundert Franken, was für das Gebotene ein Freundschaftspreis ist. Ein weiterer Pluspunkt ist die Weinkarte mit grandiosen Naturweinen, die nicht nach Holz schmecken, sondern nach Trauben riechen. Mutige setzen sich mit einer Flasche Vin Jaune von Etienne Thiébaut auseinander, der zwar eine Stange Geld kostet, aber jeden Rappen wert ist, zumindest für erprobte Jura-Weinkenner.

3011 Bern, Postgasse 49/ Gerechtigkeitsgasse 56, 031 332 10 20, www.moment-bern.ch

Küchenladen

Bei Cornelia Ob kunstvolle Bräter von Le Creuset oder das schöne schlichte Porzellan von Pillivuyt, wer bei Cornelia Minder-Stingelin in ihrem stimmungsvollen Küchenladen Ess- und Lebenskultur sucht, wird fündig. Kochbücher, Pfannen, Messer, alle denkbaren handwerklichen Küchengeräte und Werkzeuge sind vorhanden. Falls nicht, werden sie bestellt. Nur kochen müssen Sie noch selber.

3011 Bern, Postgasse 53/Gerechtigkeitsgasse 60, 031 311 22 79, www.kuechenladen.ch

Märit

Es wott es Froueli z'Märit ga Frühaufsteher haben eindeutig mehr vom Märit. Nach zehn Uhr wird die Geduld zur Tugend, die es am Käsestand von «Jumi» bereits sehr früh benötigt. Wer danach noch mehr «toute Berne» sehen will, trinkt seinen Kaffee im «Adrianos» neben dem Zytglogge-Turm, wer mehr eine ruhigere Ecke für das Zeitungsstudium sucht, wird im «Café Alpin» an der Gerechtigkeitsgasse fündig, das zugleich auch noch über einen gut sortierten Weinladen verfügt. So kommt der Samstag gut.

3011 Bern, Münstergasse, immer samstags, www.bernerwochenmarkt.ch
3011 Bern, Gerechtigkeitsgasse 19, 031 311 25 27, www.alpinbern.ch

Bread à porter

Mehr als eine Bäckerei Wer behauptet, Spitze zu sein in Qualität, Geschmack, Aroma und Frische, ist von sich und seiner Arbeit überzeugt und muss sicher sein, dass es auch tatsächlich so ist. Mit originellen, verspielten Namen für Bäckerei und Produkte ist es nicht getan. Wenn aber der «Chueflade», der im weitesten Sinne nun einmal diese Form hat, perfekt ist, genauso wie der «Ligu Lehm» (Mattenenglisch für ein Stück Brot), umso schöner und besser. Nicht verpassen sollte der Brotnarr den Dinkelzopf und die Croissants, die ihrem Namen alle Ehre machen. Kompliment an die Macher von «Bread à porter» vor und hinter den Kulissen. Noch ein Tipp für alle Skeptiker: Am Kornhausplatz befindet sich für den ersten Probebiss das hauseigene Café. Es lohnt sich.

3011 Bern, Münstergasse 74, 031 311 27 71 und Kornhausplatz 11, 031 311 13 77, www.bread-a-porter.ch

O bolles, Bern (Seite 20)

NEU Fischerstübli

Tatar, was sonst Seit Dezember 2019 setzen im «Fischerstübli» die Bernerin Lea Steinmann und der Burgunder Sébastien Arnoux mit frischem Elan und taufrischer Küche neue Akzente. Allein die Weinkarte überzeugt mit einem durchdachten Angebot zu fairem Preis. Aufgefallen sind mir unter anderem der Gutedel von Anne-Claire Schott, der Riesling-Silvaner von Tom Litwan, der Muscadet von David Landron und der Beaujolais von Thomas und Anne-Laure Agatensi. Freude bereiten auch die sec angerichteten Teller von Sébastien Arnoux, der auf jegliches überflüssige Dekor verzichtet und das subtil gewürzte Grundprodukt in den Vordergrund stellt. Im kulinarischen Mittelpunkt stehen das in verschiedenen Variationen angebotene Rinds- und Fischtatar. Auch ein vegetarisches gibt es. Als Alternative stehen fünf Vor- und zwei Hauptspeisen zur Wahl. Ob das nun das richtige Konzept für die Berner ist, kann ich nicht beurteilen, was ich aber weiss, ist, dass ich mich bei Sébastien Arnoux auch auf eine burgundische Andouillette einlassen würde. Mehr Kompliment geht nicht. Viel Glück.

3011 Bern, Gerberngasse 41,
031 311 03 04, www.fischerstuebli.ch

NEU Vinvino und Cipio

Nicht von der Stange Hugo Brugger ist ein charismatischer Weinhändler, ein Connaisseur, der seinen Kunden nicht nur Wein verkaufen will, sondern mit ihnen auch gerne über seine Winzer, seinen Geschmack, über Wein im Allgemeinen und im Speziellen redet. Ein Kurzbesuch artet schnell einmal in einer länger palavernden und genüsslich trinkenden Runde Gleichgesinnter aus. Besonders angetan haben es mir die Provenienzen der «Azienda Agricola Guccione» aus Sizilien. Dabei ist der «BC Bianco di Cerasa» eine unerwartete Entdeckung, ein komplexer und frischer Wein, der sich wunderbar leicht wegzischen lässt. Langsam trinken geht natürlich auch und macht das Trinkvergnügen nachhaltiger. Wer einen offenen und unvoreingenommenen Gaumen hat, wagt sich an die Amphoren-Weine aus Georgien, dem Mutterland des Weins schlechthin, die auch direkt in der hauseigenen Weinbar «Cipio» in der Rathausgasse auf ein Glas oder zwei erlebt werden können. Regt sich ein kleiner Hunger im Magen, gibt es dazu eine Portion Oliven, gutes Brot, Geisskäse oder Tatar mit Brioche.

3011 Bern, Rathausgasse 64,
031 311 33 00, www.vinvino.ch und
www.cipio.ch

Hallerladen

Beziehungen pflegen Einer der schönsten Bioläden der Schweiz befindet sich im Länggassquartier. Früchte und Gemüse, Milch, Joghurt und Käse, Brot und süsse Versuchungen wie die wunderbare Quarktorte, Fleisch und Wurstwaren, manchmal Fisch, immer Wein, Bier und Lebenswasser – alles da. Auch die freundliche und informative Bedienung, die erklärt, ohne zu missionieren. Das Sauerteigbrot ist Spitzenklasse, und der Ziegenfrischkäse passt perfekt dazu. Kompliment für diesen wunderbaren Biomarkt, der einen perfekten Querschnitt nachhaltiger Produzenten bietet.

3012 Bern, Länggassstrasse 30,
031 302 01 24, täglich von 8 bis 19 Uhr,
Sa bis 16 Uhr geöffnet

Länggass-Tee

Tea time Der Länggass-Teeladen ist weitaus mehr als ein Verkaufsgeschäft. Katrin und Gerhard Lange führen den Betrieb mit Leidenschaft und Wissen und haben sich zu Tee-Professoren entwickelt. Sie betreiben eine Teeschule, organisieren Teereisen und haben ihren Laden zum Kompetenzzentrum für Tee gemacht.
Ich kenne in der Schweiz kein anderes Unternehmen in Sachen Tee, das über ein solches Know-how verfügt. Teefreunde frequentieren den Teeraum wöchentlich, um mit Musse die Tees dieser Welt zu verkosten und zu trinken.

3012 Bern, Länggassstrasse 47,
031 302 15 28, www.laenggasstee.ch

Zum Blauen Engel

Blaumachen Das Essen basiert hier auf der klassischen französischen Küche mit Einflüssen aus aller Welt. Das funktioniert eigentlich immer gut und schmeckt ganz wunderbar. Auf den Teller kommen Kabeljau, Muscheln, Goldbrasse, Ente und andere schöne Dinge. Der «Blaue Engel» gehört für mich zu den schönsten Beizen der Schweiz, gerade weil er so schön schräg ist und mit seiner Mischung aus Kunst und Plunder ein ganz eigenes Ambiente verströmt, das seine Fortsetzung im lauschigen Garten findet. Die Mitarbeiter sind gut gelaunt, nicht überdreht, verstehen ihr Handwerk und verstehen sich mit ihren Gästen. Die Weinauswahl ist klassisch. Etwas Portugal, eine Runde Schweiz und auch die Grande Nation ist vertreten. Ein guter Ort, um blauzumachen.

3012 Bern, Seidenweg 9B, 031 302 32 33, www.zumblauenengel.ch

Apfelgold

«Schnouse» Für alle Nichtberner geht aber auch «schnabulieren». Hier geht man gerne hin für einen Kaffee und mehr, für eine längere Pause, ein Sandwich oder für exzellente Köstlichkeiten, die das süsse Leben mit sich bringt. Der Begründer und Kopf, das Herz und die Seele von «Schnouse» und «Apfelgold» ist Donat Berger, der, wie er sagt, schon als Kind magisch vom familiären Dessertbuffet an Weihnachten angezogen war. Mit von der Partie sind zahlreiche weitere sympathische Zeitgenossen, die zum Erfolgserlebnis beitragen. Mein Favorit unter den Schleckereien ist das Zitronen-Tartelette, das mich an England und den Afternoon tea im Ensleigh House in der Grafschaft Devon erinnert. Und wenn ich dann noch an den Herbst und die Maronen-Tarte aus der Ardèche denke …

3012 Bern, Bonstettenstrasse 2, 031 558 24 04, www.schnouse.ch

Waldheim

Heiraten geht auch Das «Waldheim» habe ich durch meinen Sohn und seine Frau kennengelernt. Sie haben sich dieses schöne Lokal für ihr Hochzeitsessen ausgewählt. Einige Jahre später hat sich am Qualitätsdenken der sympathischen Gastgeberin Regula Minder nichts verändert. Im Gegenteil, die Küche hat noch einen Zacken zugelegt und besticht mit diversen Köstlichkeiten, die im ersten Moment banal klingen mögen, im Mund aber überzeugen. Klassiker wie Vitello tonnato, das von Hand geschnittene Tatar, der Rindermarkknochen aus dem Ofen und das exzellente Cordon bleu mit wunderbar sämiger Füllung sind vier Eckpfeiler des Hauses, ansonsten wird eine marktfrische Küche zelebriert, bei der die Details stimmen. Die Weinkarte bietet etwas Schweiz und eine durchdachte Auswahl an französischen Provenienzen zu korrektem Preis.

3012 Bern, Waldheimstrasse 40, 031 305 24 24, www.waldheim-bern.ch

Le Sirupier de Berne

Für die Grossen Was habe ich als Knirps sehnsüchtig nach dem Coca Cola mit Strohhalm des Nachbarkinds geschielt. Heute trinke ich Sirup freiwillig. Nicht alle, aber sehr gerne den aus Bern. 29 Sorten, darunter Exoten wie Orange-Hopfen und Bergamotte, produziert mittlerweile in der zweiten Generation Sohn Mathias Wirth. Die Sirupiers verarbeiten frischgepresste Fruchtsäfte und von Hand gepflückte und getrocknete Kräuter. Die satten, natürlichen Farben sind das Resultat schonender Verarbeitung. Geschmacksverstärker und andere künstliche Zusatzstoffe bleiben aussen vor. Mein persönlicher Favorit ist der Elfen-Sirup, der sich aus Zucker, Absud von Zitronengras, Zitronenmelissen, Fenchel, Anissamen, Säuerungsmittel und Zitronensäure zusammensetzt.

3014 Bern, Waffenweg 9, 031 352 99 78, www.sirupier.ch

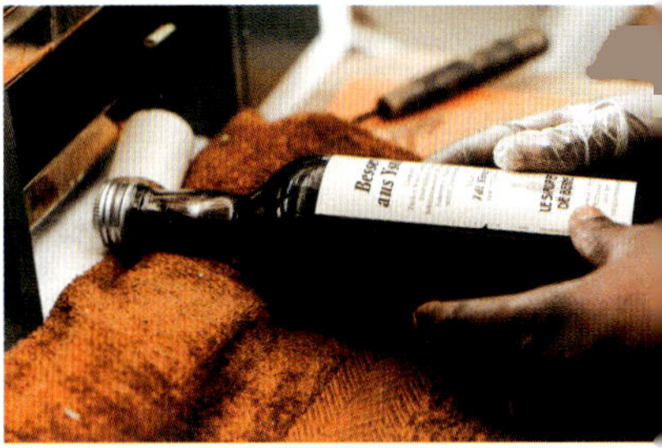

La Boulotte Bio-Metzgerei

Applaus Jährlich verschwinden Dutzende von Metzgereien in der Schweiz von der Bildfläche. Wer in diesem Metier jammert, hat bereits verloren. Die Ernährung von heute mutiert zur Herausforderung. Der Mensch isst nicht einfach mehr das, was auf den Tisch kommt, sondern er stellt sich die Frage, was er überhaupt noch essen will. Will er nun ein omnivorer Esser, ein Flexitarier, Pescetarier, Vegetarier, Veganer oder gar ein Frutarier sein. Ja, und dann gäbe es da noch die Möglichkeit eines AVAP, «as vegan as possible». Da erstaunt es doch, dass vier Jungunternehmer den Mut haben, im 2018 eine Metzgerei zu eröffnen. «La Boulotte» ist ein Team von selbstbewussten Machern, die von ihren Viechern alles verwerten, was verwertet werden kann. Über «Nose to tail» wird hier für einmal nicht nur sinniert, sondern auch danach gehandelt. Zur Metzgerei gehört der hauseigene Bauernhof, in dem die Tiere ein natürliches Leben führen. Mit viel Auslauf und mit allem, was so für ein glückliches Tierleben dazugehört. Hier einzukaufen bereitet mir grosse Freude.

3014 Bern, Breitenrainplatz 38,
031 525 30 14, www.laboulotte.ch

Barbière

Da haben wir den Salat Zwischendurch und immer wieder gehe ich für ein gutes Bier abseits des Mainstreams gerne in die Mikrobrauerei Barbière, Berns angenehmsten Treffpunkt für einen unkomplizierten Abend. Hier habe ich schon ein gutes, butterweiches Kalbsragout gegessen. Im Sommer werden Salate in allen Variationen aufgetischt; dabei kann der Gast selber wählen, was er für einen Salat will, indem er auf dem entsprechenden Menüblatt ankreuzt, welche Zutaten er bevorzugt. Doch Salat allein und Bier harmonieren für mich nicht. Also halte ich mich ans Aperitif-Brett mit Bauernspeck und Krustenbraten und freue mich auf die Tage, in denen es auf den Tellern wieder weniger grün und gesund zu und her geht. Wobei das Essen im «Barbière» sowieso nicht die erste Geige spielt. Was hier vor allem zählt, sind die Menschen, die Atmosphäre und die exzellenten Biere.

3014 Bern, Breitenrainplatz 40,
031 536 70 77, www.barbiere-bern.ch

Cultivino

Wein in Sicht Severin Aegerter, der Kopf von «Cultivino», ist ein Mensch der leisen Töne. Er sagt lieber ein Wort zu wenig als eines zu viel. Er ist ein Macher. Nachhaltig. Seit bald zwanzig Jahren beschäftigt er sich mit lebendigem Wein und prägte die heutige Naturwein-Bewegung in ihrer Entstehungsphase mit. Im Fokus stehen Weine, die Herkunft und kulturelle Werte vermitteln. Voraussetzung dafür ist ein chemikalienfreier Rebbau, dazu Winzer, die es verstehen, hochwertiges Traubengut in eine Delikatesse zu verwandeln und die perfekte Balance zwischen Tannin, Alkohol und Säure zu finden. Mindestens so wichtig wie die Ästhetik ist die Bekömmlichkeit. Denn Wein soll dem Menschen Energie verleihen und sie ihm nicht entziehen. Heute kann sich «Cultivino» auf ein Fundament von rund vierzig festen Partnerschaften mit renommierten europäischen Winzern und auf ein Netz von leidenschaftlichen und loyalen Kunden in der ganzen Schweiz verlassen.

3097 Liebefeld, Könizstrasse 175, 031 972 49 39, www.cultivino.ch

Am Pavillon

Geehrt Den Ritterschlag haben die Macher des stilvollen B&B durch den Schweizer Heimatschutz erhalten, der sie in die vierte Auflage ihres Guides über die schönsten historischen Hotels der Schweiz aufgenommen hat. Der Vorteil für Bernreisende ist, dass das Haus gerade mal zwei Minuten vom Bahnhof entfernt und nahe am pulsierenden Geschehen liegt. Ideal für alle, welche die Berner Beizenszene erkunden wollen. Ein weiterer Pluspunkt ist die Gartenterrasse und die zurückhaltende Herzlichkeit der Gastgeber. Obwohl das Haus über neun Zimmer verfügt, wird es nie zu laut oder zu eng, alles bleibt luftig und angenehm. Auch beim Frühstück, das liebevoll angerichtet wird und mit Qualität besticht.

3012 Bern, Pavillonweg 1a, 079 198 62 83, www.ampavillon.ch

Café Restaurant L'Écluse

In der Manufaktur Das Rinderknochenmark ist perfekt, der warme Ziegenkäse-Strudel ist betörend im Geschmack, die Gnocchi sind luftig leicht, die französische Ente ist butterzart, und das Cordon bleu vom Schwein ist jeden Bissen wert. Die Küche überzeugt, zieht zahlreiche Gäste an, und die Balance zwischen Aufmerksamkeit und Laissez-faire hat Gastgeber Nicolas Richon sicher im Griff. Die Weinauswahl ist klein, liest und trinkt sich spannend und passt gut zur dargebotenen Küche. Auch Freunde alter Fabriken kommen hier auf ihre Rechnung, finden sich doch noch zahlreiche Überbleibsel vergangener Zeiten.

2501 Biel, Promenade de la Suze 14d, 032 322 18 40, www.restaurant-lecluse.ch

Café Perroquet Vert

Paris? Nein, Biel! Es gibt Lokale, die sucht man nicht nur wegen des Essens auf. Das «Perroquet vert» in Biel gehört zu dieser Gattung Beiz. Die wundervolle Belle-Epoque-Einrichtung präsentiert sich stilsicher. Hier den Abend mit einem Aperitif einzuläuten, hebt die Stimmung. Und nach dem Theater dem Souper zu huldigen, versetzt den Gast in eine andere Zeit. Im Smoking erst recht. Die Speisen von Christian Albrecht sind exzellent und sorgfältig zubereitet, das Produkt steht bei ihm im Mittelpunkt. Nicht verpassen sollte die verwöhnte Zunge die Hausterrine, ein Gaumentanz aus Ente, Armagnac und Foie Gras, begleitet von einem vorzüglichen Pflaumen-Chutney. Die Produkte sind vorwiegend lokal und biologisch, was heute zwar alle sagen, aber nur wenige einhalten. Im «Perroquet vert» wird es zelebriert.

2502 Biel, Rue Centrale 15, 032 322 25 55, www.perroquetvert.ch

La Bottega

Fatto in casa Wer die «Bottega» betritt, dem sticht unweigerlich ein grosser Laib Parmigiano Reggiano ins Auge und in die Nase. Eliane Raeber bricht dem Kunden ein herzhaftes Stück davon ab, keiner scheint daran vorbeizukommen. Sie schneidet beste Mortadella auf, packt hauseigene frische Ravioli ein und empfiehlt ihre wundervollen Sughi. Ihr Angebot ist nicht spektakulär, aber durchdacht und zeugt von Qualitätsdenken. Und dann gibt es da noch einige andere schöne Dinge: diverse Weine, etwas saisonales Gemüse und einige Packungen Grissini, die gut zur Mortadella passen. Tutto bene!

2502 Biel, Rathausgässli 4, 032 322 10 86, www.bottegabielbienne.ch

Restaurant Saint-Gervais

Gesellschaftsstudie Wer hält auf dem Weg gen Westen schon in Biel? Nicht viele. Ein Fehler. Biel hat nicht nur seinen See und den Jura im Rücken, sondern auch romantische Ecken und entdeckungswürdige kleine Geschäfte. Ein ideales Feld für Tagediebe, die nach ihrer Erkundungstour im «St-Gervais» Platz nehmen. Hier treffen sich Politiker und Jazzer, Pensionierte, Alleinerziehende mit Kinderwagen, Müssiggänger, Parvenüs, Bankrotteure und Neureiche, kurz, tout Bienne ist hier zu Gast. Seit sich Chantal Emmenegger, Daniel Schneider, Elias Hagenbuch und Aisha Jakobi um das Traditionshaus kümmern, wurde dem Kulinarischen eine saisonale Struktur und nachhaltige Qualität verpasst. Kalte Mandelsuppe, Rindstatar mit Säntis-Malt und Brioche, Siedfleisch-Reis-Salat und Hacktätschli tragen zur guten Grundstimmung bei. Hinzu kommt ein aufgestelltes Team, das seinen Gästen auf Augenhöhe begegnet. Das «Saint-Gervais» ist ein Juwel, von denen es in der Schweiz nicht mehr allzu viele gibt.

2502 Biel, Untergasse 21, 032 322 48 22, www.stgervais.ch

Union

Fait maison Das mit den Labels ist so eine Sache. Viele sind unnötig und verwirren. Mit dem neuen «Fait maison» (hausgemacht) ist den Initianten in der Romandie aber ein Wurf gelungen. So simpel die Aussage, so gut das Resultat in den Beizen mit diesem Label. Auch im «Union» in Biel. Das hat weniger mit der Einrichtung als mit der guten Kochleistung von Davide Invernizzi zu tun, der die verwöhnten Gaumen der Bielersee-Winzerinnen zu begeistern vermag. Auch ist seine Präsentation der Speisen erfrischend anders als im üblichen Rahmen. Dabei sind seine Gerichte weder abgehoben noch detailverrückt. Die Portionen zu teilen, ist hier nicht nur möglich, sondern erwünscht. Halbgegarte Foie gras mit Kirschenkonfitüre, Ceviche vom Umberfisch, Pasta mit Seefisch oder ein Stück butterzartes Biorind aus der Region (750 Gramm für drei Personen) überzeugen, oder wie wäre es mit dem Degustationsmenü unter der sinnigen Bezeichnung «Der Chef ist crazy» zum Freundschaftspreis. Lassen Sie sich von Gastgeberin Sarah Vecchi Reghenzi beraten. Und wer zum Schluss noch Lust auf Käse verspürt, setzt sich mit den reifen Exemplaren der Familie Reichmuth aus Le Fuet auseinander.

2502 Biel, Bubenberg 9, 032 322 22 00, www.union-restaurant.ch

Épicerie Batavia

In der Schlaraffia Die Épicerie Batavia ist ein sinnlicher, unkomplizierter und lustvoller Feinkostladen, der sich nicht mit Strategien und Marketing aufhält, sondern seine Antworten in der Qualität sucht und findet. Hier einzukaufen, bereitet viel Freude und bietet einen ambitiösen Querschnitt an Produkten, die restlos überzeugen. Von den Sandwiches übers Brot bis hin zur gepflegten Käse-, Bier- und Weinauswahl, inklusive den besten heimischen Cidres, die die Schweiz zu bieten hat. Jacques Perritaz' «Möschte» haben endlich den Weg in die Deutschschweiz und zu Kennern gefunden, die hier am Kirchgässli auf Gleichgesinnte treffen, die Genuss leben und nicht missionieren. Wer Biel besucht, kommt am «Batavia» nicht vorbei. Eine Schlaraffia, eine kulinarische Oase, die jeder Grossstadt gut anstehen würde.

2502 Biel, Kirchgässli 1, 032 342 00 64, www.batavia.ch

BERN LAND

Mon œil Bräu

Bier von hier Tranken wir noch vor einem Vierteljahrhundert vorwiegend das Einheitsgebräu von Feldschlösschen und Co., zelebrieren heute Klein- und Mikrobrauereien die Biervielfalt und verführen zu Trinkgenuss auf hohem Niveau. Das ist auch in Biel so. Meine Bieler Lieblingsbiere stammen von Nico und Dänu, die neben ihrem charaktervollen Amber- und Trappistenbier auch saisonale und erfrischende Sorten wie ein fruchtig-herbes Holunder- oder im Vorfrühling ein süffiges Märzenbier brauen. Jeden ersten Freitag des Monats können zwischen drei und fünf «Mon œil Bräu»-Biere verkostet und im Offenausschank vor Ort getrunken und gekauft werden. Dazu gibt es Salzstangen, Weisswürste und jede Menge bierselige Gespräche.

2502 Biel, Schützengasse 13, kein Telefon, www.mon-oeil-bräu.ch

1001 fleurs

Nur für Erwachsene Zu welcher Fraktion gehörten Sie als Knirps: Mochten Sie Coca Cola oder Sinalco? Himbeer- oder Zitronensirup? Ich für mein Teil konnte Himbeersirup nicht ausstehen und Grenadine erst recht nicht, bei Letzterem kam ich erst später, im Militär, mit der «Stange Grenadine» auf den Geschmack. Mit zunehmendem Alter ersetzte der Wein den Sirup, bis mir an einem Abend ein Sirup aus marokkanischer Minze kredenzt wurde. Seitdem führt meine Hausbar zwei der exzellenten Sirupe von Marlène Stalder. Ingwer-Zitronengras und Marokkanische Minze, die frei von künstlichen Aromen und Konservierungsmitteln sind. Mutige kaufen bei ihr auch Eisenkraut und Rotbusch.

2503 Biel, Oberer Quai 46, 078 767 82 02, www.bio-sirup.ch

Restaurant Maruzzella

Unter Freunden Ueli Löffel kochte zuerst für Freunde und Bekannte und schliesslich für «tout Bienne». Dann gab er «den Löffel ab» und tauschte ihn gegen den Müssiggang. Der neue Koch Wilfried Köster pflegt eine anspruchsvolle Küche, ohne dabei mit Schäumchen und Häubchen abzuheben. Er verzichtet auf Firlefanz und setzt die unverfälschten Aromen der Produkte in den Mittelpunkt. Wie bei der Topinambursuppe oder den gebackenen Kichererbsen mit raffiniertem Kürbis-Chutney oder beim zarten Fleisch vom Wasserbüffel, der auf Aargauer Weiden Gras kauen darf, bis es ihm an den Kragen geht. Genial auch das Blutorangen-Safran-Mousse mit Kardamom-Schenkeli. Fazit: Eine Küche, die sich etwas traut und es zugleich auch kann. Perfektioniert wird das Erlebnis durch Partnerin und Gastgeberin Isabel Johner, die dem Gast herzlich und auf Augenhöhe begegnet. So, wie bei Freunden eben.

2504 Biel, Solothurnerstrasse 12, 032 342 19 20, www.maruzzella.ch

Caveau Ligerz

Frauenpower Die Macher im Caveau haben einen Zacken zugelegt. Elsie Ruf, die junge Geschäftsführerin, sagt ihren Gästen mit Charme und Humor, was Sache ist, und in der Küche swingt Profiköchin Cécile Surmely die Kochlöffel. Die Frauenriege, die im Caveau immer wieder mithilft, übernimmt immer am letzten Donnerstag des Monats das Zepter, ganz unter dem Motto «einmal anders halt». Die Weinauswahl ist beeindruckend und süffig. Wer sich hier niederlässt, reist mit Zug, Schiff oder per pedes an, zumal die Weingläser schnell leergetrunken sind, was vorwiegend Hunger verursacht, der mit einem Entrecôte Café de Paris oder mit frittierten und «à la meunière» zubereiteten Fischen in Schach gehalten wird. Schleckmäuler setzen sich mit «Muck's Gelati» auseinander oder hoffen auf eine hausgemachte Tartelette, die immer mal angeboten wird. Ein stimmiger Ort, der in der Zeit zwischen Januar und März unter Freunden auch gerne zum feucht-fröhlichen Treberwurstessen (ab acht Personen und nur auf Reservation) genutzt wird.

2514 Ligerz, Dorfgasse 7, 032 545 31 66 (ab 16 Uhr), www.caveauligerz.ch

Bäreloch

Kultur und Wein Ob «Fischchörbli» oder Fondue, bestimmt nicht die persönliche Vorliebe, sondern die Jahreszeit, und ob überhaupt, die beschränkten Öffnungszeiten. Doch wer Lust auf ein Fest mit Freunden an einem speziellen Ort hat und frühzeitig reserviert, ist hier richtig. Klar ist, dass im «Bäreloch» von Mitte Januar an für acht Wochen die Treberwurst nicht fehlen darf, befindet es sich doch in unmittelbarer Nähe zum «Brennhüsli». Beim Auspressen der Trauben bleibt der Trester (Treber) zurück, aus dem anfangs Jahr Marc gebrannt wird. In dem bei der Destillation entstehenden heissen Dampf des Brennhafendeckels garen die Treberwürste – und schon ist die Spezialität fertig. Anna und Daniel Ryhiner verstehen es, ihre Gäste entspannt durch den Tag oder den Abend zu begleiten. Sie sind sympathische Gastgeber, die Wert auf Qualität in einem gelassenen Umfeld legen. Nichts ist aufgesetzt, alles ist, wie es ist, und das ist gut. Übrigens: Wer mit Freunden die Weine eines Winzers von Ligerz degustieren will, kann auch das im «Bäreloch» tun. Einfach anrufen und nachfragen.

2514 Ligerz, Dorfgasse 6, 079 599 37 13, www.baereloch-ligerz.ch

Aux Trois Amis

Dem Himmel so nah Einige Kilometer von Biel entfernt lockt in Schernelz das «Aux Trois Amis» mit Terassen-Gunstplatz und beeindruckendem Schönwetterblick über den See, die Sankt Petersinsel und bis hin zur Alpenkette. Zurück an den Tisch, an dem Gastgeberin Cynthia Lauper spannende Weine empfiehlt, die lokales, regionales, nationales und internationales Winzerschaffen abdecken. Wer sich hier kulinarisch verwöhnen lässt, sitzt beim siebengängigen Menü surprise von Marc Joshua Engel in der ersten Reihe. Seine Küche ist spielerisch leicht und doch nicht abgehoben, fordert den Gaumen, aber überfordert ihn nicht. Nur Fisch essen geht natürlich auch, wäre aber schade. Übrigens: Wer bei den Weinen schwach wird, kann einige Meter weiter bei Marianne Bigler ein angenehmes Zimmer mieten.

2514 Schernelz ob Ligerz, Untergasse 17, 032 315 11 44, www.aux3amis.ch und www.see-sicht.ch

Steiner Schernelz Village

Vive le Terroir Persönlichkeiten kommen und gehen. Ob Welt-, National- oder Lokalpolitiker, Dichter oder Denker, ist egal. Sie kommen mit Durst und gehen glückselig mit dem Wissen, dass schon Jesus Wasser in Wein verwandelt hat. Annemarie und Charlie Steiner haben sich nicht verwandelt, sind aber ins zweite Glied gerückt und haben ihr Weingut ihrer Tochter Sabine übergeben, die mit ihrem Mann Andreas Krebs die Weingüter der Familien Steiner und Krebs in ein Unternehmen einbetten. Dieser Schritt vereinfacht die administrativen Abläufe, im Rebberg und im Keller ändert sich nichts. Die beiden Güter behalten ihre Lagen und ihre eigenen Weinstile bei. Meine Vorlieben liegen bei ihren Weissweinen, die sich zum Wegzischen oder zum Philosophieren eignen. Je nachdem, was für eine Traube sich im Glas ausbreitet. Mein Liebling ist ihr «Clos à l'Abbé», ein Chasselas, der neue Lebensgeister weckt.

2514 Schernelz ob Ligerz, Untergasse 22, 032 315 23 24, www.schernelz-village.ch

Mille Or

Dölf Die Gastgeber sind bekannt für ihre unkonventionellen Ideen. So verwundert es nicht, dass selbst ein Dölf Ogi auftritt und über sein politisches Leben erzählt oder der Schweizer Vorzeige-Unternehmer Jean-Claude Biver über die Schwere und Leichtigkeit des Seins sinniert. «Conférence et débat» nennt sich so was. Die kulturellen Abende im «Mille Or» sind weit über die Region hinaus beliebt. Jazz, Rock, Wein, Piano, es ist eine Freude, hier immer wieder einzukehren und sich vom ambitionierten Jahresprogramm überraschen zu lassen. Na ja, rechtzeitig anmelden muss man sich schon, sonst ist nichts mit dem feucht-fröhlichen Abend. Die Plätze sind rar und schnell ausgebucht. Und sonst? Ohne gutes Essen geht es nicht. Die Küche setzt auf Bio, ist saisonal und wurde mit dem in der Romandie bekannten Label «fait maison» ausgezeichnet. Wie auch immer, ohne die luftige Käse- und Spinatomelette, die mich an meine Kindheit und an die Küche meiner Omama Rosa erinnert, geht es bei mir hier nicht. Dazu Weine von der Domaine de la Ville de Berne oder ein Bier der Brasserie Blanche Pierre – das Leben ist schön. Merci Yolanda und Daniel.

2520 La Neuveville, Grand-Rue 15, 032 751 14 22, www.mille-or.ch

NEU La Croix Fédérale

Sizilien im Jura Bis anhin war mein kulinarisches Fazit für den Berner Jura einfach: vorwiegend Tristesse im Flachland und viel Sonnenschein in den «Métairies», den einfachen Gasthöfen, auf den Bergkämmen. Neben dem berühmten «Cerf» in Sonceboz steht im verschlafenen La Heutte direkt an der Landstrasse das «Croix Fédérale». Das Bistro erinnert an alte Zeiten, mal abgesehen von den Decken-Spotlampen und dem übermächtigen graublauen Schrank im Speisesaal. Mit der Familie Nicolosi reicht Sizilien nun bis in den Berner Jura. Ihre Cucina casalinga schwankt zwischen ordentlich und gut. Dass sie die letzten Jahre in Deutschland kochten, merkt der Gast an den grossen Portionen zu bescheidenem Preis, was ebenso gut zum Jura passt. Da gibt's Pasta fatta in casa, Blaufisch in Folie, Kalbsmedaillon und zahlreiche exzellente Sorten Pizza. Was das Speiseangebot betrifft, wäre der Grundsatz, weniger ist mehr, sicher eine Überlegung wert; die Tomate im Februar und die geschnitzte Dekokarotte sind diskussionslos von den Tellern zu verbannen. Das Weinangebot darf sich noch steigern, wobei die Biolinie der Küferweine positiv auffällt.

2604 La Heutte, Route de Sonceboz 4, 076 796 20 85 oder 071 310 02 86, www.fedelaheutte.ch

Boucherie Junod

Wenn der Vater mit dem Sohne Ein Familienbetrieb, der funktioniert wie eine Schweizer Präzisionsuhr. Terroir, Terroir und nochmals Terroir. Etwas anderes gibt es hier nicht. Für ihre Würste reisen die Freaks aus der ganzen Schweiz an. Vater Michel hat das Zepter 2018 seinem Sohn Alexandre übergeben, beide sind geprägt von ihrem hohen Qualitätsdenken. Ihre Grundprodukte beziehen sie aus dem Naturpark Chasseral. Man kennt Bauer und Vieh und produziert lokal, und lokal wird auch geschlachtet. Mit dem Absinthe in der Trockenwurst hatte alles begonnen, gefolgt von der «Saucisse sèche à la gentiane» und der herrlich aromatischen «Saucisse aux bourgeons de sapins», die mit den Sprossen der rund um den Chasseral allgegenwärtigen Fichte und einer Nuance Fichtendestillat veredelt wird. Viel mehr Worte braucht es da nicht. Vielleicht nur noch den Hinweis auf die geniale Kochwurst und die delikate Bratwurst.

2606 Corgémont, Grand-Rue 16, 032 489 17 61, www.boucherie-junod.ch

NEU

Chez l'Assesseur

Entspannt Wer auf den höchsten Punkt im Berner Jura steigt und sich einige Tage entspannt zurücklehnen will, findet im «Chez l'Assesseur» auf dem Mont-Soleil einen unprätentiösen Ort für Ruhe und Genuss. Wer mag, trinkt zuerst einen Chasselas Non filtré von der Domaine Chambleau und gönnt sich dazu einen Flammkuchen, gefolgt von einem Dézaley Chemin de fer von Altmeister Luc Massy, der exzellent zu den Vorspeisen passt, bei denen weder das Markbein, die Pâté maison noch die Schnecken aus dem freiburgischen Gurmels fehlen dürfen. Eine Versuchung wert sind bei den Hauptgängen der aromatische Beinschinken, das butterzarte Bœuf bourguignon oder das exzellente Suppenfleisch von der Weide nebenan. Dazu einen Gamaret vom Château de Praz. Und zum Abschluss darf es noch eine Portion Käse sein, gefolgt von einem Cornet à la crème. Oder vielleicht doch überhaupt lieber ein Fondue so wie am Nachbarstisch? Alles gut, alles herrlich, auch die durchdachte, bezahlbare Weinauswahl und der Schlaf in einem der angenehmen Gästezimmer.

2610 Mont-Soleil, 032 941 23 60, www.montsoleil.ch

Maison de la Tête de Moine

Im Museum Der Nachbar des Klosters von Bellelay ist die «Maison de la Tête de Moine» mit Museum, Laden und Café. Geführt wird der kulinarische Bereich von Madame Amstutz, die früher im Nachbardorf Fornet-Dessous neben der hauseigenen Käserei einen Laden führte. Sie erklärt und empfiehlt den käseaffinen Besuchern das Angebot und gibt all jenen etwas zu probieren, die höflich fragen. Sie schneidet, wägt ab und packt ein. Das Käseangebot wird durch zahlreiche regionale Produkte, aber auch durch Croissants, Kuchen, Brot, Wein und mehr ergänzt. Es ist alles da, um sich fürs Picknick einzudecken.

2713 Bellelay, Le Domaine 1, 032 484 03 16, www.maisondelatetedemoine.ch

Il Grano (Seite 48)

NEU Brasserie Café l'Indus

Im Quartier Das Angebot der Brasserie Café l'Indus in Moutier lässt sich mit einem Wort auf den Punkt bringen: Durchdacht. Ausgezeichnet mit den Labels «Slow Food» und «Fait maison», zelebrieren die Macher eine unkomplizierte Küche, wie es sie im Berner Jura nicht oft gibt. In einer stimmungsvollen, industriell geprägten Atmosphäre, die für den Jura schon fast als extravagant bezeichnet werden darf, wählt der Gast zur Vorspeise zwischen Markbein, Foie gras und Jakobsmuschel auf Topinamburcreme, oder er genehmigt sich gleich die in Guinness geschmorten Rindsbacken oder ein perfektes Cordon bleu – und logisch, dass die Frites und das Pistazien-Ananas-Soufflé glacé «fait maison» sind. Zum Café und zur Brasserie gesellt sich eine kleine Épicerie, die mit zahlreichen Delikatessen und einer spannenden Auswahl an Weinen überrascht. Es tut sich etwas im Berner Jura.

2740 Moutier, Rue Industrielle 94, 032 493 51 51, www.restaurant-brasserie-indus.com

NEU Gagygnole

Terroir Drei Brüder, Gaëtan, Luca und Tim Gyger, drei Destillate, das eine besser als das andere. «Fran Gin», «Souboziane» (mein Favorit) und «Vodkatapulte» sehen in ihrem Outfit nicht nur proper aus, sie sind es auch auf der Zunge und im Gaumen. «Naturel» und «artisanal» ist schnell geschrieben, es tatsächlich in die Tat umzusetzen, ist ein anderes Kapitel. Die Produkte der drei Brüder sind überwiegend regional, und das komplette Angebot wird von ihnen selbst produziert. Einzig ihr Branntwein wird im Nachbardorf Sornetan gebrannt, weil sie nicht über die dafür erforderlichen Gerätschaften verfügen. Die Natur steht im Vordergrund, Chemie wird keine eingesetzt. Wer sich vor Ort überzeugen will, lernt einen innovativen und sehr sympathischen Familienbetrieb kennen. «Wir bemühen uns, die Ganzheit unserer Werte in jedes Produkt zu stecken», schreiben die Brüder auf ihrer Website. Schöne Worte und noch schönere Resultate. Santé!

2748 Souboz, Derrière les Hôtas 25, 079 416 30 41, www.gagygnole.ch

Bären Buchsi

Im Wohnzimmer Der «Bären Buchsi» ist die gute Stube für Schlemmer und Schöngeister, eine Begegnungsstätte für das kleine Schwarze und die «Büezerhose», ein friedvoller Gunstplatz für Eingeborene und Fremde. Konzerte, Lesungen und Tafelfreuden stehen im Mittelpunkt. Simon Enzler, Pedro Lenz, Michael von der Heide und zahlreiche andere, die Kulturchef Jüre Hofer für den «Bären» zu begeistern weiss, gaben und geben sich hier immer wieder die Türklinke in die Hand. Das Kulturprogramm und das kulinarische Angebot wechseln, die Qualität der Küche bleibt. Claudia Purtschert sei Dank, die hier seit über zwei Jahrzehnten den Löffel schwingt und die beste Rösti – das behaupte ich einfach mal – mit geschnetzeltem Kalbfleisch an einer Whiskyrahmsauce auftischt. Zu ihr gesellt sich die Gastgeberin, Angela Rubli, die noch mehr Frauenpower in den «Bären Buchsi» bringt.

3053 Münchenbuchsee, Bernstrasse 3, 031 869 02 99, www.baerenbuchsi.ch

Schüpbärg-Beizli

Schöne Aussichten Gut gibt es noch Köche, die in ihrer Küche auf mediterrane Malereien verzichten und das zu Genuss verarbeiten, was ihnen ihre Region bietet. Christoph Hunziker ist so einer, der sich als Glücksfall für die Beiz entpuppt. Und Sarah Hunziker ist der Glückstreffer für Christoph. Der Kreis schliesst sich. Sie ist die gute Seele des Hauses, offen und herzlich, und hält mit ihrem Master of Science in Business Administration ihrem Christophden Rücken frei. Darum kocht der Glückspilz so gut, denke ich mal. Er muss nicht noch an den Schreibtisch, sondern kann sich ganz auf Einkauf und Küche konzentrieren. Das «Schüpbärg-Beizli» ist ein angenehmer Ort, mit schöner Aussicht auf Land und Teller.

3054 Schüpfen, Schüpbärg 134, 031 879 01 22, www.beizli.ch

Metzgerei Stettler

In der Bratwurstmanufaktur Wöchentlich geht eine Metzgerei in der Schweiz ein. Doch gottlob gibt es sie noch, die Metzger, die Könner mit Herzblut sind und sich nicht in die Ecke drängen lassen und kapitulieren. Die Metzgerei Stettler ist ein Familienbetrieb in der dritten Generation, die nicht nur über artgerechte Tierhaltung redet, sondern sie fördert, indem sie nur Tiere kauft, die würdig leben durften und nicht mehr als zehn Kilometer Transportweg zum Schlachthaus hinter sich bringen mussten. Das geht nur, wenn man als Metzger lokal handelt und noch selbst schlachtet, was aber immer schwieriger wird, da die Vorschriften für Kleinbetriebe ständig abstruser und die Kosten dafür unbezahlbar werden. Wie auch immer: Über sechzig verschiedene Bratwürste produzieren die Stettlers, was allein noch nichts über die Qualität aussagt, aber wer schon in eine der aromatischen Würste gebissen hat, weiss, warum die Familie Erfolg hat. Und wenn am Freitag neben der Metzgerei der Gemüsestand steht, weiss der Konsument, dass die Familie Stettler über den Tellerrand hinaus denkt.

3054 Schüpfen, Bergackerweg 1,
031 879 11 51, www.stettler-wurst.ch

Restaurant Linde

Alles echt? Die Rösti kommt aus der gusseisernen Pfanne vom Holzherd, das Gemüse von der Wiese nebenan, das Fleisch vom Nachbarn und die Gastgeberin aus Bayern. Alles echt! Die «Linde» bei Boll ist eine Oase im Alltagstrott. Das Haus besticht durch seine Gaststube mit Riemenboden und seinen romantischen Garten. Die Kochsprache von Heinz Spühler ist sorgfältig, die Gastfreundschaft von Marion Spühler herzlich. Die Einheimischen kommen zum Mittagsteller, die Stadtberner zu den Hausklassikern, wie «Suuri Läberli» und Kalbsgeschnetzeltes mit der berühmten Berner Rösti. Wer es leichter mag, bestellt den saisonalen Dreigänger, wer das Üppige liebt, hält die Verdauung mit einem exzellenten Wacholder in Schach.

3067 Boll, Lindentalstrasse 109,
031 839 04 52, www.linde-lindenthal.ch

Muck's Gelati

Auf Spurensuche mit Dani Obwohl ich einige Jahre in der Region Freiburg–Murten–Seeland zuhause war, hätte ich wohl die Familie Jampen und ihre exzellenten Glaces nie kennengelernt, wäre ich nicht über den «Treffpunkt» mit Dani Fohrler gestolpert, der überschwänglich von den Glaces der «Mucks» schwärmte. So peilte ich also eines Tages Müntschemier an, mit dem Hintergedanken, dass ich mich danach noch an die Mittagstafel ins «Maison Salvagny» in Salvenach setzen könnte. Die Glaces sind in der Tat nicht einfach Glace, sondern geschmackliche Aromenbomben, die mit ungewöhnlichen Kombinationen verblüffen und begeistern. Rüebli mit Haselnuss, Gurke, Spargel, Fenchel oder Stangensellerie mit Apfel, um gerade mal fünf Sorten zu nennen. Was es sonst noch mit der Familie Jampen und ihrem Übernamen «Muck» auf sich hat und wie die Initiantin, Macherin und Lehrerin Ursula Jampen zur Glaceproduktion gekommen ist, ist auf der Website nachzulesen.

3225 Müntschemier, Kerzersstrasse 30, 032 313 20 28, www.mucksgelati.ch

Gheimtipp – der Essbahnhof

Bitte einsteigen! Zuerst war er ein Geheimtipp, der «Gheimtipp-Essbahnhof». Selten offen, und wenn, dann nur für Gesellschaften. Ursprünglich war das Haus die Bühne des Stationsvorstehers, heute ist es der Schauplatz von Gastgeber Beat Wyss und Alleinkoch Steven Moy, der eine exzellente Küche auftischt und zu begeistern weiss. Der Gast setzt sich und isst, was es gibt. Bevor er sich hinsetzt, geht er mit Beat Wyss in den Untergrund und sucht sich eine Flasche aus. Es ist ein idealer Ort für unkomplizierte Allesesser, die nicht vergessen, frühzeitig zu reservieren. Der Laden brummt, das Platzangebot ist klein und als «Covid-19-Express» neu unterteilt in vier lauschige Zugabteile, die zu viert und einmal zu sechst buchbar sind. Adieu langer Tisch, adieu Tavolata. Wer sich zu lange dem Glas widmet, dem stehen in den oberen Etagen vier stilvoll eingerichtete Gästezimmer zur Verfügung.

3297 Leuzigen, Alte Bahnhofstrasse 28, 032 530 47 14, www.gheimtipp.ch

Wirtschaft zum Löwen

Das Beste von Baum und Feld Der Gast tritt ein und freut sich über den schlichten Gastraum, der hat, was er haben muss, für einmal selbst schöne Lampen, die gutes Licht geben. Die Karte kommt, und die Freude bleibt. Ein übersichtliches Angebot saisonaler Gerichte. Julia Pfäffli kocht eine marktfrische Küche ohne Prahlerei mit Liebe zum Detail. Der Salat ist taufrisch, die Heusuppe aromatisch, das Kotelett ist butterzart, die Pommes frites sind aus den eigenen Kartoffeln geschnitzt, und das frische Apfelküchlein wird «à la minute» zubereitet. Mit von der Partie sind Mutter Ruth und Vater Hans, die überall dort helfen, wo es gerade nötig ist. Die Nachbarin der Wirtschaft ist Julias Schwester, Bäuerin Anja Pfäffli, die Hühner vermietet, Bäume verkauft, Öl presst, mit ihrem Vater Hans Schnaps brennt und alles ab Hof verkauft. Ein Familienbetrieb mit Vorbildfunktion, der eine Metzgete der Extraklasse vom eigenen Schwein auftischt.

3256 Bangerten, Deisswilstrasse 1, 031 869 02 30, www.loewen-bangerten.ch

Il Grano

Erhört! Die neuen Stühle sind weg, die alten Sitzklassiker von Horgenglarus sind wieder da, was die sakrale Aura des Raums wieder verstärkt. Merci bien! Monika Gysin (ehemals «L'Ours», Sugiez) gelingt es, eine italienische Küche umzusetzen, die vorwiegend authentisch ist und sich der Saison unterordnet. Mit lauwarmem Gemüse, hausgemachter Pasta, gebratenem oder süss-saurem eingelegten Fisch, deftigen Schmorgerichten, kurzgebratenem Fleisch und einigen unaufgeregten Dolci. Das «Il Grano», wie ich es schätze, ist zurück. Auch weil Gastgeber Gianclaudio De Luigi wieder zu sich und seiner Gastgeberrolle gefunden hat, was wiederum mit Christine, der starken Partnerin an seiner Seite zu tun hat. Chapeau.

3294 Büren an der Aare, Ländte 38, 032 351 03 03, www.ilgrano.ch

Käserei Oberwil

So einfach Nein, ein Mann grosser Worte ist Jakob Beer nicht. Und für seinen Käse muss er auch keine Werbung machen, der ist so gut, dass die Kunden von allein kommen. Mundpropaganda nennt sich das, was im Zeitalter der elektronischen PR eine fast vergessene sympathische Form bester Direktvermarktung ist. Übrigens: Vergessen Sie nicht, dass ein «tränender» Emmentaler im Gaumen Freude bereitet und freudig feuchte Augen verursacht. Auch ohne Geheimrezept.

3298 Oberwil, Im Dorf 3, 032 351 63 35

Gasthof zum Brunnen

AWARD 2021

Der Wilde Wer den herzlichen, freiheitsliebenden und eigensinnigen Haslitaler Alex Rufibach aufsucht, hat Appetit und Durst. Pinzettenesser, Vegetarier und Veganer lassen es bleiben. Die Tiere, die er verarbeitet, durften noch auf der Zunge spüren, wie das Gras einer saftigen Weide schmeckt. Die Fische bezieht er nicht aus der Tiefkühltruhe, sondern fangfrisch aus Schweizer Seen. «Swissness» ist bei ihm kein Lippenbekenntnis, sondern seit Jahrzehnten Programm. Seine Weinkarte besteht aus heimischem Schaffen. Allein der Weinkeller lohnt den Besuch. Sparen fürs Alter. Wozu, denn wer weiss schon, wann einen die Ungemächlichkeiten des Alters treffen? Das Leben eines jeden passionierten Beizengängers findet nun einmal in der Wirtschaft statt. Im Gasthaus zum Brunnen mit Kalbskopf, Kutteln, Lungen-Herz-Hirn-Ragout, Ochsenmaulsalat, paniertem Schweinskotelett oder Rufibachs berühmten «Suure Mocke». Brigitte und Alex Rufibach werden für ihr Lebenswerk ausgezeichnet und sind unsere alten Hasen 2021 (siehe auch Seite 13).

3312 Fraubrunnen, Bernstrasse 6, 031 767 72 16, www.suuremocke.ch

Wursthüsli Egger

Alles isst Wurst Würste aus einer anderen Welt. Kein Wunder bei dieser Liebe zum Produkt. Die Räucherkammer befindet sich in einem Bauernhaus von 1726, die Bauernbratwurst von Vater und Tochter Ernst und Christina Egger ist die beste, die ich kenne. Auch der Landjäger, das «Rouchknebeli» oder der Fleischkäse lassen den Fleischliebhaber schwärmen. Und so geht das weiter. Bei den exzellenten Cervelats, der wundervollen «Ämmitaler Schwartenwurst» – oder erst der Rauchwurst und den neu entwickelten und geräucherten Brühwurstkreationen.

3373 Heimenhausen, Dorfstrasse 6, 062 961 52 52, www.wursthuesli.ch

Meier's Löwen

Roli und Markus Die Herren mögen keine Geschichten über sich. Dezent habe ich vor Jahren mal über sie geschrieben, und letztes Jahr habe ich sie wieder «aufgegabelt». Die Weinkarte ist mehr Buch als Karte, und die Auswahl der Weine vermittelt die Leidenschaft von Roli und Markus, die von ihren langjährigen Mitarbeitenden Jasmin Lang und Peter Hoppe mitgetragen wird. Da finden sich Trouvaillen wie ein Chenin Blanc 2006 von Nicolas Joly oder ein Barolo Tre Tine 2010 von Giuseppe Rinaldi. Und so geht das weiter hier im «Löwen». Aus der Küche kommen einfache, subtile Gerichte wie gebackene Belper Forellenfilets, hausgemachte Käseravioli, ein Stroganoff vom Entrecôte und noch so einiges mehr. Alles reichlich, alles gut.

3376 Berken, Unterberken 13, 062 963 17 44, www.loewenberken.ch

Zum Wilden Mann

Per Du mit Gotthelf Im «Wilden Mann» einkehren ist wie Gotthelf lesen. Genauso muss es gewesen sein – damals. Tannenboden und -tische, Holzbänke und -stühle, Schwartenwurst und Essigzwetschgen. Schon die kurze Anfahrt von Wynigen nach Ferrenberg verursacht gute Laune. Fette Wiesen mit stämmigen Bäumen, blühende Hofgärten, eine freundliche Insel im Emmental. Mittendrin bietet die Familie Friedli eine grundehrliche Gastfreundschaft. Ida, die gute Seele des Hauses, und Gastgeberin Christine begrüssen die Gäste herzlich, die Stimmung ist luftig, das Angebot stimmig. Es gibt Spiegeleier, Hamme, Rösti, Meringue mit Nidle und auf Vorbestellung mal einen Zwetschgenbraten. Patrick Theiler kocht einfach, gut, feuert den Holzherd ein und kocht auf ihm. Zwischendurch organisiert er Konzerte, für die der «Wilde Maa» genauso bekannt ist wie für die perfekte Rösti. Obwohl Bern nah ist, bleiben die Wallfahrten aus. Vornehmlich an ungemütlichen Nebeltagen wird's hier in der guten Stube urgemütlich, und auf die Raucher unter uns wartet der Zirkuswagen mit Bollerofen und kleinem Sofa.

3474 Rüedisbach, Ferrenberg bei Wynigen, 034 415 11 61, www.wilde-maa.ch

Restaurant Dampfschiff

Mit Volldampf Lukas Marti und Simon Burkhalter haben sich aufs Unterdeck zurückgezogen und überlassen die Kommandobrücke Gastgeberin und Sommelière Andrea Vogt und Küchenchef Kevin Wüthrich, dem der Spagat zwischen mutiger Innovation und luftiger Klassik perfekt gelingt. Was heisst das? Da gibt es zum einen Ceviche aus Felchen, gewürzt mit Honigwein, Blütenpollen und Walliser Aprikosen, zum anderen ein Blumenkohl-Flan mit Broccoli, Ingwer und Romanesco. Sehr erfrischend ist auch die Kaltschale aus Erbsen, grünem Curry und Minzen-Bretzel. Oder bei den Hauptgängen die konfierten Forellenfilets mit Kräuterhüttenkäse, Jungspinat, Safrandressing und Butter-Crunch oder das kurz angebratene Tataki an einer Soja-Sesam-Ingwer-Sauce, serviert mit einem Bierrettich-Salat. Da ist ein Jungkoch am Werk, von dem wir noch so einiges hören und lesen werden, der frech, frisch und konzentriert drauflos kocht, ohne mit einer überstrapazierten Baukastenküche zu nerven. Solche Kombinationen habe ich zuletzt bei Spitzenkoch Nathan Outlaw in Cornwall gegessen. Wenn das keine Ansage ist. Noch ein Tipp zum Schluss: Überlassen Sie die Weinauswahl Andrea Vogt. Dann kommt's gut. Den Rest zum Glück machen die Lage am Wasser und die Patina des Lokals.

3600 Thun, Hofstettenstrasse 20, 033 221 49 49, www.dampfschiff-thun.ch

Hotel Restaurant Schwert

Gnagi trifft Prada Ob Sie nun eine verträumte Romantikerin, ein kultivierter Fleischtiger, bekennender Vegetarier oder eine überzeugte Prada-Trägerin sind – das «Schwert» in Thun werden Sie lieben. Es liegt hinter den Arkaden an der Unteren Hauptgasse. Schon der Eingang, die Fenster und der flüchtige Blick ins Innere schaffen Vertrauen, das auch bei den Speisen nicht verloren geht. Das Angebot zeugt von einem selbstbewussten Koch, von Frische und saisonalem Denken. So lockt der regionale Spargel tatsächlich im Mai, und zum Kalbsbraten gesellen sich frische Morcheln. Immer im Angebot sind Mistkratzerli und Gnagi mit Brot oder mit Erbsensuppe. Klassiker, die seit jeher zum «Schwert» gehören. Alles perfekt? Alles.

3600 Thun, Untere Hauptgasse 8, 033 221 55 88, www.schwert-thun.ch

Bruni – L'Art du Fromage

Applaus! Christoph Bruni ist ein grossartiger Affineur, der die Produzenten, deren Käse er verkauft, noch persönlich kennt – das ist keine leere Worthülse, sondern gelebter Alltag aus Überzeugung. Sein Käsewagen steht immer am Dienstag- und Samstagmorgen auf dem Bundesplatz in Bern. In Thun kann sich der Käsefreund bei ihm telefonisch anmelden, und wenn er Zeit hat und vor Ort ist, empfängt Bruni seine Besucher in seinem Käseparadies. Kuh-, Ziegen-, Schafs- und Büffelkäse, aber auch Trockenwürste und Rohessfleisch von Stier und Bock, die ohne Transportstress das Zeitliche segnen durften, bietet er an und erklärt dazu, was es mit seinen Produkten auf sich hat. Es gibt Gourmets, die grosse Distanzen zurücklegen und extra nach Bern reisen, um bei Bruni Käse zu kaufen. Und das mit gutem Grund.

3600 Thun, Bürglenstrasse 11, 079 432 99 06, www.bruni.ch

Berggasthaus Wasserngrat

Im Winter immer Geld regelt vieles. Aber das Glück, zum richtigen Zeitpunkt am richtigen Tisch zu sitzen, ist nicht käuflich. Selbst in Gstaad nicht. In der Welt des Luxus strahlt das Berghaus Wasserngrat Wärme aus. Rindszunge, Schafshirn, Kalbskutteln oder doch lieber Entenleber, Kalbstatar, Côte de bœuf. Bei Nik Buchs ist alles möglich, was in Gstaad nicht weiter erstaunt. An einem Ort, wo die Welt verkehrt, Welsch und Deutsch zusammenkommen und ihre Vorlieben pflegen. Im Berghaus Wasserngrat lässt es sich für fünfzig oder für fünfhundert Franken tafeln. Der Gast wählt nach Lust und Laune, das Angebot ist durchdacht und gefällt. In der Wintersaison werden bei schönem Wetter rund dreihundert Essen serviert. In bester Qualität und mit einem ehrlichen Lächeln, das sich die Mitarbeiter nicht antrainieren müssen.

3780 Gstaad, Bissedürriweg 16,
033 744 96 22, www.wasserngrat.ch

16 Art Bar Restaurant

Erste Saane Der Herrgott war's. Sein Handabdruck schuf das Saanenland. Das «Art 16» aber schufen Nik und Simon Buchs, die sympathischen heimischen Jungunternehmer. Im Kamin lodert das Feuer, bis die Glut steht und über ihr die Gstaader Lammkoteletts dem Garpunkt entgegenfiebern. Die Küche von Nik Buchs richtet sich nach der Saison und nach seiner Lust und Laune. Dann kann es durchaus auch mal «Ravgchöch» geben, einen Wintereintopf aus «Raven» (auch als Bodenkohlrabi, Steckrüben oder Navets geläufig), Kartoffeln und Speck, verfeinert à la Nik Buchs. Zur Küche passt perfekt die durchdachte Weinauswahl, die mit spannenden Provenienzen aus der Sparte «Habe ich noch nie getrunken» aufwartet.

3792 Saanen, Mittelgässli 16,
033 748 16 16, www.16eme.ch

BERN LAND

NEU s'Chäsi-Beizli

I d'Chäsi mit em Hund Würde der gebürtige Emmentaler und bekannte Folkssänger Dänu Wisler nicht im Toggenburg leben, sondern in seiner alten Heimat, wäre er wohl Stammgast in der «Chäsi» in Zielebach, die zwar etwas ausserhalb des sagenumwobenen Ämmitals liegt, aber als freiheitsliebender Mensch würde Dänu für «d'Chäsi» und die neuen Pächter gewiss singend friedlich gegen alle Intrigen und Ränkespiele der Einheimischen protestieren. Denis und Petra Lemut, die ihr Angebot an Käse kontinuierlich ausbauen, bespielen von Dienstag bis Freitag mit einer ausgewogenen Kochsprache ihre Mittagsgäste. Am Abend organisieren sie ab und zu Konzerte oder, was ja sehr gut zur «Chäsi» passt, bieten einen Outdoor-Fondueplausch an, bei dem Jung und Alt im Käse rührt und sich dabei Geschichten von gestern und heute erzählt. Untertags einfach Käse und Würste kaufen oder gleich vor Ort schmausen geht aber auch, zumal Auswahl und Qualität jeden Umweg lohnen.

4564 Zielebach, Dorfstrasse 13, 032 675 38 38, www.chaesi-zielebach.ch

Hotel Rosenlaui

Endlich Bergferien Bergferien? Gerne, aber nur von Mitte Mai bis Mitte Oktober. Dann aber täglich. Wer den Spuren von Holmes und Watson folgen, die wunderschöne Bergwelt näher erkunden oder am Ufer des idyllischen Bergbachs einfach mal eine Runde vor sich hin dösen will, der ist im «Rosenlaui» ideal aufgehoben. Wer kommt, der bleibt. Zu schön ist dieses Kleinod, als dass sich der Gast mit nur einer Nacht zufriedengibt. Die Atmosphäre in den Salons und in den mit Originalmobiliar ausgestatteten Zimmern, in denen es zwar kein fliessendes Wasser, aber jede Menge Historie gibt, ist einmalig und führt den Besucher auf eine Zeitreise. Ein eigenwilliger, spezieller, wundervoller Ort für Menschen, die auch mal ohne Handy, TV und Co. auskommen können.

3860 Rosenlaui, 033 971 29 12, www.rosenlaui.ch

Boucherie Pierre Bilat

Beim Bilderbuchmetzger Pierre Bilat ist ein Metzgermeister wie aus dem Lehrbuch. Seine roten Backen leuchten, unter der Schürze ist ein leichter Bauchansatz zu erkennen, seine Stirne glänzt, und auf seinen Lippen wartet immer mal wieder ein launiges Bonmot. Er ist ein Mann voller Tatendrang, stets herzlich und hat immer neue Produktideen im Köcher. Zuvorkommend bedient er seine zahlreichen Stammkunden, die bei ihm ohne Murren Schlange stehen. Seine Würste sind genial, und sein Fleisch ist von hier statt von dort. Seine aromatischen Würste sind exzellent, seine Terrinen luftig, perfekt gewürzt und optimal in der Konsistenz, und sein Fleisch ist von seinen Nachbarn, den Bauern der Region. Kein Wunder kaufen bei ihm Spitzenköche ein.

2336 Les Bois, Rue du Doubs 1,
032 961 12 85, www.boucheriebilat.ch

Auberge de la Bouège

Schlafen am Fluss Für romantisch veranlagte Alltagsflüchtlinge kommt hier der ultimative Tipp. Tagesausflügler erobern die verträumte Oase mit dem Auto und setzen bei Le Noirmont den Blinker, Wandervögel marschieren mit gutem Schuhwerk von Goumois den Doubs aufwärts nach La Goule und von dort zur Auberge de la Bouège. Kurt Zwingli und Palmira Simoes tischen den Gästen ihre einfachen, subtil zubereiteten Spezialitäten auf wie Forelle, Beinschinken, Pilzschnitten und Fondue. Die Weinauswahl ist klein, die Desserts sind «fait maison», und den Rest macht die einmalige Lage, die es so kein zweites Mal am Doubs gibt. Im Sommer wiegt einen das Quaken der Glockenfrösche in den Schlaf; die Welt scheint heil und der Alltag weit weg.

2340 Le Noirmont, 032 953 30 40,
www.aubergedelabouege.ch

Café-Bistrot du Cerf

Der normale Alltag Es ist Montagmorgen, sieben Uhr. Einige Pensionäre treffen sich zum ersten Kaffee, dem ersten Bier, dem ersten Ballon im «Cerf». Es wird diskutiert, geschwiegen, die Zeitung gelesen. Arbeiter kommen, andere gehen in den Wald, an den Fluss, auf den Zug. Schön, dass es heutzutage noch Wirtschaften gibt, die ihre soziale Funktion wahrnehmen und den lieben langen Tag geöffnet haben. Der «Cerf» ist so eine unprätentiöse, angenehme Beiz, die seit 2018 von Katia Friche und Laetitia Vallat bespielt wird. Eine Anlaufstelle für Hinz und Kunz mit einfacher, regionaler Küche, die je nachdem mit italienischen Klassikern wie Lasagne und Pizza und einigen französischen Spezialitäten wie Schnecken oder Foie Gras angereichert wird. Das Angebot ist nicht weiter aufregend, aber grundsolide. Forelle, Kaninchen oder mal eine Terrine mit einem grünen Salat bereiten Freude, auch noch nach Erhalt der Rechnung. Der «Cerf» ist nicht eine Beiz, um Umwege zu fahren, wer aber auf der Durchreise ist und Appetit verspürt, hält an und bleibt.

2340 Le Noirmont, Rue du 23-Juin 2, 032 953 13 73, keine Website

Boucherie St-Hubert

In der Schlange Unter der Woche geht's schneller als am Samstag, dann nämlich steht das ganze Dorf in der Metzgerei Schlange, was nicht weiter verwunderlich ist, überzeugt doch die Familie Sauser mit ihren Produkten selbst verwöhnte Gaumen. Die Reise lohnt sich allein schon wegen der Terrinen, die subtil gewürzt und voller Aromen sind. Eine weitere Spezialität ist der Beinschinken, der von einem Brotteig umhüllt ist und gerne als ganzes Stück für den Familien- oder Festschmaus gekauft wird. Das angebotene Fleisch stammt aus den Freibergen – kein Wunder, darf da Pferdefleisch nicht fehlen, was hier nichts Anrüchiges hat, sondern zur Alltagsküche gehört. In der kälteren Jahreszeit gehört der Boudin zum Pflichtkauf. Perfekt im Geschmack und Schnitt ist er ein Highlight für alle Wurstfreaks. Hier anzustehen macht tatsächlich Freude.

2340 Le Noirmont, Rue du 23-Juin 2, 032 953 11 26, www.boucherie-st-hubert.ch

Aux Couleurs du Terroir

Vive le Terroir! Begonnen hat alles mit einem verwitterten Gebäude, das nach und nach sanft renoviert wurde. Von Beginn wurde hier auf regionale Produkte gesetzt. Es ist beeindruckend, was Lina Dubied im Jura so alles an Produkten aufstöbert und ihren Kunden zu fairem Preis verkauft. Wer einmal vorbeischaut, wird schnell zum Wiederholungstäter. Ebenso etabliert hat sich ihr unkonventionelles Restaurant, in dem es sich angenehm speisen lässt. Am Abend von Donnerstag bis Samstag und unter der Woche von Dienstag bis Samstag jeweils mittags. Am Tage des Herrn wird dem Brunch gehuldigt und ausgiebig gefrühstückt.

2362 Montfaucon, Communance 12, 032 955 11 03, www.couleursduterroir.ch

Restaurant Komachi

O shokuji o o tanoshimi kudasai «Bon appétit» geht aber auch. Der Koch ist Jurassier, die Gastgeberin Japanerin, die Atmosphäre herzlich, die Beiz klein und die Lüftung schlecht. Wer nach der Tafelrunde das «Komachi» verlässt, trägt in seinen Kleidern den kulinarischen Querschnitt des Abends, was aber allen egal ist. Die Küche ist vorzüglich, die Speisen sind subtil gewürzt und die Portionen perfekt. Wer sich ein Menü zusammenstellt, kann das ganze «Komachi»-Kochspektrum erleben. Der Wakame-Gurken-Salat, die frittierten Pouletstücke, die gefüllten japanischen Ravioli überzeugen wie alles, was aufgetischt wird. Wer Sake kennenlernen will, hat die Gelegenheit dazu. Für bescheidenes Geld werden dem Gast zu den Speisen sechs Glas Sake ausgeschenkt.

2800 Delémont, Rue de l'Hôpital 39, 032 423 00 53, www.komachi.ch

JURA

Lauber

Kult Wer im Jura wieder einmal Lust auf eine Traditionsbäckerei verspürt, in gutes Brot und in noch delikatere Spezialitäten wie Quiche Lorraine und Croustade (ein Kuchen mit einer Füllung aus Schinken und Spinat) beissen will, der besucht die patinierte Boulangerie und Pâtisserie Lauber in Delémont. Hier stehe ich dann vor der Theke und lasse mich von den duftenden Traditionsprodukten inspirieren, was den Appetit fördert und dazu führt, dass ich mehr einkaufe, als ich eingeplant habe. Auch die für die Region ungewohnten Produkte, wie eine Bündner Nusstorte oder ein luftig-leichter Panettone, überzeugen durch Geschmack, genauso wie die kleinen Carac- und Citron-Tartelettes oder das Schokoladen-«Branchli» zusammen mit einem guten Stück Brot. Mit Jacques Lauber steht seit 1989 die fünfte Generation in der Backstube. Möge das hier bitte noch lange so weitergehen.

2800 Delémont, Rue de Fer 2,
032 423 36 45, www.boulangerie-lauber.ch

La Claude Chappuis

Aus erster Hand «La Claude Chappuis» ist ein Bauernhof oberhalb von Develier in der Nähe von Delémont mitten in der Natur. Zwar wurde das Haus einmal zu viel renoviert, aber die Herzlichkeit von Personal und Gastgebern macht das wieder wett. Als patinierter Zeitzeuge hat die beeindruckende Holzdecke überlebt, alles andere präsentiert sich aufgeräumt und zweckmässig. Sandra und Jean-Claude Tschirren verstehen es, eine frische regionale Küche zu zelebrieren, sorgfältig gekocht und schön angerichtet. Zum Beispiel ein Kalbsragout mit Stampf und Gemüse, das nach Nachschlag verlangt und rundum glücklich macht. Oder die wunderbaren hausgemachten Pommes frites, die wirklich noch nach Kartoffel riechen und die man am liebsten gleich von Hand von der Platte wegpickt. Das Brot kommt aus dem eigenen Holzofen, die Meringue ebenso. Die Weinauswahl ist ordentlich und setzt mit Klassikern aus der Waadt und dem Wallis trinkfreudige Zeichen.

2802 Develier, 032 422 14 17,
www.la-claude-chappuis.ch

Les Esserts

La Reine du Toétché Auf dem Bauernhof von Thérèse und Samuel Scheurer steht die Backstube mit den drei grossen Holzöfen im Mittelpunkt. Thérèse ist berühmt für ihre Brote, Zöpfe, Meringues, Kuchen, Torten und für den besten Toétché, den ich kenne. Toétché? Das ist ein runder Fladenkuchen aus Mehl, Butter, Eiern, Hefe, Rahm und Salz. Seinen typischen Geschmack verdankt er der Säuerung des Rahms. Vor der Erfindung des Eisschranks setzte sich bei kühler Lagerung das Milchfett als Rahmschicht an der Oberfläche ab und nahm von den Milchsäurebakterien einen fein säuerlichen Geschmack an. Heute sorgen Joghurtkulturen für die Säuerung. Thérèse Scheurer verwendet für ihre Produkte das eigene Mehl, gemahlen von Müller Didier Charmillot in der Mühle von Vicques, die hofeigene Milch und Butter. Alles was der Hof hergibt, wird verwertet. Immer samstags verkauft sie im Hofladen ihre wundervollen Produkte.

2856 Boécourt, Les Esserts 138,
032 426 62 27, keine Website

Auberge de la Gare

Halt nach Verlangen Wer sich den unnötigen Firlefanz wegdenken kann, findet in der Auberge de la Gare eine schön gealterte Beiz. Ein Schmuckstück könnte auch der Garten sein, wenn er nur etwas sorgfältiger behandelt würde. Was hier fehlt, ist eine sichere Hand mit dem Gespür für stilistische Feinheiten. Egal. Die Einkehr lohnt sich. Terrine, Fondue, Huhn, Kotelett, Cordon bleu und die perfekten Frites «fait maison» sind Hausklassiker, die überzeugen, während die Weinkarte ausbaufähig ist. Am besten greift man auf die einfachen roten Franzosen zurück oder geht gleich zum Bier über, werden doch fast alle Biersorten der BFM, der Brasserie des Franches Montagnes, ausgeschenkt. Wer Zeit hat, kommt unter der Woche und geniesst die Stille, wer das Leben sucht, findet es am Sonntag, dann, wenn die Stammgäste in Familienstärke die sympathische Auberge entern und um die Wette palavern.

2875 Montfaucon, Le Pré-Petitjean,
032 955 13 18, www.aubergedelagare.ch

Auberge du Jura

Lieber Kalbskopf Wer Kalbskopf liebt, sitzt bei Béa Babey richtig. Die Beiz ist ein Epizentrum für Innereien, auch für Kutteln, Schweinsfüsse und Zunge. Ein puristischer Ort, mit brummigen Stammgästen und sympathischen Eigenbrötlern, die das Einfache zu schätzen wissen. Den Kalbskopf serviert Béa auf der silbernen Platte mit Karotten, Kartoffeln und einer exzellenten Vinaigrette, wundervoll nach Nelke, Lorbeer, Brühe und Fleisch duftend. In der Auberge wird diskutiert, gelacht, getrunken und ab und zu Akkordeon gespielt. Nichts ist gekünstelt, alle sind willkommen. Béatrice Babey ist eine eigenwillige Gastgeberin, die keine Worte über sich verlieren mag. Wer bei ihr essen will, fragt frühzeitig an, was es gibt, reserviert sich einen Tisch und erscheint pünktlich. Bon appétit!

2882 Saint-Ursanne, Rue du 23 Juin 24, 032 461 35 60, keine Website

Restaurant de Clairbief

In einem Bächlein helle Von Soubey führt ein vier Kilometer langer Weg zum Restaurant «Clairbief». Was hier zählt, sind Gastfreundschaft und Forellen. Der einstündige wild-romantische Spaziergang am Doubs entlang ist die Zugabe. Seit 2010 haben Marlyse und ihr Mann Philippe Jobin-Krall das beliebte Traditionshaus geführt. Im März 2020 haben sie es ihrer langjährigen Mitarbeiterin Marie übergeben. Alles andere ist sich gleich geblieben. Die Gäste schwören auf die Qualität der Forellen und der «Beurre noisette», bei der die Butter beim Erhitzen leicht aufgeschlagen wird, bis sie ihre goldbraune Farbe erlangt. Hinzu kommen einige Tropfen des Forellensuds, der mit Wasser, Weisswein, Gemüse, Lorbeer und Nelken angesetzt wird. Stammgäste wählen oft das Forellenmenü, das sich aus einem «Carpaccio de truite au basilic», einer «Bisque de truite et sa rouille» und einer «Truite au bleu» zusammensetzt. Wer keine Lust auf Fisch hat, ist mit Cordon bleu oder Entrecôte gut bedient.

2887 Soubey, Clairbief 85, 032 955 12 20, www.clairbief.com

Auberge du Mouton

Der Teller ist rund Wer patinierte Beizen liebt, die eine ehrliche Küche zelebrieren, der reist in den Jura nach Porrentruy in die Auberge du Mouton. Hier kocht David Hickel fadengerade gut, mit luftigen Terrinen, aromatischen Schmorgerichten und Pommes Alumettes aus gelagerten Kartoffeln. Genuss ohne Reue auf runden Tellern, die auf blanken Holztischen stehen. Dazu Stoffserviette, klassisches Besteck und ordentliche Weingläser, in denen Chasselas, Pinot Noir, Beaujolais und Bordeaux zu fair kalkulierten Preisen kredenzt werden. In Zeiten wie diesen ist das Mouton nur noch abends geöffnet und bespielt seine Gäste mit einem Menü. Das kann aber auch wieder ändern. Einfach bei der Reservation nachfragen und die Besitzerin zugleich bitten, dass sie anstelle des Weinklimaschranks wieder den Holzofen ins Kamin stellt. Denn der nächste Winter kommt bestimmt, und das flackernde Holzfeuer würde fehlen. Zumindest mir. Die Farbe auf dem Tisch findet der Gast nicht in der Blumenvase, sondern auf dem Teller, den Gastgeberin Daniela Lachat mit dezenter Höflichkeit und Charme aufträgt. Wer dem Alltag etwas länger als ein Essen lang entrinnen will, bezieht eines der zwölf Hotelzimmer, die mit dem Charme vergangener Tage und dem Komfort von heute überzeugen.

2900 Porrentruy, Rue du Cygne 1, 032 535 83 57, www.dumouton.ch

Boucherie Müller

In der Räucherkammer Allein die schmackhaften Würste der Boucherie Müller lohnen den Abstecher nach Fontenais. Die «Saucisse d'Ajoie» besticht durch eine feine Kümmelnote, der «Boudin à la crème» hat eine perfekte Konsistenz und ist subtil gewürzt, und das «Atriau», die jurassische Antwort auf die Deutschschweizer Leberwurst, überzeugt mit seiner dezenten Lebernote. Allerdings ist Letzteres keine Wurst, sondern ein Fleischküchlein, das in Schweinenetz eingewickelt ist. «Boudin» und «Atriau» sind in den Wintermonaten erhältlich, während der restlichen Zeit tröstet sich der Jurassier mit den geräucherten Spezialitäten von Patron Pierre Müller. «Jambonneau» (Gnagi), «Côtines» (Rippli), «Bajoue» (Schweinekinn) und Rindszunge sind zu empfehlen, und wem das nicht reicht, auf den wartet ein ordentlicher Beinschinken und eine vorzügliche hausgemachte Paté.

2902 Fontenais, Bacavoine 157, 032 466 59 78, keine Website

La Cabane de Montvoie

Nordsicht Oberhalb von Porrentruy tischt Fabio Leoni eine hervorragende Schweinsterrine von Patronne und Köchin Karine Haefeli auf, die das Rezept von ihrer Mutter hat. Die Weinauswahl bietet eine Runde Wallis, die Küche offeriert zwei Salate (mit und ohne Speck), in der Saison je nach Lust und Laune der Köchin ein Vitello tonnato, zwei Hauptgänge (Poulet und Beinschinken), und zum Dessert gibt es ein hervorragendes Grand-Marnier-Parfait. Ein Fondue mit Luft nach oben steht für kühlere Abende auf dem Programm, hartgesottene Ureinwohner oder einige ver(w)irrte Touristen rühren aber auch bei 30 Grad im Schatten im Käse und lassen sich vom Ausblick auf die Ajoie und die Vogesen bezirzen. Die «Cabane» war vor der Übernahme eine Bruchbude, Karine Haefeli hat es verstanden, daraus eine gemütliche Stube mit Ohrensesseln vor dem Kamin zu zaubern. Am Sonntag trifft sich die Region zum Sonntagsbraten und bietet eine ideale Plattform für eine Runde Gesellschaftsstudie. Ein einfacher, unkomplizierter Ort, der sich am Tage des Herrn von seiner besten Seite zeigt.

2903 Villars-sur-Fontenais, Pâture de Calabri 420, 032 461 34 46, www.lacabanedemontvoie.com

JURA

Ferme La Vaux

Zu Besuch beim Bioschwein In Roche d'Or, einem kleinen Dorf in der Haute-Ajoie im nördlichsten Zipfel des Jura, haben sich vor über einem Vierteljahrhundert die Städter Eva und Markus Schöni niedergelassen, um Bauern zu werden. Und sie haben mit ihrer kompromisslosen Arbeit im Einklang mit der Natur die Anerkennung der Einheimischen erlangt. Ihr Betrieb ist Bio-Suisse-zertifiziert, ihr Braunvieh trägt Hörner, und alle ihre Tiere haben ein gutes Leben – bis der Schlachter kommt, der auf dem Bauernhof ein Teil des Lebens ist. In ihrer kleinen Käserei produziert Eva wundervolle Käse, die sie vor Ort, per Post und auf dem Samstagsmarkt in Porrentruy verkauft. Wer die Schönis und ihr Bauernleben näher kennenlernen will, mietet sich in der Ferienwohnung der «Ferme» ein und geniesst einige unbeschwerte Tage in der Mitte von Nirgendwo.

2912 Roche d'Or, La Vaux 1, 032 476 69 39, www.fermelavaux.ch

Grütli

Karpfen, was sonst Im «Grütli» trifft sich die Region zum Karpfenessen; dieser wird fein geschnitten und im dünnen Bierteig ausgebacken. Sonntags steht Maryse Enderlin am Herd, unter der Woche hat Sohn Sebastian in der Küche das Sagen, wobei wir die Karpfenpanade von Mutter Maryse eine Spur besser finden als jene vom Junior. Die Mayonnaise ist nicht der Rede wert, der grüne Salat wird in der Schüssel serviert, und die Frites sind angesichts der Qualität und der Menge an Karpfen überflüssig. Natürlich darf in der Ajoie weder der obligate Beinschinken noch das Stück Fleisch auf dem heissen Stein fehlen, beides wird hier aber bei den Stammgästen zur Nebensache. Einige Weine, darunter ein Mont sur Rolle, überzeugen mit Qualität und Preis. Für Karpfenfreunde eine rundum glückselig machende Einkehr. Nach der Tafel und dem «Lebenswasser» bieten sich die bischöflichen Weiher von Bonfol für einen kürzeren oder längeren Verdauungsspaziergang an.

2944 Bonfol, Place Louis-Chevrolet 73, 032 474 40 15, keine Website

Boucherie Maillard

Die Spürnase Roland Maillard ist ein Metzger mit Leib und Seele, der in seinen Ferien den Metzgereien nachreist, sehr zum Leidwesen seiner Frau. Ob in Italien, Spanien, Frankreich oder Belgien – Monsieur Maillard kauft grosszügig die jeweiligen Spezialitäten der Region ein, verkostet sie und produziert die eine oder andere Köstlichkeit zuhause nach. Dabei tüftelt er und ändert nach Lust und Laune das eine oder andere ab. Seine Tessiner Salametti sind perfekt, seine Porchetta besser als das italienische Original und seine französischen und jurassischen Spezialitäten überzeugen jeden noch so feinen Gaumen. Einmal gibt's eine Milkenterrine, dann einen Presskopf der Extraklasse oder gar einen «Jambon persillé», wie er nicht besser sein könnte. Das spricht sich herum, nicht nur bei den Einheimischen. So ist der Andrang gross. Vornehmlich samstags, wenn in der Reihe angestanden wird.

2950 Courgenay, Rue Adolphe Gandon 1, 032 471 11 54, www.boucherie-traiteur-maillard.ch

Hôtel de la Chaux-d'Abel

In der Mitte von Nirgendwo Gabriela Haas hat sich im September 2012 in das Jura-Abenteuer La Chaux-d'Abel gestürzt und es bis anhin gut überlebt. Die Küche hat an Qualität zugelegt, das Fleisch ist regional, stammt vom Nachbarn oder von der Metzgerei Bilat aus Les Bois. Und die Idee, fleischlos mit Gschwellti und Käse zu punkten, hat sich bewährt. Immer mittwochs gibt es Käse von Pierre-Alain Sterchi, der mit seiner Fromagerie nicht nur La Chaux-de-Fonds, sondern die ganze Romandie begeistert und selbst bis Basel und Zürich liefert. Klar, dürfen bei einem regional ausgerichteten Konzept die Biere der BFM aus Saignelégier nicht fehlen. Die Gastgeberin kocht an einigen Abenden sogar mit diesen Bieren, was zahlreichen Bierbrüdern und -schwestern gefällt. Die Desserts sind hausgemacht, hoch im Kurs stehen die Kuchen und Parfaits. Die Weinauswahl ist klein, die Zimmer sind einfach oder antiquiert, und wer mit seinen Freunden ein Fest feiern will, kann für 2500 bis 2700 (Samstag) Franken gleich das ganze Haus mit seinen 40 Betten zur alleinigen Benützung entern.

2333 La Ferrière, La Chaux-d'Abel 88, 032 961 11 52, www.hotellachauxdabel.ch

Bishop's Rest

Ein Mosaik Die Ajoie ist ein Mosaik aus Felssockeln, Wäldern, Weihern und Flüssen – ein naturreines Land. Der nördlichste Teil des Schweizer Kantons Jura ist eine entlegene, vergessene und wenig besuchte Region. Gut, das mit der vergessenen Ecke der Schweiz stimmt während elf Monaten. Wenn sich im November in der Ajoie Fuchs und Hase Gute Nacht sagen, sagt das Schwein nichts mehr, sondern schmort im Kochtopf. Es ist die Zeit des Erntedankfestes, es ist die Zeit des heiligen Martin. Wer es ruhiger liebt, sucht sich einen anderen Monat aus. Gerade im Vorfrühling oder im Spätsommer ist es hier sehr beschaulich. Als Basislager für die Erkundung der Gegend bietet sich in Courchavon ein elegantes B&B an. Der sprachgewandte und herzliche Gastgeber Patrick O'Leary hat sein Gästehaus mit Fingerspitzengefühl eingerichtet. Der Garten ist weitläufig, die Zimmer haben Charme, das Ganze ist eine bezahlbare, ruhige Oase und ein idealer Ort für das süsse Nichtstun mit einem Buch, einem Drink und mehr. Und Porrentruy mit der guten Küche der Auberge du Mouton (siehe Seite 61) ist nicht weit.

2922 Courchavon, Pont Calende 43b, 079 693 70 03, www.carpediembnb.ch, www.bishopsrest.ch

Gatto Nero, Basel (Seite 76)

Hasenburg

Tradition in Bestform Basel ohne «Hasenburg» wäre wie Paris ohne «Train Bleu». Beides undenkbar. Wer in Basel Lust auf «Läberli» hat, der isst sie im «Chateau Lapin». Das gehört sich so. Es ist das Verdienst der Familie Rieder, die mit viel Enthusiasmus und noch mehr Geld die Traditionsbeiz renoviert und sie ohne Pomp, dafür mit Klasse wiedereröffnet hat. Statt Pächter zu suchen und die falschen zu finden, haben sie den Betrieb gleich selbst übernommen. So wie die Eltern von Küchenchef und Patron Daniel Rieder, die mit ihrer Gastfreundschaft den legendären Ruf der «Hasenburg» begründeten und daraus eine Basler Institution formten. «Hier ein flott gezapftes Helles, dort ein kühles Amber, da eine Flasche Roten, vom Besseren. Zweimal Wurstsalat, bitte sehr. Zahlen! Komme gleich.» Der normale Alltag, mitten im Herzen von Basel.

4051 Basel, Schneidergasse 20,
061 261 32 58, www.chateaulapin.ch

Liechti Weine

Plopp! Die Enoteca von Felix Liechti animiert nach einem Blick ins Schaufenster unweigerlich dazu einzutreten. Hier geht die gute Laune weiter, zumal Astrid Salzmann eine herzliche und kompetente Weinexpertin ist, die gerne berät, ihren Kunden aber keine teuren Weine aufschwätzt, sondern auf die Bedürfnisse jedes einzelnen Besuchers eingeht. Wer einmal bei ihr war, kommt immer wieder. Felix Liechti hat in über dreissig Jahren ein beeindruckendes Sortiment aufgebaut. Einer meiner Lieblinge ist der Riesling von Clemens Busch, der nicht nur mit Qualität, sondern auch mit einem exzellenten Preis-Leistungs-Verhältnis überzeugt. Das Angebot runden italienische Spezialitäten ab, unter anderem Pasta und eingelegtes Gemüse.

4051 Basel, Schneidergasse 10,
061 261 60 71, www.liechti-weine.ch

NEU Löwenzorn

Facebook «Wir freuen uns über einen Like auf Facebook», steht da auf der Website. Womit müssen wir als Nächstes rechnen? Als Verfechter des gedruckten Papiers habe ich eh Mühe mit all den knipsenden und postenden «iPhonis». Doch jedem das Seine. Nach einer jahrelangen Durststrecke hat das Traditionshaus Löwenzorn mit den neuen Pächtern Karim und Anwar Frick kulinarische Segel gesetzt und volle Fahrt aufgenommen. Sie haben den Laden samt wunderschönem Innenhof entstaubt und Akzente gesetzt, die gefallen. Für den kleinen Hunger gibt's eine warme Bretzel, gebratenen Fleischkäse und Wurstsalat. Wer seinem Gaumen mehr zumuten möchte, wechselt zu einer vorzüglichen Kaninchen-Leber-Paté oder zu Kuttel-Knusperli mit einer pikanten Chili-Mayonnaise oder – noch frecher – zu exzellenten Kalbskopf-Lasagnette auf Mönchsbart, ein Gericht, das ich so noch nie zwischen die Zähne bekommen habe und das mich begeistert hat. Es geht aber auch klassisch zeitlos mit Wiener Schnitzel, Kalbsleber und Kalbs-Cordon-bleu. Applaus.

4051 Basel, Gemsberg 2/4, 061 261 42 13, www.loewenzorn-basel.ch

Restaurant Zum Tell

Schwein gehabt In dieser stimmungsvollen Beiz kommen sich am langen Tisch der Herr Pfarrer und der pensionierte Tramchauffeur bei einer Flasche oder zwei näher. Mit Gastgeber Andy Cavegn erlebt das Traditionslokal eine Renaissance. Die Gerichte sind einfach und gut, Jungkoch Fabien Karlen hat sich innert kürzester Zeit eine Fangemeinde erkocht. Nicht zuletzt auch mit speziellen Anlässen wie etwa der Metzgete, an der es zum Beispiel Grünerbssuppe mit «Örli» und «Schnörrli», Jura-Blutwurst, Fleischküchlein im Schweinsnetz, «Süürkrüüt» mit würziger Kaninchenwurst oder einen Schweinsbraten mit krachender Kruste gibt. Ich liebe den «Tell» in seinen stillen Momenten. Dann, wenn die Beiz noch leer ist und sich die patinierte Stube im Parterre langsam füllt. Später gibt es butterzarte Kalbsleber, dazu etwas Brot, um die Sauce aufzutunken. Und irgendwann kommt der Augenblick, um sich mit einem letzten Glas Cabernet Franc zu verabschieden.

4051 Basel, Spalenvorstadt 38, 061 262 02 80, www.zumtellbasel.ch

einfachwein

Nur Mut Es sind gute Weine, die Kurt Grässli in seinem kleinen, feinen Fachgeschäft verkauft, auch schäumende Weine wie der Lambrusco Grasparossa von Corte Manzini, ein trockener Roter, der sich so wunderbar unkompliziert wegzischen lässt. Einfach macht es Grässli aber seiner Klientel nicht. Man darf ihn durchaus als Original bezeichnen, wie es heute viel zu wenige gibt. Er sagt, was er denkt, auch seinen Kunden, was manchmal dem Verkauf nicht zugute kommt. Er steht für seine Weine ein, und einfachwein-Novizen erklärt er, was im Hause Grässli Sache ist. Recht hat er. Wem es nicht passt, der muss ja nicht bei ihm einkaufen. Schliesslich hat Grässli das Pensionsalter überschritten und muss sich und anderen nichts mehr beweisen. Wer seine Passion und seinen persönlichen Geschmack teilen will, der ist willkommen, alle anderen lassen es lieber bleiben, was bei dieser durchdachten Weinauswahl aber schade wäre.

4051 Basel, Totentanz 5, 061 261 16 00, keine Website

NEU Bodega zum Strauss

Kalter Kaffee Das gibt es in der «Bodega» nicht, dem Urgestein der Basler Beizenszene. Und nein, es ist nicht so, dass mir zur Basler Gastronomie nichts mehr einfällt und ich im Altglas wühle. Aber wenn ein Gastgeber über Jahrzehnte ein volles Haus hat, wird es höchste Zeit, vor ihm den Hut zu ziehen und für unvergessliche Momente zu danken. Die Rede ist vom Basler Schotten und Vollblutgastgeber Johnny Freeman. Seine Beiz ist mehr als stimmungsvoll, der Lärmpegel angenehm hoch, die Küche ist schlicht, deftig, gut, bezahlbar und kommt ohne jeglichen Schnickschnack aus. Cordon bleu mit Pommes Alumettes, lauwarmer Pulpo-Salat, Spaghetti Diavolo, Sepia-Pasta mit Calamari. Es schmeckt mal gut, mal besser. Bei den Weinen passt die eine oder andere Flasche, mir speziell der Nebbiolo von Burlotto aus dem Piemont zu sattem Preis. An den Wänden hängt und an den Tischen sitzt Kunst, und mittendrin und überall wacht Patron Johnny. Bleibt nur zu hoffen, dass er seine Drohung nicht wahr macht und sich nächstens aufs Altenteil in die Einsamkeit Schottlands verabschiedet.

4051 Basel, Barfüsserplatz 16, 061 261 22 72, keine Website

Invino Weinladen und -bar

Waldweihnacht in der Stadt Selbst zahlreichen Baslern ist die stimmungsvolle Invino-Weinbar in der ehemaligen Galerie Beyeler auch nach einigen Jahren noch nicht bekannt, was angesichts des kleinen Platzangebots auch gut ist. Im Advent verpasst Gastgeber Beat Rubitschung dem Innenhof mit Tannen, Kerzen, offenem Feuer und wärmenden Schaffellen ein festliches Outfit. Waldweihnacht mitten in der Stadt. Den Rest macht der familiäre Service, machen die heissen Marroni und die gepflegte Auswahl an europäischen Weinen, die alle glasweise getrunken werden können. Hinzu kommen kleine Leckereien wie Ententerrine mit Trüffel, eine Portion Greyerzer oder ein Bündner Salsiz. Wer es opulenter mag, kann auf vorzeitige Anfrage ein Fondue geniessen. Beat Rubitschung ist es gelungen, eine spezielle Atmosphäre zu schaffen, die angenehm unspektakulär ist und mit wenig viel erreicht. Jetzt muss nur noch der Vermieter, die Stadt Basel, mitspielen und den provisorischen Mietvertrag hoffentlich für einige Jahre verlängern. Wie das Spiel ausgehen wird, wissen nur die Auguren, und die sagen nichts.

4051 Basel, Bäumleingasse 9, 061 271 66 33 und 079 611 25 55, www.invino-basel.ch

Rubino

Für Allesesser Manuela Buser macht keine grosse Geschichte um ihre Person. Sie kocht lieber im Hintergrund, in Spitzenqualität ohne Showelemente. Das Begrüssen überlässt sie ihrem Geschäftspartner Beat Rubitschung, der die Gäste souverän mit einem Menü durch den Abend führt, das Manuela täglich nach Lust und Laune frisch zusammenstellt. Allesesser werden hier glücklich, wobei Vegetarier genauso auf ihre Rechnung kommen. Dazu werden Weine kredenzt, die es nicht überall zu trinken gibt. Pigato und Rosesse aus Ligurien, Freisa aus dem Piemont, Lambrusco aus der Emilia und diverse Flaschen aus unbekannteren französischen Weinregionen wie etwa den Pyrenäen. Dazu passen Saibling mit Kressemousse, Kalbstatar mit Schalottenconfit, Ricotta-Knusperpuffer oder auch mal Fleischkugeln in Weisswein. Die Beiz ist stimmungsvoll, hell und freundlich und gemütlich zugleich. Kurz, eine kleine Stadtoase mit wunderbaren Gastgebern.

4051 Basel, Luftgässlein 1, 061 333 77 70, www.rubino-basel.ch

Confiserie Brändli

Beste Handarbeit Wer schon einmal in ein Croissant der Confiserie Brändli gebissen hat, mutiert zum Wiederholungstäter und wird im Nu zum Stammkunden. Zu gut ist diese luftig-leichte Verführung, geformt und gebacken aus besten Zutaten. Wer sich mit der Geschichte des Unternehmens befasst, weiss, dass die kulinarischen Meisterstücke in bester Handarbeit hergestellt werden, von langjährigen Mitarbeitenden, die wissen, worum es geht. Genau, um Qualität geht es! Papier ist zwar geduldig, und geschrieben ist sehr schnell sehr viel. Doch wenn das Qualitätsdenken seit 84 Jahren gilt und auch tatsächlich gelebt wird, darf das ruhig kommuniziert werden, ist doch die Geschäftsphilosophie der Confiserie Brändli vorbildlich und nachvollziehbar. Das fängt beim Einkauf der Zutaten und bei den Rezepturen an und führt über die Produktion bis hin zu den Geschäftsstellen. Industrielle Produkte gehören nicht zur Philosophie des Unternehmens und haben in der Manufaktur am Lindenhofweg in Basel Hausverbot. Dafür steht Michael Grogg mit seinen sechzig Mitarbeitenden ein, denen der Spagat zwischen Innovation und Tradition perfekt gelingt.

4052 Basel, Manufaktur, Lindenhofstrasse 8, 061 271 57 10, www.braendli-basel.ch
Mit Cafés und Verkaufsstellen in Basel (Gerbergasse 59/Falknerstrasse 36), Riehen (Webergässchen) und Arlesheim (Dorfplatz) sowie einem Verkaufsladen an der Freie Strasse 109 in Basel.

Restaurant zur Wanderruh

Ein Mann, ein Wirt, ein Koch Ein Leben ohne Cordon bleu ist möglich, aber sinnlos. Wer die Mischung aus Käse, Schinken, Fleisch und Panade kennenlernt, verfällt ihr unweigerlich. Leider wird des Schweizers bestes Stück oft mit billigem Industriekäse und banalem Schinken beleidigt. Doch beim Cordon bleu verstehen seine Verfechter keinen Spass, und bei der Frage, welches Fleisch und welche Füllung die richtigen sind, artet die Diskussion mitunter zum Glaubenskrieg aus. Daniel Jenzer beantwortet sie mit seinem Cordon bleu in der «Wanderruh» auf eigenwillige Art. Doch nicht nur das Cordon bleu steht hier im Mittelpunkt, sondern gutes Fleisch im Allgemeinen von Tieren aus artgerechter Haltung. Ein paniertes Steak vom Rind zum Beispiel, ein luftig leichter Hackbraten oder ein butterzartes Geschnetzeltes mit Pasta. Klassiker, die Freude machen.

4053 Basel, Dornacherstrasse 151, 061 361 08 88, www.wanderruh.ch

NEU Solo 21

Mit Pfiff Das Programm ist so einfach, wie die «Schnittli» gut und die Gastgeberinnen herzlich sind. In der Stube stehen gerade mal vier Tische, bei schönem Wetter wartet der lauschige, verträumte Garten. Die «Schnittli» kommen flott auf den Tisch, werden von den Gästen mit Genuss verdrückt und die letzten Krümel mit einem Glas Bier, Wein oder Winzersekt lustvoll hinuntergespült. Eine Runde geht noch, auch wenn vor der Türe die nächsten Gäste Einlass begehren. Wer um elf Uhr kommt, hat seinen Platz auf sicher und die Qual der Auswahl. Nachdem Gabriela Krell und Ines Savini vor einiger Zeit Wien und die kulinarische Institution «Trzesniewski» besucht hatten, kam ihnen nach einigen Portionen der unaussprechlich delikaten Brötchen die Idee mit den «Schnittli» mit Pfiff. Mit ihrem «Solo 21» haben sie eine Prise Wien nach Basel gebracht. Bestes Sauerteigbrot, saisonal bestrichen, reduziert auf pure Qualität, belegt mit Ei, Fisch, Fleisch, püriertem Gemüse und mehr.

4053 Basel, Solothurnerstrasse 21, 061 556 49 09, www.solo21.ch

Viertel-Kreis

Der Wilde Wenn einer einen Wurstweggen statt rechteckig rund formt, ihn mit grob pürierter Kalbszunge füllt und erst noch verkauft, dann muss das Produkt gut sein. Cyrill Baumann kocht im «Viertel-Kreis» frech und munter drauflos, ohne dabei die Bodenhaftung zu verlieren. Seine Gerichte überzeugen mit subtilen Geschmacksnoten und kommen ohne Effekthascherei aus. Gewürze und Kräuter spielen bei ihm eine wichtige Rolle, das Wissen dazu holt er sich bei der Wildkräuterexpertin Barbara Erath. Sein konfiertes Lachsforellenfilet legt er in eine Verjus-Grundsauce mit Geschmacksperlen von Apfel und Sellerie. Sekundiert wird der Fisch von gedünstetem Stangensellerie und marinierten Heidelbeeren. Seine Chefs, Tanja Allemann und Christoph Lehmann, haben es nicht bereut, ihn, einen jungen Wilden, zu ihrem Küchenchef zu machen, auch wenn sie wissen, dass er irgendwann weiterziehen wird. Wie er seine Zukunft sehe? Das sei eine schwierige Frage, so Baumann; er plane nicht so weit voraus, sondern wolle im Hier und Jetzt alles geben. Ein Diplomat ist er also auch noch. Wir sind gespannt.

4053 Basel, Gundeldingerstrasse 505, 061 331 17 01, www.viertel-kreis.ch

Käppelijoch-Bier

Der Shakespeare unter den Brauern
Wenn Daniel Nüesch braute, war noch vor einigen Jahren das Badezimmer für den Rest der Familie Sperrzone. Der nächste Schritt zum Profibrauer war der Kauf einer Brauanlage, die er von Spezialisten im Frankenland nach seinen präzisen Plänen millimetergenau bauen liess. Danach legte Daniel Nüesch so richtig los und braute, was das Zeug hielt – seine Biere verkaufen wollte er aber nicht. Für ihn waren sie wie Freunde, die man nicht einfach so hergibt. Irgendwann war das Lager randvoll, und er verabschiedete sich doch noch von seinen flüssigen Freunden. So begann sein Geschäft zu florieren. Bis heute, obwohl das «Käppelijoch» seinen Ruf als Insiderbrauerei nie ganz abgelegt hat. Zu kaufen gibt es die Biere auf Voranmeldung direkt bei Daniel Nüesch oder beim Nachbarn nebenan im «Wirth's Huus».

4055 Basel, Colmarerstrasse 16,
079 483 12 60, keine Website

Wirth's Huus

Figugegl Alex Wirth hat schon manchen Käsefreund, der sich nach Vieux-Ferette zum berühmten Maître Affineur Bernard Antony aufmachte, in seinem schmucken Quartierladen mit seiner beeindruckenden Käseauswahl von rund 150 Sorten abgefangen. Hinzu kommen diverse andere Milchprodukte, Weine und Biere (u. a. auch das «Käppelijoch»), Schnäpse, Olivenöle und andere hochwertige Produkte. Berühmt ist es auch für seine Fonduemischungen. Begonnen hat alles mit den Eltern Magdalena und Robert Wirth, die das Geschäft 28 Jahre führten. Magdalena stand im Laden hinter der Theke, Robert versorgte das Quartier mit Molkereiprodukten, zu Beginn noch mit Ross und Wagen, später mit dem Motorfahrzeug. 1980 übernahm Alex Wirth den Betrieb und baute den Verkaufsladen im Jahrhundertwendestil um. Nun hat mit Sohn Lucas die nächste Generation das Ruder und die Verantwortung für das Unternehmen übernommen.

4055 Basel, Colmarerstrasse 10,
061 381 85 95, www.kaese-spezialitaeten.ch

NEU Chez Donati

Erste Reihe Das «Chez Donati» zählt zweifelsohne zu den elegantesten Lokalen der Schweiz, wie so einige andere Restaurants, die Patron Rudi Bindella gekauft hat, zum Beispiel das «Barbatti» in Luzern oder das «Lorenzini» in Bern. Wer im «Donati» einkehrt, fühlt sich wie in einem Film aus vergangenen Tagen. Eingerichtet mit viel Kunst und Flair für das Schöne, mit schlicht weiss eingedeckten Tischen, werden die italienischen Klassiker mit Grandezza auf weissen, runden Tellern serviert. Bindella hat einige angenehme neue Akzente gesetzt, wie etwa tiefere Preise, verbunden mit Mitarbeitenden, die eine Prise mehr Gelassenheit verströmen als auch schon, sodass sich auch der Normalbürger mit Sinn für das Gute für ein paar schöne Stunden entspannt zurücklehnen kann. Mit einer Portion Rohschinken, frisch von der «Berkel» geschnitten, einer Runde Tortellini in brodo und einem Ossobuco milanese oder Brasato al Barolo. So einfach kann ein Abend in der Stadt sein, auch im Sommer, wenn sich die kleine, intime Terrasse über dem Rhein mit erwartungsvollen Gästen füllt.

4056 Basel, St. Johanns-Vorstadt 48, 061 322 09 19, www.bindella.ch

Restaurant zur Mägd

Von Holbein bis Giordano Hans Holbeins Bilder hängen im Kunstmuseum, Erasmus von Rotterdams Gebeine liegen im Münster, und Adriano Giordanos Kalbskopf schmort in der «Mägd» in der Bouillon. In der altehrwürdigen Beiz wird beste Italianità zelebriert. Opulenz und Qualität stimmen. Linsensuppe, Kalbskopf und Zunge, fein geschnitten, gefüllter Tintenfisch, Kalbsbrust oder im Winter ein archaischer «Bollito misto» sind nur etwas für Gäste mit Appetit. Wer lärmempfindlich ist, weicht in die kleine Stube aus, das Leben findet aber in der Beiz statt. Romantiker und Sommerfrischler freuen sich an lauen Sommerabenden über den begrünten Innenhof. Am Mittag steht Adriano Giordano mit Argusaugen in der Küche, am Nachmittag bereitet er seine Klassiker vor, am Abend unterstützt er sein Kochteam, schmeckt ab, würzt nach und schlendert, seinen zahlreichen Stammgästen freundlich zunickend, durchs Lokal.

4056 Basel, St. Johanns-Vorstadt 29, 061 281 50 10, www.zurmaegd.ch

Jakob's Basler Leckerly

Eine Familiengeschichte «Gestatten, ich bin das Honig-Leckerly, das Ur-Leckerly der Familie. Ich komme mit wenigen Gewürzen und ohne Orangeat und Zitronat aus. Dafür habe ich einen intensiven Honiggeschmack, bin weich im Biss, und die unglasierte Oberfläche widerspiegelt die Bescheidenheit, die mich seit meiner Geburt im 18. Jahrhundert prägt. Kurz: Ich bin das klassische Leckerly der Familie.» «Tja, meine liebe Schwester, ich als Schoggi-Leckerly verzaubere unsere Freunde mit einer Mischung aus Honig, Mandeln und Schokolade. Und ich bin wohl mehr Edelbiskuit als Leckerly.» «Das mag ja alles stimmen, aber ich als Mandelgebäck tanze in unserer Familie elegant aus der Reihe. Ich bin weich und feucht und werde als herzhafter Essgenuss beschrieben. Zudem werde ich noch von Hand im Holzmodel geprägt.» Seit mehr als 260 Jahren werden im St. Johann-Quartier in sorgfältiger Handarbeit Leckerly aus hochwertigen natürlichen Rohstoffen hergestellt. Jakob's Basler Leckerly ist die älteste heute noch existierende Biskuitmanufaktur der Schweiz. Seit 2017 haben Charlotte und Andreas Kuster das Unternehmen übernommen. Erfolgsgaranten sind die altüberlieferten Rezepte, kostbare Mitarbeiter, beste Zutaten und natürliche Rohstoffe.

4056 Basel, St. Johanns-Vorstadt 47,
061 322 08 18;
4051 Basel, Spalenberg 26, 061 261 00 30,
www.baslerleckerly.ch

Vive Le Vin

Natürlich Heute liegen Naturweine im Trend und werden nicht nur in Weltstädten wie Paris, London und New York, sondern auch in Genf, Zürich, Bern und Basel kredenzt. Noch vor wenigen Jahren verpönt, ist es heute chic, Natur- und Amphoren-Weine zu trinken. Unfiltrierte, zum Teil eigenwillige Tropfen mit Ecken und Kanten und sympathische «Stinker», die dekantiert werden müssen, damit sie ihre Mufftöne verlieren. Auch in dieser Gattung gibt es Könner und weniger Begabte. Philip Gallati verkauft Weine von bodenständigen Winzern. Wunderbare Weine, die teilweise vom ersten Schluck an begeistern oder aber erst beim dritten Glas zugänglich werden oder gar nicht. Da spielt die persönliche Vorliebe die Hauptrolle. Spannend ist es aber alleweil, Provenienzen aus praktisch allen Regionen Frankreichs kennen zu lernen. Zu meinen Lieblingen gehört etwa ein moussierender Roter aus der Loire, eine Assemblage aus Gamay und Cabernet Franc. Vive le Vin!

4056 Basel, St.-Johanns-Vorstadt 49,
079 794 44 91, www.vivelevin.ch

Rhyschänzli und Co.

Veränderungen Für eine frische regionale Küche ohne Schnickschnack, gute Weine und einen kompetenten und freundlichen Service – dafür stehen die Betriebe der «Rhyschänzli»-Gruppe, die in den letzten Jahren mächtig expandiert hat. Von einigen Betrieben hat sich die Gastro-Gruppe mittlerweile wieder getrennt, andere sind geblieben. Ich beschränke mich auf meine Lieblingseinkehr innerhalb des Unternehmens: Das «Rhyschänzli» an der Lichtstrasse versprüht urbanes Flair und ist cool eingerichtet. Ab und zu ist hier auch der Ur-Patron Jérôme Beurret anzutreffen, wo er wichtige und unwichtige Gäste gleichermassen herzlich begrüsst. Und sonst? Der Hackbraten ist luftig leicht und die Polenta-Arancini mit Tomatensalsa und Artischocken schmecken und sind vegan. Primus ist das Cordon bleu mit Käse und Schinken aus dem Jura, serviert mit einem Kartoffelstampf der besseren Art. Die durchdachte und bezahlbare Weinauswahl rundet das positive Erlebnis ab.

4056 Basel, Lichtstrasse 9, 061 272 23 23, www.rhyschaenzli.ch

Bäckerei Kult «Elsi»

Farine, mon Amour Um es gleich vorwegzunehmen, die Bäckerei Kult gehört neben der Boulangerie Croissant Show in La Chaux-de-Fonds zu einigen meiner Lieblingsbäckereien. Ob «Rhybolle Ruch», «Zebra» (Sauerteigbrot) oder «Hafer-Rogge Bängel», nicht nur die Namen kitzeln, sondern auch der Geschmack beim ersten Hineinbeissen animiert zum Wiederkauf der vorzüglichen Brote. Daneben sind die sympathischen Kult-Bäckerinnen und -bäcker ein wenig sympathisch verrückt (siehe das hauseigene Video «Farine, mon Amour»), wohltuend anders, was heute dem Konsumenten im industriellen Einheitsbrei vieler Bäckereibetriebe nicht nur im Gaumen gut tut, sondern auch in Geist und Seele. Die Bäckerei Kult ist eine wundervolle Geschichte, die hoffentlich noch lange, lange so weitergehen wird.

4056 Basel, Elsässerstrasse 43 und 4058 Basel, Riehentorstrasse 18, 061 692 11 80, www.baeckereikult.ch

Zum Bier-Johann

Noch ein Bier Achtzehn Biere werden im «Bier-Johann» im Offenausschank gezapft. Keine Allerweltbiere, sondern Biere, die zu schade für den Durst sind und die Bierfreaks animieren, sich durchzutesten, was dauern kann. Es ist die Passion von Julia Füzesi und Andreas Klein, die sich mit dem «Bier-Johann» einen Traum verwirklicht haben. Zum Offenausschank gesellen sich über zweihundert Biere in Flaschen. Tendenz steigend, wie auch beim durchdachten Angebot für den Appetit, der schon mal mit einem innovativen mehrgängigen Menü samt Bierbegleitung gestillt wird. Neben dem Bier-Johann hat Andreas Klein in der urbanen und trendigen Markthalle unmittelbar beim Bahnhof SBB das «Bierrevier», seine zweite Bier-Tankstelle mit Bar und «Bottle-Shop» für «Inhouse»- und «Outhouse»-Trinker installiert.

4056 Basel, Elsässerstrasse 17,
061 554 46 44, www.bierjohann.ch
4051 Basel, Steinentorberg 20,
061 283 02 02, www.bierrevier.ch

Gatto Nero

Leben im Quartier Zehn Jahre hat Matthias Tedesco nach der richtigen Beiz gesucht und sie auf vierzig Quadratmetern gefunden. Klein, fein, gut. Das ist das «Gatto Nero» mit seinem Küchenchef Emanuele Scardicchio, der mit geschmorten Rinderbacken, einer Trippa toscana der besseren Art, mit gebratenen Sardinen und einer gehaltvollen Fischsuppe überzeugt. In die Küche und auf den Tisch kommt, was Fischer, Markt und Saison hergeben. Gross ist die Beiz nicht, aber stimmungsvoll. Das Leben halt. Wer seiner Angebeteten einen Heiratsantrag macht, muss damit rechnen, dass er Szenenapplaus erhält. Und wenn an lauen Sommerabenden mehr Leben im Quartier ist, findet das Gesellschaftskino vor den Augen der Gäste statt. Ein Maserati kurvt, die Feuerwehr hornt, das Tram quietscht, Passanten flanieren, Junge, Alte, Schöne und weniger Schöne. Wer will da noch nach Italien?

4057 Basel, Oetlingerstrasse 63,
061 681 50 56, keine Website

Wencke Schmid Grell

Kunst für den Gaumen Wencke Schmid kam als Tochter einer Hamburgerin und eines Münchners in Berlin zur Welt, landete als Teenager eher zufällig auf der Nordseeinsel Langeoog und liess sich zur Konditorin ausbilden. Zurück auf dem Festland besuchte sie Kurse in Aktzeichnen und lernte Grafikerin. Dann wanderte sie in die Schweiz aus, nach Basel, wo sie in der Bäckerei Schmutz koscher backen lernte. Ihr damaliger Mann, ein Bildhauer, brachte ihr das Modellieren bei. Schmid verbindet ihre Backkunst mit den gestalterischen Fähigkeiten. Ihre Kreationen sind kleine Kunstwerke, die nicht nur schön aussehen, sondern auch ganz wunderbar schmecken.

4057 Basel, Oetlingerstrasse 63,
079 776 89 18, www.wenckeschmid.ch

Café Bistrot Flore

Bonjour et Bonsoir Der ausgebildete Opernsänger Miron Landreau hat einen ehemaligen Blumenladen in ein französisches Bistro verwandelt. Ist er vor Ort, bekommt die interessierte Weinnase kompetent Auskunft, ist er nicht «sur place», wird es mit dem freundlichen, aber oft nicht weinaffinen Personal schwierig. Egal! Die Weinkarte ist einmalig, es finden sich Provenienzen, die sich in der Stadt sonst nirgendwo trinken lassen. Bläst der Patron einmal im Monat zur «Grande Bouffe», ist der ovale Abendmahlstisch bis auf den letzten Stuhl besetzt. Das «Flore» ist eine Oase, die so quer in der Landschaft steht wie keine zweite. Hier treffen sich Tagediebe, Augenmenschen, Schwätzer, Zuhörer, Schöngeister, Zecher und zivilisierte Trinker, tauschen sich aus, streiten und versöhnen sich. Alte Tische und Stühle stehen im Raum, an denen über das Leben sinniert wird. Patina liegt in der Luft, an den Wänden hängt Kunst, das Ganze ist eine Gesellschaftsbühne der besseren Art.

4057 Basel, Klybeckstrasse 5,
077 454 94 72, www.florebasel.weebly.com

Zum goldenen Fass

Von hier Es ist mutig, wenn eine Basler Quartierbeiz wie das Goldene Fass auf radikal saisonal und regional setzt. Doch was heisst das? Küchenchef Gilbert Engelhard hat unter anderem mit dem Neuseeländer Chris Jelly und dem Engländer Martin Pont (Restaurant Treibgut im «Schiff») gekocht. Gemeinsam mit seinem Team tüftelt er Gerichte aus, die den Gaumen fordern, aber nicht überfordern und die ganz ohne Schnörkel auf dem Teller landen, weitab von einer Baukastenküche. Bettina Larghi ist eine sympathische Gastgeberin, die empfiehlt, informiert, aber nie belehrt. Wer kulinarisch offen ist und Appetit hat, gibt der Küche eine Freikarte und freut sich über einen gebratenen Königszander auf geschmortem Salat mit Apfelmayonnaise oder über ein Rinds-Onglet mit Meerrettich-Bröselkruste. Gäste mit kleinem Appetit halten sich an die Hausklassiker Frikadelle mit Chutney und Fish 'n' Chips. Vin-naturel-Freaks trinken den Petit Sauvignon von Thomas Jost oder den Cabernet Jura vom Weingut Querbeet aus Arlesheim. Alles gut? Alles.

4057 Basel, Hammerstrasse 108, 061 693 34 00, www.goldenes-fass.ch

NEU La Fourchette

Gelungene Assemblage Claire Guerrier hat nicht den Löffel abgegeben, sondern ihre «Gabel» an Laetitia Oser und Valentin Brotbek verkauft. Damit ist eine Fortsetzung dieser schönen Einkehr gewährleistet, und ich bin gespannt auf die Retuschen, die Laetetia und Valentin vornehmen werden. «La Fourchette» wird aber weiterhin ein Ort für Schöngeister und Menschen mit dem Sinn für das Wesentliche sein, die gerne lustvoll essen und zivilisiert trinken, lachen und vom nächsten Teller träumen. Farbe und Geruch, Klang und Stimmung vereinen sich in der Quartierbeiz zur gelungenen Assemblage. Wer sich in der neuen, alten «Fourchette» nicht wohlfühlen und wer mit den Speisen von Laetitia Oser den Alltag nicht ablegen kann, hat verloren.

4057 Basel, Klybeckstrasse 122, 061 691 28 28, www.lafourchettebasel.com

Angels' Share

Der Tag geht Bevor sich die Briten zu Bett begeben, wird der Tag mit einem ausgiebigen Schlummerbecher verabschiedet. Das ist noch sicherer als das Amen in der Kirche. Ob mit einem extravaganten Cocktail, einem klassischen Gin Tonic oder einfach mit einem Single Malt, der mit seinen Aromen auch die Feldbergstrasse in eine «Single track road» in den sattgrünen Highlands verwandelt. In der kleinen, feinen Cocktailbar Angels' Share lässt man es sich zur nächtlichen Stunde in angeregter Atmosphäre wohl sein, mit Gastgebern, die nicht einfach nur ausschenken und einkassieren, sondern die Barkultur subtil zelebrieren. Die wenigen Tische teilen sich in friedlicher Koexistenz palavernd, lachend und zechend Expats und Eingeborene. Der Rausch wird dabei nicht angestrebt, aber in Kauf genommen. In diesem Sinne «Good night», die nächste Bloody Mary gegen den Kater kommt bestimmt.

4057 Basel, Feldbergstrasse 51, 079 609 31 07, www.angelsshare.bar

Restaurant Rostiger Anker

Junge, komm bald wieder Mitten im Basler Rheinhafen, am Dreiländereck, wo Schlepp- und Lastkähne sich das Wasser mit Möwen, Enten, Schwänen, Weissfischen und neuerdings auch wieder mit Lachsen teilen, liegt der «Rostige Anker». Wer ihn sucht, folgt einfach den durstigen Matrosen oder fährt gleich mit dem «Rhytaxi» direkt vor die Beiz. Was aus der kleinen Küche kommt, schmeckt – der Hafen, der Sonnenuntergang und die gelöste Stimmung machen den Rest. Das «Supplément» sind Taucher, die plötzlich aus dem Hafenbecken steigen, Matrosen, die an den Tischen Seemannsgarn spinnen oder ein Frachter, der direkt vor der Haustüre ankert und damit den Gästen Sicht und Sonne nimmt. Dafür lässt sich die Schiffswand mit dem aktuellen Angebot bekritzeln. Dumm, wenn das Schiff unerwartet im Mittagstrubel den Anker lichtet und mit dem Speise- und Getränkeangebot wegtuckert.

4057 Basel, Hafenstrasse 25a, 061 631 08 03, geöffnet von März bis Dezember, www.rostigeranker.ch

Consum

Der Primeur Weinbar-Klone kommen und gehen. Das Original aber bleibt, hat eine gute Substanz und eine spannende Auswahl an Weinen, die leider nicht immer alle vorrätig sind. Hinzu kommt ein exzellentes Angebot an Käse, Würsten und Schinken. Alles passt zusammen. Auch das mechanische Kunstwerk hinter dem Tresen, die rote «Berkel». Die heute nicht mehr produzierte Wurst- und Schinkenschneidemaschine ist Kult und mehr Skulptur als Werkzeug. Zipp, Zipp – der «San Daniele» wird klangvoll aufgeschnitten und serviert. Dazu werden Chutney und «Gschwellti» gereicht. Wer keine Lust auf Fleisch hat, schwelgt im Käsesortiment. Der Laden läuft, die Korken knallen, das Bier schäumt. Das «Consum» ist eine pulsierende Begegnungsstätte. Und obwohl die Preise von einem gesunden Selbstbewusstsein zeugen, entsteht nie das Gefühl, zu viel bezahlt zu haben.

4058 Basel, Rheingasse 19, 061 690 91 30, www.consumbasel.ch

NEU Stadtbrennerei & Stadtkelter

Die zwei Mitten in Kleinbasel hat die ehemalige Kutschenremise nach einem dreijährigen Umbau ihre neue Bestimmung gefunden. Seit 2018 destillieren und keltern hier die Brüder Tobias und David Buser diverse Spirituosen und einen Schaumwein. Dabei verwenden sie nur beste Rohstoffe, und mit ihrem Hang zur Perfektion entstehen ganz wundervolle Produkte, die mit ihren eigenwilligen und charaktervollen Aromen zu begeistern wissen. Ob Alpenkräuterbitter, Getreidebrand oder ein herausragender Absinth, die Produkte überzeugen. Auch der Schaumwein, für den die Pinot-Noir-Trauben im Wallis gedeihen und von Winzer und Freund Mario Chanton gepflegt werden, bereitet Freude und verblüfft trotz hefebedingter Reifenoten nach einer rund zweijährigen Lagerung auf der Feinhefe mit frischen Fruchtakzenten. Und dies alles in bester Handarbeit. Fazit: Wer auf der Suche nach Nischenprodukten ist, wird bei den Brüdern Buser fündig. Das fängt bei den Etiketten an und hört beim Inhalt auf.

4058 Basel, Clarastrasse 11, 061 681 01 01, www.stadtbrennerei.ch

NEU Matt & Elly

Urban Kaum eröffnet, brummt der Laden. «Matt & Elly» sorgen mit natürlicher Herzlichkeit und einem ausgeprägten Qualitätsdenken in Basel für Aufmerksamkeit. Ihr Konzept von Restaurant, Bar und Brauerei und ihr spannendes kulinarisches Angebot überzeugen. Hier ist ein Team am Werk, das nicht theoretisiert, sondern praktiziert. Mit sechs verschiedenen aromatischen Biersorten, mit knusprig gebackenem Ziegenkäse und Birnen-Chutney, Gurkenkaltschale mit Lachsforellentatar, Rösti-Galette mit Spinat, gebratener Ente, Griessflammeri mit Walliser Aprikosenkompott und jeder Menge guter Stimmung. Denise Furter, Jarin Huber, Martin Reich, Max Näf und Alma Clarke leben mit ihrem «Matt & Elly» eine moderne und unkomplizierte Gastronomie, die Basel nur gut tut. Auch dank den angenehmen Öffnungszeiten, hat doch die Beiz von Dienstag bis Samstag bereits ab 14 Uhr geöffnet, was heutzutage schon fast heroisch anmutet.

4058 Basel, Erlenmattstrasse 93, 061 692 70 70, www.matt-elly.com

Damatti

Südwärts Die Damatti-Bar hat sich zum Bistro gemausert und ist eine unprätentiöse Wohlfühloase mit Piazza und plätscherndem Rundbrunnen für zwischendurch und immer wieder. Nicoletta Giordano, die Schwester von «Mägd»-Wirt Adriano Giordano (siehe Seite 73), bietet gemeinsam mit ihrem Sohn Ilario Galoppo und dessen Partnerin Alessia De Marco im Glas und auf dem Teller ein echtes Stück Italien an. Gefüllter Tintenfisch, Pasta «fatta in casa» und «Bombette Pugliesi» (Involtini) sind drei von diversen authentischen Gerichten, die rundum überzeugen und Appetit auf mehr verursachen. Dazu gibt es eine kleine Selektion an Weinen aus Italien. Arneis, Nebbiolo, Bardolino und einige andere Flaschen mehr zu freundschaftlichem Preis. So was spricht sich in Basel schnell rum, das Bistro brummt, was angesichts der Bonsaï-Küche und dem ansprechenden Angebot manchmal zu längeren Wartezeiten führen kann.

4058 Basel, Kirchgasse 1, 061 534 17 89, www.damatti.it

NEU Art House

Souvenir Kunst und Architektur, verpackt in ein Hotel mit 33 Designerzimmern, Restaurant und Bar, so präsentiert sich das «Art House» in der pulsierenden Steinenvorstadt. Eigentlich der falsche Ort für solch ein Projekt oder eben genau der richtige, je nach Sichtweise des Betrachters. Urban, trendig die Gäste, auf den Punkt gebracht die unprätentiöse Küche. Mit guten Fish 'n' Chips, Spaghetti Caprese, Fladenbrot mit Hummus und anderen Kleinigkeiten. Dazu einige Weine, jede Menge Drinks und ein exzellenter Affogato – genau: die Vanilleglace im Espresso. Dann wäre da noch die Dachterrasse, die den Hotelgästen und den Mitgliedern des Private Member Clubs zur Verfügung steht. Mit Fr. 2500 ist man als Mitglied mit von der Partie, es geht aber auch günstiger an der Hausbar. Da gibt es das «Kitchen Brew Pale Ale», 0,4 dl für Fr. 9.50. Ohne Mitgliederbeitrag. Wer eine Runde Gesellschaftsstudie betreiben will, sitzt im «Souvenir» in der ersten Reihe.

4051 Basel, Steinenvorstadt 42,
Hotel Art House: 061 525 46 00,
Restaurant Souvenir: 061 481 74 72,
www.arthousebasel.ch

Blumer B&B

Angekommen Regula Blumer hat in der Kulturstadt Basel ein schönes, patiniertes Haus gefunden, das sie nun seit einigen Jahren als B&B führt und mit ihren Gästen teilt. Ihre drei Gästezimmer haben Blick auf den Margarethenpark oder den grünen Hinterhofgarten. Hinzu kommen ein gemütlicher Salon mit Kachelofen und ein lichtdurchfluteter Frühstücksraum. Das Haus wurde 1898 im neubarocken Stil erbaut und von Regula Blumer mit sicherer Hand renoviert und eingerichtet. Im Sommer lädt der lauschige Hofgarten zum Faulenzen ein. Bis zum Bahnhof sind es gerade mal fünf Gehminuten. Messezentrum, Altstadt, Museen, Theater und Sportstadium sind bequem mit öffentlichen Verkehrsmitteln zu erreichen. Das perfekte Zuhause von zuhause.

4053 Basel, Gundeldingerstrasse 119,
061 911 99 64 und 079 126 98 92,
www.blumer-bnb.ch

NEU Mättle

Expansion Die Familie Wiedmer will's wissen. Nach dem «Eckert» in Grenzach-Wyhlen, der «Krone» in Inzlingen, dem «Drei König» und dem «Hotel Base» in Lörrach gehört nun auch das «Mättle» in Tumringen zur Familie. Hier kocht der Franzose Nicolas Marceau, und wer einen so sinnlichen Namen hat, der kann eigentlich nur gut kochen. Und so ist es auch. Seine Kochsprache bereitet Spass. Von der aufgemotzten Vesper aus dem Hotzenwald über die Erbsensuppe bis zum gereiften Schwäbisch-Hällischen Landschweinrücken schmeckt alles. Puristen werden sich fragen, ob es eine gebeizte Gelbschwanzmakrele auf Randen an Passionsfrucht-Vinaigrette braucht oder ob der Schwerpunkt nicht mehr auf Wiener Schnitzel mit Kartoffel-Gurken-Salat liegen sollte. Doch Beizen mit einer einfachen und guten Markgräfler Küche gibt es in der Region einige, während das «Mättle» das Potenzial hat, Puristen und Trendsetter gleichermassen anzusprechen. Und wenn die Besitzerfamilie den Restaurantleiter Jens Rieser als ihren familiennahen Begleiter und als einen Mann mit Nerven beschreibt, dann kann es eigentlich nur gut kommen.

D-79539 Lörrach-Tumringen, Freiburger Strasse 314, 0049 7621 588 43 00, www.wio-group.de

Weinbau Ruser

Grenzgang Es soll noch Winzer geben, die nicht am Wein herumdoktern: Kein Glattschmirgeln auf den gerade herrschenden Geschmackstrend. Kein Aufzuckern, um Alkohol und Wucht vorzutäuschen. Keine Schönung und natürlich auch keinerlei nachträgliche Süssung. Genau so einer ist Karlheinz Ruser. Er ist kein «Winemaker», sondern ein grundsolider Weinbauer. Einer, der knackig frische Weine mit wenig Alkohol produziert. Klar, nicht jeder Jahrgang ist bei ihm federleicht, seine Blauburgunder am allerwenigsten, wird doch das Markgräflerland aufgrund seiner zahlreichen Sonnentage vollmundig die Toskana Deutschlands genannt. Sein Gutedel (Chasselas) und sein Müller-Thurgau lassen sich aber locker zum Frühschoppen entkorken. Karlheinz Ruser beweist auf sympathische Art, dass auch die Deutschen trockene Weine machen können. Die Basler Grenzgänger danken es ihm als treue Kunden.

D-79539 Lörrach-Tüllingen, Sodgasse 7, 0049 7621 496 20, www.weinbau-ruser.de

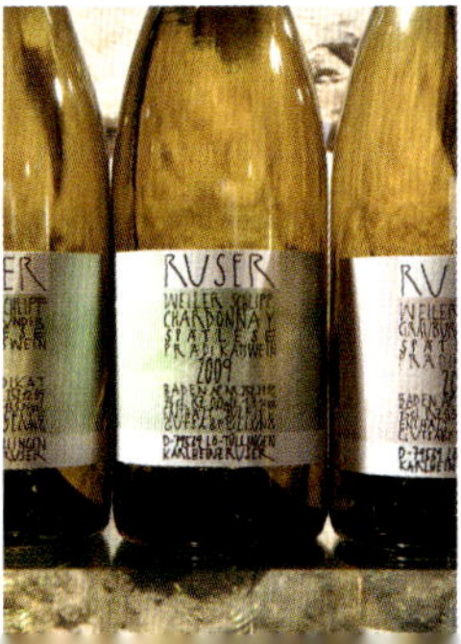

NEU Rössli

Druckfrisch Bei der Gourmetfibel Michelin kam es schon vor, dass eine Ausgabe wieder eingestampft werden musste, da eine Adresse bewertet und ausgezeichnet wurde, die bei Erscheinen des Guides noch gar nicht eröffnet hatte. Das tue ich nicht. Trotzdem empfehle ich hier eine Beiz, die zum Zeitpunkt der Niederschrift dieses Textes noch nicht offen ist. Ich kann also nur schreiben, was Julie und Philipp Wiegand ab Oktober im «Rössli» in Oberwil vorhaben. Das «Neubad» in Binningen, woher ich sie kenne, haben sie vor den Sommerferien verlassen, und seitdem planen und setzen sie um, was wir ab Oktober 2020 vorfinden werden. Das Risiko, enttäuscht zu werden, ist inexistent, zumal die zwei ein eingespieltes Team und Profis sind und mit ihrer Küche im«Neubad» begeisterten. Im «Rössli» wird es einfacher werden. Mehr Dorfbeiz, mehr Klassiker statt moderne Interpretationen, und trotzdem wird mit Sicherheit keine Langeweile aufkommen. Ein weiterer Pluspunkt ist der Garten unter den Kastanien und die Einrichtung des Hauses, die aus einem Mix von Alt und Modern bestehen wird. Also: Hingehen und ausprobieren. Vielleicht sehen wir uns ja bei Tatar, Wurstsalat, Cordon bleu und Co. Und genug vegetarische Speisen wird es auch geben. Ich freue mich.

4104 Oberwil, Hauptstrasse 30,
061 401 18 81, www.roessli-oberwil.ch

Studinger

Der etwas andere Dorfladen Biel-Benken breitet sich rasant aus, seine Grünflächen schrumpfen. Mitten im Kern finden sich noch einige Bauernhöfe, die bleiben, genauso wie der kleine Tante-Emma-Laden von Sibylle und Christoph Studinger, der auf den ersten Blick etwas verstaubt wirkt. Tomatenbüchsen, Waschpulver, eine Zahnbürste. Wer keinen zweiten Blick riskiert, verpasst eine «Schlaraffia». Hinter der Theke steht Meister Studinger, der empfiehlt, berät, hier einen Scherz und dort ein Kompliment macht, ob nun der Laden voll oder leer ist. Wer bei ihm einkauft, bringt Zeit mit. Die Käselaibe türmen sich in Reih und Glied, und in den Regalen versammeln sich ausgewählte Produkte von kleinen Manufakturen. Senf, Salz, Joghurt, Alp- und Käsereibutter, Brot, Biomehl, Konfitüren, Biere, Würste, Schinken, Kaffee. Viel Gutes von einem unabhängigen Detailhändler, der den Goliaths im Handel mit seinem Qualitätsdenken die Stirn bietet.

4105 Biel-Benken, Kirchgasse 23,
061 721 13 18, keine Website

Dorfkäsi Allschwil

Der Pragmatiker Pierre Coulins Curriculum ist beeindruckend, seine Titel Dr. sc., Dipl. Ing.-Agr. ETH, Lebensmitteltechnologe sind es sowieso. Ansonsten ist Pierre Coulin eine unkomplizierte liebenswerte Persönlichkeit, die sich in den Kopf gesetzt hat, in der Region Basel einen Treffpunkt für Käsefans zu schaffen, was ihm innert Kürze gelungen ist. Ansonsten hat er es nicht mit der Kürze, sondern er lässt seinem Käse Zeit, um optimal zu reifen. Der Unterschied zu anderen Käseverkäufern ist, dass «RegioBale», so heisst sein Unternehmen, nicht nur Käse verkauft, sondern auch Käse produziert, was in der heutigen Zeit nicht nur heroisch tönt, sondern es auch ist. Sein Raclettekäse ist ein grosser Wurf, der selbst kritische Gaumen begeistert.

4123 Allschwil, Baslerstrasse 12,
061 481 22 88, www.regiobale.ch

Restaurant Bad

Zum Fressen gern Vor fünfzig Jahren gehörten Kutteln, Herz und Lunge bei uns zum kulinarischen Alltag. In den Achtzigern machten Nouvelle Cuisine und Hochkonjunktur den Innereien und den minderen Fleischteilen in unserer Küche den Garaus, nur gerade Leber und Niere konnten sich halten. Ganz anders in Italien und Frankreich, wo Kutteln, Andouilette und Co. zum kulinarischen Kulturgut gehören. Im nördlichen Piemont wird an kalten Tagen die «Finanziera» aufgetischt, ein beliebter Eintopf aus Innereien, Hoden, Hirn, Kalbsfilet, Hahnenkämmen, Steinpilzen, Parmesan, Marsala, Öl und Essig, der auch in Spitzenlokalen serviert wird. Einen solch tierischen Gesamtüberblick findet man bei uns selten. Zu den Vorreitern in der Region Basel gehört Michael Matter, der auf Vorbestellung ein viergängiges Menü vom Kalbshirn kocht: gegartes Hirn an Vinaigrette auf getoastetem Schwarzbrot und mit gebratenen Steinpilzen auf einem Rührei mit Crème fraîche, dann in Olivenöl kross gebratenes Hirn mit Wintersalat und zum Abschluss Hirn an einer Cognac-Senfsauce mit Schwarzwurzeln im Blätterteig. Klingt ungewohnt und schmeckt unverschämt gut.

4124 Schönenbuch, Brunngasse 2,
061 481 13 63, www.bad-schoenenbuch.ch

Wirtschaft zum Rössli (Seite 84)

Paphos Weine

Die grossen Unbekannten Unter Weinkennern zählt Zypern zu den ultimativen Geheimtipps, dessen Provenienzen wundervolle Entdeckungen abseits der ausgetretenen Strassen sind. Sie sind zugleich die Passion von Bernhard Furler, der sich dem zypriotischen Weinwunder verschrieben hat, das zwar von der Fachpresse (z.B. Vinum, Handelszeitung, Sonntagszeitung) in den höchsten Tönen gelobt wird, bestellt wird bei ihm aber immer noch viel zu wenig. Natürlich lässt sich der Weintrinker nicht zu seinem Glück zwingen, und klar hat er seine Vorlieben, doch es lohnt sich, im Online-Shop von «Paphos Weine» zu stöbern oder an einem der stimmungsvollen Anlässe von Bernhard Furler auf Entdeckungstour zu gehen. Seit Jahren arbeitet er mit den besten Kellereien der neuen Winzerelite Zyperns zusammen, die in den ökologisch vielfältigen Rebbergen bis auf 1500 Meter ü. M. ihre exklusiven autochthonen Rebsorten kultiviert. Handwerklich sorgfältig gemachte Weine, die in kleinen Stückzahlen abgefüllt werden, kurz, Raritäten zu fairen Preisen.

4132 Muttenz, 061 461 71 63, kein Ladengeschäft, Onlineshop: www.paphosweine.ch

Wein Feer

Der Naturbursche Martin Feers Lebenselixier ist die Natur. Er ist Forstwart, Winzer und Weinhändler. In den Reben geht er in seiner Passion auf. In Waldenburg hat er Frühburgunder angepflanzt, zwar mit kleinem Ertrag, aber die Weine sind frisch, mineralisch und überzeugen mit filigranen Noten. Im Tessin stehen seine Rebstöcke oberhalb von Giubiasco im Steilhang. Die Trauben werden in Bottichen auf den Schultern ins Tal getragen. Schwerarbeit. Sie ergeben herrlich fruchtige, leichte Weine mit Biss. Wenn er nicht in den Reben ist, weilt Martin Feer gern am Doubs, beobachtet Frösche und sammelt Pilze, vorzugsweise Morcheln und Steinpilze. Oder er geniesst Kutteln in seiner Lieblingsstadt Florenz. Auch Naturburschen machen manchmal eine Auszeit von der Natur.

4142 Münchenstein, Emil-Frey-Strasse 81a, 061 411 11 38 und 079 322 07 94, www.wein-feer.ch

Weinbau Simmendinger

Der Frischling Seinen ersten Beruf als Offsetdrucker hat Sascha Simmendinger seiner Passion zuliebe an den Nagel gehängt, was vernünftig scheint. Seine Provenienzen beeindrucken mit Frucht und Frische. Das einzige Problem bis anhin war, dass seine Produktion nicht mit dem Durst seiner Kunden mithalten konnte. Das hat sich geändert. Er hat sein Angebot ausgebaut. Sehr gut gefallen mir der Rote Traminer, Blanc de Noir und Solaris, wobei Letzterer noch vor einigen Jahren ein Exot war und heute süffiger Alltag ist. Apropos Exot: Sascha Simmendingers Traum ist es, sich als Winzer im kanadischen Okanagan Valley in British Columbia niederzulassen. Vorerst belässt er es aber noch beim Träumen, und greift, um doch noch etwas Ausland-Feeling in seinen Flaschen zu haben, bei einigen Weinen auf italienische Trauben zurück. Sascha Simmendinger ist immer für eine Überraschung gut.

4142 Münchenstein, Schmidholzstrasse 42, 078 888 41 12, www.simmendinger.ch

Restaurant Gartenstadt

Mama Mock Astrid Mock ist die Herzlichkeit in Person. Sie ist fröhlich, unkompliziert und um ihr Team besorgt wie eine liebevolle Mama. Das kommt auch dem Gast zugute, der sich sehr willkommen fühlt. Hinzu kommt eine leicht verspielte Küche, die Freude bereitet. Das von Hand geschnittene Tatar wird klassisch mit Briochetoast serviert, das Carpaccio von der Jakobsmuschel wird von einem Limettenjoghurt und Dinkelbrot begleitet, der Tomatensalat schmeckt tatsächlich nach Tomaten, und statt dem obligaten Mozzarella gibt es eine Burrata, die cremigere und aromatischere Variante aus Apulien. Und sonst? Der Wolfsbarsch wird in seiner ganzen Pracht und nicht filetiert aufgetischt, und auch ein nicht alltägliches Stück Fleisch wie ein Onglet (Zwerchfell) findet im abwechslungsreichen Angebot Platz. Ja, und selbst im einem Cordon bleu verbirgt sich neben Schinken, Zwiebeln und Tomaten als kleiner Gaumentanz ein würziger Jumi-Käse. Das durchdachte Weinangebot überzeugt mit korrekten Preisen.

4142 Münchenstein, Emil-Frey-Strasse 164, 061 411 66 77, www.restaurantgartenstadt.ch

Metzgerei Jenzer Fleisch & Feinkost

Der Musterknabe Was Grossmutter noch wusste, ist im Zeitalter von Facebook und Co. wieder hochaktuell. Den Konsumenten wird schmackhaft gemacht, die Lebensmittelverschwendung am Tier lustvoll zu bekämpfen. «Nose to Tail» nennt sich das Neudeutsch, was zur Folge hat, dass Kutteln, Kalbskopf, Nieren und Backen wieder auf den Tellern landen. Nur Edelstücke konsumieren, ist nicht mehr «comme il faut». Will der familiäre Metzgereibetrieb heute gegen den Grossisten und dessen Einheitsbrei überleben, benötigt es innovative Ideen. Die «Jenzer Fleisch & Feinkost» steht für artgerechte Tierhaltung ein, bietet Spitzenfleischqualität gepaart mit Innovation. Das fängt beim «Bluthund» (überdimensionierte Blutwurst) an und hört mit dem luftgetrockneten Rohschinken von der Witzwiler Freilandsau auf, der selbst Berufsitaliener zum Schwärmen bringt. Übrigens: Allergiker werden von der Familie Jenzer ernst genommen und umfassend über den Inhalt ihrer Produkte informiert.

4144 Arlesheim, Ermitagestrasse 16, 061 706 52 22, www.goldwurst.ch

Gasthof zum Ochsen

Fleischeslust Der «Ochsen» in Arlesheim ist erfolgreich im 21. Jahrhundert angekommen. Die Räumlichkeiten und Zimmer sind modernisiert, ohne dass ein trendiger Einheitsbrei entstanden wäre. Das Haus strahlt Würde und Urbanität aus, die Gästeschar ist bunt durchmischt, und die Küche spricht unter der Leitung von Jean-Luc Wahl eine traditionell Kochsprache, bei der das Schwergewicht auf erstklassigem Fleisch liegt, was nicht weiter verwundert, gehört der «Ochsen» doch der Metzgerfamilie Jenzer (siehe Text links). So sind die «Ochsen»-Klassiker bei zahlreichen Stammkunden gesetzt. Dazu gehören das am Tisch zubereitete Tatar vom regionalen Rinds-Bavette oder die stundenlang vor sich hin simmernde Ochsenschwanzsuppe, die mit Cognac dezent abgeschmeckt wird. Was nicht fehlen darf, ist der «Butchers Cut», die Empfehlung des Metzgermeisters, die mit speziellen Fleischstücken aufwartet, wie etwa vom Rind Onglet (Zwerchfell) und Shoulder Tender (Schulterdeckel) oder vom Schwein das Secretto (Muskel). Die Weinauswahl ist mit grossen Namen und schweren Kalibern vertreten; wer einfacher, leichter, filigraner und lokaler trinken will, ist mit den lokalen Provenienzen gut bedient.

4144 Arlesheim, Ermitagestrasse 16, 061 706 52 00, www.ochsen.ch

BASELLAND

NEU Adler

1001 Nacht Alles ist noch frisch und mit Fingerspitzengefühl dekoriert. Der Gast spürt, dies ist ein neuer, ein stolzer «Adler», der abhebt und seine Gäste in eine orientalische Welt entführt. Mit Geschmack und herzlichen Gastgebern. Franziska Hasler, die Frau von Küchenchef Mohamed, dekoriert, gestaltet, verkostet und inspiriert Team und Gäste, während Yasser, der Bruder von Mohamed, die Gäste umsorgt. Wer die Vielfalt der Speisen im Gaumen erspüren will, vereinbart einen Pauschalpreis und isst sich quer durch die ägyptische, marokkanische, libanesische und indische Küche. Frittierte Kichererbsenbällchen, gefüllte Gemüseteigtaschen, in Kichererbsenmehl frittierte Pouletstücke, pürierte Aubergine, das obligate Chicken Masala und Tandoori, Rind an Zimt oder Chili mit Koriander, dazu Bioweine aus dem nahen Elsass und Markgräflerland oder ein Grüntee mit Minze, Ingwer und Zitrone. Es lohnt sich, mit einer geselligen Runde und mit Appetit und Neugierde den «Adler» zu besuchen. Einfach nur eine Vor- und eine Hauptspeise wählen ginge auch, wäre aber schade.

4144 Arlesheim, Hauptstrasse 15, 061 703 11 00, www.adler-restaurant.ch

Predigerhof

Stadtnah Mensch Natur und Tier sind im «Predigerhof» im Einklang. Wer am Sonntag kommt, weiss aber, dass der Ansturm auf diese Land-Oase gross (Basel ist nah) ist. Wer mit Zeit kommt und Musse hat, besucht den Ort unter der Woche und lässt sich von der Ruhe und vom schönsten Sonnenuntergang der Region inspirieren, wie auch von der innovativen Küche von Janis Wicki, der in der Sparte Lammhaxe und Schmorbraten genauso zuhause ist wie bei einem Siedfleisch-Salat mit pochiertem Meerrettich-Ei. Vegetarier werden ernst genommen, und das Weinangebot besticht durch eine spannende Mixtur aus Tradition und Innovation. Bei schönem Wetter ist an den Wochenenden die Hof-Buvette in Betrieb, während in der einen Ecke der Spielgarten und in der anderen der Hofladen lauert, der die eigenen Erzeugnisse anbietet.

4153 Reinach, Predigerhofstrasse 172, 061 262 21 12, www.prediger-hof.ch

NEU Röschenzerhof

Höhenluft Die letzten Jahre ist der «Röschenzerhof» eine Achterbahn gefahren, war mal gut, mal weniger, nie schlecht, aber auch nie herausragend. Mit dem neuen Gastgeber ist Stabilität und Kontinuität eingekehrt. Im Restaurant wird saisonal, frisch und auf gutem Niveau gekocht, im Kulturcafé wird am Brioche geknabbert oder der englischen Tea Time gehuldigt. Zum Essen: Ob Zucchiniroulade, Zanderfilet oder Saiblingconfit – es mundet und überzeugt in Präsentation, Garzeiten und Qualität. Freude macht das verlorene Ei, das perfekt zubereitet ist und wunderbar schmeckt. Toll, der «Röschenzerhof» ist auferstanden. Grund genug, gleich einen Vin Jaune des mittlerweile pensionierten Winzers Jacques Puffney zu köpfen (ideal zu Morchelgerichten oder einem Hartkäse wie einem Comté) und danach glückselig in einem der sieben Gästezimmer zu übernachten. Jeweils am Samstag (8–13 Uhr) findet hier ein kleiner Markt statt mit ausgewählten regionalen Produzenten und vorzüglichen Produkten.

4244 Röschenz, Oberdorfstrasse 8, 061 765 10 10, www.roeschenzerhof.ch

Kulturhotel Guggenheim

Mooi Das ist holländisch und heisst schön, attraktiv, erfreulich, gut, hübsch ... was das Kulturhotel Guggenheim als Gesamtkunstwerk auch ist. Die patinierten Zimmer überzeugen durch einen guten Mix aus Alt und Neu, im Restaurant Mooi beeindrucken Farben und Einrichtung die bunte Gästeschar. Und dann wäre da noch der Garten, der eine Oase für sich ist, der Kinderwagen-Parkplatz und vieles mehr. Yvonne und Eric Rütsche gelingt es, einen Ort zu schaffen, zu dem man sich immer wieder hingezogen fühlt. Für einen kulturellen Abend, einen Pulled Pork Burger oder Hummus mit hausgemachter Focaccia. Den Mittagstisch gibt es zum Freundschaftspreis, etwa mit geräuchertem Schweinshalsbraten oder gratinierte Polenta-Ecken. Die Abendkarte ist klein, das Angebot durchdacht, die Lammhaxen exzellent. Angebot, Preis und Stimmung stimmen.

4410 Liestal, Wasserturmplatz 6/7, 061 534 00 02, www.guggenheimliestal.ch

Hauptstross 100

Halbiert Guido Stohler und Genio Haas sind auf die Bremse getreten und haben ihre wundervolle «Hauptstross 100» in Ziefen aufs Eis gelegt. Fertig lustig ist es mit dem patinierten Bauernhaus und den denkwürdigen, feucht-fröhlichen und kulturellen Abenden. Geblieben ist am Zeughausplatz in Liestal ihr Whiskyladen. Klein, fein und mit spartanischen Öffnungszeiten und einer memorablen Auswahl an schottischem Lebenswasser. Mit eigenen Abfüllungen, mit Jahrgängen, die feuchte Augen verursachen, und mit einer kompetenten Beratung.

4410 Liestal, Zeughausplatz 29, 061 931 16 62 und 079 435 76 62, www.hauptstross100.ch

Bad Schauenburg

Chapeau! Der Unternehmer und Besitzer Peter Grogg hat das «Bad Schauenburg» komplett sanieren und erweitern lassen. Die ehemalige denkmalgeschützte und brachliegende Scheune ist nun das Restaurant «Zum Schauenegg», eine Einkehr für zwischendurch und immer wieder. Die nach Süden ausgerichtete Sonnenterrasse zieht Tagediebe, Wanderer und Ausflügler an. Sie freuen sich über die intakte Natur, den begehbaren Kräutergarten und über eine exzellente, einfache Regionalküche für den kleinen und grossen Appetit. Auch das Haupthaus zeigt sich in neuem Glanz, und Spitzenkoch Francis Mandin freut sich über seine neue Rolls-Royce-Küche. Geleitet wird «Bad Schauenburg» von Stéphanie Häring, der Tochter von Altpatron Fredi Häring, und Maître d'hôtel Urs Hischier, der seit über dreissig Jahren mit an Bord ist.

4410 Liestal, Schauenburger Strasse 76, 061 906 27 27, www.badschauenburg.ch

Siebe Dupf

Auf zu neuen Ufern An Weinhändlern besteht in der Region Basel zwar kein Mangel, aber seit seiner Neuausrichtung befindet sich das Traditionshaus Siebe Dupf auf der Überholspur, was auch mit dem Ehrgeiz des Verwaltungsrats zu tun hat. «Siebe Dupf» steht heute ein für ein gehobenes, spannendes und interessantes Sortiment. Gleich ob Tischwein oder Etikette, bei «Siebe Dupf» liegen Flaschen in den Regalen, bei denen nicht nur Burgunder-Freaks feuchte Augen bekommen. Kommt hinzu, dass die Weine der Eigenkelterei von Kellermeister Thomas Engel nicht nur die Region, sondern auch ein internationales Fachpublikum ins Staunen versetzt. An den Decanter World Wine Awards 2017 hat Thomas Engel gleich sieben internationale Wein-Auszeichnungen auf einen Streich geholt. Gute Aussichten.

4410 Liestal, Kasernenstrasse 25, 061 921 13 33, www.siebe-dupf.ch

Osteria Tre

Zu Tisch Flavio Fermi ist ein Spitzenkoch, ein stiller, innovativer Schaffer. Ohne Zweifel. In seiner Kochsprache schleicht sich keine Monotonie ein. Er pflegt keine Baukastenküche, bastelt nicht zu viel auf dem Teller, baut keine Türmchen, sondern setzt mit Raffinesse und Leichtigkeit fadengerade das Produkt in den Mittelpunkt. Mit Verstand und Gespür vereint er das, was sich zu vereinen lohnt. Bei Flavio Fermi in der Osteria Tre in Bad Bubendorf zu sitzen, ist Lebensqualität und zugleich eine Lernstunde für den Gaumen, die Freude bereitet. Freude macht auch sein Kochbuch mit klaren Bildern, klarer Küche und klarer Sprache. Ein Buch, das nicht in die Bibliothek, sondern auf den Küchentisch gehört. Ein Buch zum Lesen, Nutzen und Anwenden. Ein Buch für Menschen, deren Verstand durch den Magen geht.

4416 Bubendorf, Kantonsstrasse 3, 061 935 55 55, www.badbubendorf.ch

BASELLAND

NEU Villa 27

Begegnung Antiquitäten teilen sich das Haus mit Shabby-Chic-Möbeln. Hier ein Stuhl, dort ein drapierter Vorhang, da ein wundervolles Parkett, kurz, wer die «Villa 27» besucht, tritt eine Zeitreise an und fühlt sich wie einst bei Oma Luise, die hier nicht Luise, sondern Käthi Eglin heisst und mit ihren schwarzen Haaren dem Oma-Groove entgegentritt, aber als Mutter von vier erwachsenen Kindern eben doch eine glückliche Oma ist. Um zwölf Uhr wartet sie mit dem Mittagstisch auf, jeweils mit einem schmackhaften Traditionsgericht wie Gemüsewähe, Speck und Bohnen, Hörnli mit Ghacktem und Öpfelmus oder auch mal mit gefüllten, salzigen Crêpes oder einem Curryreis der besseren Art. Vor und nach dem Mittag gibt's zahlreiche süsse Köstlichkeiten, von der Bäckerin Susi Mahler für die Gäste produziert. Beliebt ist auch der Afternoon Tea mit Scones, Clotted cream und Co.

4450 Sissach, Hauptstrasse 27,
076 463 28 99, www.villa27.ch

Domaine Chiquet

Natur in der Flasche Etikettentrinker lassen es gleich bleiben und lesen nicht mehr weiter. Die Weine von Ruth und Claude Chiquet-Kunz sind eigenwillig, überzeugen aber mit intensiven Aromen. Viel mehr Natur geht in eine Weinflasche nicht rein. Sie sind Weinbauern mit dem Auge fürs Wesentliche und keine verkünstelten Winemaker. Claude Chiquet besuchte die Ausbildungskurse für Rebbau, Weinbereitung und Sensorik an der Fachhochschule in Wädenswil, seine Lehrzeit verbrachte er im Weinbaubetrieb von Silvia und Valentin Blattner im jurassischen Soyhières, was ihn prägte. Seine Rebparzellen sind in Ormalingen und Maisprach, auf denen ausschliesslich PIWI-Rebsorten gepflanzt wurden, also pilzwiderstandsfähige Traubensorten. Meine Lieblinge sind ihre Weissweine «Sauvignon S» und ihr dunkelroter Schaumwein «Schwarze Perle» aus verschiedenen PIWI-Sorten, der an Himbeere, Schwarze Johannisbeere und Kirsche erinnert.

4466 Ormalingen, Hauptstrasse 144,
079 363 13 04, www.chiquet-lesvins.ch

Ochsen

Aufgewacht Freude herrscht unter den Einheimischen über die Wiedergeburt ihres «Ochsen» in Oltingen. Der gebürtige Sissacher Markus Stocker (vulgo Stocky) hat der verwaisten Dorfbeiz neues Leben eingehaucht. Geboten werden eine schlichte Küche, eine kleine Weinauswahl, diverse Konzerte (Dominik Schürmann, Stiller Has und andere Musikgrössen) durchs Jahr hindurch und kontinuierliche Freundlichkeit. Zum Ess-Pflichtprogramm der Stammgäste gehört der Elsässer Flammkuchen, dessen Rezept Stocky von seiner Mamama aus Strasbourg übernommen hat und der sehr beliebt ist.
Am Tage des Herrn lockt der Sonntagsbraten, unter der Woche warten Wurstsalat, Schwartenmagen und auch mal ein Edelstück vom Rind auf Beizengänger mit Appetit. Das zarte Fleisch liefert der Nachbar, die Metzgerei Rickenbacher, die nur Viecher von den umliegenden Weiden schlachtet. Der Kreis schliesst sich. Ein «Zum Wohl» auf den «Ochsen», und möge das mit ihm noch lange so weitergehen.

4494 Oltingen, Schafmattstrasse 6, 061 993 70 48, www.ochsenoltingen.ch

Metzgerei Rickenbacher

Von der Wiese nebenan Thomas Rickenbacher macht keine grossen Worte zu seiner Arbeit. Gar Werbung für sich und seine Metzgerei? Gott bewahre! Wer zu ihm kommen will, findet seinen Laden, der im abgelegenen Dorf Oltingen zuhause ist. Hier wird das lokale Vieh ohne Transportstress vor Ort geschlachtet, der Metzger kennt seine Bauern, sie kennen ihn, und eine grosse Stammkundschaft kennt den Laden und nimmt den Weg für seine Qualitätsprodukte gerne in Kauf. Wurstliebhaber gehen nicht ohne Cervelat nach Hause. Und über den Rest des Einkaufs entscheidet die persönliche Lust und Tagesform.

4494 Oltingen, Hauptstrasse 19, 061 991 04 30 und 079 333 56 46, www.metzgerei-rickenbacher.ch

Gasthof zum Rössli

Allein auf weiter Flur Um neun Uhr öffnet das «Rössli». Arbeiter, Briefträgerinnen und Frühtauwanderer – es ist eine bunte Gesellschaft, die sich am Stammtisch trifft und über die verkürzten Öffnungszeiten des Hauses sinniert. Judith Gysin ist Besitzerin, Gastgeberin und Köchin des «Rössli». Die Beiz ist stets gut besucht und die Frites «fait maison», das Holzofenbrot, die Forelle und der Braten sind bei den Gästen gesetzt. Unter der Woche kommen bunte Tischtücher auf die Tische, die an Omas Stube erinnern, am Sonntag wird die Gaststube weiss eingedeckt, was dem Ganzen eine festliche «Am-Sonntag-auf-dem-Lande»-Stimmung verleiht. Wer im Sommer das «Rössli» besucht, lässt die Stube Stube sein und freut sich über den wunderschönen Garten, in dem meistens eine leichte Brise weht.

4495 Zeglingen, Hauptstrasse 57, 061 981 51 51, www.roessli-zeglingen.ch

Übernachten im Kanton Baselland

Kloster Schönthal

Im Kloster Der ehemalige Werber John Schmid hat vor Jahrzehnten das Kloster Schönthal mit viel Sachverstand in eine Kunstoase verwandelt. Rund um die Liegenschaft führt ein kilometerlanger Skulpturenweg durch die sattgrüne, hügelige Landschaft. In der ehemaligen Klosterkirche finden im Sommerhalbjahr Ausstellungen zeitgenössischer Künstler statt. Wer länger an diesem Kraftort bleiben will, reserviert sich eines der vier geschmackvoll eingerichteten Gästezimmer. Das grosszügige Bad wird geteilt. Hinzu kommen eine perfekt ausgestattete Küche für Selbstversorger, ein patiniertes Esszimmer und ein verträumter Innenhof mit grossem Holztisch, der sich für warme Sommerabende anbietet.

4438 Langenbruck, Schönthalstrasse 158, 061 706 76 76, www.schoenthal.ch

Alte Brennerei (Seite 103)

Wirtshaus zur Säge

Vive la différence Patrick Zimmermann (ehemals Stucki, Basel) kocht in der «Säge» auf hohem Niveau eine elegante Gourmetküche, die nie langweilig oder zu verspielt wird, sondern mit klarer Kochsprache überzeugt. Störfisch-Carpaccio mit Kaviar und Sauerrahm mit Blinis, Kohlrabi-Ravioli mit Krabbe, Entenleber und Apfel, Kalbsfilet an Sommertrüffel und Taubenbrust mit Kürbisbrunoise zeugen von seiner Kochkunst, die er auch mit einer «Cochonaille» der Extraklasse unter Beweis stellen kann. Kalte und warme Würste zur Einstimmung, die beste Blutwurst, die ich kenne, dann eine gebratene Tranche Leber und Leberwurst mit lauwarmem Randensalat, gefolgt von einer im Barolo geschmorten Backe auf Senflinsen aus der Auvergne. Es folgen ein knuspriger Schweinebauch und eine aromatische Kinnbacke an Majoran-Speck-Sauce. Das Plat principal ist ein zartes Kotelett vom Jungschwein mit Kümmelwurst und Sauerkraut. Das sind Momentaufnahmen, die bleiben und den Gaumen prägen. In der Summe ist die «Säge» ein bezahlbares Erlebnis für spezielle Augenblicke.

4112 Flüh, Steinrain 5, 061 731 17 17,
www.säge-flüh.ch

Metzgerei Schaad

Grenzgänge Junior Kevin Schaad hat den Familienbetrieb, die Metzgerei Schaad, mit seiner Partnerin Jessica Albrecht übernommen, seine Eltern Martin und Mireille Schaad sind etwas in den Hintergrund gerückt, ohne den Anschluss zum Betrieb zu verlieren. So, wie sich das für einen Familienbetrieb gehört. Die Bauernbratwurst ist ein traditionelles Prunkstück, das sich aus Schweinefleisch, Halsspeck, gedämpften Zwiebeln, frischen Eiern, Salz, Pfeffer, Majoran und einigen geheim gehaltenen Zutaten zusammensetzt, die Gin-Bratwurst ist innovativ und passt – wen wundert's – perfekt zu einem Gin Tonic. Das Familienunternehmen behauptet sich mit Qualität und Engagement an der Grenze zum elsässischen Sundgau und ist auch bekannt für die mit feinen Rauchnoten aromatisierten Cervelats oder die im November angebotenen Blut- und Leberwürste. Einen Namen hat sich der Betrieb auch mit diversen Tüfteleien gemacht: Mit einer «Buurehamme» vom Bierschwein, seinem berühmten Fleischkäse, der mit Käse angereicherten Elsässer Bratwurst und mit diversen anderen Eigenkreationen wie der beliebten Fleischkäse-Sülze. Vor über hundert Jahren hat mit Sophie und Otto Schaad-Stöcklin alles begonnen. 1990 übernahm Martin mit seiner Frau Mireille von seinen Eltern Bethli und Max den Familienbetrieb. Mit Kevin hat nun der nächste Schaad das Steuer übernommen.

4112 Flüh, Steinrain 4a, 061 731 10 18,
www.metzgerei-schaad.ch

Restaurant Kreuz

Am Tage des Herrn Metzerlen ohne Kirchenglockenspiel wäre wie die römisch-katholische Kirche ohne Papst. Genau gegenüber der Kirche steht das «Kreuz». Ideal für den samstäglichen oder sonntäglichen Frühschoppen, den Sonntagsbraten, für eine Vesper oder ein traditionelles Mahl. Aber auch für die hausgemachte Foie Gras oder frische Austern. Seit dem 18. Jahrhundert ist das «Kreuz» im Besitz der Familie Schaffter. Stefan führt die gemütliche Landbeiz seit 1993 in der siebten Generation, gemeinsam mit seiner Partnerin Veronika Meier. Hier trifft sich ab und zu die Solothurner Regierung und die Dorfprominenz zum Palavern, hier treffen sich Müssiggänger mit und ohne Geld, Trendsetterinnen, Bauern und Männer von Welt und solche, die es noch werden wollen, zum gemütlichen Hock und freuen sich je nach dem über eine Rauchwurst, über ein zartes Stück Suppenfleisch, den saftigen Mistkratzer oder über die vorzüglichen Hacktätschli, die allerdings nur jeden ersten Donnerstag im Monat aufgetischt werden. Wer vorab lieb fragt, bekommt dazu Frites «fait maison» serviert.

4116 Metzerlen, Hauptstrasse 5, 061 731 14 95, www.kreuz-metzerlen.ch

NEU Lämmli

Hausgemacht Das «Lämmli» ist eine Begegnungsstätte für Menschen, die sich nichts mehr beweisen müssen, die auf der Flucht vor Trends sind und Freude an einer schön gealterten Beiz haben, die ohne Dekorwahn auskommt und durch ihre Schlichtheit überzeugt. Gastgeberin Colette Steiner kümmert sich herzlich um ihre Gäste, Andreas Steiner lässt sich von der Saison, dem Marktangebot und seiner Kochlaune inspirieren. Alles, was seine Küche verlässt, produziert er selbst. Brot, Fonds, Saucen, Teigwaren, alles. Das Angebot ist überschaubar, die Qualität stimmt, der Preis ist korrekt. Da gibt es eine exzellente, grosszügig bemessene Weissweinsuppe der etwas anderen Art, eine aromatische Wildschweinterrine mit Quitte und Hagebutte, Safran-Bandnudeln mit Steinpilzen und einen kross gebratenen Schweinebauch von der Freilandsau mit Kimchi, Topinambur und Ingwer – die wärmende kulinarische Wahl für kalte Tage, während sich Schleckmäuler den Quitten-Quarkknödel mit Lebkuchen-Nussbutter auf keinen Fall entgehen lassen sollten.

4116 Metzerlen, Rotbergstrasse 6, 061 731 14 92, www.laemmli-metzerlen.ch

Kulinarische Werkstatt

Bei Rotbäckchen Ihre roten Bäckchen und ihre braunen Augen leuchten um die Wette. Ihr Lachen ist ansteckend, ihr Humor subtil. Ida Schaffter ist gelernte Krankenschwester und heute Bäuerin mit Herzblut. Sie ist Mutter, Bäckerin, Einmachfrau und Joker im Stall und auf der Leiter. Kurz, eine Frau für alle Fälle. Ihr Mann Kurt wird mit ein Grund für ihre Leidenschaft sein. Und wohl auch die grosse Liebe – bei fünf Kindern, von denen die Älteste, Annekäthi, den Hof übernommen hat, was die Eltern freut. Die Kulinarische Werkstatt ist ein wundervoller Hofladen, mit Broten und Zöpfen, mit Konfitüren aus Früchten von Hochstammbäumen, mit Fleisch von den eigenen Tieren von der Weide nebenan. Und auf Vorbestellung ist kulinarisch fast alles möglich: Wildkräuterterrinen, Tomatenbrot und so einiges mehr.

4116 Metzerlen, Hauptstrasse 3, 061 731 23 36, www.chirsgartehof.ch

Zeltner Destillerie

Prozente Bis Ende 2017 stand der Kultbrenner Ruedi Zeltner in seiner Destillerie in Dornach. Um die beliebte Lohnbrennerei dem Schwarzbubenland zu erhalten, gründete Istvan Akos (von Unser Bier) mit 21 Freunden der Destillerie eine Aktiengesellschaft. Sie ging mit viel Elan an die Arbeit, stellte neue Brenner ein und verpflichtete Sonja Arnold-Kézdi als Geschäftsführerin. Sie renovierte den Verkaufsladen, richtete einen Raum für Aperitifs, Whisky-Sessions und Treberwurst-Essen ein, überarbeitete den Auftritt und modernisierte die Website. Der grosse Einnahmeverlust, den der Jahrhundertfrost von April 2017 verursachte, konnte mit der Vergrösserung der Aktiengesellschaft auf über 500 Mitglieder aufgefangen werden. Prost, Cin cin, Santé, Slainthé.

4143 Dornach, Schulgasse 2, 061 701 13 76, www.zeltnerdestillerie.ch (mit Web-Shop)

NEU Dornacherhof

Mangia bene Wer im «Dornacherhof» einkehrt, erlebt beste Italianità und bringt Zeit mit oder lässt es bleiben. Die Gastgeber Sarah Rohner und Dusan Petković begrüssen ihre Gäste herzlich und auf Augenhöhe, sagen ihnen: «Presto e bene non vanno insieme – schnell und gut passen nicht zusammen», mixen Negroni, empfehlen italienische Provenienzen und überlassen das Feld ihrem sardischen Küchenchef Mateo Meloni, der mit Fisch umzugehen weiss und dem neugierigen Gast erzählt, was er heute Abend so alles aufschneidet, auf den Grill legt oder in die Pfanne haut. Da gibt's Schwertfisch-Carpaccio, Thunfisch-Tatar, Vongole, Calamarata allo scoglio mit Miesmuscheln, Venusmuscheln, Scampi und Fischrogen, grillierten Tintenfisch auf Erbsencreme mit Burrata und Randenmousse, hausgemachte Pasta und das Secreto vom Pata-Negra-Schwein. Perfekt zubereitet und schlicht angerichtet. Der Abend vergeht, die Stimmung bleibt, das Resultat im Glas und auf dem Teller stillen den Drang nach Süden. Perfetto.

4143 Dornach, Amthausstrasse 21,
061 703 13 33, www.dornacherhof.com

Kloster Dornach

Auf Spurensuche Die letzten Kapuzinermönche haben das Kloster Dornach 1990 verlassen. Seither hat das Haus eine bewegte Geschichte hinter sich, und vieles hat sich in den Jahren verändert. Mit dem «Klosterleiter» (Hotellerie und Gastronomie) Jonas Rapp ist Ruhe und Kontinuität im Haus eingekehrt, und es ist ein Glücksfall, dass er den langjährigen «Veronica»-Koch Christian Jakob als Küchenchef gewinnen konnte. Kalbsleber und Rösti oder der geschmorte Knödel-Wirsing-Wickel mit Miso-Sauce munden genauso wie ein Wurst-Käse-Salat. Das Kloster Dornach ist ein Rückzugsort für kulinarische und geistige Erbauung. Wer sich auf Spurensuche in der Klostergeschichte begeben will, bleibt gleich über Nacht in einem der Gästezimmer oder geniesst jeweils am letzten Donnerstag des Monats bei Jazz und Soul den abendlichen Barbetrieb im Klosterkeller. Alles gut? Der Garten hat das Potenzial zu mehr. Ohne Papiersets und Co. Auch die Möblierung wäre eine Überlegung wert. Da gibt es passendere, die einem ehemaligen Kloster weitaus besser anstehen würden.

4143 Dornach, Amthausstrasse 7,
061 705 10 80, www.klosterdornach.ch

Landgasthof Roderis

Ausgebaut Anita Stämpfli und Franco Pittaro haben gemeinsam mit Sara Stämpfli mit der grossen Kelle angerührt. Die alte Scheune des Hauses wurde abgerissen, an ihrer Stelle sind Wohnungen entstanden, im Dachstock des alten Landgasthofs haben sieben Hotelzimmer Platz gefunden, und die störenden Kunststofffenster wurden durch Holzfenster ersetzt. Ein Teil des Gartens ist durch ein elektronisch ausfahrbares Faltdach regensicher gemacht. Der erste Stock beherbergt einen stimmungsvollen Saal, und die kleine Raucher-Lounge ist ins Parterre verlegt worden. Entstanden ist ein Bijou, auf das die Urheber stolz sind. Zu Recht, auch wenn mir der Garten mit Balkendach und Co. zu üppig ausgefallen ist. Egal. Schön ist's allemal, und die Forelle, der Rehhackbraten und der Mistkratzer sind so gut wie eh und je.

4208 Nunningen, Eichelbergstrasse 6, 061 791 03 21, www.roderis.ch

NEU Besenbeiz Remel

Die Natur macht's Zahlreiche Wander- und Velorouten führen zur Besenbeiz Remel. Autofahrer parkieren ihr Vehikel auf der Challhöchi zwischen Mariastein und Laufen und spazieren entspannt in einer Stunde zur Beiz. Wer im Frühtau unterwegs ist, kann mit viel Glück einen Luchs beim Herumstreunen beobachten oder auf dem Remelturm die Aussicht bestaunen, sofern das Wetter mitspielt. Etwas weiter unten, auf 723 Meter über Meer, wartet die einfache, gemütliche «Besenbeiz Remel» auf ihre Gäste. Während der Alpsaison grasen hier rund fünfzig Kühe. Vor dem Stall und in der kleinen Gaststube stehen Holzbänke und Tische, mit ein paar Wiesenblumen und Kerzen als Dekor. Den Sound ergeben die Gäste und die Kuhglocken. Die herzlichen Gastgeber Ute und Peter Kägi bieten eine saisonale Suppe, Hummus, verschiedene Vesperbretter, einen Wurstsalat der besseren Art und ein luftig-leichtes Fondue an. Stammgäste lassen sich auf keinen Fall den Streuselkuchen oder die Linzertorte entgehen.

4245 Kleinlützel, 077 465 22 40, besenbeiz-remel.business.site

NEU Alte Brennerei Baseltor

Schäumereien Gastgeber und Allrounder Martin Klotz versteht es, mit seiner persönlichen Art die Gäste in seinen Bann zu ziehen. Wer als Bier-Frischling bei ihm einkehrt, wird bald wieder nach Nuglar reisen, zu gut sind die hauseigenen «Schaumgetränke» und die in einem stimmungsvollen Rahmen angebotenen Speisen. Klar, dreht sich bei einem passionierten Brauer alles ums Bier, was aber noch lange nicht heissen will, dass der nicht auch kochen kann. Martin Klotz kann es mal ordentlich, mal besser. Z.B. Biersuppe mit Weisswurst, warme Bretzel mit Schmalz, Flammkuchen mit Griebenschmalz, Wildsau-Frikadelle, gebratene Forelle oder – wie könnte es auch anders sein – Bierfondue mit hausgebackenem Treberbrot. Zum Abschluss ein Hopfensorbet oder, etwas üppiger, eine Bierglace aus Malz. Alles ist hier «bierisch» gut, und selbst Weinnasen fühlen sich in der «Alten Brennerei» wohl, da sie aus einem kleinen, durchdachten regionalen Angebot wählen und sich zum Beispiel den heimischen «Nugerolo» aus Cabernet Jura gönnen können.

4412 Nuglar, Bifangstrasse 1,
061 913 02 70, www.altebrennerei.ch

Nicht lange nachdenken Das «Baseltor» ist eine Beiz für den täglichen Gebrauch. Geeignet für den Mittagstisch und für das kurze oder lange Abendmahl, ohne dass man dabei gleich verarmt. Hier beschallen allein die Gäste das Lokal. Ansonsten bespielt wohltuende Stille den Hintergrund. Kein Klaviergeklimper, kein Pop, keine Arien, kein gar nichts. Die Speisekarte ist frei von Gesülze und überzeugt mit klaren Ansagen. Das Küchenteam ist auf seiner Höhe, bestückt mit Profis, die frei von Allüren und ohne Brimborium kochen, sich dabei öfter mal an Neues wagen, ohne die hauseigenen Klassiker aus den Augen zu verlieren. An einem lauen Abend habe ich hier gebackene Zucchiniblüten, frittierte Thonmoussekugeln, Kaninchenleber, Pasta mit Gartenkräutern und Lammgigot gegessen. Begleitet haben mich Riesling und Lambrusco. Wunderbar war's.

4500 Solothurn, Hauptgasse 79,
032 622 34 22, www.baseltor.ch

Baseltor, Solothurn (Seite 103)

Feinbäckerei Studer

Hausgemacht Studer oder Müller? Das ist hier die Frage. Die einen schwärmen für das knusprige Holzofenbrot der Bäckerei Müller beim Friedhofsplatz (die endlich ihre Nachfolger gefunden hat, siehe Seite 108), die anderen schwören auf das Solothurner Brot der Feinbäckerei Studer, deren Laibe unter anderem im «Baseltor» grob geschnitten auf den Tisch kommen und von den Gästen gleich korbweise weggeputzt werden. Einheimische und Besucher freuen sich über beide Bäckereien und suchen sich aus den zahlreichen Qualitätsprodukten ihre Lieblinge heraus. Am Samstag ist Studers Russenzopf ein Argument, ihn zwingend aufzusuchen.

4500 Solothurn, Hauptgasse 83, 032 623 31 26, www.feinbaeckerei-studer.ch

La Couronne

«Auf ein Neues» Den Machern der «Couronne» ist architektonisch ein grosser Wurf gelungen. Alt und Neu, geglückt vereint, beglücken den Gast. Hotel und Restaurant präsentieren sich luftig elegant, lediglich die Raumaufteilung und die Möblierung der Bar wären eine Überlegung wert. Die Küche überzeugt mit einem nicht alltäglichen Angebot französischer Spezialitäten wie bretonische Paté, grillierter Oktopus, gebackene Milken, geschmorte Schweinsbacke und Kutteln in Weisswein-Rahmsauce. Die Weinauswahl ist spannend, mit viel «Grande Nation» und «Welsch». Für ein Glas und ein kurzes «Salü» eignet sich die Bar, und zu einem Glas Wein passen eine Portion Muscheln oder ein Stück Quiche. «Vive la différence» mit den neuen Gastgebern Murat und Claudia Baki-Vogl, die das Boutique-Hotel Auberge in Langenthal zugunsten der «Couronne» verlassen haben, um ihr zu noch mehr Glanz zu verhelfen. Das Fazit nach einem Jahr: Sie sind in der Spur.

4500 Solothurn, Hauptgasse 64, 032 625 10 10, www.lacouronne-solothurn.ch

Cherzen-Jeger

Eine Zeitreise «Der dümmste Ausspruch, den ich überhaupt kenne, ist der, das Leben sei zu kurz, um schlechten Wein zu trinken. Mir ist das Leben wirklich lang genug, um schlechten Wein zu trinken. Jedenfalls trinke ich lieber schlechten Wein als keinen», so Solothurns berühmtester Denker, Peter Bichsel. Guten Wein kauft man bei Urs Jeger, den die Stadt als «Cherzen-Jeger» kennt. Sein wundervoller Laden ist patiniert und stimmungsvoll. In ihm finden sich diverse Liköre, auch relativ unbekannte Spezialitäten wie einen «Pommeau de Normandie» oder eine kleine durchdachte Auswahl an schottischen Single Malts unabhängiger Abfüller sowie auserlesene Bordeaux-Weine. Auch Schleckmäuler kommen nicht zu kurz, gehören doch diverse Schokoladensorten von Spitzenproduzenten zum Sortiment. Im Advent kommen «Pain d'épices» und englischer «Plum Cake» samt Brandy-Butter dazu. Ist er mal nicht vor Ort, werden die Kunden genauso kompetent und zuvorkommend von seiner langjährigen Mitarbeiterin Jacqueline Kirchhofer bedient. Der «Cherzen-Jeger» ist unser Einkaufskorb 2021 (siehe auch Seite 16).

4500 Solothurn, Hauptgasse 36, 032 622 31 70, www.kerzenjeger.ch

SOLOTHURN

Restaurant Stalden

Kein Platz für Etikettentrinker Wo in der Schweiz lassen sich Ruché, Grignolino, Freisa und Pelaverga trinken, und zum Abschluss eines Mahls eine Flasche Brachetto d'Aqui köpfen? Eben! Dem Geschäftsführer Franz Schäfer und seinem Weingeschmack sei's gedankt. Dazu Fenchelsuppe mit Absinthe, überbackene Champignons, mit Honig karamellisierte Kürbisschnitze und ein confierter Entenschlegel auf weissen Bohnen. Alles reichlich, gut und bezahlbar. An den grossen runden Tischen sitzt es sich bequem, auf der Terrasse wird's romantisch, und an den kleinen Bistrotischen ist es eng. Wer mit Freunden kommt, sitzt angenehmer.

4500 Solothurn, Stalden 23, 032 517 95 00, www.restaurant-catering-wein-stalden.ch

Die Grüne Fee

Für Dichter und Denker Absinthe ist weit mehr als ein Getränk. Seit über zweihundert Jahren – von seiner Entdeckung bis zum Verbot und zu seiner Renaissance – ist der ehemalige Treibstoff des Fin de Siècle Kult. Roger Liggenstorfer schenkt in seiner Bar über vierzig Absinthes aus, und wer will, deckt sich für zuhause gleich mit einigen Flaschen samt Zubehör ein. Wohl kein anderer Deutschschweizer weiss mehr über dieses Kultgetränk zu erzählen. Davon zeugt auch sein Buch «Absinthe. Die Wiederkehr der Grünen Fee», in dem er Hintergründe, Historie, Geschichten und Legenden zur Grünen Fee ausbreitet. Den Schlusspunkt setzt ein Bonmot des legendären Dichters und Bonvivants Oscar Wilde: «Das erste Stadium ist wie normales Trinken, im zweiten fängt man an, ungeheuerliche, grausame Dinge zu sehen, aber wenn man es schafft, nicht aufzugeben, kommt man in das dritte Stadium, in dem man Dinge sieht, die man sehen möchte, wundervolle, sonderbare Dinge.» Santé!

4500 Solothurn, Kronengasse 11, 032 534 59 90, www.diegruenefee.ch

Mediterrane Leckereien

Am Ballermann Der Name der Beiz ist etwas gestelzt, vom Grünzeug überwuchert und nebensächlich. Die Gäste gehen zu «Söne». Selten verirrt sich ein Frischling zu ihr, ihre Besucher sind glückselige Stammkunden. Sie hat das Talent, zuzuhören, zu philosophieren, über die Leichtigkeit und die Schwere des Lebens zu sinnieren, ohne dass es je bemühend wird. Wer zu Sonja Guzzanti kommt, nimmt sich Zeit, hat nichts mehr vor, lässt sich treiben, hat Durst und Appetit und gibt ihr eine Carte blanche. Manchmal hilft Sohn Zino mit oder Tochter Luana, gesegnet mit dem Talent der Mama. An gerade mal vier Tischen setzen sich die Gäste nieder und freuen sich auf die Dinge, die da kommen. Es sind Gerichte mit Geschmack, aromatischer Raffinesse und dem Sinn für das Wesentliche. Sonja Guzzanti kocht, kredenzt, schenkt ein und nach, holt das eigene Brot, die Käsestangen aus dem Ofen, sautiert Steinpilze, schüttet Tajarin ab, «fatto in casa» versteht sich, richtet an und serviert. Nörgler und Besserwisser kommen nicht hierher, denn bei «Söne» zu sein, ist ein Geschenk, eine Auszeit vom Alltag zum Freundschaftspreis. Draussen tobt der Bär, an Sommertagen entwickelt sich der Landhausquai zum Solothurner «Ballermann», bei Sonja Guzzanti kehrt für einen Augenblick gefrässiges Schweigen ein. Der nächste Gang ist serviert.

4500 Solothurn, Landhausquai 21, 079 251 15 11, keine Website

Kreuz

Die Institution Das schön gealterte «Kreuz» ist eine geschichtsträchtige Einkehr in Solothurn. Kulinarische Höhenflüge stehen hier nicht im Vordergrund, gut essen aber schon. Sein Evergreen, das Cordon bleu vom Kalb, überzeugt mit Finesse und kommt ohne Schinken aus, was verblüfft, aber schmeckt. Wer es lieber fleischlos mag, wird ernst genommen und nicht mit einem schlappen Gemüseteller beleidigt. Das beweisen die Spinat-Ricotta-Puffer, der marinierte Spargel, die Penne mit Mönchsbart oder die Brennnesselknödel mit Peperonata, die einen Lammrücken und Flat Iron Steak glatt vergessen lassen. Na ja, fast. Stehen die «Literaturtage» an, wird im «Kreuz» mehr dem Geistigen und Trinksamen als dem Kulinarischen gehuldigt. Wer also die Küche in ihrer Höchstform erleben will, setzt vor oder nach den Literaturkapitänen im «Kreuz» den Anker.

4500 Solothurn, Kreuzgasse 4,
032 622 20 20, www.kreuz-solothurn.ch

Müller-Beck

Endlich Das Aufatmen war im November 2017 gross, als bekannt wurde, dass Ruth und Richard Felder von der Bäckerei Müller endlich ihre Nachfolger gefunden haben, ist doch ganz Solothurn Fan ihrer Holzofenprodukte. Sieben lange Jahre mussten sie suchen, bis sie in Katrin Aebischer und Christian Peters die Richtigen gefunden hatten. Seitdem läuft's rund und weiter, und die Stimmung in der Bäckerei ist auch dann entspannt, wenn der Laden aus allen Nähten zu platzen droht und die zahlreichen Stammkunden Schlange stehen, was hier eigentlich Alltag ist. Der Holzofen ist das Herzstück der Bäckerei; er ist ständig unter Feuer, die Temperatur darf während der Produktionszeit nicht unter 150 Grad absinken. Gebacken wird bei rund 270 Grad, und 40 Tonnen Holz werden jährlich verfeuert. Für die wundervollen «Chnebeli», dazu einen Cervelat und ein «Öufi»-Bier, lasse ich jedes Entrecôte links liegen. Aber auch die Bierstängel und die «Meitschibei» mit ihrer hausgemachten Nussfüllung sind das Anstehen wert.

4500 Solothurn, Pfisterngasse 12,
032 622 23 44,
Instagram: baeckerei_mueller

Restaurant Vini-Al Grappolo

Barock, Rock und Wein Gäbe es diese Beiz mit Weinhandlung nicht, müsste sie erfunden werden; sie hat sich in über dreissig Jahren zur Solothurner Institution entwickelt. Hier kann man ruhige oder lebhafte Momente erleben. An einem sommerlich schönen Samstagnachmittag hat der Gast den Innenhof oft für sich allein. Dann, wenn die Stadt im und am Fluss oder in der «Hafebar» ist, die zum «Vini» gehört, ist, ist die kleine rote Gartenbank frei, der violett schäumende, knackig frische Lambrusco im Glas und die «Antipasti»-Platte auf dem Tisch. Salami, Rohschinken, Mortadella, eingelegtes Gemüse, Käse und herrliches Brot von der Holzofenbäckerei Müller. Unerreichte Normalität, die euphorisch stimmt. Reden gibt Durst, Zuhören auch. Wasser ist gut, Wein im «Vini» ist besser, der regelmässig von den Gästen gleich gekauft und mit nach Hause genommen wird.

4500 Solothurn, Prisongasse 4,
032 623 55 45, www.algrappolo.ch

Café de l' Industrie

Einfach gut Das «L'Industrie» hat sich vom «Pintli» abgekoppelt und steht auf eigenen Beinen. Einrichtung und Angebot bleiben sich in etwa gleich, auch die exzellenten Bierstängel gibt es nach wie vor. Die Fish 'n' Chips können locker mit dem Insel-Original mithalten, obwohl im Grunde das Angebot, wie ordentliche Ravioli oder ein gutes Stück Fleisch, in dieser eigenwilligen Oase so oder so zur Nebensächlichkeit mutiert. Was zählt ist die Herzlichkeit der Gastgeberinnen Annette Schoch, Eva Meyer, Natalia Kazlovova, Michael «Willi» Wilhelm und Michael Brönnimann. Sie ist die Grundstimmung des Hauses. Wer kommt, nimmt sich Zeit, lehnt zurück, diskutiert, flirtet, redet, sinniert und geniesst die bunten Momentaufnahmen in diesem unkomplizierten Solothurner Aussenposten.

4500 Solothurn, Vogelherdstrasse 17,
032 622 29 72, www.restaurant-industrie.ch

SOLOTHURN

NEU Pintli

Breaking news Das «Café de l'Industrie» hat sich selbstständig gemacht und sich vom «Pintli» unter der Federführung von Annette Schoch abgekoppelt, sodass sich Sylvia Aebi und Stephan Zumbach wieder voll und ganz auf ihr «Pintli» konzentrieren können. Ein Traumgarten, eine stimmungsvolle Beiz, eine innovative Küche, die schmeckt und mit einigen Abstechern ins Britische überrascht, was nicht als Drohung zu verstehen ist, sondern vielmehr mit der englischen Landlady Sylvia zu tun hat. «Devils on Horseback» (mit Bratspeck umwickelte Dörrpflaumen), Erbsenflan mit Minze, Smoked salmon, Pie and Peas, Fish Pie, Beef in Stout, Stilton und Port, Lemon Tarte und andere Köstlichkeiten warten auf «gwundrige» Gaumen. Ein weiterer Pluspunkt ist der Garten, der mich von der grünen Insel träumen und hoffen lässt, dass eines Tages noch ein gutes «Pint of Bitter» gepumpt und einige englische Weine im «Pintli» kredenzt werden. Very british, indeed.

4532 St. Niklaus-Feldbrunnen, Riedholzstrasse 1, 032 622 16 04, www.pintli.com

Restaurant Hofbergli

Zu Fuss Hier gibt's jede Menge Alpensicht, wenn das Wetter mitspielt. Dazu vielleicht einen Hackbraten mit Stampf oder eine Käseschnitte der besseren Art. Im Winter kommt Fondue (nur auf Vorbestellung) auf den Tisch oder das, wonach den gebürtigen Schaffhausern Gabi Fischer und Andreas Deola gerade zumute ist. Alles wird liebevoll gekocht und aufgetischt. Bekannt ist das «Hofbergli» auch für sein ausgiebiges Frühstück mit Rösti und Speck und für die hausgemachte «Züpfe». Kuchen, sorgfältig zubereitete «Zvieri-Teller» und bodenständige Suppen runden das durchdachte Angebot ab. Beim Einkauf werden regionale und biologische Produkte bevorzugt, ohne dass ein grosses Tamtam darum gemacht wird. Der Betrieb umfasst 44 Hektaren Land mit Weiden, Heuwiesen, Wald und zufriedenen Viechern. Auch die Gäste sind zufrieden. Ob nun Wanderer, Tagesausflügler, Hündeler, Romantiker oder Kletterer – im «Hofbergli» kommt man sich an den langen Tischen näher.

4539 Farnen, Ob Günsberg (SO), 032 637 15 03, geöffnet von Donnerstag bis Sonntag, www.hofbergli.ch

NEU Brunnen

War immer so Seit über vierzig Jahren ist Susanne (Susi) Michel die Wirtin und gute Seele im «Brunnen» in Hersiwil. Sie ist eine der wenigen noch verbliebenen Grandes Dames der Schweizer Gastronomie, die seit Jahrzehnten ohne grosses Aufheben um ihre Person ihre Gäste mit Herzblut bewirtet, sie kulinarisch verwöhnt und für alle ein offenes Ohr hat. In der Gaststube wird am langen Tisch schwadroniert, diskutiert, gelacht, gezankt, politisiert, gestritten, getrunken und gesungen. Gegessen wird auch, gutbürgerlich, so soll es, und so ist es hier. Da juchzt der Jodlerklub Oekingen, da spielt die Vereinsmusik Kriegstetten, und da singt der Männerchor Frohsinn Drei Höfe, und alle freuen sich über den Ochsenmaul- und Siedfleischsalat, das zarte Kotelett, die Schweinswürste mit Senf, die knusprigen Pouletflügel und das täglich wechselnde währschafte Mittagsgericht. Zur Halali-Zeit bereitet Susi Michel heimisches Wild zu, das die Jagdgesellschaft Äusseres Wasseramt für sie erlegt. So geht das hier – und hoffentlich noch lange weiter so.

4558 Hersiwil, Hauptstrasse 39,
032 675 65 32, keine Website

NEU Drei Eidgenossen

Ohne Hellebarde Wer das Deftige liebt, sorgfältig zubereitet und subtil gewürzt, sitzt im Gasthaus «Drei Eidgenossen» richtig. Deftig geht es hier allerdings nur in den Wintermonaten zu und her, dann wenn es Zeit ist für Erbsensuppe mit Gnagi, Kalbskopf (delikat!) und Berner Platte. Im Frühling kocht Küchenchef und Patron Marcel Tschumi-Käser leichtere Evergreens wie Crevetten-Cocktail und weissen Spargel. Immer zu haben sind seine Hausklassiker Kalbs-Cordon-bleu, liebevoll mit Zeit und Geduld in der Pfanne auf den Punkt gebracht, und Forelle, die nach allen Regeln der Kunst «bleu» oder «meunière» zubereitet wird. Das in der Region beliebte Gasthaus ist nicht nur ein Treffpunkt für Schlemmer, es darf auch herzhaft gejasst und diskutiert werden. Weinnasen freuen sich über die Auswahl, bei der mich nicht der prestigeträchtige Gantenbein beeindruckt, sondern die Provenienzen von Marylène und Louis-Charles Bovard-Chervet vom Château de Praz, allen voran ihr knackig-frischer Gamaret.

4588 Brittern, Hauptstrasse 119,
032 661 17 27, www.dreieidgenossen.ch

Salmen

Kulinarisches Kammerspiel Im «Salmen» kochen Daniel Bitterli und seine langjährige Mitarbeiterin Silvia Strackbein eine innovative Küche, die gefällt und überzeugt. Bio-Entrecôte an einer delikaten Béarnaise-Sauce mit Frühkartoffeln und aromatischer Spargel mit Biss oder luftig leichte Gnocchi, die besser nicht sein könnten. Auch die Weinkarte offeriert einige schöne Überraschungen und bietet ein gutes Preis-Leistungs-Verhältnis. Beim Rotwein lohnt es sich, in der Region zu bleiben und sich an den herb-fruchtigen Sissacher Blauburgunder der Familie Wiedmer zu halten, wobei unsichere Weinnasen sich von Gastgeberin Vanessa Schneider kompetent beraten lassen. Und sonst? Wer schon immer einmal wissen wollte, was in einem beliebten Gasthaus so alles abgeht, der kauft sich das Buch «Wahre Gasthaus-Geschichten», in dem Isabelle Bitterli, die ehemalige Partnerin von Daniel, in launigen Worten ihre 16 Jahre «Salmen» Revue passieren lässt. Ein «Must» für jeden passionierten Beizengänger.

4600 Olten, Ringstrasse 39,
062 212 22 11, www.salmen-olten.ch

Zollhaus

Kulinarisches Kino Schon immer wollte ich mal spontan im «Zollhaus» vorbeigehen. Mit dem Zug nach Olten, für den ersten Schluck in den «Tiger» oder ins «Galicia» und dann ab ins «Zollhaus» zu den sympathischen Gastgebern Sandra Flüglister und Adrian Müller, die sich vor einigen Jahren den Traum der eigenen Beiz erfüllt haben. Spontan funktioniert im «Zollhaus» aber leider nicht, zu gut sind die zwei, das Haus durchs Band ausgebucht. Wer frühzeitig reserviert, hat eine Chance auf Spinatsuppe mit Milken, Entenleber, Wolfsbarsch mit Champagner und Lammrücken. Das «Zollhaus» bietet grosses, bezahlbares kulinarisches Kino, das nicht nur die Einheimischen magisch anzieht, sondern auch Spürnasen aus Zürich, Basel und Bern, was angesichts der Zugverbindungen nach und von Olten ein Leichtes ist.

4600 Olten, Bahnhofstrasse 4,
062 296 96 96, www.zollhaus-olten.ch

Stadtbad

In der Badewanne Die Küche im «Stadtbad» bietet viel. Mir eigentlich zu viel. Zumindest war das bis April 2019 so. Seit Mai hat es sich zu einem Treffpunkt für Heimwehspanier und solche, die es werden wollen, gemausert. Chefkoch Benedict Ranchal Exposito hat das mit den kalten und warmen kleinen spanischen Köstlichkeiten perfekt im Griff. Sie munden, sind frisch, überzeugen mit Qualität und verleiten dazu, mit Freunden auf einen feucht-fröhlichen Mittag-Nachmittag und/ oder Abend einzukehren. Auch die Weinauswahl ist ansprechend und nicht nur auf Spanien fixiert. Was mir gänzlich fehlt, ist eine Auswahl von sehr trockenen, mitteltrockenen bis hin zu süssen Sherrys, die sich als würdige Begleiter zu einem Reigen Tapas erweisen würden. Natürlich umsetzt das eine Portion Aufklärungsarbeit bei den Gästen voraus – ein Versuch wäre es wert, denke ich.

4600 Olten, Zielempgasse 12, 062 213 87 17, www.restaurant-stadtbad.ch

Landgasthof Kreuz

Der Platzhirsch Ein echtes Stück Heimat bietet der Landgasthof Kreuz in Kappel. Es ist weder eine Beiz im Folklorebarock noch ein überkandidelter Gourmetschuppen, sondern eine Einkehr, in der seriös und tagesfrisch gekocht wird. Die Küche verzichtet auf mediterrane Malereien und verarbeitet ihre regionale Ware zu einfachem Genuss. Der Gast ist sicher vor jenen Irrungen, die ihm heute oft als Kreativküche angedient werden. Das «Kreuz» ist bei Jung und Alt beliebt, täglich gut besetzt und eine Anlaufstelle für Fremde und Einheimische. Das Personal ist gut geschult, herzlich und aufmerksam. Mama Rösly Weber hat den Grundstein zum Erfolg des Landgasthofs gelegt, ihre Schwiegertochter Edith Weber ist die umsichtige Gastgeberin, die berät, empfiehlt und zuhört, und ihr Sohn Peter Weber kocht gut, führt, kontrolliert und bildet aus. Kurz, das «Kreuz» ist seit über 350 Jahren eine lebendige Begegnungsstätte.

4616 Kappel, Mittelgäustrasse 20, 062 216 03 16, www.kreuz-kappel.ch

Silberdistel

Der Bauer macht's Die landwirtschaftlichen Betriebe von Cäsar und Oliver Bürgi sind biologisch-dynamisch zertifiziert. Wer sieht, welches Vertrauen die Tiere zu den Bauern haben, weiss, dass Demeter mehr als nur ein Label ist. Und wer hinter die Kulissen blickt, freut sich darüber, wie sorgsam sie mit ihrem Vieh umgehen, es hegen und pflegen. Auf den beiden Höfen leben Red-Angus-Mutterkühe mit ihren Kälbern, aber auch Muttersauen, ein Turopolje-Eber, Mastschweine, Rothirschkühe und ein Rothirschstier mit dem Nachwuchs. Die Vierbeiner geniessen viele Freiheiten, von denen andere Zuchttiere nur träumen können. Hinzu kommen grosse Weiden und gute Luft. Geschlachtet werden die Tiere gemeinsam mit Metzger Urs Schwander, in der hofeigenen Wursterei werden daraus Rauchwürste, Salami, Cervelat, Bratwürste, Rohessspeck und andere Köstlichkeiten, alles ohne Nitrit. Wer persönlich mehr erfahren will, kann bei Cäsar und Oliver an einem Seminarwochenende teilnehmen.

4718 Holderbank, Obere Wies,
079 743 88 13, www.silberdistel-kost.ch

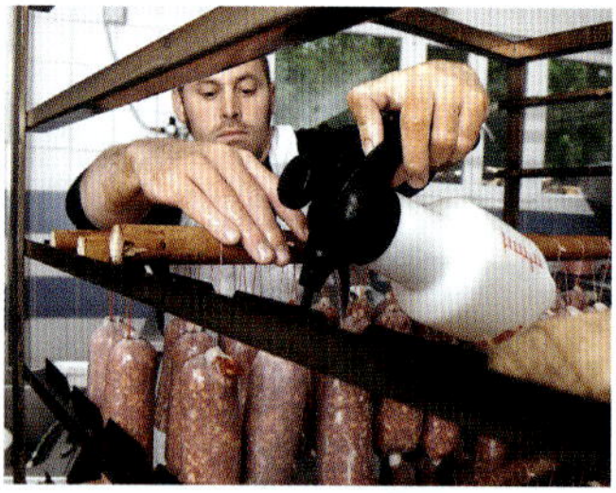

Barmelhof

Schwein gehabt Wer im Altweibersommer im «Barmelhof» zur Metzgete einen Stuhl ergattert, hat schon im Frühling bei Gastgeberin Irene Zimmerli-Basler reserviert oder Schwein gehabt, ganz im Gegensatz zum Schwein. Die Luft auf dem «Barmelhof» riecht würzig, der Raum ist in Dampf gehüllt, die Schlachter sind zufrieden. Was das Geheimnis meiner Lieblingsblutwurst ist, habe ich bisher nicht herausgefunden. Mama Heidi Basler, die Köchin, schweigt dazu ebenso hartnäckig wie Störmetzger Markus Pfister und alle anderen fleissigen Helfer. Es ist eine verschworene Gemeinschaft, die sich in diesen Tagen gegenseitig hilft, den Appetit der zechenden Gästeschar zu stillen, die lacht, trinkt, singt und Nachschlag bestellt. Leberwürste, Koteletts, Rauchwürste, Speck, Apfelschnitze, Rösti, Sauerkraut – die Metzgete im «Barmelhof» bietet diverse kulinarische Nebenrollen. Meine Hauptdarstellerinnen bleiben aber Rauch- und Blutwurst.

5015 Erlinsbach, Barmelhofstrasse 49,
062 844 22 71, www.barmelhof.ch

Genusswerk

Handwerk Wer traditionell hergestellte, geschmacklich authentische Lebensmittel zu schätzen weiss, findet im Hausladen des «Hirschen» von Albi von Felten eine «Schlaraffia». Mit viel Liebe zum Detail stellen verschiedenste Produzenten, meist aus kleinen Manufakturen, geniale Produkte her. Unter der Ägide von Silvana von Felten entstehen zusammen mit den Produzenten immer wieder neue Ideen für grandiose Delikatessen. Es sind Spitzenprodukte aus der näheren und weiteren Umgebung, die mit Leidenschaft und solidem Wissen produziert werden. Jedes Produkt wird nur in kleinen Mengen hergestellt und ist dadurch etwas ganz Spezielles. Probieren Sie doch mal das Schmalz vom Wollschwein. Pur oder mit Äpfeln und Zwiebeln verfeinert. Oder Hagebuttensenf, Steinpilzsalami und andere schöne Dinge

5015 Erlinsbach, Hauptstrasse 125,
062 857 33 33,
www.hirschen-erlinsbach.ch/genusswerk

Au jardin

Auf dem Parkett Natürlich bietet Solothurn einige wundervolle Übernachtungsmöglichkeiten. «Couronne», «Baseltor», «Altes Spital» oder «Roter Ochsen» sind alles Adressen, die man nur empfehlen kann. Wer das Einfache, das Spezielle ausserhalb des Stadtrummels sucht, wird in Zuchwil fündig. Mitten in einem verwunschenen Garten steht ein geschichtsträchtiges Einfamilienhaus, das durch seine Schlichtheit überzeugt. Alle fünf Zimmer bieten Aussicht in den Garten und bestechen durch einen wunderschönen alten, geschliffenen und geölten Parkettboden. Das Haus verfügt über eine Küche mit Esstisch für Gäste, die etwas länger bleiben wollen. Das sind immer mehr. Eine frühzeitige Reservation lohnt sich.

4528 Zuchwil, Ulmenweg 13,
076 342 56 64 oder 078 624 49 26,
www.bnb-au-jardin.ch

Landgasthof Adler

Der «Adler» ist gelandet Die Ortsbürger von Kaiseraugst haben den altehrwürdigen Landgasthof gekauft und ihm ein Totallifting verpasst. Sie sind stolz auf ihren Coup und haben in Toni Brüderli und Barbara Nebiker zwei Gastronomen gefunden, die garantieren, dass der «Adler» so gut funktioniert wie ein Bentley mit Chauffeur. Die Kastanienbäume vor dem Haus stecken den Rahmen für die Frischluftoase ab, und im Innern sorgt die Gaststube mit Kachelofen, Stammtisch und Eckbank für ungekünstelte Behaglichkeit. Die Speisekarte kommt, die Vorfreude hält an: Aspik vom Tafelspitz, ein Wurstsalat, eine grobe Schweinsbratwurst, pochierter Saibling, Pilz-Crêpes, Wiener Schnitzel und Cordon bleu sind Klassiker, die einem Landgasthof gut anstehen. Wer entspannte Gaumentänze sucht, findet sie mit Küchenchef Fernand Doudard. Hinzu kommt eine durchdachte, spannende Weinauswahl von Barbara Nebiker, die als diplomierte und versierte Sommelière ihren Gästen gerne Weine von unbekannten Winzern ausschenkt. Wer das Spezielle mag, entert mit einer geselligen Runde nach telefonischer Voranmeldung für einen Aperitif oder für die Zigarre danach das Rheinboot des Patrons.

4303 Kaiseraugst, Dorfstrasse 35,
061 813 72 12, www.adler-kaiseraugst.ch

NEU Blume

Beständig Das Gasthaus gehört zu den sozialen Errungenschaften, die zu alt und zu wichtig sind, um modern zu werden. Ich schreibe von Gasthäusern, nicht von Konzeptrestaurants. Ein Gasthaus wird vom Charakter des Gastgebers geprägt, nicht von den Trendvorstellungen der Gäste. Bei der «Blume» gehen die Gäste nicht in die «Blume», sondern zu Kurt oder zum Treier. Wer als Gast zu ihm kommt, hat Vertrauen und zeigt Demut, wenn es um einen speziellen Tischwunsch geht. Sein Wesen ist heiter und freundlich, gepaart mit Strenge und Gelassenheit, vielsagendem Schweigen und wissendem Lächeln. Hier eine tiefgründige Bemerkung, dort ein pointierter Witz, alles drin. Stammgästen setzt Kurt Treier die Stange persönlich vor die Nase. Nicht immer, aber immer wieder. Gegessen wird frisch, regional und gut, frei von Allüren und Modeerscheinungen. Beliebt sind Forelle blau, die butterzarte Kalbsleber, das Kalbsrückensteak und andere Klassiker. Die «Blume» kommt ohne Zierleisten aus und verzichtet wohltuend auf jegliches Heckmeck. Dafür brummt der Laden bereits ab acht Uhr mit «Znüni näh».

4312 Magden, Hauptstrasse 11,
061 841 15 33, www.gasthauszurblume.ch

AARGAU

Café Wolke 7

«God save the Queen» Das «Café Wolke 7» gehört in der Provinz zu meinen bevorzugten Cafés. Hier wird der Afternoon Tea (14 bis 16.30 Uhr, Reservation empfohlen) unkompliziert, aber so ziemlich nach allen Regeln der Kunst zelebriert. Dies in einer kunterbunten Atmosphäre aus Kunst und Plunder mit herzlichen Gastgebern. So wird der Mittag oder der Nachmittag zu einer entspannten Angelegenheit. Frühaufsteher haben allerdings Pech. Das Café öffnet erst um 9 Uhr seine Türen, was wiederum zu den Briten passt, die um diese Zeit den Tag erst einmal mit einer weiteren Tasse Tee angehen. Kommt Zeit, kommt Rat.

4313 Möhlin, Bahnhofstrasse 83,
061 851 21 71, www.cafe-wolke7.ch

Urich Fleisch & Feines

Ran an den Speck Die Leidenschaft ist spürbar. Hier sind keine Akkordarbeiter am Werk, sondern Metzger mit Berufsethos und Berufsstolz. Zu Peter Rhyner, Metzger und Ladenchef, fasst die Kundin, der Kunde sofort Vertrauen. Er steht kerzengerade da, die Mütze sorgfältig drapiert, das Messer fest im Griff, der Schnitt sitzt, die Auskunft auch. Natürlich müssen Qualität und Preis stimmen, sonst wird das nichts mit den Wiederholungstätern, so nah bei der deutschen Grenze. Da benötigt es schon eine Menge Mut, Selbstvertrauen und Können, eine Metzgerei zu eröffnen. Der Erfolg gibt den Gründern und Inhabern Ernst und Susann Urich-Muggler Recht. Der Betrieb läuft, die Spezialitäten sind ausgewogen und überzeugen. Mein Lieblingsstück ist eine ganze Seite vom Rohessspeck, den ich mit Apfelwein und Bauernbrot gerne mit einem Tisch voller Freunde teile. Es ist mit Abstand der beste. Ich übertreibe? Probieren Sie selbst.

4313 Möhlin, Hauptstrasse 61,
061 851 57 57, www.urich-ff.ch

NEU Rössli

Einmal im Jahr Wenn die Tage kürzer werden, die Nebelschwaden wabern und im Piemont die Trüffel auf den Spiegeleiern landen, landet in Zuzgen die Schlachtplatte auf dem Tisch. Im «Rössli» arbeiten Störmetzger und Küchenchef Hand in Hand. Sie schwitzen, lachen und trinken mit ihren Copains auf das Schwein und das Leben. An genau einem Wochenende (Donnerstag bis Sonntag) wird im «Rössli» die Metzgete zelebriert. Nicht irgendeine Metzgete, sondern ein wahres Schlachtfest nach allen Regeln der Kunst. Mit butterzartem Kesselfleisch, aromatischer Blut-, Leber- und Bratwurst im Naturdarm, saftigem Kotelett und so einigem mehr, wovon die Stammgäste ein ganzes Jahr lang träumen. Lucie Recher und Martin Käser gehören zu einer aussterbenden Spezies von Gastgebern. Kein Wunder, sind über siebzig Prozent der Gäste glückliche Wiederholungstäter, die sich seit einem Vierteljahrhundert über den lebendigen Stammtisch freuen und natürlich auch über ein zartes Geschnetzeltes, eine perfekte Rösti, ein sämiges Cordon bleu oder den aromatischen Ochsenmaulsalat mit Biss. Alles in opulenten Quantitäten, gut gekocht und sorgfältig angerichtet. Was benötigt der puristische Beizengänger mehr? Und eine Kegelbahn hat's auch noch. Leider scheint diese grundsolide Einkehr bedroht zu sein. Die Gastgeber denken laut übers Aufhören nach. Schauen wir mal, ob und wie es im 2021 weitergehen wird.

4315 Zuzgen, Rössligasse 95,
061 871 04 48, keine Website

NEU Pinte

Zeitsprünge Unlängst sind mir historische Fotos meiner Heimatstadt Basel ins Auge gestochen. Unglaublich, wie kompakt und homogen sich da die Stadt im Gegensatz zu heute präsentiert. Sehe ich mir die alten Bilder der «Pinte» auf der Website an, kommt der Wunsch auf, Zeitsprünge vollführen zu können. Was mich heute allerdings beunruhigt, ist das Verschwinden der gelebten Beizenkultur in der Schweiz, und daher mutet es schon fast heroisch an, wenn ein Gasthaus wie die «Pinte» fast durchgehend den ganzen Tag geöffnet hat. Bereits in der fünften Generation wirten Carmen und Franz Dominik Brogle-Villiger und verwöhnen ihre Gäste «gutbürgerlich» mit würzigen Burgunderschnecken, einer luftig-leichten Omelette, zarter Kalbsleber, einem delikaten Geschnetzelten oder einem auf der Zunge zergehenden Rindsfilet aux Morilles. Die Metzgete, die jeweils im Oktober und November stattfindet, ist ein Highlight mit rein regionalen Produkten, während die Pouletbrust unsinnigerweise aus Slowenien kommt. Doch, wer isst auswärts schon Pouletbrust?

4334 Sisseln, Hauptstrasse 9,
062 873 12 70, www.pinte-sisseln.ch

Brauerei Degen Bier

Nicht von der Stange Der Schweizer Biertrinker bevorzugt Klasse statt Masse. Das erklärt auch den Erfolg der Klein- und Kleinstbrauereien. Bier liegt im Trend und ist heute weitaus mehr als nur ein banaler Begleiter zum Cervelat an einem Fussballmatch. Bier brauen kann jeder. Es braucht nicht viel, um eine trinkbare Brühe herzustellen. Biere mit Qualität zu brauen, benötigt aber Fingerspitzengefühl, Talent, Leidenschaft, Wissen und Können. Claude Degen bringt alles unter einen Hut und überzeugt mit seinem «Pale Ale Kobra», das 2011 zum Schweizer Bier des Jahres gewählt wurde, 2019 den «Swiss Beer Award» gewonnen hat und immer zu haben ist. Trinkselige Höhepunkte, bei denen Degen Tabus bricht, tüftelt und experimentiert, sind seine Unikat-Biere, deren Spezialsude er jeweils nur einmal braut und nur in limitierter Menge zur Verfügung stellt.

4800 Zofingen, Trilapark C3, Untere Brühlstrasse 11, 079 767 99 39, www.degenbier.ch

Da Luigi

Angekommen Im «Alimentari» von Luigi Bello kommt der Gast mit italienischen Gaumenkitzlern dem Süden nahe und verzehrt sie gleich vor Ort oder kauft sich ein Stück Italianità für zuhause ein. Luigis Spezialitäten bestechen durch ihre Schlichtheit und kommen ohne jegliche Showelemente aus. Unprätentiös liegen sie in der Vitrine: überbackene Melanzane, Polpette, Arancini, Lasagne, diverse Salami und eine Mortadella am Stück, die Luigi liebevoll hauchdünn aufschneidet und mit einer Fleischzange kunstvoll aufs Einpackpapier drapiert. Das Ganze ist ein Stück authentisches Italien mitten in Zofingen. Für das Auge fehlen nur noch Wäscheleine und Unterwäsche über der Vorderen Hauptgasse. «Viva Luigi, viva Italia!»

4800 Zofingen, Vordere Hauptgasse 42, 062 751 13 40, keine Website

Metzgerei Kreienbühl

Von hier Der Ableger befindet sich im luzernischen Reiden, das Herzstück im aargauischen Vordemwald. Die Metzgerei von Peter Kreienbühl ist ein Vorzeigebetrieb mit exzellenten Produkten und diversen Wurstspezialitäten, die immer wieder mal sein müssen und den Weg in die Provinz lohnen. Ich kenne einen Luzerner mit gesundem Appetit, der in Basel lebt und extra für Kreienbühls Cervelat mit Tram, Zug und Bus nach Vordemwald fährt, sich eindeckt und wieder zurückfährt. Logisch, dass dabei nicht alle Cervelats heil ankommen und mindestens ein Paar bereits auf dem Rückweg verputzt wird. Die Metzgerei besticht mit kompetentem Personal und überzeugt als eingespielter Familienbetrieb. Heute sind zahlreiche Metzgereien zu reinen Verkaufsbetrieben mutiert, geschlachtet wird in den Zentren, da das eigene Schlachthaus nicht mehr finanzierbar ist. Anders bei Kreienbühls, die das Vieh aus der Region einkaufen, noch selber schlachten und nichts aus der Hand geben, was ein wichtiger Bestandteil in einem natürlichen Ablauf ist. Kurze Anfahrtswege und kein grosser Stress fürs Vieh tragen dazu bei, dass das Fleisch mit Spitzenqualität überzeugt.

4803 Vordemwald,
Langenthalerstrasse 10, 062 751 67 57,
www.metzgerei-kreienbuehl.ch

Piccolo è Bello

Käse und mehr Wer den Käseladen von Maja und Markus Hofer betritt, erschrickt erst einmal über die Freundlichkeit und die unaufgesetzte Herzlichkeit. Hier wird mit einem Lächeln kompetent über das Käseangebot Auskunft gegeben, das mit einer durchdachten, schlicht grandiosen Auswahl überzeugt. Hinzu kommen die hauseigene rässe Fonduemischung, die exzellenten Joghurts, die vielerlei Leckereien, der hausgeröstete Kaffee, das lokale, taufrische Gemüse, die hausgemachten Spezialitäten und noch so manches mehr. Nur der Mohrenkopf ist für mich zweite Wahl, wobei das natürlich Geschmackssache ist. Ich ziehe auf alle Fälle den Richterich-Mohrenkopf aus Laufen dem Dubler aus Waltenschwil vor. Dass die herausragende Metzgerei Kreienbühl (siehe links) der Nachbar ist, macht das Ganze zur wohl kürzesten Gourmet-Einkaufsmeile der Schweiz.

4803 Vordemwald,
Langenthalerstrasse 8, 062 752 60 70,
www.piccoloebello-vordemwald.ch

Bio-Forellen-zucht Flückiger

Im Bächlein helle Hier leben die Zuchtforellen in einer nahezu naturbelassenen Umgebung. Allerbeste Wasserqualität, Aufzucht in Naturweihern, eine niedrige Besatzdichte, eine Mindestlebensdauer von 18 Monaten und der Verzicht auf jeglichen Einsatz von Chemie ergeben ein wertvolles Nahrungsmittel mit festem Fleisch und bestem Geschmack. Das Futter aus natürlichen Rohstoffen stammt aus kontrolliert biologischer Produktion, das für Forellen unerlässliche Fischmehl wird aus Abfällen der Speisefischproduktion gewonnen. So wird Nachhaltigkeit garantiert, und es entstehen keine unerwünschten Nebenwirkungen auf Tier, Mensch und Umwelt. Keine Phrasen, sondern bei Susanne Flückiger Alltag und eine Herzensangelegenheit. Die Bio-Regenbogen- und Bachforellen sowie die nach einem alten Familienrezept geräucherten Forellenfilets lohnen die Anfahrt.

4813 Uerkheim, Hinterhubelstrasse 9, 062 721 46 46, www.bioforellen.ch

Bar Garage Aarau

Dem Volke dienen Bei diesem Boxenstopp wird nicht das vier- oder zweirädrige Motorvehikel aufgetankt, hier tanken vielmehr die Gäste selbst auf. Neben Wein werden unter anderem auch Biotta-Säfte kredenzt, die von verklärten Philosophen und lokalen Koryphäen bei der Diskussion über die Leichtigkeit und die Schwere des Seins geschlürft werden. An eine der Lesungen zu gehen, wäre auch eine Möglichkeit. Kurz, die «Garasche» ist die etwas andere Adresse in Aarau und ideal für einen sonnigen Vorfrühlingstag am Donnerstag. Dann, wenn zu Mittag die gemeine Suppe im Mittelpunkt steht. Apropos Mittelpunkt: In dem stehen immer wieder Manuel Stirnemann, Chefkoch und Patentinhaber, und die kochende Gärtnerin oder gärtnernde Köchin Rebecca Moser – ja, und vor allem und natürlich «das Volk», dem hier noch zugedient wird.

5000 Aarau, Kirchgasse 6, 062 823 56 14, www.garasche.ch

Restaurant Speck

Der grosse Wurf Endlich ist er wieder offen, der legendäre «Speck» in Aarau, der sich durch optimale Renovation herausgeputzt hat. Das Einzige, was stört, ist, dass er mittags nicht geöffnet hat. Denn Aarau würde eine kulinarische Bereicherung des aktuellen Mittagsangebots gut anstehen. Die Küche bietet Neues und Altes von und mit Susanne Gerber und Fabio Nenna, wie Fritto misto von Fisch und Gemüse, gefüllte Zucchiniblüte, Tafelspitz und mehr. Unter dem Titel der Retro«speck»tive werden einige Gerichte des langjährigen Vorgängers und Originals Fredy Speck angeboten. Zum Beispiel Tatar, Wiener Schnitzel und butterzarte Kalbsleber. Der Gastgeberin Laura Peter ist gemeinsam mit der Architektin Verena Frey ein stilsicherer Wurf gelungen. Mein Lieblingsplatz ist vor dem Haus am grossen Schaufenster mit Blick auf das Leben. Chapeau zu diesem Juwel, das auch mit einer selektiven und wohldurchdachten Weinauswahl zu fairem Preis überzeugt.

5000 Aarau, Zollrain 10, 062 824 39 74, www.restaurantspeck.ch

Tuchlaube

Schöner trinken! Mit dieser Ansage werden die Gäste nicht etwa aufgefordert, das Sabbern am Glas zu unterlassen. Vielmehr weisen die Macher der «Tuchlaube» damit darauf hin, dass sie eine individuelle Trinkkultur zelebrieren. Gin-Trinker werden hier genauso glücklich wie Kaffeetrinker. Und für Nachteulen ist der Caffè freddo, ein doppelter Espresso mit etwas Zuckersirup und viel gehacktem Eis, der Morgen-Sommerdrink schlechthin. Wer's zuhause nachmachen will – die Hausmischung der «Tuchlaube» kann im Kilopack vor Ort gekauft werden. Sie wurde gemeinsam mit Angelo Staeldi von «Kaffeepur» entwickelt. Er bezieht den sortenreinen Rohkaffee von ausgewählten kleinen Plantagen zu fairem Preis und röstet die Bohnen jede Woche schonend im aargauischen Niederrohrdorf. Und sonst? Die Esskultur wird hier mal gut, mal besser zelebriert. Mit diversen Klassikern und einem täglich wechselnden Angebot. Etwa ein grosszügig bemessenes Stück Schweinshohrücken in einer Apfel-Senf-Sauce oder auch mal fleischlos ein lauwarmer Süsskartoffel-Federkohl-Salat.

5000 Aarau, Metzgergasse 18, 062 824 24 34, www.tuchlaubeaarau.ch

Gasthaus zum Ochsen

Wiederbelebt Manchmal sind es banale Zufälle, die einen zu einer neuen Beiz führen, zum Beispiel Stau auf der Autobahn. So kam ich zum proper renovierten «Ochsen» in Schöftland, bin mit Inhaber Daniel Frey ins Gespräch gekommen und sitzen geblieben. Das taufrische Gemüse stammt aus dem eigenen Gemüseanbau und -handel, was Vegetariern wie auch Salat- und Gemüseliebhabern zugute kommt. Ich bin zwar ein Wurstliebhaber, aber die knackigen Kopfsalatherzen und das pochierte Ei mit Spinat und Kräuterfrischkäse samt lauwarmem Brioche haben es mir genauso angetan wie das zarte Siedfleisch an Meerrettichsauce mit Gartengemüse. Das Weinangebot dürfte noch etwas mehr Aargau bieten, ist doch der Kanton mit hervorragenden Winzern gesegnet. Der «Ochsen» besticht durch Gaststube, Weinkeller und Garten – und wer gleich mit einigen Freunden kommt, setzt sich in der ehemaligen Küche an den langen Tisch und gibt Gastgeber und Koch Daniel Rall eine Carte blanche.

5040 Schöftland, Dorfstrasse 11,
062 721 12 12, www.zum-ochsen.ch

Altbachmühle Wittnau

Direkt von der Mühle Vater Dölf Tschudi kann sich ein Schmunzeln nicht verkneifen und gibt unumwunden zu, wie es ihn freut, dass seine erwachsenen Kinder mit ihm am gleichen Strick ziehen und sich mit Herzblut in den Familienbetrieb hineinknien. Freiwillig, was eine gesunde und nachhaltige Basis für die Zukunft ist. Die Altbachmühle der Familie Tschudi klappert in achter Generation. Vor einigen Jahren haben sie ihr 250-Jahr-Jubiläum gefeiert, was ohnehin Bände spricht. Qualität ist das oberste Anliegen der Familie Tschudi. Das war schon immer so und wird auch immer so bleiben. Denn was nützt eine hohe Backkunst, wenn das Mehl nichts taugt? Wer denkt, Mehl ist Mehl, der bestelle bei Tschudis Burenmehl, Zopfmehl oder Roggenmehl – und wird staunen, was für ein anderes, wundervolles Brot damit aus dem Ofen kommt. So haben auch einige regionale Bäcker mit dem Mehl der Altbachmühle das «Jurapark-Brot» lanciert, das sich in der Region innert kürzester Zeit zum Verkaufsschlager gemausert hat.

5064 Wittnau, Hauptstrasse 41,
062 871 12 19, www.altbachmuehle.ch

Fricks Monti

Alles ausser gewöhnlich Nicht nur das «Monti» ist aussergewöhnlich, auch Martina Welti und Philipp Weiss sind eigenwillige und umtriebige Gastgeber in der Fricktaler Beizen- und Kulturszene, die von heimischen Stammgästen und unkomplizierten Städtern aus Aarau, Zürich und Basel gerne besucht wird. Der lebendige Mix aus Bar, Restaurant, Kino, Theater und Kulturbühne im «Fricks Monti» ist perfekt. Übrigens: Romantiker buchen die Kino-Balkon-Loge mit einer Flasche Champagner und sehen sich mit feucht-fröhlichen Augen und innigen Liebesschwüren an einem Liebesfilm nach Programmansage satt. Kann Wunder bewirken.

5070 Frick, Kaistenbergstrasse 5, 062 871 04 44, www.fricks-monti.ch

NEU Siider

Mister X Cidre? Das ist doch das schäumende Apfelgetränk aus der Normandie und der Bretagne. Und Somerset ist die Hochburg des Ciders, während im Saarland Viez und in Hessen Äppelwoi getrunken wird. Allerdings schäumen die zwei Deutschen nicht. In der Schweiz hat sich der eigenwillige Freiburger Jacques Perritaz (Cidrerie du Vulcain) einen Namen geschaffen, dessen Assemblage aus Quitten, Birne und Apfel schlicht grossartig ist. Und im Fricktal haben meine Grossonkel immer ihre Hochstammäpfel zu «Suurem Moscht» für den eigenen Durst vermostet, aber Siider? Der angehende Önologe Cyrill und sein Bruder und Baumpflegespezialist Ivan Hossli sind Freaks, Apfelfreaks, die ziemlich viel Zeit in ihre Passion und in die Hochstammbäume ihrer Grosseltern investieren. Ihr stiller Apfelwein, ihr Schaumwein und ihre Pét-Nat-Spezialabfüllungen von reinem Boskoop und Bohnapfel sind eine Entdeckung. Sie überzeugen mit einer Frische und Herbe und mit klaren Fruchtnoten, wie ich sie so noch nie getrunken habe. Und um das Ganze zu vervollständigen, ist ihr «Iisiider» nicht nur eine schöne Spielerei, sondern auch ein erstaunliches Erlebnis auf der Zunge und im Gaumen. Kontakt ist nur per Mail möglich. Die Herren geben sich diskret. Noch!

5075 Hornussen, info@siider.ch www.siider.ch

Restaurant Ochsen

Starke Stücke Im «Ochsen» lockt der Sonntagsbraten nicht nur am Tage des Herrn. Mit Esther Villiger, der sympathischen Gastgeberin und Köchin des Hauses, locken aber noch ganz andere wunderbare kulinarische Stücke. Über dem offenen Feuer werden bei ihr Lammgigot, Hohrücken, Roastbeef, Zwerchfell vom Rind, Kalbsbrust oder mal eine Keule vom Wollschwein butterzart gegart. Die Qualität des Fleischs, das Esther Villiger aus artgerechter Tierhaltung bezieht, die perfekte Zubereitung und das Ergebnis auf dem Teller lassen einen an das Gute im Menschen glauben. Genauso begeistern auch der lauwarme Gemüsesalat, das Peperoni-Rüebli-Curry mit glasierten Apfelscheiben und Korinthen, die Ochsenherztomaten mit gerösteten Auberginen und die sensationelle Wildterrine. Allein schon der sorgfältig zubereitete Blattsalat animiert dazu, ganz schnell wiederzukommen.

5079 Zeihen, Oberzeihen, Weizacher 2, 062 876 11 35, www.ochsen-oberzeihen.ch

Laurus

Persönlich Endlich ist Kaisten aus seinem kulinarischen Dornröschenschlaf erwacht. Als Knirps war ich hier gerne bei meinen fünf Grosstanten in den Ferien. Da gab es zwei Kilo schwere Bauernbrotlaibe, die Tante Marie mit dem Holzschieber aus dem Holzofen holte. Aus den Teigresten machte sie je nach Saison eine Rhabarber-, Kirschen-, Zwetschgen- oder Apfelwähe. Im Keller durfte ich direkt ab Fass vom Apfelwein kosten. Danach musste ich den Mund mit Süssmost spülen, damit Tante Marie nichts davon merkte. Zum Zvieri gab es Speck von der eigenen Sau, die jeweils nach sechzehn genussvollen Monaten auf die Schlachtbank kam und den besten Speck hergab, an den ich mich erinnern kann. Meine Tanten sind schon lange tot, die Miststöcke vor den Häusern sind verschwunden. Das Dorf hat sich stark verändert und hat nicht mehr den Charakter eines Bauerndorfes, dafür eine schöne Beiz und mit Theres Merkhofer eine sympathische Gastgeberin und gute Köchin. Ihre Lammgerichte, deren Fleisch aus der eigenen Zucht stammt, sind delikat, die Atmosphäre ist entspannt, das Ganze eine schöne runde Sache.

5082 Kaisten, Schulstrasse 5, 079 648 89 15, keine Website

NEU Restaurant Kurve

Achtung Kurve! Der Patron macht keine Worte um seine Person, geschweige denn um seine Beiz. Er steht lieber in der Küche und kocht, und er kocht so und so gut wie einst im Mai in der Genossenschaftsbeiz. Retro aus der Küche? Genau! Dass ich ihn in diesem Guide aufführe und über ihn schreibe, wird ihm wohl nicht passen, daher auch kein Name, aber die «Kurve» ist nun mal eine grossartige Beiz, auch wenn sie nicht mehrheitsfähig ist. Die Wirtschaft ist stets gut besetzt, Stammgäste und Einheimische sitzen in der urgemütlichen Beiz, Zugezogene im wunderschönen romantischen Garten. Vor dem Haus gibt es einen speziellen Gunstplatz, der aus einer Holzbank besteht. Der ideale Ort für den Aperitif oder die spontane Einkehr. Das Fleisch ist «Bio Fidelio», die meisten anderen Produkte sind biologisch oder aus der Region. Hauswurst und Oliven, Tintenfischsalat, hauseigene Pasta, Lammhackbällchen und ein zartes, karibisch gewürztes Huhn. Exzellente Bierauswahl, gute Weine. Für halbe Portionen hat der Patron kein Gehör. Es kommt, wie es immer kommt – gut und reichlich. Allein die Sättigungsbeilagen ernähren locker zwei Holzfäller. Mein Tipp: Bestellen Sie zurückhaltend, oder nehmen Sie gleich einen Holzfäller mit.

5210 Windisch, Dorfstrasse 57,
056 442 16 04, www.restaurantkurve.ch

Zum Blauen Engel

Alles bleibt anders Versteckt und unscheinbar steht er zwischen Häusern, Scheune und Stall. Kein Hinweisschild führt zu ihm. Braucht ein Engel auch nicht. Schon gar nicht, wenn er blau ist. Patron Christophe Martin, den Freunde und Stammgäste «Kiki» nennen, hat aus der Dorfbeiz eine gastfreundliche Institution für Stadt und Land geschaffen, die Sommer wie Winter gerne genutzt wird. Der «Blaue Engel» animiert mit der guten Stube und dem Freisitz vor dem Haus, der an eine verwunschene Oase im Sundgau erinnert, zum Länger-sitzen-bleiben und überzeugt mit Speis und Trank. Das Lächeln zur Begrüssung ist ehrlich, das Holzofenbrot, das Kotelett, die Brat- und Rauchwurst und der Hackbraten sind gut. Genial ist der Speck-Käse-Salat, für den ich jedes Rindsfilet stehen lasse. Zum Schluss etwas Käse aus der Heimat von Christophe Martin, einen zweijährigen Etivaz, dazu ein Weisswein mit einem perfekten Süsse-Säure-Spiel oder den aussergewöhnlichen Pinot Gris von Hoss Hauksson, dem isländischen Winzer in Rüfenach mit Lagen in Remigen, Döttingen und Gordemo (Tessin).

5235 Rüfenach, Zehntenweg 5,
056 284 13 54, www.blauerengel.ch

Gasthaus Bären

Alles echt bis auf die Bären Der «Bären» ist eine unscheinbare Beiz, mit einfachem Interieur, neckischen Details, viel Dekor und noch mehr Stoffbären, die an jeder Ecke lauern. Esther Keller dekoriert mit Leidenschaft. Was aber zählt, sind ihre exzellenten Speisen, sorgfältig angerichtet, vorwiegend regional, gut gewürzt, perfekt in den Garzeiten, kurz, mit Liebe gekocht. Der Service unter der Leitung des Patrons ist herzlich und zuvorkommend, der Gast ist willkommen, der Neuankömmling wird oft zum Wiederholungstäter. Im Eingangsbereich steht das «Chochichäschtli», ein Schrank voller hausgemachter Leckereien zum Mitnehmen: Sirupe, Konfitüren, Chutneys, eingelegtes Gemüse oder Tomatensauce. Nicht verpassen sollte man den wunderbaren Kalbskopf nebst anderen Spezialitäten und, je nach Saison, die selbst produzierten Glaces, die Weinsuppe, die Hettenschwiler Spargeln, das Gitzi oder im November die delikate Metzgete.

5277 Hottwil, Dorfstrasse 19,
062 875 11 45, www.baeren-hottwil.ch

Kündigbräu

Es raucht gewaltig René Kündig gehört zu den Kleinbrauern der ersten Stunde in der Schweiz. Seine diversen Biere sind exzellent. Vor allem sein Rauchbier, das den Vergleich mit dem Bamberger Original nicht zu scheuen braucht, ist grandios und harmoniert hervorragend mit geräuchertem Fisch auf Pumpernickel-Brot mit Essiggurke. Pur trinken geht natürlich auch, wäre aber schade. Seine Seminare sind gefragt und vermitteln, was es heisst, aus natürlichen Zutaten ein hervorragendes Bier zu brauen. Sein neuster Wurf ist das Rietheimer Aue-Bier, ein ungemein fruchtiges, frisches Geschmackserlebnis. Wer die Biere in geselliger Runde kennen lernen will, besucht das traditionelle Bierfest, zu dem René Kündig einmal im Jahr einlädt und zu dem das ganze Zurzibiet strömt. Neue Biertanks, die Kündig mehr Kapazität verschaffen, animieren ihn dazu, sich Gedanken über weitere neue Biere zu machen. Wir sind gespannt.

5323 Rietheim, Hauptstrasse 30,
056 249 16 13, www.kuendigbrau.ch

Müller Metzg

Von Freilufttieren Wer bei Thomas Müller Fleisch kauft, erfüllt die Sorgfaltspflicht eines jedes Fleischessers, will heissen: Das Fleisch, das Müller verkauft, stammt aus artgerechter Haltung. Die Kälber wachsen bei ihren Müttern auf der Weide auf, bei Müttern, die stolz ihre Hörner tragen und nicht verstümmelt wurden. Bernhard Kohler aus Hottwil sei Dank, der seine Tiere gleich selbst zum nahegelegenen Schlachthaus bringt. So gehen seine Tiere in Würde und ohne Stress ihren letzten Gang. Würden wir alle bei Metzgern wie Thomas Müller einkaufen, ja, dann würden wir tatsächlich zu Besseressern mutieren. Übrigens: Neben dem Zerlegen der Schweine, Kälber und dem Natura-Beef aus Hottwil wird das Fleisch bei Thomas Müller bis zur perfekten Reifung gelagert, zum Teil fünf Wochen lang.

5400 Baden, Weite Gasse 12,
056 222 69 04, www.mueller-metzg.ch

Scandinavian Deli

Smaklig måltid Dass die Nationalfarben Schwedens Gelb und Blau sind, wissen wir, dass «Smaklig måltid» Guten Appetit heisst, wissen schon nicht mehr so viele. Hippe Gourmets schwärmen von der aussergewöhnlichen Küche von Daniel Berlin, der in der schwedischen Provinz Schonen eine nachhaltige Küche zelebriert, die zahlreiche Genuss-Öko-Freaks anzieht. Wem dieser Ausflug zu weit und zu teuer ist, bleibt in der Schweiz und fährt nach Baden zu Ernährungsexpertin Ewa Jönsson, die 2015 ihren Traum verwirklicht und ihr nordisches Bistro eröffnet hat. Frische, Nachhaltigkeit und «Hausgemacht» stehen bei Jönsson im Vordergrund. Ihr gelingt der Spagat zwischen Porridge und Smørrebrød, Flammkuchen und Polarsandwich, Innovation und Tradition. Zu ihren echten Spezialitäten gehören klassischer Rauch- und Flammlachs (letzterer wird direkt auf einem Brett über dem Feuer gegart), Elch- und Rentierfleisch, die sie direkt aus den skandinavischen Ländern importiert. So stammt das Rentierfleisch von dem indigenen Volk der Samen, die seit dem 17. Jahrhundert die nomadische Rentierwirtschaft betreiben. Das «Scandinavian Deli» begeistert mit Gastfreundschaft und Typizität. Willkommen im Norden.

5400 Baden, Untere Halde 7,
056 558 75 75, www.scandinavian-deli.ch

Scandinavian Deli, Baden

Stadtbistro Isebähnli

Chapeau! Pius Bieri, der seit 1993 zum Inventar des Hauses gehört, und Jean Michel Vionnet haben das «Isebähnli« 2014 von René Felder übernommen und führen es mit Nonchalance, Routine und Können weiter. Sie sind der Tradition verbunden, was nicht Stillstand bedeutet. Im Gegenteil. Seit über zwei Jahrzehnten existiert das Stadtbistro in seiner heutigen Form. Traditionell, gemütlich, unscheinbar und trotzdem lebendig und frisch. Pius Bieri hat selbst in hektischen Momenten alles unter Kontrolle, Angestellte, Bestellungen, Küche und Gäste. Jean Michel Vionnet beweist, dass er bei namhaften Köchen sein Handwerk gelernt hat. So ist seine geschmorte Schweinskopfbacke zwar sehr aromareich und kräftig im Geschmack, liegt aber trotzdem nicht schwer auf. Weniger Butter ist mehr, lautet seine Devise. Die Klassiker des Hauses werden heute subtiler und feiner zubereitet. Sei es das knusprige Wiener Schnitzel, das Beefsteak Tatar, der Linsensalat oder die berühmten Tomatenspaghetti. Kurz, Vionnet ist ein Glücksfall für das Stadtbistro und seine Gäste.

5400 Baden, Bahnhofstrasse 10, 056 222 57 58, www.stadtbistro.ch

Cortis Schweizer Weine

Schweizer Wein, ich weiss warum Daniel Cortellini, passionierter Weinhändler und Kolumnist, hat sich gemeinsam mit den kompetenten Fachkräften Gaby Frey und Marc Krättli dem Schweizer Wein verschrieben. Seit über 20 Jahren befasst er sich ausschliesslich mit Schweizer Provenienzen, was auch die 35 eigenen Abfüllungen unterstreichen. Dass man ihn heute öfters in seinem Fachgeschäft antrifft, hat wohl auch damit zu tun, dass er das Velofahren aufgegeben hat. Nicht mal ein E-Bike kann ihn mehr reizen, dafür vielleicht die sechsunddreissigste eigene Abfüllung. Gehen Sie an der Rathausgasse vorbei, lassen Sie sich persönlich beraten oder besuchen Sie einen der speziellen Anlässe, was der Beginn einer langen Freundschaft werden kann.

5400 Baden, Rathausgasse 5, 056 222 56 66, www.cortis.ch

Rebstock

Aufgeweckt Schon der kleine Sommergunstplatz vor der Beiz zeigt an, dass es gut kommt. Es ist eine Beiz für alle Fälle, mit Bier von Jérôme Rebetez aus dem Jura und Destillaten von Lorenz Humbel aus Stetten. Die Palette der einfachen, gut gekochten Gerichte reicht vom indischen Gemüseteller bis zu Sushi, für die der «Rebstock» auf Profi Tosho Yakkatokuo zurückgreift, der Garant für Authentizität ist. Daneben warten Cordon bleu und Hackbraten oder hausgemachte Pastetli. Das Weinangebot ist klein, besticht aber mit einigen ausgewählten Provenienzen wie dem Rosso di Montefalco von Filippo Antonelli aus Umbrien oder einem Riesling vom Weingut von Othegraven, das TV-Moderator Günter Jauch von seiner Oma übernommen hat, was nicht heissen soll, dass der Wein nicht gut ist. Im Gegenteil. Wer einen filigranen Wein zu schätzen weiss, soll sich unbedingt eine Flasche gönnen.

5400 Baden, Untere Halde 21,
056 221 12 77, www.rebstockbaden.ch

NEU Sunntigs-Kafi

Unique! Der kulinarische Alltag mit dem Vorschriftenkatalog der Kantone ist auch bei den Besenbeizen angekommen. Nur wenige besinnen sich noch auf ihre Ursprünglichkeit, pflegen ein Eigenleben. Zahlreiche von ihnen sind von einem normalen Gasthaus nicht mehr zu unterscheiden, die Individualität ist hinter den Gittern der Paragrafen verschwunden. Die Hobby-Gastgeber sind zu Profis mutiert, der gastronomische Alltag hat sie eingeholt. Schön, gibt es noch Ausnahmen. Gastgeber, die ihre Marotten pflegen und anders denken und handeln. Etwas ausserhalb von Vogelsang, mitten im Naturschutzgebiet, dort wo sich Aare und Limmat vereinen und die Reuss nahe ist, befindet sich in einem freistehenden Backsteingebäude das «Sunntigs Kafi», in dem am Tage des Herrn und nur dann eine gepflegte Auswahl an Muttis Kuchen sowie Brot mit Cervelat, Käse oder Sardine angeboten wird, die der Gast an der Theke auswählt und sich selbst an den Tisch holt. Das Ganze ist ein sehr spezieller Ort mit herzlichen Gastgebern, die an kalten Tagen auch Suppe mit Bürli und auf Voranmeldung ein reichhaltiges Frühstück anbieten.

5412 Vogelsang, Limmatstrasse 55,
079 633 25 92, www.sunntigs-kafi.ch

Chriesihöger.li

Stubebeiz Sonja Leissing ist Journalistin, Stylistin, Rezeptautorin und passionierte Köchin. Und was für eine. Und Simi Simonet ist Handwerker, Künstler, Architekt, Bauführer und Koch. Und was für einer. Es gibt nicht viel, was er nicht kann. Die zwei Wirbelwinde zaubern für mindestens 25 bis 500 oder mehr Gäste ein Catering hin, das rundum begeistert. Selbst die verwöhnten Gaumen des Schweizer Fernsehens beanspruchen ihre Leistungen. Nach Jahren des Planens und der Renovation – selbst ausgeführt, versteht sich – ist die «Stubebeiz» in Rieden hinzugekommen, in der die beiden bis zu einer Gästezahl von 25 Personen ihren Herd anwerfen und gross auftischen. Persönlich, herzlich, eigen. Allesesser sind glücklich, Vegetarier werden nicht mit schlappem Gemüse beleidigt, sondern mit spannenden Gerichten verwöhnt, die weit über den Gemüseteller hinaus reichen. Wer kommen will, trommelt seine Freunde zusammen, ruft an, reserviert, bespricht, in welche Richtung es gehen soll, und los geht's.

5415 Rieden bei Baden, Landstrasse 24, 056 282 02 66, 079 648 41 54, www.chriesihöger.li

Wirtschaft zum Jägerhuus

Mit Herzblut Seit vier Generationen ist die Wirtschaft im Besitz der Familie Minikus, ein Relikt, ein Aussenposten, ein Gasthaus wie aus dem Bilderbuch. Mit Ecken und Kanten, aber in der Summe eine stimmungsvolle Einkehr, die man nicht nur der Küche wegen besucht. Es herrscht eine unverkrampfte Stimmung, es ist mehr Kommen als Gehen – wer nicht reserviert, hat oft Mühe, einen Stuhl zu ergattern. Das «Jägerhuus» ist ein besonderer Ort hoch oben über Baden, eine Insel unter Kastanienbäumen, mit Holzboden und Holzfensterrahmen, die zur Zeit der Metzgete aus allen Nähten zu platzen droht. Diese ist über die Region hinaus bekannt und begeistert mit grandiosen Leber-, Blut-, und Bratwürsten. Zur Wirtschaft gehört der hauseigene Hof, der vom Junior betrieben wird, mit glücklichen Tieren und guten Produkten, die im Hofladen gekauft werden können und in der Wirtschaft in die Pfannen kommen. Die Küche hält sich an Bewährtes. Lammkoteletts, Rindfleisch, Bratwürste und auffallend gute Suppen sind die Zutaten einer jahrzehntelangen Erfolgsgeschichte.

5415 Hertenstein, Weidweg 4, 056 282 36 46, Restaurant: keine Website, Hof: www.zumjaegerhuus.ch

Wirtshaus zur Heimat

Auf der Überholspur Nichts mehr erinnert an die Quereinsteiger Ursula und Marco Gelmi, die 2007 das Wirtshaus zur Heimat gekauft und hier die piemontesische Küche zelebriert hatten. 2016 haben sie die Beiz kurzerhand an Tim Munz verpachtet, der ein neues, verspielteres Kochkapitel aufgeschlagen hat. Er überrascht seine Gäste mit unkonventionellen Kombinationen, setzt etwa asiatische Gewürze ein, ohne damit zu übertreiben, und bleibt seiner eigenwilligen Kochsprache treu, ohne dabei in Routine zu verfallen. Wer einen neugierigen Gaumen hat, vertraut ihm und lässt sich mit acht kleinen Gängen verwöhnen. Beste Voraussetzungen, um bei Avocado-Sorbet, Ceviche vom Schweizer Zander, Tatar vom Aargauer Wasserbüffel und manchem mehr zum Wiederholungstäter zu werden.

5420 Ehrendingen, Dorfstrasse 22, 056 210 38 28, www.zurheimat.ch

LägereBräu

Ein Bier, das rat ich dir Mir hat es das bernsteinfarbene Klosterbier «Stella Maris» angetan. Doch alle Biere, die Marco Wipfli braut, animieren dazu, sie zum Essen zu geniessen, so wie es die Belgier seit jeher tun. Und selbst jene, die es mit Bier nicht so können, kommen mit der alkoholfreien Fassbrause auf ihre Rechnung. Zivilisierte Bier-Connaisseurs halten sich vornehmlich an die Spezialitäten des Hauses: an das «Tequila I.P.A.» oder das freche «Whiskey Porter», zwei edle Hopfentropfen, die in 75-cl-Champagnerflaschen abgefüllt werden und oft schnell ausverkauft sind.

5430 Wettingen, Klosterstrasse 40, 056 426 19 54, www.laegerebraeu.ch

Holzofen-Backstube Fisibach

Mit gutem Brot fängt es an Es sind zahlreiche Brotliebhaber, die in die Holzofenbäckerei von Ruth Erne pilgern. Sie backt am Montag rund zweihundert und am Donnerstag rund vierhundert Brote. Allerdings ist das bei ihr mit den Öffnungszeiten so eine Sache. Die sind rar. Nur am Montag und am Donnerstag hat ihre Backstube jeweils von 13 bis 18 Uhr geöffnet. Sonst bleibt's beim Träumen, oder man geht am Samstag nach Baden auf den Markt und besucht die Bäckerin an ihrem Stand.

5467 Fisibach, Belchenstrasse 117, 079 293 40 86, www.holzofenbrot-backstube.ch

Humbel Spezialitätenbrennerei

Alles klar Die Spezialitätenbrennerei Humbel ist schweizweit bekannt und selbst im Ausland berühmt. Die sortenreichen Kirschbrände sind das Markenzeichen der Brennerei, aber nicht nur. Mittlerweile gehören neben den Obstbränden auch Bio-Importspirituosen wie Armagnac, Wodka und Whisky zur Produktepalette, die Lorenz Humbel teilweise mit diversen Partnern produziert. Alles wird sorgfältig und in Spitzenqualität hergestellt. Ein Besuch vor Ort lohnt sich.

5608 Stetten, Baumgartenstrasse 12, 056 496 50 60, www.humbel.ch

Käserei Duss

Welche Düfte Von einem meiner besten Freunde, der in Wohlen lebt, begnadeter Hobbykoch ist und mit kesser Lippe und spitzer Feder sagt, was kulinarisch Sache ist, habe ich den Tipp zur Käserei Duss bekommen. Ihre Philosophie überzeugt, sie arbeiten kompetent, begeistern ihre Kunden mit exzellentem Käse, sind motiviert und halten die Tradition hoch, ohne die Innovation aus den Augen zu verlieren. Ein Kompliment an alle Mitarbeitenden der Käserei. Über 170 Käsesorten warten hier darauf, entdeckt zu werden. Käse von hier und von dort und von weiter weg. Einen Emmentaler haben sie zum Beispiel, so einen richtigen, alten, schön tränenden Emmentaler. Und erst die Berg- und Alpkäse. Hinzu kommen diverse Nebenprodukte wie Konfitüren, Polenta und andere schöne Dinge. Auch hier zählt die Qualität.

5610 Wohlen, Jurastrasse 8, 056 622 11 56, www.duss-wohlen.ch

Bänziger

Offen für Offene Seit Jahren kocht Martin Bänziger auf hohem Niveau in einem stimmungsvollen Gasthaus. Ohne Firlefanz, geradlinig und sehr schmackhaft. Hinzu kommt ein Weinangebot, das nicht nur mit fairen Preisen überrascht, sondern auch mit einer durchdachten Auswahl an zahlreichen Provenienzen. Wer zu Marianne Müller und Martin Bänziger kommt, gibt dem Koch am besten eine Carte blanche oder gönnt sich das vorgeschlagene Menü, das ab zwei Personen aufgetischt wird. Wem das zu viel ist, wählt à la carte, bei der die einzelnen Positionen leicht dazu animieren, zu viel zu bestellen. Also doch gleich das Menü? Wobei Artischockenböden auf Salat und Lamm-Hacktätschli auf Couscous ebenso reizvoll tönen … Kurz: Martin Bänziger kocht seit Jahren eine inspirierende Küche, der selbst die Nörgeleien und Sticheleien von GaultMillau nichts anhaben können.

5703 Seon, Seetalstrasse 43, 062 775 11 39, www.restaurant-baenziger.ch

Weinhandlung am Küferweg

Kultur im Glas und auf der Bühne
Diese Weinhandlung näher vorzustellen, ist eigentlich Wasser in den Hallwilersee getragen. Sie ist wie eine gut geölte Maschine, die leise schnurrt, kein grosses Aufheben um sich macht und trotzdem immer in den Medien präsent ist. Die Feste, die sie in der «Konservi» organisiert, sind legendär und werden von trinkfreudigen und kulturell interessierten Weinnasen rege besucht. In über 500 Gastronomiebetrieben und in über 600 Fachgeschäften werden ihre Weine verkauft. Hinzu kommen unzählige Private, die der Weinhandlung seit dreissig Jahren die Treue halten und sich wie ich erfreuen zum Beispiel an den Provenienzen der Familie Brezza aus dem Piemont, von Dominique und Eric de Suremain aus dem Burgund, von Christian Rossel aus dem Neuenburgischen und von Marie-Thérèse Chappaz aus dem Wallis. Die hauseigenen Verkaufsstellen sind in Seon und Obfelden.

5703 Seon, Seetalstrasse 2, 043 322 60 00, www.kueferweg.ch

Bären

Ein toller Hecht Das ist Max Eichenberger, die lebende Fischkochlegende in Birrwil am Hallwilersee. Sicher gibt es kreativere Köche, aber keiner trägt schönere rote Hosenträger, und keiner kocht den Hecht besser als er. Obwohl er die achtzig mittlerweile erreicht hat, wenn ich mich nicht verzählt habe, will er von Pensionierung nichts wissen. Kürzer treten, die Öffnungszeiten reduzieren? Na ja, wenn es denn sein muss. Es muss! Die Stammgäste sind allein schon glücklich, dass der «Bären» überhaupt noch ab und zu (siehe Website) an einem Freitagabend geöffnet hat, und ab acht Personen wirft Max den Herd auch an einem andern Tag an. Der ausgebackene Hecht, nach einem Familienrezept zubereitet, und die Felchen an brauner Chilibutter sind delikat. Hatte sein Fischer kein Fangglück, wird kein Fisch serviert, dann kommen Schweinsfüsse oder ein saftiger Braten von Viechern aus artgerechter Haltung auf den Tisch. Max Eichenberger hat bereits nachhaltig gedacht und gehandelt, als es dieses Wort noch gar nicht gab. Nachhaltig hat Max auch gehandelt, als er seine Dora geheiratet hat, ohne die im «Bären» gar nichts mehr gehen würde, was die grossen Lieben im Leben so an sich haben.

5708 Birrwil, Dorf 4, 062 772 11 29, www.baeren-birrwil.ch

Schlaf schön Tuch & Laube

War da was? Dieses Bed & Breakfast gehört für mich zu den schönsten der Schweiz, obwohl es einfach ist. Die Lage, der Stil und die Patina des Hauses machen gemeinsam mit den Hausbewohnern und Gastgebern den Unterschied. Die Aare ist nur ein paar Schritte entfernt, wobei nachts das Rauschen vom Stadtbach herrührt, der auf (!) der Stadtmauer unter den Fenstern vorbeifliesst. Das alles bekommt der Gast zum Freundschaftspreis. Wundervoll!

5000 Aarau, Stadthöfli 7, 076 335 62 68, www.tuchundlaube.ch

Café Bar Salü

«Une pour la route» Zivilisierte Trinker, Früh- und Spätgänger, Überhocker und andere sympathische Zeitgenossen bilden das bunt durchmischte Stammpublikum im «Salü», das sich seine Lippen mit Espresso, Latte, Bier, Wein & Co. benetzt. Je nach Tageszeit und Gemütsverfassung. Die Gäste begrüssen sich, hören zu oder weg, lachen, scherzen, zechen und essen eine Kleinigkeit für den Hunger zwischendurch. Monica und Richard Beaudoux, die Macher dieser stimmungsvollen Einkehr, verstehen es mit Flair und Fingerspitzengefühl, Treffpunkte zu schaffen, denen jeder passionierte Beizengänger mit der Zeit hörig wird. Es geht gar nicht anders, als dass man sich im «Salü» und im «Café de Ville» wohl fühlt. Und, einmal im «Salü» erst verhockt, entsteht bei mir immer wieder ein Fernweh, das mich in Richtung Westen nach Frankreich zieht.

6003 Luzern, Waldstätterstrasse 5, 041 210 67 77, www.cafedeville.ch

Helvetia

Heil dir Helvetia Wer es sich an einem lauen Tag unter den Kastanienbäumen vor der Beiz bequem macht, verspürt eine Brise Ferien im Gesicht. Auf dem Teller und im Glas wird's schon helvetischer. Irgendwie auch logisch bei einer Helvetia. Es sind denn auch Schweizer Alp- und Bauernbetriebe, Fischer, Winzer, Brau- und Brennmeister, die ihre Produkte liefern und somit die Vielfalt der Region und der Schweiz im Allgemeinen repräsentieren. Grosses kulinarisches Kino ist zum Beispiel die «Kalberei». Dafür muss ein Bergkalb aus der Region das Zeitliche segnen, damit eine illustre Gesellschaft auf der Zunge und im Gaumen spüren darf, wie gut artgerechte Tierhaltung schmeckt. Davon gibt's zum Beispiel Sulzterrine vom Kalbskopf, Kalbshaxen-Ravioli oder einfach eine wundervolle Kalbsbrustschnitte. Und wenn ich erst an das Kalbsleber-Parfait mit gebackenen Kalbsnieren oder an das Kalbssiedfleisch denke! Dazu trinke ich gerne einen Heida der Domaine Rouvinez aus Saxon. Kompliment an Koch und Ideengeber.

6003 Luzern, Waldstätterstrasse 9, 041 210 44 50, www.helvetialuzern.ch

Italo Hispano Comestibles

Stillleben vor und hinter der Theke Ein Besuch im Comestibles Italo Hispano, der nur einige Schritte von der Bar «Salü» entfernt ist, gehört für mich in Luzern immer dazu. Das ist nicht irgendein Spezialitätenladen mit diesem und jenem, sondern eine Schlaraffia par excellence. Und mittendrin Andrea Baumgartner, die fragt, berät, schneidet, einpackt und kassiert. Gutes aus Italien und Spanien, noch etwas Griechenland, und die Ferien sind ganz nah. Wer Appetit auf ligurische Oliven, Südtiroler Speck, spanische Pata Negra oder Freude hat an einer gepflegten Auswahl an Schaf- und Kuhkäse aus dem Piemont und frische Pasta, morbide Salami und Co. zu schätzen weiss, ist bei Andrea Baumgartner und Philipp Fekete in den besten Händen.

6003 Luzern, Moosstrasse 15, 041 210 18 68, www.italohispano.ch

Restaurant Neustadt

Ganz Schweiz Luzern ist mehr als See, Raddampfer, Altstadt und knipsende Asiaten. Die Foto- und Fondueplausch-freie Zone beginnt auf der anderen Seite der Reuss – in der Neustadt. Ein pulsierendes Quartier, das zwar von Trends nicht verschont bleibt, aber eine Traditionsbeiz hat, wie sie sich der Purist wünscht. Im «Neustädtli» wird gegessen, getrunken, gejasst und politisiert. Zu Beginn der Achtziger reiste Gastgeber Roland Odoni ins Piemont, nach Verduno ins Real Castello. Ein einfaches Schloss, etwas angestaubt mit einem liebenswerten Hausherrn, damals noch ein Geheimtipp. In dieser heilen Welt kam Roland Odoni auf die Idee, seinen Lebensmittelpunkt in die Neustadt zu zügeln. Er übernahm das Restaurant Neustadt von Theddy Furrer, entstaubte es und begann zu wirten. Das war vor über einem Vierteljahrhundert. Seitdem brummt der Laden. Das hat mit ihm, seinen Mitarbeitern und mit dem wunderbar normalen Angebot zu tun; allein der Hackbraten ist einen Besuch wert.

6003 Luzern, Neustadtstrasse 21, 041 210 23 71, keine Website

Setpember Vin & Vinyl

Ganz schön schräg So eigen der Name, so speziell die Auswahl an Schallplatten, bei denen Kleinproduktionen und Debutalben das Rückgrat des Angebots bilden. Ob Neuerscheinungen oder Ausgesuchtes aus zweiter Hand, wer das Spezielle liebt und sucht, wird hier fündig und glücklich. Das verhält sich nicht anders bei den Weinen, und wer meint, schon alle Winzer und Provenienzen unserer Breitengrade zu kennen, sollte erst recht vorbeikommen. Denn was da an Flaschen aus den Gebieten Neuenburg, Tessin, französischer Jura, Burgund, Rhône, Champagne, Vipava-Tal (Slowenien) und Piemont (Ghemme, Gattinara) angeboten wird, ist überlegt und bereitet neugierigen Weinnasen pure Freude. Das finden auch namhafte Luzerner Beizen wie die «Jazzkantine», «Stiefels Hopfenkranz» oder das «Bellini Locanda Ticinese», die hier Stammkunden sind.

6003 Luzern, Kasimir-Pfyffer-Strasse 14, www.setpember.com

Kulturhof Hinter-Musegg

Saisonal gut Jeweils von Mai bis September kann der seemüde Luzernbesucher unmittelbar am Rand der Altstadt hinter der Museggmauer abhängen. Pia und Walter Fassbind zeigen den Städtern und Stadtbesuchern, wie das auf einem Vorzeige-Bauernhof geht, ohne dass man sich aufs Land begeben muss. Natürlich, wie es sich heute gehört, mit Lernpfad, Alpakas, Hochlandrindern, Hühnern, Schweinen und mehr. Entdecken, lernen und in der Hofbeiz geniessen, zum Beispiel ein Zvieriplättli oder eine üppige Käseschnitte mit einem gehaltvollen Musegg-Bier. Beliebt ist auch das «Hofzmorge» am Sonntag, bei dem mit Frieden, Freunden, Kindern und Eierkuchen über die 43 Hochstammbäume sinniert wird, welche die Fassbinds pflegen und unterhalten. Zum Betrieb gehört ein Hofladen, der mit Edelbränden, Mispel-Chutney, Käse, Sirup, Geschirr und Alpakawolle aufwartet. Das Ganze ist eine friedliche, unkomplizierte Oase für Stadtneurotiker und Familien mitten in Luzern.

6003 Luzern, Diebold-Schilling-Strasse 13, www.hinter-musegg.ch

Gänterli Bio-Laden

Bio-Opa-Gänterli Seit 1979 existiert dieser Bioladen in Luzern, der einer der ersten dieser Art in der Schweiz gewesen sein dürfte. Antiquiert ist deswegen nichts. Der Kunde wird freundlich und auf Augenhöhe bedient, es wird empfohlen, gelacht und verkauft. Es ist stets ein spezieller Moment, in den Laden einzutreten – die Fensterfront, die Türe, alles ist liebevoll herausgeputzt, alles steht in Reih und Glied und ist sorgfältig angeschrieben. Das Gemüse ist taufrisch, das Angebot vielfältig und speziell. Wer bewusst einkauft, verzichtet auf die Nullachtfünfzehn-Körperpflege-Produkte des Grossverteilers, sondern kauft im «Gänterli» Rigi-Seife vom Haldihof und die wunderbaren nach Bergsommer riechenden Salben und Gels aus Soglio im Bergell. Und sonst? Wein, Tee und mehr, Nüsse, Pasta, Kräuter und Gewürze, alles da. Gutes Brot ebenso, «Gänterli» nur weiter so (dieser Kalauer sei erlaubt).

6003 Luzern, Vonmattstrasse 50, 041 240 59 12, www.gänterli.ch

Die Kneipe

Stimmungsvoll Die Kneipe ist kein Rückzugsort für heimwehkranke Deutsche, sondern eine liebevoll eingerichtete und patinierte Quartierbeiz, in der Suppe und Salat in Schüsseln adrett angerichtet, perfekt gewürzt und aufgetischt werden. Dazu gibt's Brot, das diesen Namen verdient, und ohne die kleinen belegten Brote geht ein Besuch schon gar nicht. Alles einfach gut und frisch. Die Weinauswahl hält sich an Spanien, Italien und Portugal, mir persönlich fehlen einige filigrane Leichtfüsser, die sich unkompliziert wegzischen lassen. Was die beiden Gastgeberinnen Claudia Egli (Küche) und Irène Bergmann (Service) bieten, verdient Anerkennung und ein reges Kommen. Dass die Gastgeberinnen explizit auf ihrer Website erwähnen, dass sie sagen, was sie denken, ist nicht als Drohung zu verstehen, sondern unterstreicht die Unkompliziertheit dieser Kneipe.

6003 Luzern, Klosterstrasse 5, 041 541 50 15, www.die-kneipe.ch

Café de Ville im Schwanen

Vive la différence Très chic ist es, bei Altmeister Richard Beaudoux in seinem Café de Ville einzukehren. Nicht nur für Habitués, sondern auch für Otto Normalverbraucher mit dem Sinn fürs Frankophile. Denn gegessen wird hier französisch. Dies immer von Montag bis Freitag den Tag hindurch. Ausser donnerstags ist die Küche abends zu, und die Beiz schliesst um halb acht. Am Samstag ist eine Stunde früher Schluss, und am Sonntag wird gebruncht. Vor und nach der Kirche. Für den kleinen Hunger warten Austern, eine Omelette, zubereitet nach allen Regeln der Kunst, oder perfekte Käsekroketten. Bei grossem Appetit sind Tafelspitz, Kalbshacktätschli und Quiche eine schmackhafte Alternative. Wer Lust hat, den Abend stilvoll zu beenden, geht nach dem Café in die Bar und sagt sich und dem Nachbarn bei einem Glas oder zwei «Salü».

6004 Luzern, Schwanenplatz 4,
041 410 11 77, www.cafedeville.ch

Karls Kraut

Nur Mut Im Restaurant Karls Kraut kommen kein Fleisch, kein Käse und keine Eier auf den Teller. Hier wird das Vegane zelebriert. Es sind innovative Genussmenschen am Werk, die gut kochen können und für mich die perfekten Botschafter für eine spannende vegane Küche sind. Da gibt's Apfel-Erbsen-Suppe mit Minzenschaum, Fenchel-Carpaccio mit Granatapfel und karamellisierte Zitronen-Walnüsse, Summer Rolls mit Erdnusssauce, Zitronenpolenta, Zucchiniroulade, Bärlauchgnocchi und noch so einige andere exzellente Gerichte mehr. Wer schlau ist, kommt mit Freunden, teilt die Speisen und isst sich durch das ganze Angebot, inklusive Lemon Cake. Ich bin alles andere als ein Veganer, aber was hier abgeht, ist ein lustvoller Gaumentanz, begleitet nicht nur von Tee, sondern auch von einer gepflegten Auswahl an veganen Provenienzen. Von Weinen also, die nicht mit Milch oder mit Eiprodukten geschönt werden.

6004 Luzern, St. Karliquai 7,
041 534 77 77, www.karlskraut.ch

Max Chocolatier

Schleckmäuler aufgepasst Max König ist ein Meister seines Fachs. Nach der noblen Nachbarschaft und den verführerischen, vergänglichen Kunstwerken von Max könnte seine Schokoladenmanufaktur auch ein Juweliergeschäft sein. Pralinen, Schokolade, es ist alles da, in einer Perfektion, die für die Deutschschweiz einmalig ist. Wieso nicht gute Freunde zu einem unvergesslichen Erlebnis einladen? Max König organisiert Führungen und bietet Degustationen in Luzern oder Zürich an. Wer den entsprechenden Geldbeutel hat, kann den Ort auch frei wählen. Wer sich steigern will, kombiniert die Schokolade mit Champagner, Port oder Whisky oder einfach «nur» mit Wein. Nebenbei: Wer alles über Schokolade und mehr über Max König erfahren will, bestellt sich die Ausgabe 33 des Kulturreisemagazins «Transhelvetica», sofern sie nicht vergriffen ist, und liest den Artikel von Herausgeber und Chefredaktor Jon Bollmann über Max und seine Schokolade. Es lohnt sich.

6004 Luzern, Schweizerhofquai 2,
041 418 70 90, www.maxchocolatier.com

St. Magdalena

's Magdi Jetzt wird's sentimental. Verständlich, mit über sechzig. Zwei Jahre lang habe ich in den Achtzigern mitten in Luzern gelebt. Das «Magdi» war neben der «Fischerstube», der «Metzgerhalle» und der «Barbatti-Bar» so etwas wie meine zweite Heimat. Die «Fischerstube» mit dem bollernden Ofen samt wundervollem Ofenrohr gibt es schon lange nicht mehr, das «Magdi» hat überlebt, wenn auch renoviert und umgebaut, was aber egal ist. Seine lebendige Geschichte hat es behalten, seine Gäste sind ihm treu geblieben. Im ersten Stock wird an den Tischen unkompliziert und rauchfrei getafelt, im Parterre im Rauch am Tresen zivilisiert gebechert. Aus der Küche kommen marinierte Oliven, Rauchwürste mit Brot, Tortillas oder Magdi-Burger aus Fleisch vom Ueli-Hof (siehe Seite 147), und für alle Schleckmäuler gibt es den süssen Urklassiker schlechthin, Crêpes Suzette. Ab zwölf Personen wird auf Vorbestellung die Paella zelebriert, und schleicht der Herbst wieder um die Ecken, wird jeweils am Montagabend die Leinwand aufgespannt und werden Filme samt dazu passendem Essen zum Freundschaftspreis angeboten.

6004 Luzern, Eisengasse 5/7,
041 410 42 78, www.magdalena.ch

Restaurant Neustadt, Luzern (Seite 139)

Jazzkantine

AWARD 2021

Wein und Jazz Die «Jazzkantine» war schon in den Achtzigern eine beliebte Einkehr. Heute wird sie geführt von dem kulinarisch affinen Fotografen Sylvan Müller und dem einst im Punkte- und Sternesegment kochenden Mario Waldispühl, der gemeinsam mit Marcel Hurschler am Herd die «Jazzkantine» neu bespielt, derweil, je nachdem wer gerade da ist, Rahel, Sämi, Benny, Naila, Michaela und Sylvan die Wunderdinge an den Tisch tragen. Sylvan und Mario bieten genau das, was eine gute Beiz ausmacht. Sie legen Wert auf Spitzenqualität, hausieren damit aber nicht, sondern leben sie einfach täglich. Ihr Sauerteigbrot ist grandios, die Weinauswahl superb, spannend, unkonventionell wie etwa ein Amphoren-Bordeaux aus dem Margaux (!), und das Speiseangebot ist ideal für den kleinen und grossen Appetit. Da gibt es Austern und Moules der Extraklasse, zwischendurch mal ein Cordon bleu, das einfach nur Freude bereitet und aus den besten Zutaten besteht, die es für solch einen Evergreen benötigt. Und für den zivilisierten Absacker warten zwei aussergewöhnliche Vintage-Whiskys auf die Connaisseurs dieser Welt. Applaus und Chapeau. Die «Jazzkantine» ist für uns die etwas andere Beiz 2021 (siehe auch Seite 14).

6004 Luzern, Grabenstrasse 8,
041 410 73 73, www.jazzkantine.com

Chäs Barmettler

Schweizer Käse Mit etwas mehr als 22 Kilogramm pro Kopf ist die Schweiz eine Nation von Käseliebhabern. Soweit die Switzerland Cheese Marketing in ihrem Bericht zur Käselage der Nation. Das freut nicht nur die Käser, das freut auch die Käsehändler. Wie etwa Thomas und Marianne Barmettler, die das Familienunternehmen (seit 1972) in zweiter Generation führen. Die Auswahl ist enorm und erfordert eine fachliche Beratung. Spezialisiert ist das Fachgeschäft auch für seine zahlreichen Berg- und Alpkäse aus der Innerschweiz. Darum sei jedem Frischling dazu geraten, sich beraten zu lassen, ansonsten er wohl so einige exzellente Käse übersehen würde. Die Luzerner freuen sich sehr, dass sie noch so ein gut sortiertes Fachgeschäft mitten in der Innenstadt nutzen können.

6004 Luzern, Hertensteinstrasse 2,
041 410 21 88, www.chäs-barmettler.ch

Stiefel's Hopfenkranz

Luigina und Moritz Es gibt keine Routine im «Hopfenkranz». Moritz Stiefel tüftelt, kocht, richtet Teller an, wie von Courbet gemalt. Die Aromen harmonieren, die Garzeiten stimmen, die Atmosphäre ist luftig und leicht, keine steife Oberlippe, kein gar nichts, nur Wohlsein im Glas, im Gaumen, in der Seele und im Geist. Wer Stiefels sechs Gänge isst, erlebt einen stimmungsvollen Abend ohne Hektik und in völliger Entspanntheit. Er wird den Tisch nie mit einem plumpen, vollen Bauchgefühl verlassen, sondern entspannt über die verschiedenen Geschmäcke sinnieren, die er an diesem Abend als Gaumentanz erlebt hat. Moritz, sein Team und seine Frau Luigina zeigen sich in Form und bereiten dem Gast ein wundervolles Genusserlebnis, für das es sich lohnt, nach Luzern zu kommen.

6004 Luzern, Zürichstrasse 34,
041 410 78 88, www.hopfenkranz.ch

Moosmatt

Schönes im Quartier Das «Moosmättli» ist eine schön gealterte Beiz, in der man gerne am langen Tisch in der Mitte sitzt und sich einer Runde Gesellschaftsstudie hingibt. Auf weissen Tellern wird sorgfältig angerichtet, die Küche kann was, und die Website verspricht nicht zu viel, wenn sie von einem meisterlichen Spagat zwischen Quartierbeiz und Speiselokal schreibt. Zum Pflichtprogramm gehören für zahlreiche Stammgäste das würzige Tatar, das saftig-knusprige Poulet und das sämige Cordon bleu. Die Weinkarte wartet mit interessanten Provenienzen zu korrekten Preisen auf, und wer im Winter Lust auf flüssigen Käse hat, der kann im separaten, urgemütlichen Fonduestübli die Gabel im Caquelon rühren.

6005 Luzern, Moosmattstrasse 24,
041 310 73 80, www.moosmatt-luzern.ch

Ueli-Hof

Einer wie keiner Um alle Vorzüge des Ueli-Hofs umfassend erklären zu können, reicht hier der Platz nicht. Also lasse ich es lieber. Besuchen Sie die Website und informieren Sie sich über den Vorzeigebetrieb, der nicht nur vom Respekt den Tieren gegenüber spricht, sondern ihn vorlebt. Schon von Beginn an und aus Überzeugung. Besuchen Sie den Hof Mättiwil, lassen Sie sich den Betrieb zeigen, wie die Tiere gehalten werden – und Sie werden vom Vegetarier zum Flexitarier. Wie früher, als Fleisch noch keine Alltagsware war. Oder besuchen Sie eine der Metzgereien in Luzern und Ebikon. Es lohnt sich.

6005 St. Niklausen/Luzern, Mättiwil, 041 911 22 22 oder 079 408 23 77, www.uelihof.ch

Horn + Milch

Kühe verstehen Reto und Sabine Buchli-Haldemann haben sich mit ihrem kleinen Unternehmen ganz und gar der Kuh mit Hörnern verschrieben. Sie stehen für einen von Grund auf artgerechten und natürlichen Weg ein. Mehr dazu auf ihrer Website. Nur so viel sei hier zitiert: «Jedes Individuum besitzt genau jene Eigenschaften, welche für seinen Lebenszweck und seine Entwicklung notwendig sind. Und hierzu gehören bei der Kuh die Hörner. Welche Funktionen diese Hörner nebst der besseren Kristallisationsstruktur der Milch, der Mithilfe bei der Verdauung sowie dem sozialen Verhalten der Kuh zudem eine Rolle spielen, können wir nur erahnen. Die Kuh ist ein intelligentes Wesen. Sie hat eine Seele, Gefühle und einen eigenen Charakter. Es liegt in unserer Verantwortung, den Kühen mit Horn Schutz und Pflege ihrer natürlichen Ganzheitlichkeit zu bieten.» Nebenbei: Spenden kann man auch.

6005 St. Niklausen/Luzern, Stutzrain 62, 079 868 60 03, www.horn-milch.ch

Maihöfli

¡Holá! In einer meiner Luzerner Lieblingsbeizen geben Nadine Baumgartner und Oscar de Matos ganz schön Gas mit Algen-Tartelette und Lamm-Tatar, Sardine und flüssige Olive, Königsmakrele und Wassermelone, Sellerie-Taco und Taubenbrust. Das «Maihöfli» ist ein Ort für Besseresser mit neugierigem Gaumen, die entspannt auf sich zukommen lassen, was sich Oscar de Matos für seine acht Gänge ausgedacht hat. Er, der bei keinem Geringeren als Starkoch Ferran Adrià gelernt hat und durch die Schule von Werner Tobler marschiert ist, versteht es, subtil und lustvoll zugleich verschiedene Aromen zu vereinen, ohne dass es dem Gast zu viel oder zu langweilig wird. Oscar hat beide Meister überlebt und von ihrem Können profitiert, was für ihn und seine Ausdauer spricht. Seine Gerichte überzeugen mit Raffinesse, eleganter Schlichtheit und katalanischem Flair, und wer es nicht so mit dem ganz grossen Appetit hat, wählt die kleinere Variante Tapas de Mesa, die sich genauso spannend präsentiert. Ergänzt wird das Ganze durch eine Preispolitik, die fröhlich stimmt, und eine Weinauswahl, die überrascht und begeistert. Der Kluge lässt sich bei den Provenienzen kompetent beraten oder setzt auf die empfohlene Weinbegleitung.

6006 Luzern, Maihofstrasse 70,
041 420 60 60, www.restaurantmaihoefli.ch

Libelle

Gelandet Die «Libelle» ist eine wundervolle Quartierbeiz, die pulsiert. Ein soziales Projekt und doch eine selbsttragende Beiz. Es schmeckt hier nach Teamgeist und Sachverstand. Nach einer Wiedergeburt des selbst gekneteten und gebackenen Brots. Nach Blumenkohlsuppe in der Schüssel statt Schaumsüppchen in der Espressotasse. Es geht hier nicht um Themen-Gastronomie, sondern um ehrliche Gastfreundschaft, die ein soziales Projekt beinhaltet, die frömmlerische Heuchelei aber vor der Türe lässt. Gastfreundschaft wird in der «Libelle» aufrichtig gelebt und nicht antrainiert. Bei plötzlichem Andrang gehören Wartezeiten auch mal dazu. Egal. Die «Libelle» zeigt exemplarisch, wie vital eine Quartierbeiz sein und wie zeitgemässe Gastronomie über ein Quartier hinausstrahlen kann. Und was es sonst noch mit der «Libelle» auf sich hat, beschreibt der Luzerner Künstler Felix Kuhn in schönen Worten auf der Website.

6006 Luzern, Maihofstrasse 61,
041 420 61 61, www.restaurantlibelle.ch

Beau Séjour

La vie est belle Einen grossen Koffer für die Abendgarderobe braucht es für das «Beau Séjour» nicht, aber genügend Durst und die Lust, in Luzern unkompliziert und vergnüglich Gast auf Zeit zu sein. Wunderschöne Räume, eine Aura vergangener Tage, perfekt eingebunden im Heute, mit Gästen, die sich nicht zu wichtig nehmen und ohne steife Oberlippe auskommen. Schöne Zimmer und grosszügige Suiten warten zu korrekten Preisen darauf, bespielt zu werden. Wer sich einen ersten Eindruck verschaffen will, klickt auf die Website, schaut, liest, staunt und wird feststellen, dass das Haus tatsächlich ein wundervolles «Petit Grand Hotel» ist. Wetten, dass wir uns bald am Vierwaldstättersee sehen? Vielleicht bei einer Flasche Crémant de Bourgogne Rosé von Guy Amiot et Fils?»

6006 Luzern, Haldenstrasse 53, 041 410 16 81, www.beausejourlucerne.ch

Kloster-Metzgerei Haas

Wiederholungsgefahr »Natürlich, nachhaltig, frisch« schreiben sich zahlreiche Metzgereien auf die Fahne. Die Kloster-Metzgerei Haas, 1952 von Robert Haas Senior gegründet und heute von Inhaber Daniel Käser geführt, hält, was der Werbeslogan verspricht. Die Metzgerei bezieht ihr Fleisch ausschliesslich von Landwirten aus dem Oberaargau und dem Luzerner Hinterland. Der Kontakt beschränkt sich dabei nicht auf eine simple telefonische Bestellung, sondern beginnt immer mit einem Händeschütteln, das in ein längeres persönliches Gespräch auf Augenhöhe mündet. Artgerechte Tierhaltung, gesunde Fütterung und tiergerechte kurze Transportwege sind hier Alltag und wirken sich positiv auf die Fleischqualität aus. Gewürze werden in Reinform eingekauft und nach überlieferten Hausrezepten zu schmackhaften Gewürzmischungen kombiniert, was speziell bei den Würsten riech- und schmeckbar ist. Probieren Sie mal die grobe «Buurebratwurst» oder den Hackbraten, und Sie verstehen, was ich meine.

4915 St. Urban, Murhofstrasse 2,
062 929 11 30, www.kloster-metzgerei.ch

Mezzo

Cucina casalinga Die gibt es nur im Dutzend, das heisst ab zwölf und bis zu maximal vierzig Personen. Bekommen Sie nicht so viele Freunde zusammen, wird nichts aus der «Cucina fatta in casa» im «Mezzo», und Sie müssen sich auf einen Kaffee und ein Cornetto beschränken, oder Sie geniessen einige qualitativ hochstehende Antipasti. Allerdings nur samstags, denn nur dann ist die Café-Bar offen, und auch dann lediglich von 9 bis 16 Uhr. Gottlob gibt es den wundervollen Laden, den Pulsschlag des «Mezzo», mit eigenen Produkten wie Olivenöl, handgemachter Olivenseife, Grappa aus der Primitivo-Traube und so einigem mehr. Wer Heimweh nach Italien hat, findet hier Trost. Und wer ein Fest plant und es von den «Mezzo»-Machern ausrichten lässt, erlebt und atmet echte, tiefe, beste Italianità.

6010 Kriens, Luzernerstrasse 32,
041 558 18 28, www.mezzo-esskultur.ch

Ochsen

Der vergessene «Ochsen» Schön, wenn mich eine alte Freundin nach Jahren fragt: «Kennst du ...» und mir den stimmungsvollen und schönen «Ochsen» in Littau ans Herz legt, den ich jahrelang verpasst habe. Irène und Roland Haldi sind Gastgeber, wie man sie sich wünscht. Sie sind unkompliziert und kompetent, begrüssen herzlich, empfehlen, ohne aufzudrängen, und lachen, ohne künstlich zu wirken. Wer Schnecken mag, sollte bei ihnen mit einem halben Dutzend starten und mit einem herzhaften «Söppli» fortfahren. Das gute Brot macht den Rest, bevor das Kalbsgeschnetzelte mit einer perfekten Rösti lockt. Wer die Weine von Inès und Thomas Bisang aus Dagmersellen noch nicht kennt, dem sei der Rosé, eine Cuvée aus Blauburgunder und Zweigelt, empfohlen. Süffig, gehaltvoll, verspielt.

6014 Luzern-Littau, Cheerstrasse 2, 041 250 23 22, www.ochsenlittau.ch

Gasthof Ochsen

Kalbskopf statt Espuma René Adler hat den 1516 erstmals erwähnten Gasthof Ochsen von seinem Vater Hansjörg übernommen und führt ihn heute mit zwei Jungköchen erfolgreich weiter. René steht am Herd und in der Beiz, sitzt am Schreibtisch und sucht Weine aus, kauft ein und geht zur Jagd. Er ist gemeinsam mit Lisa, die seit zwanzig Jahren im «Ochsen» arbeitet, die gute Seele des Hauses. Die Wildgerichte stammen aus heimischer Jagd und gehören wie die opulente Metzgete (am letzten Januar-Wochenende), die Moules Frites (im Frühling) oder die «Stobete» (immer am 7.12.) zu einigen von ganz vielen Höhepunkten, die im «Ochsen» lustvoll zelebriert werden. Und sonst? Sauerkrautsuppe, Jambon persillé, Entrecôte vom Jungrind mit Steinpilzen, Markbein vom Rind mit Thymian und geröstetem Ruchbrot, Rindskutteln oder Kalbskopf sind schöne kulinarische Momente in einer lebendigen Beiz, die durch alle Gesellschaftsschichten hindurch frequentiert wird.

6023 Rothenburg, Flecken 32, 041 280 12 72, www.ochsen-rothenburg.ch

Bacchus

AWARD 2021

Ein Freund Natürlich bin ich voreingenommen bei einem Freund, und klar ist meine Meinung vollkommen subjektiv, aber trotzdem stimmt, was ich seit Jahren auf verschiedenen Print-Kanälen predige: Werner Tobler ist ein Spitzenkoch, der dem Lustprinzip folgt, der kocht, so wie ich das liebe, der launisch ist, mal heiter, mal weniger, mal missmutig, mal mutig, auch nein zu sagen, obwohl er das Wort eigentlich nicht kennt, Raubbau mit seiner Gesundheit treibt, obenauf schwimmt und abtaucht, quer und gegen den Strom crawlt, ein Dickschädel ist, der macht, was ihm passt, und der, bevor er vollkommen über dem Boden schwebt, von seiner Partnerin sanft festgehalten wird. Uschi Frapolli ist seine Lebensversicherung und die Garantie für Werner, dass alles gut kommt. Auch im Rückwärtigen. Aus der Küche kommen Thunfischtatar und Vitello, mit Hummer gefüllte Zucchiniblüten auf Saubohnen, eine Terrine von der Gänseleber mit Tomatengelee, konfierter Tomate und geräuchertem Aal und, und, und … Noch Fragen? Eben! Uschi und Werner sind unsere Helden, und ihr «Bacchus» wurde von der Jury einstimmig zur Beiz des Jahres 2021 gewählt (siehe auch Seite 11). Applaus!

6024 Hildisrieden, Sempacherstrasse 1, 041 530 00 30, www.bacchus-bistro.ch

NEU Rössli hü

Ans Eingemachte Über den Namen, der nach Kinderzimmer und Holzpferd klingt, kann man geteilter Meinung sein, über den bekannten Macher, der dahintersteckt, Samuel Vörös, nicht. Was das Küchenteam leistet, hat Stil. Hier wird konsequent geräuchert, kandiert, gebeizt, eingefroren, gedörrt, fermentiert und eingekocht. Quitte, Artischocke, Erdbeere, Schafskäse, Trockenchili und mehr. Bei einem letztjährigen Besuch hatten es mir besonders die «Schweinereien» angetan, die aus Gepökeltem, Geschmortem und Gekochtem bestanden: Hausspeck, Kasseler, Beinschinken mit Kräuterrahmkraut und geräucherten Pellkartoffeln. «Auf den Tisch kommt nur, was sich über Generationen bewiesen hat», steht auf der Website. Geschrieben ist schnell vieles, aber wenn Samuel Vörös einen Spitzenkoch zur Unterstützung des Küchenteams engagiert, dann erhält diese Aussage eine tiefere Bedeutung. Raphael Tuor (ehemals «Adler», Nebikon, und «Reussbrücke», Luzern), der seit diesem Jahr neu die «Krone» in Blatten führt, hat zusätzlich die kochtechnischen Zügel des «Rössli hü» in die Hände genommen. Mal sehen, wohin es galoppieren wird.

6037 Root, Luzernerstrasse 7, 041 531 91 51, www.roessli-hue.ch

NEU Bahnhöfli

Mut zur Farbe Eine stilsichere Einrichtung, eine klare Kochsprache und eine durchdachte Auswahl an exzellenten Bieren, so lässt sich das «Bahnhöfli» in Sursee kurz und bündig beschreiben. Das Rindstatar ist aromatisch, der Hackbraten leicht und luftig, was schon mal eine gute Basis für ein angenehmes Mittagsmahl ist. Dass der Gast im «Bahnhöfli» sitzt, merkt er spätestens dann, wenn er die hausgemachte Suppe, den «Dampfkessel», oder den «Schaffner», die Filetwürfel vom Schweizer Rind, bestellt. Elias Schneider und Linard Lüchinger gelingt es, eine unkomplizierte, lustvolle Stimmung zu schaffen, die Jung und Alt an den Tischen friedvoll vereint. Natürlich mit Bier, das hier eine wichtige Rolle spielt, wie etwa die gehaltvollen Biere der Brauerei Officina della Birra aus Bioggio oder die der Braustation Sursee. Mutige Gaumen lassen sich auf das «Cucumber Pale Ale» der englischen Brauerei Thornbridge ein, das nicht nur für Gurkenfreunde betörend und erfrischend zugleich ist. In der Summe ist das «Bahnhöfli» immer einen Halt wert.

6210 Sursee, St. Urban-Strasse 3,
041 921 44 21, www.sursee-bahnhoefli.ch

OX'n

Carte blanche Der «OX'n» hat sich etabliert und seinen Status als Geheimtipp abgelegt, was für spontane Beizengänger wie mich schade ist, wird's doch schwierig, ohne Voranmeldung einen Platz zu ergattern. In einem modernen, stilistisch ansprechenden Rahmen sind hier junge Gastrosophen am Werk, die ihre Gerichte ohne Schnickschnack auf einfachen weissen Tellern und mit klassischem Besteck auftischen. Der «OX'n» schreibt sich nicht nur speziell, er ist es auch. Gratulation an die vor Ideen sprühenden Jungunternehmer Sebastian und Samuel Rensing und Katharina Käser. Meine Empfehlung: Hingehen und sich durch ein Überraschungsmenü verwöhnen lassen. Das können drei, vier oder fünf Gänge sein, wovon ich klar das letztere empfehle. Denn ist der Gaumen erst einmal warmgelaufen, will er mehr aus der «OX'n»-Küche. Und sonst? Vegetarier und solche, die es werden wollen, dürfen sich den gerösteten Blumenkohl mit Hummus, Zitronencreme und eingelegtem Gemüse mit Brunnenkresse nicht entgehen lassen.

6214 Schenkon, Dorfstrasse 23a,
041 921 20 00, www.oxn-schenkon.ch

Eigenbrötler Backwerke

Brot gut, alles gut! Seine Brote sind beste Handarbeit, die im Holzofen zu dem wird, was den Namen Brot verdient. Daniel Amrein nimmt sich für seine Brote viel Zeit, er hat Geduld und das Auge fürs Detail. Wer einmal von seinen Broten gekostet hat, wird zum Wiederholungstäter, bestellt sie online, fährt auf den Wochenmarkt nach Luzern oder besucht ihn direkt in seiner designten Bäckerei in Wauwil. Hier hat Daniel Amrein Claus Heuft beauftragt, ihm aus Beller Tuff (Vulkangestein) den ultimativen Holzofen zu bauen. Das Resultat dieser Handwerkskunst ist beeindruckend und lässt das Bäckerherz von Daniel Amrein noch höher schlagen. Das Ergebnis sind noch traumhaftere Brote, die er nach alter Tradition unter natürlicher Triebführung produziert. Mit hauseigenen Sauer- und Vorteigen, mit einheimischem Getreide und Obst und mit Milchprodukten aus regionaler biozertifizierter Landwirtschaft von Kühen mit Hörnern. Alles in bester Handarbeit, natürlich und ökologisch. Und das Gute zum Schluss: Seine Söhne Sven und Kevin ziehen und backen mit.

6242 Wauwil, Dorfstrasse 10, 041 980 32 12, www.eigenbroetler.info

NEU Kreuzberg

Beinahe verpasst Seit über vierzig Jahren bewirtschaftet die Familie Vogel den «Kreuzberg», und vierzig Jahre lang blieb diese Beiz dummerweise von mir unbemerkt. Wenn ich nicht zufällig die legendäre Whiskysammlerin und Getränkehändlerin Dorly Hunkeler aus Merlischachen kennengelernt hätte, wüsste ich heute immer noch nichts von der Gastgeberin und Köchin Maria Vogel und schon gar nichts von ihrem Schweins-Cordon-bleu (von dem mir die kleinere Ausgabe völlig genügt), von ihrer «Buure»-Bratwurst, dem Käsesalat oder dem Kalbsgeschnetzelten nach Zürcher Art mit einer Rösti, so wie sie sein muss. Immer am Mittwoch gibt es den «Kreuzburger», den Maria Vogel mit hausgemachten Saucen auftischt. Los geht's von Dienstag bis Samstag um halb neun Uhr morgens, und Schluss ist nach Mitternacht, wenn die Hausherrin die Lichter löscht, ihren Gästen Gute Nacht wünscht und den Schlüssel dreht. Das nächste Mal bei meiner Fahrt nach Zug setze ich wieder den Blinker und auf dem Rückweg ebenso. Diät hin oder her.

6252 Dagmersellen, Kreuzberg 1, 062 756 48 98, www.restaurant-kreuzberg.ch

Landgasthof Ochsen

So eine Wurst Fleischkäse, Schwartenmagen, Brat- und Brühwürste sind Chefsache. Die werden im Haus vom Patron persönlich produziert und können auf Anfrage auch als Notvorrat nach Hause mitgenommen werden. Philipp Blum-Iff ist ein Bilderbuchmetzger, der nicht nur gute Würste herstellt, sondern auch gut kocht. Seine Frau Claudia leitet den Service, alles geht Hand in Hand, die Gäste kommen und gehen, der freundliche Service bleibt. Vespern und schlemmen geht hier genauso gut wie nur auf ein Bier und einen Schwatz oder Jass oder beides. Der «Ochsen» nimmt seine soziale Rolle als Gasthaus ernst, der Laden brummt bereits ab 9 Uhr, wenn die Handwerker ihren ersten Schwartenmagen verdrücken. Auch Schlipsträger stoppen hier für eine Wurst oder für eine der saftigen Frikadellen. Alles da, alles gut und alles in allem eine unkomplizierte Einkehr, in der Angebot, Stimmung und Gäste passen.

6265 Roggliswil, Dorfstrasse 35,
062 754 13 40, www.ochsen-roggliswil.ch

Brunner Weinmanufaktur

Beim Weingärtner Das ökologische Flaggschiff der Weinmanufaktur von Mathias Brunner ist der zwei Hektaren grosse Bio-Streuobstgarten mit 55 Hochstammobstbäumen. Die daraus entstehenden Produkte wie Destillate, Säfte, Moste, Honige sind so weit wie möglich naturbelassen und vorzüglich. Darunter ein grandioser leicht moussierender Apfelwein aus den Sorten Berner Rose (70 %) und Sauergrauech (30 %). Hinzu kommt die hauseigene Essigmanufaktur, eine Leidenschaft von Mathias Brunner. Und dann wäre da noch das eigentliche Kerngeschäft, das Herzstück des Unternehmens, die drei Weingüter mit vier Hektaren Rebfläche in den Regionen Baldeggersee und Sempachersee. Sie liefern die Basis für die filigranen und finessenreichen Weine, die über ungemein viel Substanz verfügen und mit ausgeprägter Terroir-Note überzeugen.

6285 Hitzkirch, Kommendeweg 3,
041 910 20 11,
www.brunner-weinmanufaktur.ch

Rast Kaffee

Weiter geht's Bereits in der vierten Generation führen die Schwestern Evelyne und Beatrice Rast das Familienunternehmen in Ebikon. Beatrice im Einkauf und Evelyne bei den Kunden und in den Kaffeeschulungen. Adrian, der Dritte im Bunde, ist für das Kaffeerösten zuständig. Handwerk in Perfektion für den perfekten Kaffee, den perfekten Espresso. Seit mehr als hundert Jahren ist Rast Kaffee erfolgreich unterwegs, und wenn das so weitergeht, kommen noch weitere hundert dazu. «Wir leben Kaffee», sagt die vierte Generation.

6031 Ebikon, Zugerstrasse 9, 041 210 58 66, www.rast.ch

Haldihof

Ein- und Ausblicke Eine Naturstrasse führt zur ultimativen kulinarischen Oase am Vierwaldstättersee. Vor einigen Jahren hat der Computerspezialist Bruno Muff den Hof gekauft und sein Geld statt in Aktien lieber in einen wundervollen Bauernhof an Traumlage investiert, was durchaus Freude macht und nachhaltiger ist, auch wenn die Arbeit als Bauer anstrengend ist. Der Hofladen mit den eigenen Produkten ist rappelvoll, und bei zahlreichen Kunden entscheidet das Budget im Hosensack, was in den Einkaufskorb kommt. Am Kornelkirschen-Brand führt aber kein Weg vorbei. Nur Siruptrinker werden sich davon nicht beeindrucken lassen. Vor der Hofladen-Tour setzt man sich zwingend an einen der Blechtische und beobachtet bei einem Kaffee und einem Stück Kuchen Land und Leute. Was für ein magischer Ort.

6353 Weggis, 041 390 45 90, www.haldihof.ch

Be und Mee

Magisch Je nach Wetterlage, Regen und Nebelschwaden wird's hier ganz schön mystisch. Oft sind es Sonnentage, die fröhlich stimmen, oder die weisse Pracht, die sich hier seltener zeigt als auch schon. Es ist aber eigentlich egal, zu welcher Jahreszeit und bei welcher Wetterlage man sich hier in der ehemaligen Kapuzinerklause auf dem Berg bei Sandra Gisler eine Auszeit vom Tal gönnt. Die Lage ist betörend, das Haus hat Charme, und die herzliche Gastgeberin zaubert ein vorzügliches Biofrühstück auf den Tisch. Das Ganze ist eine angenehme Bleibe für unkomplizierte Ferienkünstler. Für eine Nacht, ein Wochenende oder in der Ferienwohnung gleich für ein paar Tage.

6356 Rigi-Kaltbad, Staffelhöheweg 11, 041 397 03 90, www.be-mee.ch

Gasthaus zur Linde, Sarnen

Sennerei Flüeler

Den Berg hinauf Natürlich kennen alle die Fluonalp und ihren Käse und vor allem ihre berühmten Älplermagronen. Den Ort hier also extra vorzustellen, wäre Wasser in den Alpnachersee getragen. Also lasse ich es bleiben und empfehle Ihnen stattdessen zwei etwas weniger bekannte und weniger touristische Adressen. Wer auf die Lütoldsmatt pilgert, kommt automatisch am Alpnacher Grund direkt bei der Sennerei von Agnes und Oskar Flüeler vorbei, die mit wundervollem Sbrinz, halbhartem Alp- und Ziegenkäse ihre Besucher begeistern. Hinzu kommen diverse Spezialitäten aus der Region und eine hervorragende Butter. Weiter oben folgt dann die Lütoldsmatt, eine reelle Bergbeizenidylle mit kleiner, dunkler Gaststube und einer Panoramabühne im Freien für Sonnentage. Heile Welt, ganz ohne Alpdudelei garantiert. Die Bergbeiz ist von Mai bis Oktober in Betrieb; wer sicher sein will, dass sie geöffnet hat, ruft vorher die Nummer 041 670 11 85 an.

6055 Alpnach, Grunderbergstrasse 7, 041 670 16 22, www.flueler-kaese.ch

Gasthaus zur Linde

Herzlichen Glückwunsch Die «Linde» in Sarnen ist nicht irgendeine Beiz, sondern eine Obwaldner Institution, in der es bereits frühmorgens zur Sache geht. Seit über 500 Jahren. Der Kaffee «mit Schuss» dampft, das Bier schäumt, es wird gelacht, ein Jass und Sprüche geklopft. An den langen Tischen sitzt das ganze Dorf, ab und zu schaut auch der Herr Pfarrer auf ein Glas vorbei, seine Schäflein zum sonntäglichen Kirchbesuch mahnend. Doch auch über die Beiz wacht der liebe Gott, hängt doch sein Sohn friedlich in der Herrgottsecke. Einmal, nach der Fasnacht, war er allerdings verschwunden. Nach einer Woche hatte Jesus von seinem Ausflug genug und kehrte in seine Ecke zurück, um weiterhin zuzusehen, wie an den Tischen unter ihm lebensfroh gezecht wird. Die heiteren Runden laben sich an Kutteln, Rauchwürsten und am Fondue. Manchmal findet in der «Linde» auch spontan eine «Stubete» statt, bei der es hoch zu und her geht. Es wird musiziert, gesungen und gejodelt, was Instrumente und Kehlen hergeben.

6060 Sarnen, Dorfstrasse 35, 041 660 43 55, keine Website

Hotel Peterhof

Der unbekannte Klassiker Das Schmuckstück des Hauses ist der Garten vor dem Haus mit den vier alten Kastanienbäumen, die an heissen Tagen wohltuend Schatten spenden und für ein stetes laues Lüftchen sorgen. Die Hotelzimmer sind einfach und sachlich-modern renoviert, aber doch so, dass man sich immer noch wohlfühlt. Die Gaststube verbindet Alt und Neu, was zwar nur teilweise gelungen ist, aber nicht weiter stört. Die Gerichte werden sorgfältig und klassisch zubereitet. Seezunge und Forelle sind ein sicherer Wert. Das Geschirr ist nostalgisch und passt perfekt zum Ganzen. Wer eine spektakulär unspektakuläre Einkehr sucht, ist bei Irene und Moritz Rogger wunderbar aufgehoben.

6060 Sarnen, Bergstrasse 2,
041 660 12 38, www.hotelpeterhof.ch

Restaurant Pappalappa

Abgeklärt Peter «Muffi» Muff hat vor Jahren dem Gasthaus Landenberg, diesem altehrwürdigen Sarner Flaggschiff, neues Leben eingehaucht, und seitdem führt er das Haus erfolgreich durch alle gastronomischen Untiefen. Im ersten Stock wird eine gute Küche zelebriert, die Weinauswahl ist durchdacht und überzeugt mit fairen Preisen. Im Parterre hat sich das «Nachtrestaurant» mit denkwürdigen Festen zum ultimativen Treffpunkt der Region entwickelt. Wer wissen will, wer mit wem und warum, verweilt nicht nur an einem der unzähligen Club-Live-Konzerte, sondern lässt sich zu später Stunde auf das stadtbekannte pikante Chili Con Carne ein. Wer den Gaumentanz sucht, der erklimmt den ersten Stock und geht ins «Pappalappa», hin zu trendigen Buddha- und Good-Life-Bowls, wen das abschreckt, beruhigt sich mit den Butcher's cut von den Obwaldner Angus-Rindern wie etwa dem Dry Aged Chuck Steak (Rinderhals mit Fehl- und Querrippe) oder Flanksteak (Bauchlappen). Fleischstücke, die auch nach Erhalt der Rechnung nicht aufstossen. Übrigens, der Sommer wird auf dem Terrassenparadies zelebriert, das idyllisch an der Sarner Aa liegt. Mit «Strandbar», «Havanna-Open-Air-Bar» und dem «Rooftop-Stage». Mag sein, dass in Obwalden nicht alle Wege nach Sarnen führen, aber am «Landenberg» führt kein Weg vorbei.

6060 Sarnen, Jordanstrasse 1,
041 660 12 12, www.muffis.ch

Sarner Dorfmarkt

Nur von Mai bis Oktober Alles was die Region hergibt, inklusive Gemüse und Frischkäse von Elmar Burch, finden hungrige Mägen und kulinarische Spürnasen jeweils am Samstagvormittag auf dem Wochenmarkt auf dem Dorfplatz von Sarnen, der erst vor etwas mehr als dreissig Jahren ins Leben gerufen wurde. Nach einem anfänglich harzigen Start ist der Markt heute aus dem Dorfleben nicht mehr wegzudenken. Apropos Leben: Wer das eine oder andere Obwaldner Original sehen und vielleicht kennenlernen will, besucht zuerst den Markt und stärkt sich danach in der «Linde». Mehr Obwalden geht nicht.

6060 Sarnen, Dorfplatz

Rose

Gut und lüpfig Wer den gepflegten Mittags- oder Abendtisch sucht, findet ihn in der «Rose» in Kerns, eine wunderschön patinierte Beiz. Kurz vor neun Uhr morgens geht's los, und am Sonntag wartet hier nach der Kirche der Frühschoppen – wobei einige schwarze Schafe sich direkt in die Wirtschaft statt zuerst auf die Kirchenbank setzen. Kurz vor zwölf Uhr findet dann der Schichtwechsel statt. Die einen gehen nach Hause zu Familie und Braten, die anderen kommen mit der Familie, um sich an den Köstlichkeiten der «Rose» gütlich zu tun. Das lauwarme Carpaccio vom Tafelspitz hat es mir angetan, die Bouillon mit Mark und die zarten Kalbsnierchen. Wahre Fleischtiger halten sich an das Chateaubriand, das hier nach allen Regeln der Kunst zubereitet wird. Dazu passt für neugierige Weinnasen der Regent von Peter Krummenacher aus Kägiswil, der heimisches Schaffen ins Glas bringt. Ein weiterer Klassiker ist das in Klarinettenform servierte Cordon bleu, eine kulinarische Spielerei, die schon seit jeher von der Familie della Torre zelebriert wird. Der Grund: Hier wird nicht nur gut gekocht, sondern ab und zu auch lüpfig aufgespielt. Dies bereits in der dritten Generation.

6064 Kerns, Dorfstrasse 5,
041 660 17 02, www.rose-kerns.ch

OBWALDEN

Gasthaus Engel

Ein Koch für alle kulinarischen Fälle Raphael Wey ist ein exzellenter Koch und ein neugieriger Mensch, der sich mit neu aufkommenden Trends eingehend auseinandersetzt. Doch was bei ihm zählt, ist die saisonale Küche. Seine Gerichte bestechen durch Fantasie und überraschen den Gaumen mit verblüffenden Kombinationen. Trotz aller Tüftelei gelingt ihm der Genuss-Spagat für Puristen und Gourmets mit Präzision und Liebe zum Detail. Auch zur Jagdzeit, wenn er Carpaccio vom Reh mit Pfifferlingen und Steinpilzsalat, Randensuppe mit Kardamom oder Waldpilzravioli mit Nussbutter und Kräutern auftischt. Zur Steigerung des Wohlgefühls trägt der herzliche Service unter der Leitung von Jeannine Wey bei. Kurz, der «Engel» ist so wohltuend unkompliziert, dass man ihn übersättigten Foodies als therapeutische Einkehr nur empfehlen kann.

6072 Sachseln, Brünigstrasse 100,
041 660 36 46, www.engel-sachseln.ch

Seiler Käserei

Wer hat's erfunden? Anlässlich des 10. Swiss Cheese Award (was für ein gestelzter Name) wurde der «Seiler Raclette geräuchert» von Felix Schibli zum Sieger in seiner Kategorie gekürt. Wenn das keine Ansage ist! Sein milderer Bruder, der Seiler Bratkäse, wird übrigens seit Jahrhunderten nach traditionellem Rezept hergestellt und ist ein Klassiker der Schweizer Käsekultur. Ursprünglich wurde er von Obwalder Alpsennen am offenen Feuer erhitzt und direkt aufs Brot abgestrichen. Heute wird er gerne als idealer Käse für die klassische Käseschnitte verwendet.

6074 Giswil, Industriestrasse 45, 041 660 80 40, www.seilerkaese.ch

Übernachten im Kanton Obwalden

Schwand Beitz mit Zimmer

Beiz mit «tz» Damit der Verlag und ich keine süffisanten Kommentare bezüglich Schreibfehler im Titel parieren müssen, sei hier explizit erwähnt, dass die Macher der «Beitz mit Zimmer» ihre Beiz nun einmal mit «tz» schreiben. «Erläböppis», schreiben sie auch, und wenn ich so was lese, klingeln bei mir die Alarmglocken, denn nur zu oft verbirgt sich hinter einer solch munteren Ansage blosse Abzockerei, verpackt in eine grosse Show, die bei einem Besuch wie eine Luftblase verpufft. Aber hier ist das anders. Das «Schwand» macht tatsächlich echt Freude und lässt seine Gäste ankommen und zurücklehnen. Das Haus überzeugt mit seinen Zimmern, seiner Gaststube, mit der einfachen, guten Küche von Marcel Krauer und mit der umsichtigen und herzlichen Gastgeberin Kristin Felder, die ihre Gäste sicher im Griff hat. Ja, und wer einen «Schwiizer Papier-Flüger»-Wettbewerb lanciert und organisiert, der kann nur gut drauf sein, was einem spätestens beim Rindstatar mit Cognac, verbunden mit einer Flasche Païen, auf der Terrasse mit Blick auf Land und Teller bewusst wird.

6390 Engelberg, Schwand 1, 041 637 13 92 oder 079 690 96 13, www.schwandengel.ch

Alpwirtschaft und Hof Unterlauelen

Eine Familiengeschichte Wer Frieden, Herzlichkeit, Spezialitäten vom Hof und eine gute Küche sucht, der wird in der Nähe des Pilatus auf Nidwaldner Boden bei Familie Keiser fündig. Hier befinden sich die Alpwirtschaft und der Hof Unterlauelen, die mit dem Auto nur über das luzernische Eigenthal und auf den letzten zwei Kilometern zu Fuss zu erreichen sind. Das lohnt sich aber allein schon fürs «Ofätori», Kartoffelstock, angereichert mit Speck, Ei und Alpkäse, oder fürs «Stunggis», ein Eintopfgericht aus Kuhfleisch, Speck, Kartoffeln und Gemüse. Für den Proviant im Rucksack warten im Hofladen diverse lokale Spezialitäten wie Trockenfleisch, Käse und einiges mehr. Bei Postkartenwetter verwandelt sich die Alp in ein fröhliches Festgelände. Besonders munter geht es an der Stubete, der Bärgchilbi und an der Metzgete zu und her, beschaulich ist es an Silvester, wenn die Sterne am Himmel um die Wette funkeln und der Schnee alle Geräusche schluckt.

6013 Eigenthal, 041 497 26 25, www.unterlauelen.ch

Gasthaus Trogen

Einfach Madeleine Klar ist der Bürgenstock für sein Resort mit Hotels, Residenzen und edlen Restaurants bekannt. Die eigentliche Oase findet sich aber an einem Nebenschauplatz etwas ausserhalb vom Dorf Obbürgen in Richtung Golfplatz. Die Müllers wirten lustvoll, eigenwillig, kompetent und gekonnt. Madeleine kocht ohne Firlefanz mit dem, was die Produzenten der Region hergeben. Wollschwein, Angus-Rind, Kalb, Hecht, Felchen und mehr. Ab und zu verbindet sie heimische Produkte subtil mit asiatischen Aromen. Joe tischt salopp auf, entkorkt, schenkt ein und nach. Meine Empfehlung: Reservieren Sie zwingend, kommen Sie ab vier Personen, und lassen Sie der besten Köchin der Zentralschweiz freie Hand. Zu teuer wird es sicher nicht, die Müllers denken moderat. Möge es mit ihnen noch lange so weitergehen.

6363 Obbürgen, 041 661 00 10, www.gasthaustrogen.ch

Restaurant Stärne

Beginn einer langen Freundschaft Von gutem Essen muss der Gast im «Stärne» in Stans nicht träumen – es wird ihm serviert. Was Enrico Rambow hinzaubert, hat Klasse und bereitet Freude, wie etwa die kalte Randen-Limetten-Suppe oder die eingelegten Aprikosen mit Schweizer Büffelmozzarella, aber auch die hausgemachten Hacktätschli oder das Cordon bleu mit Bauernspeck und Nidwaldner Bergkäse, genauso wie das Zitronenpoulet oder das Tatar vom Schweizer Weiderind, zu dem der Heida (Savagnin) von Jacques Germanier ausgezeichnet passt. Schön auch, dass es nun im «Stärne»-Weinkeller aus dem Bündnerland perlt und «schilleret». Weine, die sich an warmen Tagen für einen trinkfreudigen Abend eignen. Das Haus hat zugelegt, ohne das Augenmass zu verlieren. Kompliment.

6370 Stans, Spielgasse 2, 041 610 11 78, www.staerne-stans.ch

Dorfplatz 9

Einer für alle, alle für einen Selbst am Sonntagmorgen, von 8 bis 12.30 Uhr, haben die vier Detaillisten, die sich zum «Dorfplatz 9» zusammengeschlossen haben, ihren Laden geöffnet. Käse, Früchte, Gemüse, Wein, Brot und Würste, Fleisch und mehr. Wer kommt, hat die Qual der Wahl und lässt sich von den kulinarischen Gelüsten oder dem Inhalt der Brieftasche leiten. Bedient wird er von kompetenten Mitarbeitenden, deren Herzlichkeit nicht antrainiert, sondern ehrlich ist, was das Ganze umso sympathischer macht.

6370 Stans, Dorfplatz 9, 041 619 09 99, www.dorfplatz9.ch

Oberdeck

Auf Kurs Fabian Kündig hat sich auf dem «Oberdeck» in Stans gut eingelebt. Er kocht überraschender und einfacher als noch zu seinen «Bistro 54»-Zeiten. Mediterran ja, zu saisonal eher nein, trotzdem schmeckt die Fenchel-Orangen-Suppe herrlich erfrischend wie auch der Brotsalat, der mit reifen Tomaten und aromatischem Feta glänzt, wobei der Käse für mich nicht sein müsste, was ein Tisch voller junger Damen ganz anders sieht und beim Feta Nachschlag verlangt. Mir gefällt der Slalom, den Kündig fährt. Die südlichen Ansätze paart er je nachdem mit einer Bratwurst oder genial banal mit einem exzellenten Fleischkäse mit Spiegelei und Blattspinat. Viel helvetischer geht's nimmer. Auch bei der Einrichtung nicht, die kein grosser Wurf ist. Der auf den ersten Blick eher langweilig anmutende Roastbeef-Teller zeigt, wie gut einfacher Genuss sein kann. Die sorgfältig ausgebackene Auberginen-Piccata ist für mich an diesem Tag der kulinarische Höhepunkt, zu der ich mir allerdings eher ein Taboulé wünschen würde als ein Risotto. Das «Oberdeck» hat Fahrt aufgenommen und ist auf Kurs.

6370 Stans, Alter Postplatz 2,
041 611 02 23, www.oberdeck.ch

Drachenried-Laden

Von der Erde in den Einkaufskorb
Die Sprüche auf der Website klingen nach Marketing, wer aber die Bauern hinter dem Projekt kennenlernt, weiss, dass es keine gedrechselten Werbesprüche sind, sondern zur festen Überzeugung der «Drachenrieder» gehört. Das Resultat überzeugt. Von den Freilandeiern, dem Baumnusspesto über die Mehle und Öle bis hin zum Getränke-, Fleisch- und Fruchtangebot – die kreative und innovative Art der sechs Bauernbetriebe ist ansteckend. Wer in der Nähe wohnt, kauft hier unweigerlich ein, und wer vom Norden in den Süden oder umgekehrt unterwegs ist, für den lohnt sich der kleine Umweg in diese Einkaufsoase für Besseresser alleweil. Nebenbei: Haben Sie schon mal Löwenzahnwein getrunken? Eben!

6372 Ennetmoos, Mittler-Aegerten,
041 611 19 61, www.drachenried.ch

Schlüssel

Schlüsselfertig Im «Schlüssel» kommt das auf den Tisch, was der Hausherr kocht und was er seinen Gästen empfiehlt. Vor Jahren war Daniel Aschwanden damit in der Schweiz noch ein Exot, heute gehört es bei zahlreichen Jungköchen zum guten Ton, am Tisch zu erklären, was bei ihnen Sache ist. Im Zeitalter der Allergiker und Unverträglichen wird diese Einfachheit wohl nicht die Regel werden, und es wird auch weiterhin Speisekarten geben. Es benötigt daher schon einen Gastgeber mit Prinzipien, um sich gegenüber den Gästen durchsetzen zu können. Wer ein Allesesser ist, kann sich bei Daniel Aschwanden entspannt zurücklehnen, den Koch gewähren lassen und in aller Ruhe aus der grossartigen Weinkarte wählen, die mit diversen Provenienzen von Winzern mit kleinem Namen und grossem Inhalt überzeugt. Der herzliche Service von Gabrielle Aschwanden und die stilvollen Gästezimmer lassen einen hier gerne zum Wiederholungstäter werden.

6375 Beckenried, Oberdorfstrasse 26.
041 622 03 33, www.schluessel-beckenried.ch

Übernachten im Kanton Nidwalden

Pilgerhaus

Einatmen und ausatmen Anna-Barbara Kayser und Paul Buchmann haben in den letzten Jahren «ihr Pilgerhaus» gemeinsam mit einem motivierten Team nach ihren Vorstellungen geformt. Das Speiseangebot ist übersichtlich, es wird sorgfältig und mit regionalen Produkten gekocht. Der Sonntagsbraten versetzt am Tage des Herrn nicht nur den Herrn Altpfarrer in gute Laune. Wer einige Tage ausspannen will, wählt ein Doppelzimmer mit Dusche und WC, und wer dem Schönwetter-Rummel auf dem Berg entgehen will, sucht das Haus an Nebeltagen auf. Dann, wenn einem der magische Ort fast allein gehört und das Warten auf die ersten Sonnenstrahlen einen ganz speziellen Reiz haben. In der nahen Klosterapotheke kann man diverse Teemixturen, Magentropfen und den unwiderstehlichen Goldlikör als Mitbringsel für die Daheimgebliebenen kaufen.

6383 Niederrickenbach,
Klosterweg 8, 041 611 02 78,
www.pilgerhaus-maria-rickenbach.ch

Träumli

Unser aller Burger Sympathisch ist das «Träumli» in Seelisberg, auch wenn der Name der Beiz sich für mich nicht gerade aufdrängt. Wer den Zweckbau von Weitem begutachtet, denkt weniger an einen Traum, wer sich unvoreingenommen hinsetzt und von Conny Huser und Monika Baumann bedienen lässt, kommt schon eher ins Träumen. Die Beiz ist sec eingerichtet, das Angebot klar und überschaubar. Klassiker wie Coq au vin oder ein Engadiner Gulasch mit Stampf liegen nicht schwer auf, was von solidem Handwerk zeugt und den Gaumen spüren lässt, dass die vorzüglichen Saucen von Koch Guido ohne Schere und Päckchen auskommen. Auch die Käseschnitte, der Wurst-Käse-Salat oder der delikate Burger lohnen den Boxenstopp. Der Mittagstisch wartet mit Fleischvogel, Rahmschnitzel und Co. zum Freundschaftspreis auf, und wer wieder einmal Lust auf ein opulentes Frühstück hat, wird im «Träumli» mit Rühr- oder Spiegeleiern mit Speck herzhaft verwöhnt.

6377 Seelisberg, Dorfstrasse 40,
041 820 63 63, www.traeumli-seelisberg.ch

Bergkäserei Aschwanden

Im Bergheu Nein, nicht die Bäuerin oder der Bauer, sondern der Käse liegt im Bergheu, genauer gesagt der «Miudä», also der Milde. Dann gibt's da auch noch den «Wirzigä» und einige andere wundervolle lokale Käse. Begonnen hat alles mit Grossvater Aschwanden, der vor über 75 Jahren die frische Rohmilch zu Seelisberger Bergkäse zu verarbeiten begann. Heute pflegt die Familie Aschwanden in der dritten Generation mit Leib und Seele ihre Laibe. Viel hat sich seit damals nicht verändert. Der Bergkäse wird nach wie vor nach dem alten Familienrezept mit frischer Bergmilch ohne thermische Behandlung traditionell im Kupferkessel hergestellt. Nur die Infrastruktur der Käserei hat sich den heutigen Bedingungen angepasst: Der Kupferkessel ist grösser und wird nicht mehr mit Holz beheizt, sondern mit Strom, produziert von den eigenen Sonnenkollektoren, unterstützt durch Wasserstrom aus Uri. Nachhaltiger geht's nicht.

6377 Seelisberg, Zingelstrasse 3,
041 820 30 60, www.bergkaese.ch

Rütlihaus

«Wir packen für Sie» Natürlich freut sich der «Rütlihaus»-Wirt über jeden Besucher, der seine Wirtschaft aufsucht, doch zahlreiche Rütli-Pilger picknicken lieber auf der heiligen helvetischen Wiese, statt in die Beiz einzukehren. Und da der Wirt nur so von Ideen sprudelt, ärgert er sich nicht darüber, sondern versucht, sie mit seinen Picknickkörben einzufangen. Die Körbe präsentieren sich mit reichlichem Inhalt zu fairem Preis. Einfach am Vorabend anrufen und der persönliche Korb wird für den nächsten Tag gepackt. Das Rütli ist ein Ort der Geschichte und Geschichten. Dazu passt die patinierte Wirtschaft mit einem sympathischen Gastgeber. So gibt es Älplermagronen, die berühmte Rütliwurst vom Bio-Hochlandrind, ein Wurstsalat mit Rufifelder Alpkäse, fangfrischen Fisch aus dem Vierwaldstättersee oder einfach eine Schüssel voller Salat mit Gemüse und Knoblauch-Croûtons. Einfach, schmackhaft und gut. Bei den Weinen liegt das Schwergewicht im Wallis, bei dem der Sherpa blanc, eine Assemblage aus Heida, Blanc de Pinot Noir und Chasselas den Gaumen mit einer schönen Aromen-Vielfalt erfreut.

6441 Rütli, 041 820 12 74, www.ruetlihaus.ch

Restaurant Tellenbräu

Hut ab In Altdorf ist Tell nie weit. Anschauungsunterricht, wie beste traditionelle Beizenkultur von den Einheimischen gepflegt wird, erhält der Fremde im «Tellenbräu», das einst über eine eigene Brauerei verfügte. Eine Beiz für Znüni, Zvieri oder Feierabendbier, für den kleinen und den grossen Appetit. Mit sympathischen Gastgebern und der Küche von Olivier Recht, die ohne Convenience auskommt. Letztes Mal gab's eine Apfel-Curry-Suppe und ein Urner Schnitzel an Rotweinjus, gefüllt mit Bergkäse und Rohschinken. Gerichte, die auf Wunsch auch im ruhigeren ersten Stock serviert werden. Untermalt wird die Beizenkultur durch alte Tische und Stühle, historische Bilder, Stukkatur und die Rosette an der Decke des Hauses. Es sind Kleinigkeiten, die das «Tellenbräu» so speziell machen. Wer einen beschaulichen Zweiertisch sucht, tut dies im Parterre vergebens. Hierher kommen Gäste, die gerne mit dem Tischnachbarn reden und um eine pointierte Antwort auf einen Spruch vom Stammtisch nicht verlegen sind.

6460 Altdorf, Tellsgasse 6, 041 870 10 49, www.tellenbrau.ch

Fomaz

Die Welt zu Gast Die sympathischen Macher des «Fomaz», eines Flüchtlings-Integrations-Projekts des Roten Kreuzes, wirbeln mit ihrem stimmungsvollen Lokal die Urner Beizenszene ganz schön auf. «Fomaz» bedeutet auf Rätoromanisch Heisshunger, und für den ist hier gesorgt. In der Praxis hört sich das heute so an: Satay-Poulet-Spiess mit Erdnusssauce, Orangen-Fenchel-Salat, Rindsfilet-Tatar, Schwarzwurzelsuppe mit «Dürrs», Entrecôte, Ofenschlupfer (wie beim Grosi) und Lebkuchenmousse mit Zwetschgenkompott. Im «Fomaz» wird saisonal und vornehmlich mit regionalen Produkten gekocht. Der Mittagstisch wird einfach bespielt, die grosse Bühne erlebt der Gast abends und bei schönem Wetter auf der einzigartigen Dachterrasse. Neu zum «Fomaz» hinzugekommen ist das Restaurant Schützenmatt als weiteres Projekt des Roten Kreuzes Uri. Haben die Projektteilnehmer im «Fomaz» die ersten beruflichen Erfahrungen gesammelt, wird ihnen in der «Schützenmatt» mehr Verantwortung, mehr Eigeninitiative und mehr fachliches Wissen vermittelt. Und schmecken tut es den Gästen ebenfalls.

6460 Altdorf, Tellsgasse 11, 041 870 08 07, www.fomaz.ch
und Hellgasse 1, 041 870 11 60, www.restaurant-schuetzenmatt.ch

Weingut zum Rosenberg

Wein aus Uri Kein Scherz, sondern eine bekömmliche Tatsache. Das Weingut zum Rosenberg liegt mitten in Altdorf am Hang des ehemaligen Kapuzinerklosters. Vor gut zwanzig Jahren sind in dieser Lage der Gemeinde Altdorf und der Korporation Uri auf einer Fläche von 1,3 Hektaren Reben gesetzt worden. Dazu gehören Blauburgunder, Diolinoir, Grauburgunder und Solaris. Weine, die durch ihre Struktur und Frische überzeugen.

6460 Altdorf, Kapuzinerweg 19, 079 398 81 48, www.weingut-zum-rosenberg.ch

Kaffee Kra

Locker vom Hocker Das «Kra» in Altdorf ist eine kleine, sympathische und unkomplizierte Oase für Müssiggänger und andere. Ideal für ein einfaches Gericht, ein Feierabendbier oder für ein individuelles Konzert im kleinen Rahmen. Hier fängt Uri an. In einem Ort, wo so einiges anders ist als anderswo. So kommt der Sankt Nikolaus nicht zu Fuss, sondern fährt mit der Kutsche vor, und sein Gewand ist nicht rot, sondern blau. Blau macht im Sommer auch dass Kaffee Kraa, es schliesst gleich für zwei Monate. Leider.

6460 Altdorf, Schützengasse 6, kein Telefon, www.kaffeekra.ch

Kleinbrauerei Stiär Biär

«Äs Wilds» Zwar ist die Urner Kleinbrauerei immer noch klein, aber Team, Logo und Sortiment sind neu. Der Schritt war mutig, der Aufwand hat sich gelohnt. So ist das neu rezeptierte Weizenbier mit einem Swiss Beer Award prämiert, und das erste Saisonbier der Brauerei, ein Sauer-Kirsch-Porter («Äs Scherri»), wird unter Insidern als Bier-Trouvaille gehandelt. Und so wird das wohl weitergehen, zumal das nächste Saisonale «Äs Wilds» (ein Pfeffer-Pils) nicht lange hat auf sich warten lassen. Welchem Bier wird wohl die nächste Bierschaumkrone aufgesetzt? Wer's genau wissen will, besucht am Freitag (von 17 bis 19 Uhr) die Brauerei, trinkt vor Ort sein Feierabendbier und reserviert für sich und seine besten Bierfreunde eine Besichtigungstour.

6460 Altdorf, Moosbadweg 14, 041 870 65 80, www.kleinbrauerei.ch

URI

Baggenstos Spezialitäten

Kaffeeduft sucht Birnenbrot Die Baggenstos Spezialitäten AG ist ein Familienunternehmen, das auf eine lange Tradition und auf bewegte Zeiten zurückblickt. 1905 von Meinrad Baggenstos als kleine Vorzeige-Bäckerei gegründet, hat sich der Betrieb nach diversen Tiefschlägen wieder erholt, stabilisiert und sich zu dem Birnenbrot-Produzenten gemausert. Biräweggä, Dörrobst-Biräweggä, Ürner Fiigä-Paschtetä oder einfach nur der gute Nussgipfel lohnen den Besuch in der Produktionsstätte in Seedorf.

6462 Seedorf, Dorfstrasse 65,
041 870 38 38,
www.baggenstos-spezialitaeten.ch

Alp Honegg

Bergkräuter und Alpschweine Wer nicht schwindelfrei ist, geht zu Fuss vom Talboden den Berg hoch. Alle anderen fahren mit der Mini-Seilbahn von Seedorf nach Gitschenberg. Von der Bergstation geht es in einer Viertelstunde zur Alp Honegg. Hier wird der Wanderer von Kühen, Alpschweinen und von der Familie Gisler begrüsst. Martha und Sepp verarbeiten gemeinsam mit Sohn Roger in der Saison rund zwei Tonnen Alpkäse, den sie vor Ort und im November am Urner Alpkäse-Markt verkaufen. Es ist eine eigene Welt, so hoch auf der Alp, mit Blick auf die Bergwelt und auf die Betonpiste der Autobahn, die durchs Tal zum Gotthard führt und für einmal ganz klein und unbedeutend wird.

6467 Schattdorf, 041 870 78 94
und 079 659 12 88, www.urner-alpkaese.ch

NEU Zwyssighaus

Eine Runde See Wie wäre es mit einer frühen Morgentour auf dem Vierwaldstättersee auf einem der majestätischen Raddampfer? Die Brise durchlüftet den Geist, und die Seeluft regt den Appetit an. In Bauen geht's an Land und den Hügel hoch, und schon kann das schöne «Zwyssighaus» geentert werden, zumindest von jenen, die reserviert haben. Sonst wird es nichts mit Rindstatar, Forelle und Kalbskopfbacke. Angela Hug bedient ihre Gäste aufmerksam und herzlich, Michael Engel zelebriert eine fadengerade Küche mit regionalen Zutaten. Omnivoren nehmen das vollständige Menü, sechs Gänge zu einem optimalen Preis-Leistungs-Verhältnis und freuen sich auf die Dinge, die da kommen. Die Gerichte sind exzellent und überzeugen in ihrer Schlichtheit, und wer Weine von Tom Lubbe der «Domaine Matassa» in den Pyrenäen im Angebot führt, weiss genau, was er tut. Endlich wieder einmal eine Weinkarte, die mich restlos überzeugt und die auch mit vernünftigen Preisen überzeugt. Applaus.

6466 Bauen, 041 878 11 77, www.zwyssighaus.ch

Beck Uri: Tresch und Rösing

Da steckt Uri drin Unabhängige, kleine Bäckereien sind heute gefordert, um auf dem Markt bestehen zu können. Lukas Tresch und Bernhard Rösing geben seit Jahren Gegensteuer. Sie ziehen am gleichen Strick, sind innovativ, ohne das Traditionelle aus den Augen zu verlieren, und arbeiten erfolgreich Hand in Hand. Ganz nach dem Motto: «Gemeinsam sind wir stark.» So ist der Beck Uri entstanden. Die bestehenden Standorte Erstfeld und Amsteg sind geblieben, die Geschichte geht erfolgreich weiter, und ich kann weiterhin in den aus Änis-Teig gepressten und mit Nuss gefüllten «Uri-Stier» beissen, was mir manchmal die missliche Verkehrssituation auf der Gotthard-Autobahn versüsst.

6472 Erstfeld, Schlossbergstrasse 4, 041 880 21 37, www.beck-uri.ch

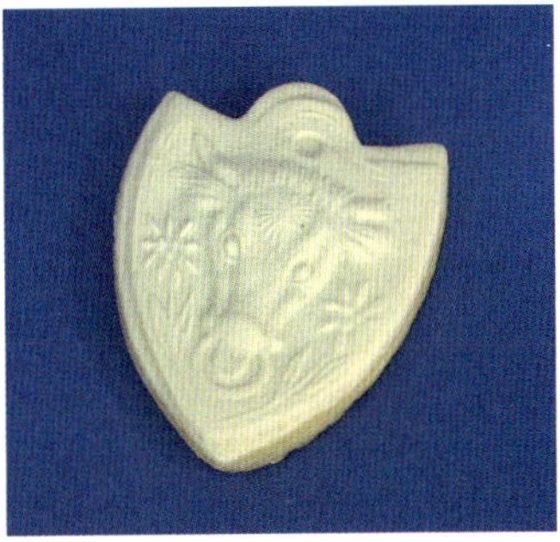

Hotel Stern und Post

Phoenix aus der Asche Langsam, aber sicher wird aus dem Geheimtipp Hotel Stern und Post eine trendige Adresse. Nach langem Dornröschenschlaf haben Remo Vetter und Rolf Welti das wundervolle Haus wach geküsst und nach und nach liebevoll restauriert. Fachgerecht, mit Fingerspitzengefühl, viel Enthusiasmus und noch mehr Geld. Terrasse und Garten sind weitere Gründe, hier länger als eine Nacht zu bleiben. Vielleicht, um am nächsten Tag das Maderanertal zu erkunden oder einfach, um im stilvollen Haus die Seele baumeln zu lassen. Dazu passt die leichte Küche, die vorwiegend mit regionalen Produkten kocht. Mit gehaltvollen Jus, hausgemachter Pasta, Forellen aus Uri und einem «Bunet», das den Vergleich mit dem der piemontesischen Nachbarn nicht zu scheuen braucht. Besonderes Lob verdient die Weinkarte, die mit unbekannteren Provenienzen überrascht. Oder haben Sie etwa schon Weine aus Quinten oder Altendorf getrunken?

6474 Amsteg, Gotthardstrasse 88, 041 884 01 01, www.stern-post.ch

The River House

Die Alternative zu allem Im «River House» wird eine gewisse Extravaganz, aber ganz ohne steife Oberlippe, gepflegt. Das Ganze findet in einem gekonnten Stilmix statt. Holztäfelung, Gebälk und altes Mauerwerk sind bei der Renovierung des 300 Jahre alten Hauses erhalten geblieben und wurden kombiniert mit modernen Elementen in hochwertigem Design. So ist eine kleine, spezielle Oase entstanden, die sich wohltuend von den grossen Namen mit ihrem genormten Luxus abhebt. Der Betrieb ist jung, locker und unkonventionell, geht offen auf seine Gäste zu, die sich genauso wohl fühlen wie die sympathischen Gastgeber Sarah und Kevin Obschlager. Die zum Haus gehörende «Alte Apotheke» ist der perfekte Ort, um bei einem Glas die Einheimischen näher kennen zu lernen.

6490 Andermatt, Gotthardstrasse 58, 041 887 00 25, www.theriverhouse.ch

Gasthaus Richisau

Bei Anne und Jacob Eine Finnin und ein Holländer sind die neuen Gastgeber im Gasthaus Richisau im Klöntal. Sie haben in der «Blume» in Teufen gezeigt, wie herzliche Gastfreundschaft, kombiniert mit einer grundehrlichen Küche, zum nachhaltigen Erfolg führt. Und wer die Appenzeller versteht, versteht auch die Glarner. Die «Blume» in Teufen gehörte zu den schönsten Wirtschaften der Schweiz. Nun ist sie verwelkt und dauerhaft geschlossen. Anne Hurmerinta und Jacob van Seijen haben im Klöntal eine neue Heimat gefunden, in der sie beste helvetische Beizenkultur zelebrieren. Nichts ist abgehoben, arrangiert oder bemüht, alles besticht auf der Zunge und im Gaumen durch subtile Schlichtheit. Hinzu kommt ein vorbildliches Qualitätsdenken. Erwähnt sei da etwa die Apfel-Meerrettich-Suppe mit Trockenfleisch oder das Cordon bleu mit würziger Note, eine butterzarte Kalbsleber mit knuspriger Rösti oder ein aromatisches Roastbeef mit den ersten Spargeln. Natürlich gehen die Glarner Spezialitäten nicht vergessen, die je nach Saison ebenfalls aufgetischt werden. Das Gasthaus Richisau ist ein Rückzugsort für eine schöne Flucht vor dem Alltag und ein Ort zum Wiederkommen.

8750 Klöntal, Richisauerstrasse 106, 055 640 10 85, www.gasthaus-richisau.ch

Löwen

Gut gebrüllt Die Glarnerin Nicol Nadya Valentina Altmann und der Franzose Cédric Bertrand haben sich mit dem «Löwen» in Mollis ihren Traum der eigenen Beiz verwirklicht. Die Wirtschaft hat Stil, die Herzlichkeit der Gastgeber ist echt, der Service von Nicol ist kompetent und die Küche von Cédric ist gut. Klassiker wie Kalbsfilet mit Morcheln oder Wolfsbarsch beherrscht er perfekt. Ab und zu werden Austern angeboten, die genauso gut schmecken wie die eine oder andere Glarner Spezialität. Das Glück wäre für mich vollkommen, wenn Cédric, der aus dem berühmten Périgrod stammt, noch einige Spezialitäten aus seiner Heimat auftischen würde: Frittierter Entenmagen auf Friséesalat zum Beispiel oder ein in Gänseschmalz eingelegter Entenschlegel, serviert mit in Gänseschmalz gebratenen Kartoffeln – eine Kalorienbombe zwar, aber himmlisch. Und als Wein dazu ein Bergerac oder Cahors.

8753 Mollis, Bahnhofstrasse 2, 055 610 33 33, www.loewen-mollis.ch

Molki Milch und Fleisch

Glarner Handwerk Das Arsenal der breit ausgelegten Spezialitäten bereitet helle Freude. Glarner Schüblig, Kalberwurst und ein überdurchschnittlich guter Cervelat sind nur drei exzellente Beispiele einer grossen Palette von hausgemachten Würsten. Schöpfer der fleischigen Wunder ist Matthias Schnyder, ein Metzgermeister wie aus dem Bilderbuch, der noch so einige andere exzellente Qualitätsprodukte herstellt. Brot, Käse und weitere Milchprodukte ergänzen das durchdachte Angebot.

8754 Netstal, Landstrasse 11, 055 640 22 55, keine Website

Landvogthaus

Einmal Landvogt sein Das «Landvogthaus» wird im Kanton Glarus noch immer als Insidertipp gehandelt. Nicht einmal die Glarner wissen, dass im Grosstal ein einmaliges Privathotel steht, in dem Gäste geschichtsträchtig und komfortabel logieren können. Christian Behring ist stolzer Besitzer und Verwalter auf Zeit, der es als seine Pflicht ansieht, das Landvogthaus als Gebäude von nationaler Bedeutung für zukünftige Generationen zu bewahren, zu pflegen und die Werte der Nachhaltigkeit zu leben. Hier kann man sich auf eine Zeitreise begeben und an einem ungewöhnlich beruhigenden Ort entspannen. Vielleicht ergeht es Ihnen wie dem Paar, das mitten im Winter bei Christian Behring anklopfte, zögernd eintrat, zuerst das ganze Haus besichtigen wollte – und dann gleich eine ganze Woche geblieben ist.

8772 Nidfurn, Vordergut 1, 055 644 11 49, www.landvogthaus.com

Berghotel Mettmen

AWARD 2021

Mitten in der Natur Romano und Sara Frei-Elmer haben sich mit ihren Kindern Nik und Nora ihren Traum verwirklicht. Ihr Berghotel Mettmen ist eine Oase für kleine und grosse Alltagsfluchten. Enthusiasmus, gepaart mit Bodenhaftung, haben die Investoren überzeugt, einige Millionen in das Projekt zu stecken. Der grösste Luxus aber ist die Natur, in die das Berghotel eingebettet ist, die Aussicht ins Tal ist schlicht grandios. Hinzu kommen eine stilsichere Architektur und eine zeitlose, mit Fingerspitzengefühl ausgewählte Einrichtung, die dem Ganzen das gewisse Etwas verleiht. Ergänzt wird das Äussere durch die gute Küche von Romano, der eine einfache, nachhaltige Kochsprache zelebriert und traditionelle Gerichte luftig und leicht interpretiert. Wer den Weg zum Berghotel Mettmen findet, kommt mit Zeit, und wer sie nicht hat, findet sie hier. Klar, fehlen für die Tagestouristen weder das «Zigerbrütli», eine Brotscheibe mit einer dicken Schicht «Anggäziger», noch die «Zigerhöräli» mit «Öpfelmues». Wer länger bleibt, kommt in den Genuss eines atemberaubenden Sternenhimmels, so Gott will, und eines innovativen, in vier Gängen servierten Überraschungsmenüs, so der Koch will. «Mettmen» ist unser Hotel 2021 in der Sparte «Unter einem Dach» (siehe auch Seite 15).

8762 Schwanden, Mettmen 2,
055 644 15 15, www.berghotel-mettmen.ch

NEU Winkelried

Winkel Wer in Küssnacht nach dem «Winkelried» fragt, wird korrigiert. «Winkel» heisst die kleine Beiz unter den Einheimischen. Und «s'Winkelmarie» hiess die legendäre Wirtin, die jahrzehntelang die Seele des Hauses war. Heute führt Carmela Muff das Zepter, eine herzliche Wirtin, die einfach und gut kocht und ihren Gästen auf Augenhöhe begegnet, was angesichts der niedrigen Decke nicht so schwierig ist, da Grossgewachsene sich sowieso nach vorne beugen müssen. Im Service wirkt Priska Krummenacher, die empfiehlt, Wein ein- und nachschenkt und das Talent hat, immer zur Stelle zu sein, wenn sie benötigt wird. Zu Beginn eine exzellente Maissuppe auf der Basis einer Polenta oder ein Salat, danach gibt es je nach Lust und Laune der Köchin Hacktätschli, Spaghetti Carbonara, Aargauer Braten, Cordon bleu oder … Das von Montag bis Freitag angebotene Mittagsmenü ist bei den Stammgästen beliebt, was sicher auch mit dem guten Preis-Leistungs-Verhältnis zu tun hat. Der «Winkel» bietet täglich ein wundervolles Kammerspiel abseits der grossen Namen und ist eine urwüchsige Einkehr.

6403 Küssnacht, Rigigasse 34,
041 850 18 48, www.winkel-kuessnacht.ch

NEU Schmidlins Chäslädeli

Eidgenuss Pascal und Caudia Schmidlin sind sich noch nicht einig, wie der Name ihrer kleinen Schlaraffia mitten in Küssnacht am Rigi lauten soll. Einig sind sich die zahlreichen Stammkunden, die den kleinen Laden ins Herz geschlossen haben. Im Kanton Schwyz sind die Einheimischen Schwyzer, aber keine Schweizer, sondern Eidgenossen – also wäre der «Eidgenuss» naheliegend. Oder? Wie auch immer, was zählt sind die delikaten Produkte, die Pascal und Claudia Schmidlin feilbieten. Das fängt bei einem Käseladen logischerweise mit gutem Käse an, geht aber bei wahren Verfechtern von Qualitätsprodukten weiter – über exzellente Fleischprodukte vom Ueli-Hof bis hin zu den Würsten vom AlpenHirt, der exzellente Salsize produziert. Daneben gibt es aber auch diverse Chutneys, Konfitüren und sonstige süsse Leckereien sowie am Dienstag und Samstag das grandiose Brot vom «Eigenbrötler». Hinzu gesellt sich eine Auswahl an Bieren, Weinen, Schnäpsen, Säften und Lebenswassern. Der perfekte Ort für Besseresser. Und das mit dem Namen wird noch.

6403 Küssnacht am Rigi,
Chlausjägergasse 5, 076 413 09 85,
www.schmidlins-chasladeli.business.site

NEU Alpen-Café

Im Frühtau Die Lage auf der Rigi-Scheidegg ist schön, die Aussicht auf die Bergwelt einmalig, die Gastgeberin Sylvia Bürkler herzlich und das Angebot klein, aber fein. Entdeckt hat das Kleinod Jurymitglied, Fotografin und passionierte Köchin Kathrin Horn, die hellauf begeistert ist und sich gar nicht mehr erholen kann. An der Höhenluft kann's nicht liegen, so müssen es die Speisen, Getränke und die Atmosphäre sein. Ja klar, und an diesem Tag auch das Traumwetter. Und sonst? Da gibt's ein saisonales, gut gekochtes und subtil angerichtetes Tagesmenü mit Suppe, Salat und Fleisch, so wie an anderen Orten auch. Den Unterschied machen Qualität und Sorgfalt aus. Eine Sommersuppe mit Pfefferminzöl, ein Rindsragout mit Steinpilzen und Melonensalat zum Beispiel. Allein fürs Zvieri lohnt sich der Aufstieg. Eine Bahn hat es zwar auch, aber der Hunger kommt mit dem Fussmarsch. Der Ziegenfrischkäse, die Trockenwurst von Pfauenziegen, die Fruchtwähe und der hausgemachte Kuchen sind jeden Meter wert.

6410 Rigi-Scheidegg, 078 677 46 99, www.alpen-cafe.ch

Don's Deli

Goede eetlust Die gebürtige Holländerin Corine Don ist in der Innerschweiz kein gastronomisch unbeschriebenes Blatt. Was sie unter ihre Fittiche nimmt, ist erfolgreich. Das war «Im Hof» in Zug so und verhielt sich mit dem «Pilgerhaus» in Maria-Rickenbach oben auf dem Berg nicht anders. Dann hatte Madame genug von all dem und schaltete auf Müssiggang. Etwas Ayurveda hier, etwas Yoga und Krafttraining dort, eine Runde Reisen nah und fern. Doch so ganz ohne Beiz geht für Corine Don nicht. Flugs schrieb sie ihr Konzept aufs Papier, plante, organisierte, plünderte das Sparschwein und eröffnete ihr «Don's Deli», das halb Laden, halb Beiz ist und langsam von den Einheimischen den Zuspruch erhält, den es verdient. Mit von der Partie ist ein motiviertes Team mit tausend kulinarischen Ideen und «Adelheid», eine wundervolle Stephan-Herter-Assemblage aus Cabernet Sauvignon und Pinot Noir. Das Wurstbrett, das marinierte Ofengemüse mit Dip und die herausragende Quiche machen Lust auf mehr. Arth hat eine neue Anlaufstelle für Genussmenschen – bei Ihrem Besuch daher unbedingt Appetit und Einkaufskorb mitbringen.

6415 Arth, Rathausplatz 3, 041 855 04 04, www.don-s.ch

Brasserie Engel

La Douce France Wer Sehnsucht nach «La Douce France» verspürt, muss nicht mehr in den TGV nach Paris steigen, sondern fährt mit dem Bummler nach Schwyz. Bettina und David Debuyser zelebrieren in ihrer Brasserie eine wohltuende Gastlichkeit und eine authentisch bourgeoise Küche mit Spezialitäten, die nicht nur französisch klingen, sondern auch so schmecken. Schwarzwurzeln an Himbeer-Nuss-Vinaigrette mit Pinienkernen, ein Salade périgourdine, bestehend aus geräucherter Entenbrust, Entenleberterrine und Entenhals. Aber auch Ochsenschwanzsuppe, Carbonade flamande, in Bier geschmortes Rindfleisch mit «Frites fait maison» oder Rindsfilet mit frittiertem Markbein und Schalotten in Rotweinjus sind Versuchungen, die Lust auf mehr machen. Schleckmäuler fragen die Chefin nach den hausgemachten Pralinen, Weinliebhaber freuen sich über einen Vosne-Romanée von der Domaine Guyon zu freundschaftlichem Preis, und Bierfreunde halten sich an einen nordfranzösischen Hopfensaft. Ein sympathisches kulinarisches Gesamtkunstwerk für Fleischfreunde.

6430 Schwyz, Schulgasse 13, 041 811 12 42, www.restaurant-engel-schwyz.ch

Restaurant Beaufort

Ahoi Werner Maus ist im «Beaufort» in Brunnen vor Anker gegangen und hat sich gut eingelebt. Wortwörtlich, können doch die Freizeitkapitäne mit ihren Schiffen hier anlegen, sich den Picknickkorb mit Leckereien aus Werners Küche füllen lassen und weitertuckern. Mit dem Auto vorfahren und sich auf der Terrasse in der Sonne oder in der Beiz mit Köstlichkeiten verwöhnen lassen, geht aber auch. Wie wär's mit den hausgemachten Würsten, die Werner Maus mit Freund und Metzgermeister Georg Reichmuth aus Schwyz fabriziert, oder einer Runde «Fritto misto» und dazu vielleicht ein belgisches «Geuze»? Mit an Bord und am Herd ist Thomas Krall, die rechte Hand von Werner Maus, der in den Töpfen nach dem Rechten sieht, wenn der Patron seinen Gästen erklärt, was im «Beaufort» Sache ist. Eine Beiz am See, die so speziell wie der Patron ist, dem der Spagat zwischen Seekapitänen und Normalsterblichen perfekt gelingt.

6440 Brunnen, Gersauerstrasse 91, 041 820 05 05, www.restaurant-beaufort.ch

Brasserie Engel, Schwyz

Kaiserstock

Nicht weitersagen Nein, Rummel liegt den Gislers nicht. Als sie das erste Mal von GaultMillau erwähnt wurden, passte ihnen das gar nicht. Mir passte es auch nicht, war doch der «Kaiserstock» vor der Punktevergabe der ultimative Geheimtipp der Region. Heute sitzen bei Gislers eher Foulard-tragende Cabriolet-Fahrer als rote Wandersocken. Dennoch sind dem Ort die sympathischen Eigenheiten erhalten geblieben. Robert Gisler nutzt die persönlichen Beziehungen zu Metzger, Jäger und Bauer und stellt von Grund auf alles selber her. Damit entzückt er nicht nur die Schwyzer und Urner, sondern auch zahlreiche Städter aus Luzern, Zürich und Basel, die gerne nach Riemenstalden pilgern oder auf dem Weg in den Süden einen kulinarischen Zwischenstopp einlegen. Wegen dem butterzarten Ochsenschwanz zum Beispiel. Wer kommt und die schmale Strasse den Berg hochfährt, bringt Zeit mit und lässt sich von Veronika Gisler-Fankhauser kompetent und herzlich bedienen.

6452 Riemenstalden, Kaiserstock,
041 820 10 32, www.kaiserstock.ch

NEU Sternen Bistro

O Wunder Einsiedeln ist bei Pilgern beliebt, und wer in Demut reist, vergisst seine lukullischen Gelüste. Die Selbstdisziplin wird aber seit einiger Zeit auf eine härtere Probe gestellt, haben sich doch gleich zwei neue Adressen im Klosterdorf etabliert. Das «Chez Renate» hat GaultMillau aufgespürt und gleich mit 14 Punkten bedacht, was der ambitiösen Küche von Renate Steiner, deren Kochsprache mich an jene von Madeleine Müller (Gasthaus Trogen, Obbürgen) erinnert, gut ansteht. Da ich unkonventionellere Nebenschauplätze bevorzuge, empfehle ich das «Sternen Bistro» von Katherina Steiner-Bucher mit ihrem aufgestellten Frauenteam. Mariniertes Gemüse mit Knoblauchbrot und ein Glas Räuschling von der Klosterkellerei ist ein angenehmer Anfang, die gebratenen Egli aus dem Zürichsee sind eine gute Fortsetzung, und die zarte Kalbsleber mit einer Rösti, die hält, was sie verspricht, ergibt einen wohltuenden Schlusspunkt. Nicht ganz, ist doch der Erdbeer-Vanille-Eisgugelhopf das i-Tüpfelchen meines Besuches. Kompliment.

8840 Einsiedeln, Hauptstrasse 46,
055 422 00 46, www.sternen-bistro.ch

Meinradsberg

Zuerst beten Pilger sollen genügsam sein, und trotzdem ist das Gasthaus Meinradsberg in Einsiedeln stets gut besucht, was zeigt, dass Beten Hunger und Durst verursacht. Der Empfang ist herzlich, der Service aufmerksam, und was aus der Küche kommt, sieht nicht nur gut aus, sondern schmeckt auch so. Der Spinatsalat mit Geissenkäse besticht durch seine subtilen Geschmacksnoten, das Lammcurry durch seine kräftige Würze, und ganz wunderbar fühlt sich der in Rotwein gebadete Coq au vin an, der eine Sie ist, ein mit Ribelmais gefüttertes Perlhuhn, das in der Konsistenz zarter ist als der Hahn, der ursprünglich für dieses Traditionsgericht herhalten musste. Wer wissen will, wie aus einem liebevoll angerichteten Blattsalat ein Meisterwerk wird, der wählt aus den drei angebotenen Salatsaucen die mit Hagenbutten. Das Glück perfekt machen der wundervolle Garten und die Gästezimmer, die ideal für beherzte Zecher vor dem Herrn sind – Messwein gibt es allerdings keinen auf der Karte.

8840 Einsiedeln, Ilgen-Weidstrasse 3, 055 422 82 22, www.meinradsberg.ch

Hotel Sankt Joseph

Attolini «eisgekühlt» Wird es wärmer, kommt die Zeit für die Glacés von Werner Attolini, die schon an diversen Eis-Concours prämiert wurden. Im hauseigenen Hotel St. Joseph direkt am Klosterplatz in Einsiedeln lässt es sich als unkomplizierter Gast gut verweilen. Wer Lust hat, bleibt länger und übernachtet in den einfachen, preiswerten Zimmern, herzlich umsorgt von der Familie Attolini. Am Morgen ist der Gang in die kleine Café-Bar unumgänglich. Hier lesen die Einsiedler ihre Zeitung, und wenn sie nicht lesen, üben sie sich in einer Runde Tratsch und Klatsch und erzählen, was es an Neuigkeiten in Sachen Kloster gibt. Einsiedeln ist ein gut durchmischter Ort mit Pilgern, Weltenbummlern, Trendsettern und Glacé-Schleckern oder anders formuliert: Einsiedeln ist das Rom der Schweiz. Und mittendrin die Familie Attolini.

8840 Einsiedeln, Am Klosterplatz, Ilgenweidstrasse 2, 055 412 21 51, www.sankt-joseph.ch

Platzhirsch

Mit Herz und Hirsch Von der Wand grüsst der silberne Hirschkopf, und auf der Website prangt er mit der roten Tolle. Das Röhren übernehmen Inhaber Christoph und Teilhaber und Sommelier Josef. Die Gastgeber begrüssen ihre Gäste jovial per Du. Das Interieur ist brav (das muss in Zug wohl so sein), sodass sich der Gast voll und ganz auf den Inhalt seines Glases konzentrieren kann. Hundert Positionen laden zum Trinken ein. Josef betreut die Gäste perfekt, ist hier und da und überall, entkorkt, schenkt ein und nach. Ein Profi eben. Apropos Profi: Josef Pargfrieder ist Weinhändler, Weinakademiker und diplomierter Sommelier. Neben dem «Platzhirsch» ist er auch in seiner Vinothek Josef anzutreffen, die mit grossen und kleineren Namen überzeugt. Da finden sich elegante Franzosen (Pouilly Fumé) und namhafte Österreicher (Riesling Smaragd) zu fairem Preis, was in Zug nicht selbstverständlich ist. Und sonst? In der Küche wirkt Markus, der das Tatar von Hand schneidet, im Risotto rührt und ab vier Personen und auf Vorbestellung ein niedergegartes Entrecôte am Stück oder warmen Beinschinken mit Kartoffelsalat auftischt. In der Summe ist der «Platzhirsch» eine angenehme Einkehr, die keine neuen Trends setzen will, aber mit Angebot und Interieur grundbürgerliche Vorlieben widerspiegelt.

6300 Zug, Zeughausgasse 10, Hirschenplatz, 041 710 27 27, www.platzhirschzug.ch, Vinothek: Grabenstrasse 3, 041 711 17 04, www.vinothek-josef.ch

Scherbengraben

Mit Stil Eugen Hess und Christoph Sigrist sind zwei ehemalige Spitzengastronomen und Schöngeister, die seit 1993 die Tischkultur und die feine Lebensart zelebrieren und in ihrem «Scherbengraben» in Zug zeigen, wie schön eine gedeckte Tafel aussehen kann und was in einer stilsicher eingerichteten Küche nicht fehlen darf. Ihr Flair zu schätzen weiss auch Sternekoch Andreas Caminada, der in seinem Restaurant Igniv im Grand Resort Bad Ragaz auf die Beratung von Eugen Hess und Christoph Sigrist zurückgegriffen hat. Ihr Sortiment umfasst neben zeitlosem Design auch aktuelle Teile, die aber nie einem kurzlebigen Trend entsprungen sind. Hinzu kommt Kunsthandwerk aus den Bereichen Keramik, Porzellan, Glas und Leinengewebe, dekorative Gebrauchsgegenstände wie Vasen, Teelichter, Kerzenständer sowie ein kleines Angebot an Pfannen, Messern und weiteren Küchenartikeln, die mit Design und Qualität überzeugen.

6300 Zug, Grabenstrasse 1, 041 711 17 65, www.scherbengraben.ch

Confiserie Treichler

Wer macht die Beste? Bei einer Zuger Kirschtorte verstehen ihre Anhänger keinen Spass. Und bei der Frage, welcher Kirsch, welche Füllung denn nun die richtige sei, kann die Diskussion zum Glaubenskrieg ausarten. Wer stellt nun in Zug die beste Kirschtorte her? Mit dieser Frage kann man sich nur in die Nesseln setzen. Denn jeder kulinarisch affine Zuger weiss das. Ich weiss es nach einem Monat Kirschtortenessen immer noch nicht. Und trotzdem habe ich mich für eine entschieden, nämlich die von der Confiserie Treichler. Warum? Weil das Kirschdessert 1915 von Heiri Höhn erfunden wurde, der dann 1943 das Geschäft seinem Chefkonditor Jacques Treichler übergab. «Treichler» ist also das Erfinderhaus der Zuger Kirschtorte und dokumentiert in seinem «Zuger Kirschtorten Museum» die Erfindungsgeschichte der Spezialität in 200 Originalexponaten, darunter auch ein Originalkleid von Hollywoodstar Audrey Hepburn, die in den 1960er-Jahren regelmässig in Zug weilte und bei «Treichler» am Bundesplatz Kirschtorten einkaufte.

6300 Zug, Bundesplatz 3, 041 711 44 12, www.treichler-zuger-kirschtorte.ch

Biohof Zug

Wallfahrtsort für Biofreunde Der Biohof Zug verkauft nicht nur frisches Gemüse, gute Backwaren und lokales Fleisch, sondern bittet in der «Schüür 59» am Dienstag und Mittwoch auch zum Mittagstisch. Blumenkohlcurry mit Kichererbsen und Polenta könnten Fleischtiger als Drohung interpretieren, doch so mancher von ihnen wäre überrascht, wie gut fleischlos schmecken kann. Wer unter der Woche keine Zeit hat, tröstet sich am Samstag mit dem wunderbaren Hefeschneck – einer der Besten, der mir je zwischen die Zähne gekommen ist. Bei schönem Wetter warten auf hungrige Tagediebe lauschige Gartenplätze mit Ausblick auf See und Berge.

6300 Zug, Artherstrasse 59, 041 711 97 02, www.biohofzug.ch

Heiner's Destillate

Cheers Noch vor wenigen Jahren war es für den Gin-Liebhaber ein Leichtes, an der Bar einen Gin Tonic zu bestellen. Heute ist es komplizierter, da die Auswahl an Gin-Sorten explodiert. Nicht anders verhält es sich mit den Tonics und mit den Ingredienzen, die mittlerweile den Weg ins Gin-Glas finden. Noch selten wird in unseren Breitengraden der Gin pur getrunken, was je nach Gin aber durchaus lohnend sein kann. Grossartig sind zum Beispiel die drei Gins «6317» «Minimalist» und «Individuum» von Heiner's Destillate, die mit Tonic, aber auch pur getrunken werden. Passionierte Gin-Trinker hoffen, dass Cordula und Thomas Heiner auch noch den Sloe Gin (Schlehdorn) in ihre Produktepalette aufnehmen werden. Wer exzellente Fruchtschnäpse liebt, wird bei ihnen fündig in den Sparten Kernobst (Roter Williams), Steinobst (Dollenseppler), Beeren (Himbeere) und Wildfrüchte (Holunder). Auch die Liköre (Quitte) wissen zu begeistern. In der Abteilung Geiste überraschen sie mit Rezepturen etwa für Absinthe und Ingwer.

6300 Zug, Hofstrasse 9, 041 710 25 28, www.heiners-destillate.ch

Klosterhof

Saisonal Was für ein Frieden! Sowohl bei den Tieren wie auch in der Familie von Bea und Christian Horat-Grob mit Eltern, Geschwistern und Verwandten, die ihnen tatkräftig zur Seite stehen, was der Umfang des Betriebes auch erfordert. Zwanzig Milchkühe mit ihren Kälbern, fünfzig Hühner und einige Kaninchen leben auf dem siebzehn Hektar grossen Klosterhof. Hundert Mutterschafe grasen auf dem dazugemieteten sechseinhalb Hektar grossen Tschuepishof. Hinzu kommen 430 ökologisch wertvolle Hochstammbäume (und das mitten in Zug): Nuss-, Kirsch-, Apfel-, Birnen- und Zwetschgenbäume. Der Hofladen hält sich an Natur und Saison. Orangen, Ananas oder andere Exoten sucht der Kunde vergebens. Dafür bekommt er einen Korb voller Qualität und Herzlichkeit. Die Schnäpse werden selbst gebrannt, das Fleisch stammt aus artgerechter Haltung aus dem eigenen Betrieb, ebenso Konfitüren, Honig, Sirupe und noch so einige andere Köstlichkeiten mehr. Das lockt nicht nur Herrn und Frau Zug, sondern auch nachhaltig denkende und einkaufende Genussmenschen aus der näheren und weiteren Umgebung auf den Hof.

6300 Zug, Klosterstrasse 6, 041 711 05 24, www.klosterhof-zug.ch

NEU Henry's

Martini Endlich hat ihn die Region wieder, den deutschen, quirligen, unkonventionellen, gar frechen Koch Florian Martini, den ich einst im «Albishaus» oberhalb Albis kennengelernt habe. Seine Gerichte sind spannende Kreationen, nicht abgehoben, und fordern den Gaumen so manches Mal heraus. Martini ist kein Blender, kein Showman, keiner, der durch die Küche tingelt, sondern sich konzentriert und mit Humor ans Tageswerk macht. Wer ihn in ein Schema zu pressen versucht, hat verloren. Florian Martini benötigt Freiraum, was nicht heissen soll, dass er keine Disziplin kennt. Er ist ein «Schaffer», der seine Passion zum Beruf gemacht hat. So einfach ist das. Wo fange ich an? Beim Hummus oder dem arabischen Gemüse, bei der Tomatensuppe, beim Rindstatar, Coq au vin d'Alsace oder Schlemmerfilet «fait maison»? Egal, es schmeckt. Besseresser geben dem Koch einen Freipass, handeln den Preis aus und lassen sich verwöhnen. Die Weinkarte ist klein und bietet einige spannende Provenienzen, die zum urbanen Stil des Hauses und zu Martini passen. Ja, und logisch, einen Martini on the rocks bieten sie im «Henry's» auch an. Natürlich gerührt, hoffe ich doch. Cheers.

6300 Zug, General-Guisan-Strasse 6, 041 709 05 70, www.henryszug.ch

Wirtschaft Freimann

Betonfreie Zone Dort wo Zug und Baar zusammenwachsen, wehren sich einige Bauernhöfe und ein Landgasthof gegen zu viel Beton. Am Stammtisch wird im «Freimann» das erste Bier getrunken, der Service deckt für die Mittagstafel ein, auf dem Herd simmert das Ragout, und der berühmte Lebkuchen verlässt duftend den Ofen. Susanne Freimann, Gastgeberin in der vierzehnten Generation, Küchenchefin, Konditorin und Servicefachfrau, ist im Element und mitten in der Arbeit. Der «Freimann» ist ein Landgasthof, wie ihn viele aus ihren Kindertagen kennen. Im Garten stehen unter alten Bäumen Tische und Holzbänke, im Haus wartet die Gaststube. Das Essen ist frisch und bodenständig. Mit den Jahren hat sich der «Freimann» den wandelnden Bedürfnissen der Gäste angepasst. Für Kalorienzähler gibt es ein Schnitzel mit Salat; geblieben ist das zarte Suppenfleisch, das immer am Samstag serviert wird und aus dem der Siedfleischsalat zubereitet wird. Geblieben sind gottlob auch Gerichte wie Kutteln, Kalbskopf, der Sonntagsbraten und natürlich die jährliche Metzgete.

6300 Zug, Letzi 27, 041 741 35 10, www.wirtschaft-freimann.ch

Sihlmatt

In einem Bächlein helle Idyllisch am Ufer der Sihl gelegen, steht das für seine Forellen national bekannte «Sihlmätteli». Mittlerweile haben neue Hände mit neuen Ideen das Zepter übernommen und das in die Jahre gekommene Haus in ein Bijou verwandelt. Sie haben viel Zeit, Geld und Nerven investiert, um aus dem urigen «Sihlmätteli» eine schöne «Sihlmatt» zu machen, die mit einer guten, überraschenden Küche punktet und mit herzlichen Gastgebern empfängt. Mich hat ein wunderbares Ceviche von Saibling und Kirschen, ein aromatisches Tatar vom Zuger Rind, luftig leichte Hacktätschli und eine gebratene Forelle überzeugt. Preislich alles im Rahmen. Auf ein Neues!

6313 Menzingen, Sihlmatt, 041 755 12 44, www.sihlmatt.ch

Charly Iten Art affairs

Beim Japaner Charly Iten ist ein in Japanologie und ostasiatischer Kunstgeschichte promovierter Experte für Japan, seine Kultur und den Sake – das japanische Nationalgetränk mit langer Geschichte und tiefer Verbindung mit der Kultur und Seele des japanischen Volkes. Er ist Master Sake Sommelier, unterrichtet japanische Ess- und Trinkkultur und allgemeine Verhaltensregeln. 2018 ist er an die London Sake Challenge, Europas ältesten Sake-Wettbewerb, als Jurymitglied berufen worden, was eine besondere Ehre ist. Als Sake-Händler hat Charly Iten sein Sortiment gezielt auf Premium-Produkte ausgerichtet; es umfasst aktuell mehr als 80 Positionen, aus allen sechs Premium-Typen und zahlreichen Unterkategorien. Neben der Beratung für Privat- und Gastronomiekunden bietet er Degustationen, Sake-Foodpairing-Workshops sowie Schulungen für Private und Gastronomen an. Hinzu kommen Japanreisen, bei denen der Sake im Fokus steht. «Yoi no tame ni!» «Zum Wohl» geht aber auch.

6314 Unterägeri, Buchholzstrasse 32, 041 750 70 89, 079 524 19 31, www.ci-artaffairs.ch

Schiess

Suppenkasper Die Wirtschaft Schiess ist eines der ältesten Gasthäuser im Kanton Zug. Die Liegenschaft befindet sich seit 1893 im Besitz der Familie Schiess. Und so wie Böbbi Schiess in seinem Bildhauer- und Steinmetzbetrieb im linken Hausteil Künstler seines Metiers ist, ist es Roman Buchle in der Küche. Mit Liebe zum Detail und einer gehörigen Portion Kreativität zaubert er gemeinsam mit Ramona Roth Cocktails aus Kunst, Kultur und Genuss auf die Teller. Klingt etwas abgehoben, schmeckt aber ganz wunderbar. Roman wird scherzhaft auch als Suppenkasper bezeichnet, da es im «Schiess» täglich eine spezielle Suppe gibt. Suppen aus Bananen und Curry, Apfel und Ingwer, Karotten und Orangen, Rotkraut, Randen, Rüben, Bier und Co. Ramona wiederum ist für die exzellenten Desserts zuständig, während Claudia Buchle-Barbara ihre Gäste herzlich und zuvorkommend bedient und verwöhnt. Das Weinangebot ist spannend, und wer weiss, dass Eva Schiess (www.uvaeva.ch) für die Auswahl zuständig ist, wundert sich über gar nichts mehr. Der «Schiess» ist eine Wirtschaft mit Charakter und herzlichen Gastgebern, die regional und qualitätsbewusst einkaufen.

6330 Cham, Schulhausstrasse 12,
041 780 11 87, www.wirtschaft-schiess.ch

NEU Umami

Umarm mi Pardon, aber dieser Kalauer musste sein. «Entspannend oder belebend, mild oder rassig, betörend oder zurückhaltend, frisch oder zart» – Tee lässt auf verschiedene Art und Weise den Alltag vergessen. Doch, doch, da ist was dran, und genau so fühle ich mich, wenn ich mich im «Umami» (Japanisch für Schmackhaftigkeit) zurücklehne und entspannt meinen Tee schlürfe. Die Auswahl ist beeindruckend, der stilvoll eingerichtete Raum ebenso und das Fachwissen und der Charme der Gastgeberin Maya Bachmann sowieso. Und dann erst noch die exzellenten Scones, die, wie es sich gehört, mit Clotted cream und Strawberry Jam aufgetischt oder als Teil eines High Tea serviert werden, einem üppigen Gelage mit salzigen und süssen Häppchen. Das «Umami» bietet aber auch spezielle Themenwochen, Abende mit Jazz oder Tage mit einer Einführung in grossartige Teekulturen wie jene von Russland oder Japan. Neben der Wirtschaft Schiess (siehe Text links) ist das «Umami» in Cham die Alternative oder je nachdem die Ergänzung für vorher oder nachher.

6330 Cham, Schulhausstrasse 1,
041 780 20 78, www.teehaus-umami.ch

Hinterburgmühle

Fangfrisch Alte Horgenglarus-Stühle, schnörkellos eingedeckte patinierte Tische, eine kompetente Gastgeberin und ein Mitgastgeber, Sommelier und Koch, der weiss, was er will, und dem der Spagat zwischen Innovation und Tradition perfekt gelingt, das sind die Ingredienzen von Yvonne Warnier und Hanspeter Sidler, die zum nachhaltigen Erfolg der oberhalb von Zug gelegenen «Hinterburgmühle» führen. Allein schon die Entenleberterrine und die Bündner Winzersekt-Suppe mit aromatischem Forellen-Burger verraten die ambitionierte Kochsprache von Sidler. Die im Rotwein geschmorte Kalbsbacke, das nach allen Regeln der Kunst zubereitete Cordon bleu, die fangfrischen Forellen aus dem eigenen Weiher und die fairen Weinpreise laden zum Zurücklehnen und entspannt Geniessen ein. Zum Beispiel mit einem Gewürztraminer von Marc Kreydenweiss aus dem elsässischen Andlau oder dem Saar-Riesling von Peter Lauer aus Ayl.

6345 Neuheim, Edlibachstrasse 61, 041 755 21 20, www.hinterburgmuehle.ch

City-Hotel Ochsen

Obstsalat Das Tagesgericht von Matthias Hegglin ist Obstsalat. Mit viel Trauben. Eigentlich nur mit Trauben. Fermentierten Trauben. Okay, vielleicht ist es Wein. Es ist Wein. Und alle Weinfreunde, die in Zug im «Ochsen» übernachten, werden nicht darum herumkommen, im Weinschmöker des Hauses zu lesen. Patron Matthias Hegglin ist ein sympathischer Weinspinner, ein Freak, der seine Passion mit seinen Gästen teilt. Gehen Sie auf die Website und blättern Sie in der Weinkarte. Sie werden Freudentränen aus ihren Augen wischen und sofort ein Zimmer buchen, sich durch die freundschaftlich kalkulierte Weinkarte trinken, zwischendurch einen Teller Kalbsleber essen und danach selig schlafen und von fermentierten Trauben träumen.

6300 Zug, Kolinplatz 11, 041 729 32 32, www.ochsen-zug.ch

Lotti

Ohne Mani Der Vater der Wirtin ist Zürichs Gastro-Urgestein René Zimmermann, dessen Ideen schon immer der Zeit voraus waren – man denke nur an die «Alpenrose» oder den «Neumarkt», ein Selbstläufer, der nie verstaubt. Da verwundert es nicht, dass das «Lotti» von Beginn an ein Erfolg ist. Wer auf der Flucht vor dem Alltag ist, findet bei Anna und Ralf Unterschlupf. Mit einer Auswahl an «Züriflade» die auch Nichtzürchern mundet. Ich empfehle den mit Geiss und Feige, aber auch das Tatar von der alten Bio-Kuh hat's in sich und wird von Hand geschnitten. Die Buchter's Special Cuts stammen vom luzernischen Bio-Uelihof (siehe Seite 147), der Rest ist bestes Toggenburger Fleisch und wird auf dem Holz-Grill in Form gebracht. Geliefert werden die Stücke von Silvia und Reto Rust, einer leidenschaftlichen Metzgerfamilie aus Neu St. Johann, die noch selbst schlachtet. Sozusagen von der Wiese von nebenan, beträgt doch die stressfreie Anreise der Tiere maximal zwölf Kilometer. Fleisch für Besseresser. Am liebsten sitze ich im «Lotti» an der Tavolata und esse mich querbeet durch die Speisekarte, die mich immer wieder überrascht, zum Beispiel mit einem Lattich vom Holz-Grill, sekundiert von einer Gersten-Zitronen-Vinaigrette. Kompliment und Chapeau an Gastgeberin Anna Zimmermann und an Koch Ralf Weber.

8001 Zürich, Werdmühleplatz 3, 043 399 01 01, www.lotti-lokal.ch

Wirtschaft Neumarkt

«Intelligenter Genuss ist unbeschwerter Genuss» René Zimmermann ist nicht nur weise, sondern auch eine Schnapsnase, was als Kompliment und nicht als Beleidigung zu verstehen ist. Er schreibt eine Schnapskolumne, bietet in seiner Wirtschaft eine spannende Schnapsauswahl, lässt mit Schnaps kochen und ist auch sonst ein Zeitgenosse, bei dem das Riechorgan eine wichtige Rolle spielt. Seit Jahren überzeugt der «Neumarkt» mit Qualität auf dem Teller und mit guter Stimmung in der Beiz. Lieblingsplätze sind der Innenhofgarten und die Café-Bar, wo man so wunderbar verhocken kann. Die Gerichte sind subtil gekocht, sorgfältig zubereitet und sec angerichtet. Artischocken-Ravioli, Pastetli, Kalbsgeschnetzeltes, Hackbraten und mehr. Die Weinkarte ist eine Runde Schweiz, mit wundervollen «Möschten» zu korrekten Preisen, was auch für die Kalkulation der Gerichte zutrifft. Kurz, die Wirtschaft Neumarkt wird vom Charakter des Gastgebers geprägt.

8001 Zürich, Neumarkt 5, 044 252 79 39, www.wirtschaft-neumarkt.ch

Restaurant Jdaburg

Bederhof

Ein sicherer Wert Der «Bederhof» ist ein gutes Beispiel der lebendigen und lustvollen Gastronomie in der Holzklasse. Und mittendrin Erik Haemmerli, der umtriebige Patron, der auftischt, was ihm passt, und zugleich weiss, was sich der Gast wünscht oder was er hören will. Die «Bederhof»-Klassiker sind unverwüstlich, prägnant, treffend und bleibend. Ich kenne keinen Stammgast, der nicht über das legendäre Rindsfilet Robespierre schwelgt und zugleich weiss, dass er sich im «Bederhof» vor einer Überdosis Kräuter nicht zu fürchten braucht. Eher vor Kutteln, Kalbskopf und Co. Apropos Kräuter: Tolerante Vegetarier werden nicht mit schlappem Gemüse drangsaliert, sondern mit aromatischem Gemüseragout oder einer ganzen Artischocke mit Vinaigrette verwöhnt. Nicht wegzudenken sind an diesem stimmungsvollen Ort «Ghackets und Hörnli» und das Wiener Schnitzel mit Kartoffelsalat.

8002 Zürich, Brandschenkestrasse 177, 044 285 15 00, www.bederhof.ch

Jdaburg

Es war einmal Nach langer Suche und dem Zusammenspiel diverser Zufälle war sie geboren, die neue «Jdaburg». Die Jungunternehmer Gian und Nico Gross, die zugleich seit Juli 2017 im «Rosengarten» wirten (siehe Seite 203), legten im Frühjahr 2015 los, zahlten Lehrgeld, bekamen gute und weniger gute Kritiken, hielten inne und verbesserten ihr Angebot, das heute mit leichten und unkomplizierten Gerichten überzeugt. Mit hauchdünn aufgeschnittenem, kurz gegartem Rindfleisch, mit Tomaten-Brot-Salat, frischen Sardellen, geschmorten Lammhaxen und anderen schönen Dingen. In der «Jdaburg» wird die Qualität nicht nur hochgehalten, sondern sie wird stets kontrolliert und hinterfragt. Beim Kaffee ist der Massstab Italien. Eine neue Kolben-maschine, eine gute Bohnenmischung, frisch gemahlen von zwei separaten Mühlen mit unterschiedlicher Einstellung für Kaffee und Espresso. Die Bohnen beziehen sie von der Zürcher Rösterei Stoll, den Grappa direkt aus einer kleinen Brennerei im Piemont. Eine rundum stimmige, überzeugende Adresse.

8003 Zürich, Gertrudstrasse 44, 044 451 18 42, www.jdaburg.ch

169 West

Hochspannung Noch so eine genial einfache, wundervolle Adresse in Zürich. Da kann man als Basler richtig neidisch werden. Und ohne Rauchmandeln und ein Stück Haselnusskuchen geht es bei mir hier nicht. Ohne Gin Tonic erst recht nicht. An der Tafel sind immer rund ein Dutzend Naturweine aufgeführt, die es im Offenausschank gibt, mal frech, mal weniger frech, zwischen grandios und gut. Spannend sind sie alle. Wein und Kaffee, Bar und Laden – das Konzept ist so einfach wie einladend. Blogger Pascal Grob hat es 2017 auf den Punkt gebracht: «Die spannendste Gastro-Neueröffnung in Zürich ist dieses Jahr wohl gar kein Restaurant.» Er hat das «169 West» exakt so beschrieben, wie es ist. Übrigens: Ab 22 Uhr ist draussen Schluss, die Gartenplätze werden nicht mehr bedient, weil die Nachbarn keinen Lärm mögen. Unverständlich für die, die den Abend erst begonnen haben und nachher weiterziehen. Nachvollziehbar für jene, die bleiben und sich nach «10 vor 10» zur Ruhe begeben möchten.

8003 Zürich, Weststrasse 169, 044 461 00 33, www.169west.ch

Köchlistube

Im Quartier Die «Köchlistube» gehört zur aussterbenden Spezies von Beizen, die ein lebendiger Treffpunkt im Quartier sind, in dem sich Gott und die Welt und noch mehr Zürcher treffen und über Gott und die Welt palavern. Je nachdem herzlich, freundschaftlich, banal oder geistreich. Sie gehört unter Artenschutz gestellt und sollte von ihren Gästen gehegt und gepflegt werden. Die «Köchlistube» ist für ihre einfache, gute Küche bekannt, paniertes Schnitzel und Cordon bleu haben hier Kultstatus. Unter der Woche geht's um neun Uhr morgens los, am Samstag erst um 17 Uhr, und am Sonntag wird geruht. Eine Stange hier – kommt gleich, zwei Schnitzel paniert, wie gewünscht. Zwischendurch ein Jass, ein Schwatz, es klopft, es plaudert, und der «Kaffee fertig» dampft aus dem Glas. Der normale Alltag mitten im Kreis 3.

8003 Zürich, Köchlistrasse 6, 044 242 80 68, keine Website

Bachser Märt Kalkbreite

Gutes im Korb Auf einem beindruckenden Tisch wird im Bachser Märt Kalkbreite ein reichhaltiges Angebot an Gemüse, Früchten und Kräutern in Bio- oder Regioqualität angeboten. Teigwaren, Hülsenfrüchte, Reis, Salz, Öl, Essig, Zucker, Kaffee, Tee, Milch, Frühstücksflocken, Wein und Schnaps, es ist alles da, was der normale Haushalt braucht. Das Käseangebot überzeugt, auch bei diversen Spezialitäten kommt Freude auf. Das Ganze ist eine angenehme Einkaufsmöglichkeit, bei der die Abwesenheit von Eile und Not unglaublich beruhigt.

8003 Zürich, Badenerstrasse 171,
044 201 04 25, www.bachsermaert.ch

Macelleria Salumeria Fulvi

Come prima Qualität ist kein Zufall bei Patron Giuseppe Fulvi, der im «Chreis Cheib» lust- und gehaltvoll eine grosse Scheibe Italianità zelebriert. Mit Schweinsohren, Schwartenmagen, Spanferkel, exzellenten Brüh- und Trockenwürsten und mit einer Mortadella, die nicht nur ins Auge sticht, sondern auch den Gaumen betäubt. Mehr Lokalkolorit geht fast nicht – und damit wird die Metzgerei, die zugleich eine pulsierende Klatschbörse ist, für zahlreiche Heimwehitaliener zum Ausflugsziel, zumal Italien nicht gleich um die Ecke liegt.

8004 Zürich, Schöneggstrasse 28,
044 242 89 57, www.macelleria-fulvi.ch

John Baker Helvetiaplatz

O-Ton Dieser Text von «John Baker» liess mich schmunzeln und sagt alles, was es über diese Bäckerei zu sagen gibt. Daher hier im O-Ton: «Wir müssten an dieser Stelle endlos darüber schwadronieren, wie enorm toll John Baker ist. Wie grossartig es ist, dass nur regionale, ökologische Bioware verarbeitet wird, der Weizen von glücklichen Feldern stammt und das Schwein freiwillig in die Metzgerei gerannt ist, um endlich Teil eines unserer Sandwiches zu werden. Die Hefe ist natürlich kein speed-gezüchtetes Gen-Monster, nein, unser Bäcker hat Marvin Gaye aufgelegt und eine Duftkerze angezündet und ist dann diskret verschwunden, damit die Pilze ganz in Ruhe süsse Vermehrung betreiben konnten. Ach, und wie fantastisch nachhaltig und ökologisch ist unsere Idee, Kundinnen und Kunden, die keine Tüte wollen, einen Preisnachlass zu gewähren? Und im Winter gibt es nun mal keine Sonnenblumenkerne in der Schweiz, und bei John Baker nimmt man dann eben nicht einfach welche aus China, sondern, genau: keine! So wird ein sonnenblumenkernfreies Brötchen ganz schnell zum Statussymbol für den aufgeklärten Geist. Und weil es doof wäre, die Brötchen, die saisonal sonnenblumenkernfrei sind, weil wir die Umwelt nicht belasten wollten mit Sonnenblumenkernen-Transporten rund um den Erdball, dann mit einer Benzinschleuder auszuliefern, machen wir das mit dem Elektrovelo. Und natürlich respektieren wir jeden Ernährungsfimmel und haben deshalb auch etwas für Veganer, Laktose-Intolerante (obwohl wir grundsätzlich voll gegen Intoleranz sind) und Glutenunverträgliche. Und ja: Wir arbeiten an einem No-Carb-Brot.»

8004 Zürich, Molkenstrasse 15, 044 281 92 92, www.johnbaker.ch

Gamper

Bitte vor dem Essen lesen Der Schweizer Durchschnittsbürger investiert zwanzig Prozent seines Einkommens in Freizeit, Luxus und Ferien, aber nur acht Prozent für seine Ernährung. Wer sagt, er könne sich Fleisch aus artgerechter Tierhaltung nicht leisten, soll sich doch überlegen, ob es zwingend täglich Fleisch braucht.
Marius Frehner setzt in seinem «Gamper» auf Qualität und auf ein kleines Angebot. Er kocht saisonal, frisch und reduziert seine Gerichte auf das Wesentliche. Wer bei ihm essen will, der kommt und schaut, ob ein Stuhl frei ist. Reservieren geht nicht. Die Menükarte ändert wöchentlich, manchmal überrascht Marius Frehner seine Gäste mit spontanen Änderungen. Den Sterne- und Punktezirkus hat er an seinen letzten Stationen zurückgelassen, kochen tut er heute nur noch, worauf er Lust hat. Auberginensalat an Senf-Honig-Sauce, Erbsenschaum mit Stunden-Ei, Lamm am Knochen oder Zwerchfell vom Rind mit Krautstiel zum Beispiel. Das Ganze bereitet Freude.

8004 Zürich, Nietengasse 1, 044 221 11 77, www.gamper-restaurant.ch

Comestibles Granada

Mehr als nur Serrano Maria-Dolores Turienzo bedient ihre Kunden mit Grandeza. Neben delikatem Serrano-Schinken führt sie noch diverse andere spanische Leckerbissen. Der trockene Manzanilla lässt die Tränen der Heimweh-Spanier versiegen, die sich bei ihr immer wieder gerne mit schweinischen Delikatessen eindecken und dabei erklären, warum sie den Manzanilla dem Fino-Sherry vorziehen. Ein Besuch bei Señora Maria-Dolores lohnt sich aber auch für den Bacalao, die wunderbare Sobrasada, eine luftgetrocknete Wurst, die man aufs Brot streicht oder – Schleckmäuler aufgepasst – für Turrón, weissen Nougat, der dem piemontesischen Torrone sehr nahe kommt.

8004 Zürich, Hohlstrasse 4, 044 242 16 90, keine Website

Metzg

Alternative Fleischkultur Ende 2015 hat Marlene Halter ihre «Metzg» eröffnet, die sich innerhalb kürzester Zeit zum «Place to be» entwickelt hat. Der Name ist Programm. Fleischesser finden in der «Metzg» ihr kulinarisches Paradies, Flexitarier lassen sich zu einem Happen überreden, und selbst Vegetarier finden für einen «Anti-Speckteller», der angeblich der beste Gemüseteller der Stadt sein soll, regelmässig den Weg in die «Metzg». Gastgeberin Marlene Halter zieht den Schweinskopf einem Poulet vor, liebt Fleisch und isst Fleisch von Viechern, die artgerecht gehalten wurden. Sie kauft das Fleisch von Bauern, die ihre Tiere liebevoll, mit Wissen und Einsatz aufziehen. Die «Metzg» ist eine Bereicherung für die Beizenszene und für den Gast, ja, sie ist so beliebt, dass sie in Zürich bereits kopiert wird (Butchers Table). Ich bleibe beim Original und setze mich gerne mit einem Ochsenkotelett oder einem Markknochen vom Grill auseinander oder freue mich über ein aromatisches Schmorgericht. Zahlreiche Stammgäste gehen in die «Metzg», um ihren Fleischvorrat aufzustocken, und genehmigen sich spontan einen Happen, oder sie reservieren sich einen Platz auf der Holzbank, gehen essen und sehen dabei in der Fleischvitrine noch ein saftiges Stück für den nächsten Tag. Beide Varianten gehen hier ganz wunderbar.

8004 Zürich, Langstrasse 31, 044 291 00 88, www.metzg-grill.ch

NEU Volkshaus

Volksnah In Zürich macht das «Volkshaus» seinem Namen alle Ehre, hat es doch auch an Heiligabend seine Türen offen, wenn Gastgeber Benjamin Schmid mit dem «Chariot» zu den Tischen fährt und den grossen dufteten Braten vor den Gästen aufschneidet. Nicht irgendein zäher, trockener Braten, sondern ein exzellentes Stück vom Bio-Kalbshohrücken. Serviert mit Trüffelrahmjus, Röst-Sellerie und Kartoffel-Lauch-Stampf. Dazu empfiehlt Schmid eine Flasche Chinon Le Clos Guillot 2015 von Bernard Baudry. Aber nicht nur an Heiligabend ist das «Volkshaus» ein Erlebnis, allein das Lokal als solches ist den Besuch wert. Schnell gehen dabei die leichten Schwankungen der Küche von mal gut, mal besser vergessen, denn was hier zählt, ist die wundervolle Lokalität an und für sich, die von einem aufgestellten Team bespielt und von unkomplizierten und urbanen Gästen besucht wird.

8004 Zürich, Stauffacherstrasse 60,
044 242 11 55, www.restaurantvolkshaus.ch

Ristorante Italia

Bella Italia Mir gefallen einfache Beizen mit klarer Ansage, in denen nicht der Firlefanz im Vordergrund steht, sondern der Inhalt von Teller und Glas. Das «Italia» ist so eine Oase, die seit Jahrzehnten nicht mehr sein will, als das, was sie ist. Es ist nicht irgendeine Beiz, es ist eine Institution, die verbindet und Freunde schafft. Zu essen gibt es gut und reichlich, ein herzhaftes Stück Italien eben. Mit gekochtem Schinken, Spanferkelbraten, Salami und Blutwurst. Begleitet von gutem Brot und noch besserer Focaccia. Kartoffelstampf mit Stockfisch, Carne cruda vom piemontesischen Rind und marinierte Sardellen, so wie sie sein müssen. Als «Primi» warten luftig-leichte hausgemachte Gnocchi, Pasta aus Ligurien mit ligurischem Basilikum, Kartoffeln und grünen Bohnen oder einfach eine Portion Rigatoni mit einem Sugo di salsiccia. Und dann gibt es Wollschweinkoteletts, gebratenen Tintenfisch und das eine oder andere «Dolce». Tutto bene? Tutto!

8004 Zürich, Zeughausstrasse 61,
043 233 88 44, www.ristorante-italia.ch

Welschland

Welschland liegt in Zürich Das Welschland liebe ich und bereise es gerne, und habe ich keine Zeit, um gen Westen zu fahren, mache ich einen Abstecher nach Zürich, um im «Welschland» einzukaufen. Der kleine, sympathische Laden mit den herzlichen Mitarbeitern bereitet rundum Freude und offeriert wunderbare Produkte aus der Romandie. Brüh- und Trockenwürste, Fondue, eine durchdachte Auswahl an exzellentem Käse, Weine, Eau-de-vie und so einiges Welsches mehr.

8004 Zürich, Zweierstrasse 56, 043 243 98 50, www.welschland.com

Hermanseck

Im Quartier Das «Hermanseck» ist eine sympathische Quartierbeiz, die funktioniert, die selbst für luxusmüde Golfer ein angenehmer Fluchtort ist, um hier glücklich beim hauseigenen Bier ein Tatar oder ein Cordon bleu vom Kalb einzulochen. Die Weinkarte ist klein gehalten, dürfte für mich allerdings noch zwei, drei filigrane Weine bieten, was aber bei ihrem exklusiven Bier egal ist. Dem Herman gelingt es, das kleine Schwarze mit der Latzhose und die Heiland-Sandale mit dem Church-Schuh zu verbandeln. Wenn jetzt Marian Hirtz noch die Fritten von Hand schnipselt oder die Kartoffel durch die Presse lässt und das Tatar von Hand schneidet, dann wird das «Hermanseck» endgültig zum Musterknaben.

8004 Zürich, Birmensdorferstrasse 58, 044 241 28 20, www.hermanseck.ch

NEU Huusbeiz

Härzlich willkommä Was im Walliser Werbe- und PR-Alltag Gepflogenheit ist, hört sich in Zürich schon eine Spur exotischer an. «‹Vo dä Nasä bis zum Schwanz›, so d'Philosophie, werdäd diä tiärische wiä au diä pflanzliche Ressourcä möglichst umfangriich verwärtet und mit vill Wüssä, Geduld und Liäbi zu gnussvollä, schnörkellosä Kreationä volländet und mit vill Liidäschaft an Tisch bracht», steht auf der Website des Hauses. Als Nichtzürcher weiss ich nicht, ob das nun in fehlerfreiem «Züritüütsch» geschrieben ist, aber egal, der Aufmacher ist lustig, und was hier zählt, ist die lupenreine Qualität des Angebots. Ob im Alltag oder zu speziellen Themenabenden wie etwa der Metzgete, es «fägt». Und wie! Gastgeber Nicolas und Küchenchef Joe (hier sagen sich alle Du) verstehen es, Gerichte auf die Teller zu zaubern, die überraschen, aber nicht überfordern und richtig gut schmecken. Gurken-Gin-Kaltschale mit Sorbet und Borretsch, Spinatsalat an Himbeerdressing, «Vitello trotato», sprich: Kalbsbraten mit Forelle und frittierten Kapern, Kalbshals und Rindermark, Kuh-Nackensteak und andere schöne Dinge. Kompliment!

8004 Zürich, Badenerstrasse 310, 043 931 77 90, www.huusbeiz.ch

Josef

Applaus Einem Zürcher das «Josef» näher vorstellen zu wollen, wäre Wasser in die Limmat getragen. Diese Einkehr ist mehr als eine patinierte Beiz mit hippen Gastgebern und coolen Gästen, und sie erfindet sich immer wieder neu. Hauptgerichte sucht man am Abend im «Josef» vergebens. Auf der Speisekarte gibt es eine Auswahl an kleinen Tellern, die sich in jeder Reihenfolge kombinieren lassen. Spätestens jetzt sollte die Neugier jegliche Vernunft besiegen. Wer mit Appetit auswählt, hält sich an fünf Teller, wer eher auf seine Linie schielt, bleibt bei drei, was aber schade wäre, gibt es doch rund 20 kulinarische Entdeckungen – und alle sind gut. Die Lösung ist das Degustationsmenü zu fairem Preis mit fünf Tellern. Carne cruda mit grillierten Steinpilzen, Hausgenachte Zucchini-Ravioli, Ratatouille mit Stanser Ziegenfrischkäse, konfierte Königskrabbe, Short Ribs mit fermentierten Pflaumen – und so geht das weiter. Bon appetit.

8005 Zürich, Gasometerstrasse 24, 044 271 65 95, www.josef.ch

Morgillo Comestibles

Mit Mani Auch wenn das Frühstück erst kurze Zeit zurückliegt, kommen Müssiggänger und andere Tagediebe auf ihrer Einkaufsrunde nicht an den besten Sandwichs der Stadt vorbei, die in ihrem charmanten kleinen Laden von der liebenswerten Claudia Morgillo zubereitet werden. Denn sie wissen, was schon Mani Matter wusste: «Was isch es Sändwitsch ohne Fleisch – 's isch nüt als Brot. Was isch es Sändwitsch ohne Brot – 's isch nüt als Fleisch. Ersch wenn d mit Fleisch dys Brot beleisch, ersch wenn d mit Brot umgisch dys Fleisch, berchunnsch es Sändwitsch: Brot und Fleisch.»

8005 Zürich, Gasometerstrasse 30, 044 272 46 81, keine Website

Im Viadukt

Feine Kost Das «Viadukt» ist ein Sammelsurium des guten Geschmacks. Zahlreiche Genussläden bieten alles an, was das Schlemmerherz begehrt. Benötigt wird dafür ein gut gefüllter Geldbeutel, sind doch die Preise hier selbst für Zürich satt. Einsame Spitze ist für mich das British Cheese Center, das zahlreiche delikate Käsesorten aus Grossbritannien anbietet, die belegen, was die Briten beim Käse alles drauf haben. Geräucherter Cheddar, Schaf und Geiss aus den Yorkshire Dales zum Beispiel. Beim Blick auf den Kassenzettel könnten die ausgewählten Käse bereits schwer aufliegen. Klar, nichts ist umsonst, und Spitzenqualität hat ihren Preis, aber ein paar Rappen weniger würden dem Ganzen gut tun. Trost spendet dann das eine oder andere Glas im Restaurant Markthalle, der Hausbeiz des Viadukts. Bis die Rechnung kommt …

8005 Zürich, Im Viadukt, www.im-viadukt.ch

Du Théâtre

Eine Runde Welt «Züri Gschnätzlets» ist gut, aber was wäre die Stadt an der Limmat ohne Antipasti und Pasta, ohne Sushi und Wok? Obwohl ich ein Verfechter einer rudimentären, einfachen Küche bin, sind Momentaufnahmen, wie sie das «Du Théâtre» ermöglicht, ganz wundervoll. Der Koch ist Japaner, Ideengeber ist der bekannte Gastronom Jürg Müller, dessen Konzept einer Fusion-Küche zwischen Sashimi und Vitello Tonnato bestens funktioniert. Das Lokal ist stimmungsvoll, das Personal aufmerksam, die Gerichte überzeugen mit Qualität und verblüffen immer wieder mit Kombinationen, die nie zu viele Aromen miteinander vermischen. Selbst Omnivoren, die mit veganen Speisen nicht viel am Hut haben, laben sich zu Beginn an einem Gurken-Algen-Salat oder wählen gleich Sepiasalat, Ceviche oder Sardinen aus der Dose (unbedingt ausprobieren!), bevor dann ein Beef Tatar oder Filet Robespierre die Fleischeslust stillt. Die Weinkarte lässt keine Wünsche übrig und lässt den Puls jedes Riesling-Freunds höher schlagen.

8008 Zürich, Dufourstrasse 20,
044 251 48 44, www.du-theatre.ch

Rosengarten

Auf den Spuren der Eltern Der Garten ist wunderschön, die Gastgeber sind jung und mutig und wissen, was sie wollen. Gian und Nico Gross verwöhnen ihre Gäste mit Wurst-Käse-Salat, Siedfleisch vom Tafelspitz, Quarknocken an Salbeibutter und so einigem mehr. Starmetzger Ludwig und Sohn David Hatecke liefern das Fleisch aus dem Bündnerland, was zeigt, das die jungen Herren im Qualitätsdenken alte Hasen sind. Nur bei den Weinen dürften sie noch etwas frecher werden und einige Provenienzen auf die Karte setzen, die Zürich noch nicht kennt. Apropos kennen: Von 1984 bis 1988 wirteten ihre Eltern erfolgreich im «Rosengarten», hörten auf und zogen ins Piemont, weil sie ihre Buben nicht in der Beiz aufwachsen lassen wollten. Jetzt ist die Jungmannschaft an die einstige Wirkungsstätte ihrer Eltern zurückgekehrt, und der Laden läuft auf Hochtouren wie einst im Mai.

8032 Zürich, Gemeindestrasse 60,
044 251 37 36, www.rosengarten.ch

Haltbarmacherei.ch

Klasse statt Masse Roman Treichler ist ein junger, erfolgreicher Mikrounternehmer, dem es auf der Bank zu langweilig wurde. Er wollte mit seinen Händen Sinnvolleres tun, als Geld zu zählen, und erinnerte sich an seine Omi Trudi, in deren Küche es beim Einmachen immer so wundervoll duftete. Und als Kaufmann kann er rechnen. Fünf Jahre nach der Gründung seines Mikrounternehmens kann er davon leben. Rund 27 000 Flaschen Sirup und 10 000 Gläser Konfitüre verkauft die «Haltbarmacherei» pro Jahr. Kein Wunder bei der Natur, die der Konsument im Glas und in der Flasche vorfindet. Roman Treichler verzichtet bewusst auf die Verwendung von biochemischer Zitronensäure, noch verwendet er Farbstoffe, Geschmacksverstärker, Essenzen oder andere Zusatzstoffe. Das einzige Hilfsmittel, das er einsetzt, ist Reinpektin (pflanzlicher Vielfachzucker), was zur Folge hat, dass auch Veganer seine Produkte zu schätzen wissen.

8037 Zürich, Rotbuchstrasse 66,
079 937 80 40, www.haltbarmacherei.ch

Bertrams Confiserie

Mr. Windbeutel Website? E-Mail? Gott bewahre. Die Confiserie von Bertram Beerli ist eine Reise nach damals, mit viel Nostalgie an den Wänden und viel Frische auf den Tortenplatten. Allein schon sein Laden lohnt den Besuch an der Nordstrasse, wobei es allerdings die Öffnungszeiten zu beachten gilt. Das Angebot ist klein und durchdacht. Bekannt ist Bertram Beerli für seine saisonalen Spezialitäten wie Erdbeer- und Beerentorte. Berühmt ist er für seine Windbeutel oder, etwas feiner ausgedrückt, für seine Profiteroles, die ein einziges süsses Märchen sind. Bertram Beerli ist ein Einzelkämpfer, er arbeitet und lebt in einer stilvollen Wohnung, in die auch sein Laden integriert ist. Und obwohl eine grosse Stammkundschaft zu ihm pilgert (es soll Kunden geben, die täglich kommen), hat es ihn nie gereizt, sein Geschäft auszubauen.

8037 Zürich, Nordstrasse 187,
044 361 26 09, keine Website

REB Wein

Da steckt Natur drin Roger E. Baumann (REB) setzt sich seit knapp 30 Jahren intensiv mit Wein und Weinkultur auseinander. Seine Leidenschaft hat er zum Beruf gemacht und vor einigen Jahren die eigene Weinhandlung eröffnet. 2015 hat er das «Diploma in Wines and Spirit» erworben, eine der weltweit renommiertesten Weinausbildungen. Er kennt all seine Winzer persönlich und bietet Provenienzen an, die erfrischend anders sind als die herkömmlichen Industrieweine und aufgemotzten Aromabomben. «REB Wein» hat sich auf Säfte aus dem Piemont, Veneto, der Toskana und Sizilien, aus dem Beaujolias, Languedoc-Roussillon und dem Südwesten Frankreichs sowie den spanischen Regionen Aragon und Kastilien-Léon spezialisiert. Hinzu kommen einige wunderbare Juraweine und neuerdings einige Flaschen aus Griechenland (!), die in der Schweiz noch recht stiefmütterlich behandelt werden. Diverse seiner Provenienzen sind vegan (enthalten also keine Milch- oder Eiprodukte zur Weinschönung) und werden als solche gesondert ausgezeichnet.

8038 Zürich, Seestrasse 279,
044 482 01 06, www.rebwein.ch

Restaurant Vereinigung

Brachial saisonal Wenn ich so was lese, fühle ich mich magisch angezogen. Aber bis ich es lesen durfte, ist ein Vierteljahrhundert verflossen. Unglaublich, was ich da alles verpasst habe, wenn ich Franz Lehner schwärmen höre, der mich auf die «Vereinigung» aufmerksam gemacht hat. Eine unprätentiöse Küche und ein durchdachtes Weinangebot in bester Qualität (Demeter, ProSpecieRara, Knospe, Bio Suisse, Slow Food, Fairtrade) erwarten die Gäste. Eingelegtes Gemüse, luftgetrockneter Speck, ein genialer Schwartenmagen, Braten und Stampf, etwas Käse und ein grosses Stück Schoggikuchen, viel mehr gibt es nicht, muss es auch nicht geben, zumal Qualität und Stimmung einen entspannt zurücklehnen lassen und der Gedanke aufkommt, den Genuss vielleicht noch mit einem Glas Süsswein oder doch lieber mit einem Grappa abzurunden. Kompliment an Arno, Ruedi, Roman und Thalia. Wie angenehm unkompliziert Gastronomie doch sein kann.

8045 Zürich, Manessestrasse 132,
044 462 01 48, www.vereinigung-barsol.ch

Wirtschaft zum Transit

Vive la différence Die Band «Sein» rund um Musu Meyer war schon hier, die schön schräge Engelberger Musikgruppe «Jolly and the Flytrap» und die grossartige Formation «Les Lilas Marseille». Konzerte in einer einmalig eigenwilligen Industrie-Baracken-Atmosphäre, die an einem haften bleiben, wie das Kennenlernen von Tischnachbarn im lauschigen Freisitz oder die Aromen im Essen. Ja, das Essen ist so gut wie bei Oma, wenn sie denn kochen kann – und zu der alle immer wieder gerne hingehen. Dass vegetarisch nicht langweilig sein muss, beweist das Team rund um Kathrin und Daniel mit einem panierten Sellerieschnitzel und Linsensalat oder einem aromatischen Ratatouille mit Knoblauchbrot, das ich an einem Freitag gegessen habe, im Wissen, dass keine Termine mehr anstehen. Einfach war's, gut war's.

8048 Zürich, Aargauerstrasse 14, Zürich, 044 419 00 12, www.wirtschaftzumtransit.com

Hotel Florhof

Unter dem Himmel von Zürich Klar, es gibt hippere Adressen, um in Zürich zu übernachten, als den patinierten «Florhof». Aber keine hat einen schöneren Garten, wird so persönlich geführt und bewegt sich in einer Preiskategorie, die noch bezahlbar ist. Die Zimmer glänzen mit Parkettboden und stilvollen Möbeln, der herzliche und unkomplizierte Service trägt einen gebührenden Anteil zum Wohlfühlfaktor bei. Das hauseigene Restaurant besticht mit seiner fadengeraden Küche, die ohne überflüssigen Schnickschnack auskommt. Gebratener Tintenfisch auf Tomatenkompott, Entenleberterrine und geschmorter Schweinebauch mit orientalischen Gewürzen überzeugen. Hinzu kommt eine überlegte Auswahl an Weinen, die Freude bereiten, auch deshalb, weil sie fair kalkuliert sind. Kurz, der «Florhof» ist eine Ausnahmeadresse in Zürich.

8001 Zürich, Florhofgasse 4, 044 250 26 26, www.hotelflorhof.ch

Restaurant Bergwerk

Von Tante Myrta zu Onkel Roger Vor einigen Jahren hat Roger Küng das «Bergwerk» von der legendären Myrta Wetzel übernommen und führt es in ihrem Sinn weiter, was die treuen Stammgäste beruhigt und Myrta freut. Tatsächlich wird diese Wirtschaft durch den Charakter des Gastgebers geprägt, ihr Bühnenbild verkörpert Heimat. Das Angebot ist unprätentiös, aber vor allem gut und reichlich. Das kommt an und gefällt selbst verfressenen Stadtbernern(!), die mich auf dieses Juwel aufmerksam gemacht haben. Berühmt ist die Beiz für ihre Wähen, die sich salzig und süss, luftig und opulent präsentieren. Hier wird ohne verkrampfte Spielereien gekocht und aufgetischt. Der Kalbshackbraten gehört zum Pflichtprogramm, das US-Rindsfilet spricht mehr Cowboys an als regional denkende Genussmenschen. Die Weinauswahl bietet knackig frische Weine von hier und schwere Alkoholbomben von dort, die dann optimal zum US-Rindsfilet passen. Das Konzept stimmt, alle sind glücklich. Eine schöne Arena für luxusmüde Städter und fröhliche Einheimische.

8107 Buchs, Krähstelstrasse 29, 044 844 17 50, www.bergwerk-buchs.ch

Brüederhof

Sieben Tage die Woche Täglich von 7 bis 19 Uhr, zwölf Stunden lang, ist der Hofladen auf dem Brüederhof geöffnet. Wer den entdeckt, vergisst den Grosshändler und kauft hier nachhaltig zu fairem Preis ein. Gemüse, Salat, Kartoffeln, Eier, Milch, Quark, Rahm, Joghurt, tiefgekühltes KAG-Freiland-Fleisch oder auf Vorbestellung Mischpakete vom Schwein, Kalb und Rind. Am Donnerstagmorgen wartet das Vollkornbrot, am Samstag der unverschämt gute Zopf. Das Ganze begann 1923 mit Alois Günthardt und wird heute in der vierten Generation von Simon und seiner Frau Martina weitergeführt. Auf dem Brüederhof leben Milchkühe mit Hörnern, Mastschweine, die noch so richtig die Sau rauslassen dürfen, Legehennen, die gar nicht wissen, wie gut es ihnen geht, und Katzen, die vor sich hin dösen oder Mäuse fangen.

8108 Dällikon, 044 844 02 60, www.bruederhof.ch

Krone

Harry, hol schon mal die Krone Das sagen die Gäste natürlich nicht zu Gastgeber Harry Brauner, der sich 2019 über die Auszeichnung im sympathischen «Bib Gourmand» des Guide Michelin freuen darf. Wir hinken etwas hinterher, denken aber lieber spät als gar nicht daran, zumal Harry Brauner nun wirklich ein sympathischer Zeitgenosse ist. Die «Krone» bietet eine regionale saisonale Küche, die nicht verleidet, sondern immer wieder schmeckt und mit Qualitätsdenken und sorgfältiger Zubereitung punktet. Die Weinkarte präsentiert einen schönen Querschnitt und schenkt zu fairem Preis besonders den Zürcher Weinen Aufmerksamkeit. Wer im Sommer Zeit hat, darf sich das Tatar vom Lostallo-Lachs aus dem Misox mit einem perfekten Erbsen-Minze-Püree nicht entgehen lassen, ebenso das von Hand geschnittene Tatar, und wer wieder mal Lust auf einen kulinarischen Evergreen hat, wählt das hervorragende Cordon bleu vom Kalb, dessen Fleisch die Bio-Metzgerei Abegg aus Langnau am Albis liefert, was eigentlich schon alles sagt.

8134 Adliswil, Zürichstrasse 4, 044 771 22 05, www.krone-adliswil.ch

Karl Abegg Metzgerei und Delikatessen

Der Musterknabe Seit knapp zwanzig Jahren arbeitet die Metzgerei Karl Abegg nach den Richtlinien von KAGfreiland, dem tierfreundlichsten Biolabel der Schweiz. Zu seinen Spezialitäten gehören unter anderem seine Eberfleischprodukte. Wer erstklassisches Fleisch mit gutem Gewissen essen will, kauft hier richtig – oder anders formuliert, wer bei einer ausgewogenen Ernährung Wert auf Nachhaltigkeit und auf Lebensmittel aus umweltfreundlicher Viehwirtschaft legt, findet es im Laden, oder weniger stimmungsvoll, aber umso praktischer, im Online-Shop der Metzgerei.

8135 Langnau am Albis, Neue Dorfstrasse 20a, 044 713 20 26, www.metzgabegg.ch

Neuhof

Bei Freunden Gastgeberin Rebekka Costa hat viel Charme und noch mehr Fantasie, was sich unter anderem in der Speisekarte bemerkbar macht. Sie kann planen, organisieren und ihre Ideen umsetzen. Sie ist diszipliniert, leger und angenehm unkompliziert. Seit Mitte März 2019 leitet sie gemeinsam mit ihrem Mann Lucas Costa die Geschicke dieses wundervoll gealterten Hauses mit urgemütlicher Gaststube und schönem Saal. Rebekka Costa hat das sichere Fingerspitzengefühl, um ein Zuhause auf Zeit zu schaffen. Sie begegnet ihren Gästen auf Augenhöhe, dient sich nicht an, aber verwöhnt und bewirtet Fremde wie Freunde, wenn diese sich auch als Freunde zu benehmen wissen. Wer kulinarisch offen und ein glücklicher Allesesser ist, lässt Lucas Costa in der Küche freie Hand und setzt sich mit vier Gängen und einigen Supplements auseinander. Dabei ist das hausgemachte Ginger Beer mit einem Zander-Forellen-Küchlein und Limettenmayonnaise ein schmackhafter Einstieg in einen kulinarisch unterhaltsamen Mittag oder Abend.

8164 Bachs, Sternenstrasse 30, 076 245 59 79, www.neuhofbachs.com

NEU Schlosshalde

Vielfältig Noch vor wenigen Jahren kehrte ich in Winterthur gerne bei Wädi Egli im «Löwen» in Veltheim ein oder mitten in der Stadt bei Christoph Graf in der «Akazie». Tempi passati, und irgendwie hat mir in der Region immer eine Einkehr, wie ich sie mag, gefehlt, bis zu dem Tag, als mir Franz Lehner, der Patron der «Alten Post» im Aeugstertal, die «Schlosshalde» empfahl, was zur Folge hat, dass diese wunderbare Beiz nun hier aufgeführt ist. Riemenboden, schlicht eingedeckte Tische, eine Terrasse mit Aussicht, keine Lobhudeleien, sondern natürliche Herzlichkeit und Kompetenz, eine durchdachte regionale Weinauswahl aus einem Radius von dreissig Kilometern, unter anderem von Lokalmatador Stephan Herter (Räuschling «Ferdinand»), und eine vorzügliche regionale Küche. Der Pluspunkt für Auswärtige sind die fünf Gästezimmer, die Wein- und Kulturfreunde entspannt zurücklehnen lassen. Am Abend werden drei Gänge aufgetischt wie etwa eine Kräuterschaumsuppe, ein Hasenragout mit Polenta und Käse oder einer der genialen Kuchen aus der hauseigenen Konditorei. Mehr zur «Schlosshalde», ihren Kulturabenden und ihrem Projekt der Integration von Jugendlichen in einer schwierigen Situation lesen Sie auf der Website.

8404 Winterthur, Mörsburgerstrasse 36, 052 233 78 78, www.moersburg-winterthur.ch

NEU Zur Trotte

Wirtschaft & Weinbau Natürlich gibt es einige Restaurants, die es verstehen, mit dem Spargel richtig umzugehen, die ihn nicht verkochen oder zu knackig servieren, die ihm auch bei Andrang die notwendige Aufmerksamkeit schenken, damit er so auf den Tisch kommt, wie er eben sein muss: mit leichtem Biss, vollem Aroma und ohne Brimborium. Kenner essen ihn von Hand, Snobs mit Messer und Gabel. In der wunderschönen patinierten und stilvollen «Trotte» wird er mit Bein-, Roh- und Kalbsschinken gereicht, dazu gibt's eine Sauce Hollandaise und Mayonnaise. Butter und Parmesan (nach Milanese-Art) wäre eine weitere Variante, die für mich aber besser zum grünen Spargel passt. Jakob und Rosanna Baur-Spinelli führen seit 23 Jahren in der zweiten Generation die «Trotte». Ihr Konzept ist einfach. Lieber von hier als von dort. Im Frühling gibt's Spargel und im Herbst Wild. Dazu trinken die Gäste die hauseigenen Weine und Schnäpse. So einfach und so gut geht das.

8415 Berg am Irchel, Dorfstrasse 2, 052 318 11 32, www.zur-trotte.ch

Zur frohen Aussicht

Froh, froh! Seit einigen Jahren sind Beizen, die den ganzen Tagen oder bereits ab dem Nachmittag geöffnet haben, in der Minderheit. Schön, dass die «Aussicht» bereits um 15 Uhr öffnet und durstige, gesellige Seelen gerettet sind. Was in der «Aussicht» zählt, ist die Herzlichkeit der Gastgeber und sind die einfachen Speisen wie etwa der Wurst-, Käse- oder Ochsenmaulsalat. Vorab ein Bauernschüblig oder Bauernspeck auf dem Brett, und schon sinkt der Puls, die Seele entspannt und die Welt scheint in bester Ordnung. Wirtshäuser wie die «Aussicht» oder die «Winkelstube» (siehe Seite 212) sind unspektakuläre Einkehren, die in unserer heutigen Konzeptgastronomie immer seltener anzutreffen sind. Tragen wir Sorge zu ihnen, und gehen wir hin zu ihnen aufs Land für einen Schwatz, ein Glas oder zwei, einen Bissen oder mehr.

8453 Alten, Marthalerstrasse 17, 052 317 10 09, www.aussicht-alten.ch

Restaurant Post

In der Holzbankklasse Volken ist ein kleines Dorf. Hier kennt und grüsst man sich und trifft sich in der Dorfbeiz, die aussieht, als sei sie einem Heimatfilm entsprungen. Im Mittelpunkt steht aber nicht nur die patinierte Beiz, sondern die Wirtin und Köchin Anna Erb, die eine grundehrliche Küche zelebriert und mit Sorgfalt zubereitete Gerichte auftischt. Es ist eine Küche ohne Firlefanz, aber mit Geschmack, die der abgeklärte Gourmet sucht, aber selten findet. Die Produkte sind einheimisch, der Räuschling im Glas und für die Sauce, in der die Kutteln schmoren, ist selbst gekeltert wie alle Weine, die in der «Post» ausgeschenkt werden. Es gibt Kalbsleber, Kutteln, Schwartenmagen, Selbstgeräuchertes, Rindszunge mit Bohnen und auf Vorbestellung für eine grössere Tafelrunde auch mal hausgebackenen Speckzopf oder Zwiebel- und Spinatwähe. Speisen und Weine sind mit Augenmass kalkuliert, was den Volkemer genauso freut wie den luxusmüden Städter. Aber wie lange noch? Anna Erb denkt ans Aufhören. Nicht heute oder morgen, aber sicher übermorgen. Sie sucht eine Nachfolgerin, einen Nachfolger, die ihre Beiz in ihrem Sinne weiterführt. Bitte melden!

8459 Volken, Flaachtalstrasse 30, 052 318 11 33, www.post-volken.ch

Restaurant Augarten

Vom eigenen Hof Da getrauen sich zwei junge Schwestern was. Anica steht am Herd, ist voller Ideen und spricht eine unkomplizierte, manchmal überraschende Kochsprache, so etwa mit der Wildmetzgete im November. Nicole empfiehlt kompetent Weine, schenkt ein und nach. Vom elterlichen Familienbauernbetrieb aus Dörflingen stammen das Schweinefleisch und die wunderbaren Koteletts, die mit einer Braugarten-Biersauce aromatisiert werden. Marco Maier braut das hauseigene süffige Bier, dessen «Craft» auch im Bierteig ist, in dem der filetierte und durch den Fleischwolf gedrehte Alet (Weissfisch) steckt. Das mit dem Fleischwolf muss sein, enthalten diese Rheinfische doch eine Menge Gräten. Seinen besonderen Reiz spielt der «Augarten» am Sonntag aus, dann, wenn man mit Freunden oder mit der Familie stundenlang genussvoll am Mittagstisch verweilen kann. Am liebsten im Garten.

8462 Rheinau, Untere Steig 15, 052 319 12 67, www.augarten-rheinau.ch

Hopfentropfen

Hopfen und Malz Schaubrauerei, Hofladen, Besenbeiz und Lehrpfad – alles da, um problemlos einen gemütlichen Nachmittag zu verplempern. Agrotourismus auf eine gute Art, die Freude bereitet. Und was es mit dem Hopfen als Heilpflanze auf sich hat, lässt sich in einem zweistündigen kurzweiligen Seminar ergründen.

8476 Unterstammheim, Kollbrunn 422, 052 745 27 19, www.hopfentropfen.ch

Winkelstube

Die rettende Helferin Wozu so ein Stau auf der Autobahn und im völlig verstopften Umland führen kann! Ohne den verkehrstechnischen GAU hätte ich die «Winkelstube» wohl nie gefunden, geschweige denn Gastgeberin Elsbeth Helfer kennengelernt, die an diesem Freitag meine persönliche Helferin war und meine denkbar schlechte Laune im Nu aufheiterte. Mit einer ordentlichen Portion Speck vom Brett und Saft vom Fass. Danach gab's eine perfekte Rösti mit einem üppigen Kalbsgeschnetzeltem, dessen Rahmsauce mich an die Küche meiner Oma erinnerte. Viel mehr ist hier nicht, muss auch nicht sein, so schön wie die Beiz ist. Ob in der guten Stube bei Kachelofenwärme oder im lauschigen Garten vor dem Haus. Wer hierher kommt, nimmt nur seine besten Freunde mit, die sich über so ein Kleinod vorbehaltlos freuen können. Am besten am Tage des Herrn, wenn es um zehn Uhr mit dem Frühschoppen losgeht und sich Gott und die ganze Region statt in der Kirche beim Herrn Pfarrer in der «Winkelstube» bei Elsbeth Helfer trifft.

8478 Thalheim an der Thur, Im Winkel 5, 052 336 13 41 oder 079 736 69 32, www.winkelstube.ch

NEU Sternen

Sternstunden Der «Sternen» hat eine bewegte Geschichte. Von Regisseur Christoph Schaub wurde er in dem 2003 gedrehten und 2004 erschienenen Film «Sternenberg» mit Mathias Gnädinger berühmt in Szene gesetzt. Im Dezember 2016 brannte das ehrwürdige Haus bis auf die Grundmauern nieder, und seit Mai 2020 hat der neue alte «Sternen» wieder geöffnet. Lokale Handwerker haben mit regionalem Holz das Gebäude wieder aufgebaut, und es sieht so schön aus wie früher, hat sich aber sicht- und schmeckbar verjüngt. Ein sympathisches Team unter der Leitung von Marianne Brühwiler (Köchin) und Esther Etter (Gastgeberin) kocht traditionelle Gerichte oder lässt den Gast sein Fleisch gleich selber auf dem heissen Stein brutzeln, was ich persönlich zwar eine Unsitte finde, was aber völlig subjektiv ist, pilgert doch eine grosse Anzahl Fleischtiger extra wegen dem heissen Stein zum «Sternen». Ich erfreue mich lieber an dem exzellenten Siedfleischsalat vom Reh (!) und dem Rehschnitzel vom Sternenberger Maibock an Morchelsauce. Gerichte, die aufzeigen, dass die Küche auf ihrer Höhe ist.

8499 Sternenberg, 052 386 14 02, www.sternen-sternenberg.ch

NEU Fischstübli

Beim Bildhauer Jérémie Crettol ist Berufswalliser, Bildhauer und ein Original, eines von jenen, von denen die Schweiz nicht mehr viele hat, obwohl er für einen Wirt noch ein Jungblut ist. Er ist mit dem Zürichsee schon länger verbunden als so mancher Einheimischer und ein Freigeist wie aus dem Bilderbuch. Wer zu ihm kommt, bestellt das, was der Patron empfiehlt, oder lässt es gleich bleiben. Angefangen hat er mit hausgemachten Fischstäbli, heute tischt er ab und zu auch eine exzellente Bouillabaisse von Süsswasserfischen auf. Die Pièce de Résistance des Hauses ist sein berühmtes Raclette, für das Crettol extra einen Holzofen konstruiert hat, an dessen Buchenholzfeuer er die Laibe zum Schmelzen bringt, was ein Raclette der Superlative hervorbringt. Den Rest machen die aufgeräumte Atmosphäre der schön gealterten Beiz und die Walliser Weine. Und was könnte zu einem Bildhauer besser passen als der TV-Spot von Tourismus Wallis: «Wallis – ins Herz gemeisselt».

8703 Erlenbach, Schiffländestrasse 15, 079 780 80 14, www.fischstübli.ch

Vinatur

Zu Pferd Naturweine können grossartige oder sehr eigenwillige Trinkerlebnisse oder beides sein. Sie können herausfordern, irritieren oder überfordern. Was in Frankreich in den Achtzigern im Beaujolais begann, hat den Weg nach Spanien, Italien und auch in die Schweiz gefunden. Und in Georgien, wo die Wiege des Weins steht, gab es schon immer Naturweine, nur sind diese Weine in der Schweiz kaum vertreten, abgesehen von einem Freak, der sie in Basel (Vive le Vin, siehe Seite 74) anbietet. Es ist nicht nur der Wein, es ist auch die Methode, wie die Trauben in die Flasche kommen. Das fängt mit Pferd und Pflug an und hört beim Weglassen von Zusätzen auf. Vinatur hat diverse grossartige Weine im Köcher. Es lohnt sich, eine Selektion zu bestellen.

8704 Herrliberg, Felsenaustrasse 2,
078 912 14 45, www.vinatur.ch

Rössli Beiz

So geht das Das «Rössli» ist so legendär wie schön, patiniert und lebendig zugleich, mit Gastgebern, die ihre Gäste ernst nehmen, sofern sich diese zu benehmen wissen. Seit dem 16. Jahrhundert wird hier gewirtet, gezecht, palavert und gelebt. Heute mit einem kalten, dünn aufgeschnittenen zarten Kalbsbraten an einer Kräutervinaigrette, mit einem Cordon bleu, gefüllt mit Bündner Rohschinken und Bergkäse, oder mit einem hervorragenden Ragout vom regionalen Lamm, geschmort in einem Mix aus Zimt, Koriander und Feigen, was verwegen klingt und wunderbar schmeckt. Dazu ein leichtes Couscous mit Minze und Olivenöl, und alles ist gut. Nicht vergessen werden darf der Hausklassiker, ein Hackbraten von Rind und Kalb, an dem der gute Jus problemlos ohne Trüffelöl auskommen würde. Kultur wird hier gross geschrieben, zahlreiche Veranstaltungen waren und sind legendär. Das «Rössli», eine Beiz für alle Fälle.

8712 Stäfa, Bahnhofstrasse 1,
044 926 57 67, www.roesslibeiz.ch

Alte Post, Aeugstertal (Seite 216)

Pastiamo Comestibles

Fatto in Pastiamo An Delikatessenläden mangelt es der Schweiz nicht. Oft vergeht einem aber der Appetit bei deren Preispolitik. Qualität hat ihren Preis, das ist nichts Neues, auf das Wie und die richtige Auswahl aber kommt es an, und da sind Boris Bühler und Ralph Sudan Weltklasse. Die zwei Spürnasen zelebrieren eine ausgesuchte Feinkost, die in der Region in dieser Form einzigartig ist. Es macht hier doppelt so viel Spass einzukaufen und Geld loszuwerden als anderswo. Die Käse sind perfekt affiniert und haben die richtige Reife, die Salume sind schön weich oder hart, je nach Vorliebe, die Olivenöle kommen ab Fass. Delikatessen im Glas oder doch lieber Biofrischfleisch aus artgerechter Haltung, das ist hier die Frage. Da gäbe es aber auch noch exzellente Antipasti, feine Panini, hausgemachte Gnocchi und eine gepflegte Weinauswahl, der man beim Aperitif zu Leibe rücken kann. Den ersten Kaffee gibt es ab neun Uhr, die Leidenschaft der Gastgeber immer und erst noch gratis.

8712 Stäfa, Bahnhofstrasse 1,
044 926 61 81, www.pastiamo.ch

Alte Post

Eine Zeitreise Die «Alte Post» ist so einfach wie wünschenswert und besticht mit einem durchdachten Weinangebot, das so mancher gedrechselten Gourmetküche gut anstehen würde. Es gibt nicht mehr viele solcher Beizen in der Schweiz. Mit herzlichen Gastgebern, die kochen, was sie können, und nicht mehr sein wollen, als sie sind. Sabina und Franz Lehner macht es Spass, statt einer aufgeblasenen Gastronomie Biobrot und Butter, Bratwurst und Kartoffelsalat oder eine Rösti mit geschnetzeltem Rindfleisch vom lokalen Angus aufzutischen. Ein Gunstplatz ist der verträumte Garten, der sich ans Haus anschmiegt und an heissen Tagen für wohltuenden Schatten sorgt. Das Ganze ist eine einmalige Mischung aus Mensch, Atmosphäre und Raum zum Atmen. Seit Ende des 19. Jahrhunderts ist die «Alte Post» eine Beiz, 1962 hat sie die Mutter

von Sabina, Erika Früh-Küng, übernommen und während 27 Jahren geführt. 1989 ist Sabina in die Fussstapfen ihrer Mutter gestiegen und ist seit dreissig Jahren in der «Alten Post». 1999 kam ihr Mann Franz dazu, mit dem sie nun seit über zwanzig Jahren gemeinsam wirtet.

8914 Aeugstertal, Pöstliweg, 044 761 61 38, keine Website

NEU Hirschen Stammheim

Wechsel Wir haben den «Hirschen» in Eglisau durch jenen in Stammheim ersetzt. Zwar fehlt nun der Rhein, aber alles andere lohnt den Wechsel. Hatte der «Hirschen» früher nur drei Gästezimmer im Stammhaus, kommen heute in den Häusern «Wyttenbach» und «Graf» weitere stimmungsvolle Zimmer hinzu. Stilvoll und ruhig schlafen, gut essen und trinken, das Ganze ist ein entspanntes Retreat von allem. Küchenchef und Gastgeber Mirco Schumacher war Sous-Chef bei Martin Surbeck im «Frohsinn» in Arbon und Küchenchef im Bio-Hotel «Schloss Wartegg» in Rorschacherberg, während Gastgeberin Petra Schumacher-Manser Wirte-Fach-Frau ist und Geschäftsführerin im Restaurant Storchen in Arbon war. Gemeinsam leiten sie mit Enthusiasmus den «Hirschen». Das Angebot ist unprätentiös und schwankt zwischen Tradition und Innovation, gekocht von einem Profi, der sich nichts mehr beweisen muss. Die Weinkarte bietet einen wunderbaren Querschnitt durch das Zürcher Weinland und die angrenzenden Regionen, ohne dabei einige Provenienzen aus den Nachbarländern zu vergessen.

8477 Oberstammheim, Steigstrasse 2, 052 745 11 24, www.hirschenstammheim.ch

D'Chuchi

In der Küche Auf die Idee muss erst mal einer kommen, in einer düsteren Hintergasse eine Beiz zu übernehmen und sicher zu sein, dass die Sache funktioniert. Jan Schmidlin und Andrea Zürcher führen heute die Beiz erfolgreich weiter, die vor einigen Jahren Patrick und Patrizia Schindler mutig eröffnet hatten. Die Kocherei von Jan Schmidlin überrascht, überzeugt und hat ihren Preis. Wie seine Kürbis-Vorspeise, die mich begeistert hat. Ein Gericht, das eine Dreiviertelstunde Produktionszeit benötigt. Den Kürbis schneidet er in mittelgrosse Stücke, würzt ihn mit Zimt, Muskatnuss, Fenchelsamen und Nelken, beträufelt die Stücke mit etwas Honig und röstet sie im Ofen unter dem Grill. Danach kühlt er sie ab. Vor dem Anrichten kommen Lardo-Tranchen hinzu, dann wird das Ganze kurz im Ofen erwärmt, mit Ricotta und gerösteten Haselnüssen angerichtet und mit einem Honig-Senf-Dressing beträufelt.

8200 Schaffhausen, Brunnengasse 3, 052 620 05 28, www.dchuchi.ch

Tanne

Kostenlos Dass die «Tanne» etwas anders ist als andere Beizen, zeigt sich schon beim Hahnenwasser, das kostenlos ausgeschenkt wird, auch dann noch, wenn es mit Kohlensäure angereichert wird. Die Weinstube blickt auf eine dreihundertjährige Geschichte zurück, deren legendärste Wirtin Margrit Zimmermann war, die 1998 ihr wundervolles Haus der Stadt Schaffhausen vermachte mit der Auflage, das unverwechselbare Cachet und die historische Einrichtung zu erhalten, was relativ gut gelungen ist. Einzig bei den Studios, den früheren Gästezimmern, hätte es mehr Fingerspitzengefühl vertragen. Margrit Zimmermann hielt die Stellung bis zur Pensionierung mit 93 Jahren (!). Zum Schluss war ihre Weinstube noch am Samstagmorgen für einige Stunden offen, und ein Stammgast holte ihr jeweils den Wein aus dem Keller. Doch genug der Nostalgie. Seit dem 1. April 2019 führt Claudine Sachi Münger die «Tanne». Sie macht es gut, ist herzlich und zuvorkommend. Auf der Karte stehen einige kalte Gerichte sowie zwei Sorten Flammkuchen, mittags gibt es ein sauber gekochtes Tagesgericht. Der Tee kommt im Kännchen, das Bier mit und ohne Bügel, und bei den Weinen gibt es vier regionale Weisse und Rote.

8200 Schaffhausen, Tanne 3, 052 511 28 88, www.tanneschaffhausen.ch

Daniele

Der Quergeist Die Sensibilisierung für den kulinarischen Genuss hat Daniele Peruch von seiner Mutter Elsa, das Talent für die Mechanik von seinem Vater Giacomo. Er ist ein exzellenter Frischteigwarenproduzent, der seine Spezialitäten mitten in der Schaffhauser Altstadt verkauft. Seine hauseigene Pasta ist über die Stadtgrenzen hinaus bekannt und in zahlreichen Restaurants exklusiv vertreten. Soweit, so gut. Aussergewöhnlich ist aber seine grandiose Essigmanufaktur. Er ist ein Verfechter und Experte für Aceto balsamico und Apfelessig. Wer seine Essige verkostet, wird über diese Schweizer Spitzenqualität nur staunen und Modena, den Olymp der Essigmacher, ganz schnell vergessen.

8200 Schaffhausen, Fronwagplatz 7, 052 625 82 70, www.daniele.shop

Chäs Marili

Spezialist in Sachen Käse All jenen, die die Käseauswahl in Beat Hofstetters Käseladen sprachlos macht, erklärt der Patron wortgewaltig, sachkundig und geduldig jeden einzelnen Käse. Das kann dauern. Und an den Samstagen wird der Laden sowieso von seinen Stammkunden in Beschlag genommen. Ob Frischkäse oder Käse mit Edelpilz, mit Schimmel- oder gewaschener Rinde – es ist alles da und in einem perfekten Reifestadium. Wer keine Zeit hat vorbeizuschauen, bestellt online, was aber nicht das Gleiche ist.

8200 Schaffhausen, Fronwagplatz 9, 052 625 16 37, www.chaes-marili.ch

Schützenstube

Bühne frei Coca-Cola sucht der Gast in der «Schützenstube» vergebens. Dafür gibt es Ketchup und Pommes frites, hausgemacht, versteht sich. Wie alles hausgemacht ist bei Annegreth Eggenberg, die schon seit Jahren «Nose to Tail» zelebriert und nicht nur darüber sinniert. Sie setzt konsequent auf Qualität und hat ihre Prinzipien. US-Beef? Nein, danke! Warum auch, wenn der heimische Bauer mit seinen Kühen gleich in der Nähe ist. Saisonal und frisch auf den Tisch ist hier keine Phrase, sondern gelebter Alltag. Mit zahlreichen vegetarischen Gerichten, mit Klassikern wie ausgebackenem Fisch und Sauce Tartare oder herzhaften Kutteln an sämiger Tomatensauce. Je nach Saison und nach Lust und Laune der Köchin. In der Beiz sorgt Anita Schwegler für das Wohl der Gäste und empfiehlt neugierigen Weinnasen unbekannte Ostschweizer Provenienzen. Und sonst? In der patinierten Stube haben im Winter die Abende des «Vorstadt-Variétés» Kultstatus und sind bei den Schaffhausern beliebt und schnell ausgebucht.

8200 Schaffhausen, Schützengraben 27, 052 625 42 49, www.schuetzenstube.ch

Bad Osterfingen

Bilderbuchgarten Bad Osterfingen ist ein wundervolles Gasthaus und Weingut mit einem vollendeten Vorzeigegarten, einer vorzüglichen Küche, in der die Spätzli frisch geschabt werden, das eigene Brot in den Holzofen geschoben wird, die Pommes frites von Hand ihren Feinschnitt erhalten und der saftig-zarte Sonntagsbraten nach allen Regeln der Kunst zubereitet wird. Alles frisch, alles fein und dies bereits in der dritten Generation. Wirtschaftsgänger mit dem Sinn fürs Wesentliche werden sich bei Ariane und Michael Meyer so richtig wohlfühlen und wiederkommen. Die Seligkeit vollkommen machen die Weine von den eigenen Reben. Natürlich hat der «Zwaa» Kultstatus und wird von Connaisseurs geschätzt; mir persönlich schmeckt der einfache Blauburgunder am besten. Von Mittwoch bis Sonntag können die Weine direkt vor Ort degustiert und gekauft werden.

8218 Osterfingen, Zollstrasse 17, 052 681 21 21, www.badosterfingen.ch

Stube

Freude herrscht Die «Stube» hat wieder zu ihrer alten Form zurückgefunden, was alle Gäste freut. Service und Küche sind auf ihrer Höhe und die Herzlichkeit ist spür- und sichtbar. Die «Stube» macht ihrem Namen alle Ehre. Wer hierher kommt, freut sich an den gedämpften oder gebackenen Fischklassikern. Ich liebe die Stube-Platte mit einem Potpourri aus Egli, Zander, Felchen, Hecht – ja, und ohne die hausgemachte Mayonnaise geht es natürlich sowieso nicht, genauso wenig wie zur Vorspeise den aromatischen Kabissalat mit Speck. Dazu eine Flasche Rüdlinger Riesling-Silvaner von Kümin aus Freienbach oder einen Buchberger Räuschling von Jörg Fehr. Schleckmäuler wiederum wissen, dass das Soufflé Glace au Grand Marnier hausgemacht ist und reservieren sich bereits im Voraus eine Portion.

8455 Rüdlingen am Rhein, Hinterdorfstrasse 25, 044 867 01 30, www.stuberuedlingen.ch

In The Green

Angekommen Im südlichsten Zipfel des Kantons Schaffhausen, eingebettet zwischen sanft hügeligen Rebbergen und mächtigem Rhein, liegt das schmucke Dorf Rüdlingen. Die Einheimischen sind stolz auf den historischen Dorfkern, auf die zahlreichen alten Fachwerkhäuser und die majestätisch auf dem Hügel thronende Kirche. Und dafür, dass zahlreiche Besucher Rüdlingen gleich dem Kanton Zürich und seinem Weinland zuschlagen, hat man hier nur ein mildes Lächeln übrig. Wer in Rüdlingen einkehrt (siehe Text links), ist gesellig, und wer gesellig ist, trinkt gerne, und wer trinkt, fährt nicht mehr. Was tun? Ein gutes Basislager, um etwas länger zu bleiben und die Gegend zu erkunden, ist das historische Bauernhaus von Denise Frei, die ihr Kleinod luftig-leicht und modern eingerichtet hat. Hier fühlt sich der Gast gut aufgehoben.

8455 Rüdlingen, Schnaihalde 50, 079 621 01 16, www.inthegreen.ch

Seegarten, Ermatingen (Seite 224)

Gourmet am Rhein

In der Feinkost-Manufaktur Lust auf Back- und Kräutertage mit Helga Maurer? Oder sie gleich auf ihrer Alp besuchen oder doch lieber nicht? Nein nicht am Rhein, sondern oberhalb von Churwalden. Dorthin, wo der Löwenzahnhonig und das Aromasalz entstehen. Ihre Manufaktur bietet zahlreiche Köstlichkeiten wie Liköre, Essige und Öle, Konfitüren, Salze und Gewürze, Sirupe und anderes Feines, die bei ihr im Hausgang in Diessenhofen gekauft oder online bestellt werden können. Öffnungszeiten gibt es keine. Also immer vorher anrufen und nachfragen oder am PC auf der Website nachsehen, was die Kräuterfee gerade so an Lager hat.

8253 Diessenhofen, Rhyäcker 9,
052 657 33 81, 079 446 52 38,
www.gourmetamrhein.ch

Anker

Ahoi Auf den ersten Blick ist es im «Anker» wie in zahlreichen anderen Dorfbeizen: Die Bedienung steht die Zeitung lesend hinter dem Buffet, die Beiz ist leer. Doch schon der erste Biss in den wunderbaren salzigen Bierstängel hebt die Stimmung. Der lokale Blauburgunder von Othmar Lampert schmeckt, wie ein einfacher, guter Landwein schmecken muss, der Salat ist taufrisch, Suppe und Kalbsbratwurst solide, die Rösti gut. Alltag im «Anker» von Rös Ulmer, die sich 2011 ihren lang gehegten Wunsch der eigenen Beiz erfüllt hat. Sie bekocht heute fünf Tage in der Woche ihre Stammgäste und erhält damit eine lebendige Dorfbeiz am Leben. An den Wochenenden zaubert Rös alte vergessene Gerichte auf die Teller, wie Kalbskopf oder ein Ragout aus Lunge und Herz. Auf Voranmeldung und ab acht Personen ist man beim lokalen Hecht oder Felchen mit dabei. Übrigens: Wer den «Anker» am See sucht, sucht vergebens. Er liegt versteckt in einer Seitengasse und ist für Seebären wie Landratten nur zu Fuss erreichbar.

8266 Steckborn, Spiegelgasse 7,
052 761 13 90, www.anker-steckborn.ch

Bulant's Käsespezialitäten

Im «Milchlädeli» Das war einmal. Heute warten über 150 exzellente Käse darauf, von Käseliebhabern oder solchen, die es werden wollen, entdeckt zu werden. Vorbildlich sind dabei die perfekten Reifegrade der Käse, und wer Lust auf englische Ales und belgische Trappistenbiere sowie Single Malt Whiskys hat, findet hier ein spannendes Angebot, ebenso wie gutes Fleisch und Brot. Also doch noch «s Milchlädeli» oder der Tante-Emma-Laden mit Käse und Vorbildfunktion? Wie auch immer, mit Beatrice und Philippe Bulant-Stierli ist seit 1996 die dritte Generation an der Reihe und schenkt der Region mit ihrem «Laden» ein Stück Lebensqualität. Applaus!

8266 Steckborn, Obertorstrasse 9,
052 761 23 81, www.bulant.ch

Seegarten

Geruhsame Einkehr Rund 11 000 Tonnen Egli werden jährlich in die Schweiz importiert. Die Nachfrage nach Schweizer Wildfang ist gross, der Ertrag zu klein. Dazu hat auch die frühere Überdüngung der Schweizer Seen beigetragen, die zum Aussterben diverser Felchen- und Saiblingsarten führte. Heute sind es, bildlich gesprochen, die Berufsfischer und Fischköche, die aussterben. Und wenn sich Jungköche mit Fisch auseinandersetzen, dann meist mit Edelfischen. Kabeljau oder Steinbutt zum Beispiel. Fische, die zu Ruhm, Punkten und Sternen führen. Dass es auch ganz anders geht, zeigen Myrtha Graf und Luzia Graf Meier gemeinsam mit Rolf Meier in ihrem unprätentiösen «Seegarten» in Ermatingen. Im Innern wartet die gute Stube mit niederer Decke, Kachelofen, Stammtisch und familiär-ländlicher Stimmung. Das Angebot ist so klein, wie die Küche gross ist und nach dem, was der Tagesfang von Berufsfischer Rolf Meier hergibt. Eine Friteuse sucht der Gast in der Küche vergebens. Was an Fisch auf den Tisch kommt, wird in Butter gebraten. Hinzu kommt eine ansprechende Weinkarte, die mit exzellenten lokalen Gewächsen überzeugt.

8272 Ermatingen, Untere Seestrasse 39,
071 660 06 21,
www.seegarten-ermatingen.ch

Restaurant Frohsinn

Frohlocken! Bereits in der dritten Generation führen Ruth und Markus Rindlisbacher den pulsierenden «Frohsinn» in Uesslingen. Eine auf den ersten Blick unscheinbare Landpartie. Der Unterschied beginnt aber bereits beim Sandwich, das nicht lieblos mit Industrieschinken, sondern mit den eigenen, subtil geräucherten Spezialitäten wie Speck, Coppa oder Rohschinken belegt ist. Alles was Ruth Rindlisbacher aus ihrer Küche zaubert, ist frisch, saisonal und regional. Schon ein einfacher Käsesalat, eine Portion Kutteln oder eine Gemüsesuppe werden zum Geschmackserlebnis. Von der goldbraunen Rösti und dem knusprig-saftigen Schweinsbraten ganz zu schweigen. Bei allen Gerichten fallen die sorgfältige Zubereitung und die Geschmacksintensität auf. So auch bei der hervorragenden Hühnersuppe, die nicht durch den Würfel, sondern durch das Suppenhuhn entstanden ist. Oder beim Suppenfleisch und dem wunderbaren mit Speck anstelle von Schinken gefüllten Cordon bleu.

8524 Uesslingen, Iselisbergstrasse 2,
052 746 11 10, www.frohsinn-uesslingen.ch

Biolenz Naturweine

Der andere Winzer Guido Lenz ist ein Biowinzer der ersten Stunde, einer der «Vin naturel» seit Jahren produziert, bevor irgendjemand in der Schweiz auch nur daran gedacht hat. Sein «Macvin» (eine Spezialität des französischen Jura) verblüfft nicht nur seine Kunden, sondern auch deren Erfinder rund um Arbois. Sie attestieren dem Schweizer Macvin Spitzenklasse. Alle anderen Weine gilt es direkt bei Guido Lenz zu degustieren. Die Zuneigung mag erst beim zweiten oder vierten Glas oder gar nicht kommen, wobei zahlreiche Etiketten-Trinker ihre liebe Mühe mit seinen eigenwilligen Erzeugnissen haben. Egal. Ich schätze seine Weine, vor allem seinen roten Schäumer, den Mousse Rouge.

8524 Uesslingen, Schulstrasse 9,
052 746 11 84, www.engelwurz.ch

Wirtschaft zum Hirschen

Thurgau gefühlsecht Der «Hirschen» ist ein rares Exemplar einer Dorfwirtschaft mit Herz und Tradition. Eine wundervolle Beiz in der Abgeschiedenheit der Thurgauer Provinz, die zwar schon lange kein Geheimtipp mehr, aber trotzdem immer noch immun gegen jegliche kulinarischen Eskapaden ist. Die Spezialitäten des Hauses sind schnell aufgezählt, wobei das so eigentlich nicht stimmt, nur kehre ich immer wieder zu dem luftigen Hackbraten zurück. Die Hauspezialität schlechthin ist das Schweins- und Kalbs-Cordon bleu mit Käse aus dem lokalen Käseangebot von Susanne Tritten. Speziell ist auch das Hechtessen mit Fischen aus dem Buchemer Hasensee, gefischt von Angler-Stammgästen, während in der Halali-Zeit ab und zu auch ein heimisches Reh auf dem Küchentisch landet, aus dem der begehrte Rehrücken, Rehpfeffer und die Rehschnitzel zubereitet werden. In der ausgebauten Festscheune – der Name ist Programm – finden zahlreiche Hochzeiten, Taufen und andere Feste statt. Dann ist dezenter Rummel angesagt, wobei es unter der Woche so zugeht wie immer – friedlich und behäbig.

8524 Buch bei Frauenfeld,
Hauptstrasse 17, 052 746 14 28,
www.hirschen-buch.ch

Morgensonne

Grenzenlos Mitten durch das verwinkelte Dorf Wilen verläuft die Grenze zwischen den Kantonen Thurgau und Zürich. Die «Morgensonne» ist grenzenlos. Denn wichtiger als die Politik ist eine funktionierende Dorfbeiz. Nun hat die Familie Stürzinger die spartanischen Öffnungszeiten ihrer Wirtschaft erweitert. Das hat mit der Heimkehr von Tochter Svenja zu tun, die eine junge, exzellente Köchin ist und der «Morgensonne» mit einem wöchentlich wechselnden, saisonalen, lokalen und regionalen Angebot neues kulinarisches Leben einhaucht. Zum Beispiel mit lokalem grünem Spargel, geschmortem Fleisch, Erdbeerparfait und Rhabarbermousse. Mit von der Partie sind zeitweise die ganze Familie und einige Freunde des Hauses. Sommerfrischler genehmigen sich vor dem Beizengang ein Bad im Dorfweiher, den sie sich mit allerlei Fischen wie Hecht, Zander, Rotaugen, Schleien und Karpfen teilen. Das Fischen ist den Einheimischen vorbehalten, die «Morgensonne» mit ihrem idyllischen Garten und dem verträumten Vorplatz samt Gartenbank ist für alle da. Nicht verpassen dürfen Traditionalisten die berühmte Metzgete von Schweinen aus der Freilandhaltung: Blut- und Leberwurst, Rippli, Gnagi, Chesselifleisch, Speck, Bratwurst, Leber, Geschnetzeltes und mehr.

8525 Wilen bei Neunforn,
Dorfstrasse 38, 052 745 12 33,
www.wirtschaftzurmorgensonne.ch

Klosterladen Kartause Ittingen

In der Kartause Hotel und Restaurant geniessen, Feste feiern und mehr. Die Kartause ist Kulturzentrum und Gutsbetrieb zugleich und noch so einiges mehr. Hier werden Weine und Edelbrände produziert, Forellen gezüchtet, Käse und Fleischspezialitäten aus der hofeigenen Metzgerei hergestellt und Hopfen für das Ittinger Amber-Bier angebaut. Eine Schlaraffia der speziellen Art.

8532 Warth, 052 748 44 11, www.kartause.ch

NEU Löwen

Gut gebrüllt, Löwe! Ein wundervoller Garten, ein unkomplizierter Service, moderate Preise und eine ansprechende Küche, das ist der «Löwen» auf den Punkt gebracht. Die Geschäftsphilosophie der schönen Wirtschaft liest sich wie ein Manifest und beeindruckt mit ihrem Inhalt. Mindestens fünfzig Prozent der verarbeiteten Lebensmittel haben Knospe- oder Demeter-Qualität. Beim Fleisch sind es gar hundert Prozent. Etwa fünfundvierzig Prozent der Produkte stammen aus europäischem Bioanbau, und der Rest kommt aus Wildfang, Wildsammlung und Jagd. Das Konzept erweist sich an der Tafel als schmackhaft. Kurz nach zwölf kehrt bei den Gästen gefrässiges Schweigen ein. Mit einem mediterranen Gemüsespiess, Pasta al forno, Gazpacho andaluz, Hirsetätschli, gebratenen Champignons mit Sherry und Knoblauch oder schön schweizerisch mit einem Cordon bleu oder mit geschmorten Saftplätzli vom Rind. Bei den Weinen schlägt das Pendel vorwiegend Richtung Spanien, Italien und Frankreich aus. Das kurze Fazit: Der «Löwen» in Sommeri ist eine etwas andere Welt – eine gute.

8580 Sommeri, Hauptstrasse 23, 071 411 30 40, www.loewen-sommeri.ch

Öpfelfarm

Wie früher, nur besser Begonnen hat alles 1994, als Monika und Roland Kauderer auf die Idee vom eigenen Hofladen kamen. Als erste Direktvermarkter der Region traten sie mit einem professionellen Marketing auf und investierten in Werbung. Denn, wenn sie etwas machen, dann richtig. Privat wie beruflich. Privat haben sie sich zu einer sechsköpfigen Familie gemausert, beruflich sind sie ein erfolgreiches Kleinunternehmen. Von Beginn an haben sie alles auf eine Karte gesetzt, Eltern und Schwiegereltern eingespannt, keine Kompromisse gemacht und auf Qualität gesetzt. Es hat sich gelohnt. Heute haben sie ihren Obstbaubetrieb verpachtet und konzentrieren sich ganz auf die Produktion ihrer zahlreichen Spezialitäten, von getrockneten Mirabellen und Dörrbirnen über Früchtebrot bis zur zartbitteren «Öpfelschoggi» und noch so manchem mehr. Übrigens: Die «Öpfelringli» sind heute nicht mehr nur im Thurgau, sondern in der ganzen Schweiz erhältlich.

9314 Steinebrunn, Olmishausen 18, 071 470 01 23, www.oepfelfarm.ch

Michelas Ilge

Buongiorno Arbon Die Beiz in der Kappellgasse öffnet bereits um halb neun und wird von den Einheimischen schon morgens rege frequentiert. Das Gleiche am Nachmittag, wo sich Sanitär und Kaminfeger zu einer Flasche Brachetto von Giacomo Bologna aus Rocchetta Tanaro treffen. Allerdings wird es Zeit für den 2017er, dass er ausgetrunken wird. Michela Abbondandolo war zehn Jahre lang Privatköchin eines Barons, hat Kapaune mit Trüffel gefüllt und ein gutes Leben geführt, bis sie sich zur eigenen Beiz entschloss. Ein Glücksfall für Arbon. Genussmenschen geben Michela eine Carte blanche und lassen sich überraschen. Mit einem toskanischen Brotsalat, einer Gemüsesuppe und einem Wachtelei, etwas Ratatouille mit Büffelmozzarella, gefolgt von einem Risotto nero mit Felchen vom Bodensee und einer Tagliata di Manzo mit Tomatensalat. Nicht zu vergessen, etwa als Primo, die Pasta «fatta in casa». Zum Dessert ein Kaffeeparfait mit Amaretti, ein Grappa, die Rechnung. Basta e grazie.

9320 Arbon, Kappellgasse 6, 071 440 47 48, www.michelasilge.ch

Huus-Braui

Bier gut, alles gut Die Biere der «Huus-Braui» sind international unbekannt, national unbedeutend, aber regional verwurzelt und schmecken gut. Wie auch die Bretzel und die Würste, die dazu aufgetischt werden. Wer auf der Durchreise ist und Durst verspürt, legt hier eine biertechnische Schnupperpause ein und atmet den unverwechselbaren Duft von Hopfen und Malz ein und kommt mit den Tischnachbarn bierselig ins Gespräch.

9325 Roggwil, Schlossgässli 2,
071 450 06 36, www.huus-braui.ch

Linde

In die Wiege gelegt Vorneweg etwas Familiengeschichte: Papa Walter Tobler war Wirt des legendären «National» in St. Gallen, ausgebildeter Biersommelier und Initiant der «Huus-Braui» in Roggwil. Onkel Werner schreibt Kochbücher und kocht im «Bacchus» in Hildisrieden ganz wunderbar (siehe Beiz des Jahres, Seiten 111 und 152). Bei so viel gastronomischem Blut erstaunt es nicht, dass Sohn Christian als Bratkünstler zur Welt kam. Gemeinsam mit seiner Frau Ramona hat er seine berufliche Karriere im «Ochsen» in Lömmenschwil erfolgreich lanciert und nach Roggwil verlegt. Denn da gab es plötzlich die Möglichkeit der eigenen Beiz. Also hat Papa Walter gehandelt und die «Linde» in Roggwil gekauft, renoviert und mit Sohn Christian glanzvoll eröffnet. Dieser versteht es, Innovation und Tradition gekonnt zu verbinden. Im Herbst zelebriert er eine grandiose Metzgete: Blut-, Leber- und Bratwurst, geschnetzeltes Schweinefleisch, Kotelett, Kesselfleisch, «Suuri Läberli», «Wädli», Rippli und «Schnörrli». Nicht zu vergessen Apfelmus, Sauerkraut und die knusprige Rösti. Ab und zu kitzelt Christian Tobler seine Stammgäste mit Themenabenden. «Bier und so» lautet zum Beispiel ein Motto.

9325 Roggwil, St. Gallerstrasse 46,
071 455 12 04, www.linde-roggwil.ch

Hotel Wunderbar

Einfach wunderbar im «Wunderbar»
Die ehemalige, stillgelegte Kantine der Fabrik Saurer haben Eva Maron und Simone Siegmann mit viel Geschmack, Arbeit und Feingeist in das Hotel Wunderbar verzaubert. Heute ist Simone Siegmann die alleinige Kapitänin, die das Hotel wunderbar auf Kurs hält. Mit gerade mal neun Zimmern und zwei Röhren (wörtlich zu verstehen), einem wunderbaren Garten und diversen Kunstwerken. Mir gefallen alle Zimmer, sehr wohl fühle ich mich im «Philosoph» und im «Garten», dieses mit direktem Zugang ins Grüne. Von Oktober bis März finden verschiedene Konzerte statt. Das Haus lebt, macht Spass und bereitet viel Freude.

9320 Arbon, Weitegasse 8,
071 440 05 05, www.hotel-wunderbar.ch

Löwen, Sommeri (Seite 227)

Bier Factory

Swiss-Beer-Abo An Ideen fehlt es dem ehemaligen Chemiker, Biotechniker und heutigen Braumeister Stephen Hart nicht. Seine Biere sind exzellent und überraschen immer wieder. Die Bier-Factory hat mittlerweile Kultstatus, und das von Hart im Schlosshof Rapperswil organisierte «Craft Bier Festival» zieht Bierfreunde aus der ganzen Schweiz an. Ein weiteres seiner Projekte ist das Swiss-Beer-Abo, bei dem die Kunden monatlich per Post ein Sixpack mit aussergewöhnlichen Schweizer Bieren erhalten.

8645 Rapperswil-Jona, Eichwiesstrasse 6, 076 201 72 00, www.craftbier.ch

Schäfli

Im Wirtschaftswunder Gastgeberin und Köchin Tanja Büsser philosophiert nicht über eine marktfrische Küche, sie kocht sie. Was sie auf die Teller zaubert, hat Hand und Fuss und schmeckt. Ihr Stil ist heiter und undogmatisch, ab und zu gewagt, aber stets zwischen gut und besser. Das «Schäfli» ist ein kleines kulinarisches Wunder, nicht wegen der Raffinesse der Speisen, die sie bewusst in Grenzen hält, sondern wegen der verwendeten Zutaten. Die verarbeiteten Produkte kommen alle von Kleinproduzenten, die Tanja Büsser in ihrer Freizeit aufstöbert. Fleisch, Fisch, Gemüse, Früchte und Käse, nichts kommt aus einer Grossproduktion. Glücklich sind hier reife Genussmenschen, die der Köchin mit ihrem Überraschungsmenü freie Hand lassen. So schmeckt Terroir: Birnensuppe, Albelifilet, Felchenleber, Schinken-Carpaccio, Milken, Nieren und Haxe vom Bündner Grauvieh. Das durchdachte Weinangebot besticht mit filigranen Schweizer Provenienzen und Naturweinen von weniger bekannten Winzern, verfügt aber auch über üppige Weine mit grossen Namen.

8730 Uznach, Städtchen 28, 055 290 26 90, www.restaurant-schaefli.ch

Perronnord

Bitte einsteigen! Der Blick fällt auf den Bahnhof. Menschen kommen und gehen, dass «Perronnord» bleibt. Und mit ihm ganz viele Stammgäste, die hier bei einem Glas oder zwei in den Abend einsteigen – und einfach sitzen bleiben. Hier findet das Leben in all seinen Facetten statt. Tagediebe, Augenmenschen, Schwätzer, Zuhörer, Hobbypsychologen, Schöngeister, Zecher und zivilisierte Trinker treffen sich, tauschen sich aus, streiten, versöhnen sich oder lauschen der Musik, die Patron Juri Schmid aus der Jukebox drückt. Er und Fredi Birrer, der bodenständige Koch und Geschäftspartner von Juri, bieten ihren Gästen eine einfache, gute Küche, deren Pièce de Résistance einige Schweizer Klassiker sind. Bündnerplatte und Cordon bleu gehören genauso zum kulinarischen Programm wie an kalten Tagen eine Suppe oder ein Stück Fleisch mit Brot. Gäbe es das «Perronnord» nicht, müsste es erfunden werden.

9000 St. Gallen, Rosenbergstrasse 48, 071 220 11 30, www.perronnord.ch

Restaurant Baratella

Italien liegt in St. Gallen Die Zutaten sind einfach: Eine wunderschöne Gaststube, eine Küche, die perfekt zubereitete Klassiker kocht, und ein Serviceteam, das ohne steife Oberlippe auskommt. Einer dieser exzellenten Klassiker ist das Mistkratzerli, das sich innen saftig-zart und aussen schön knusprig präsentiert. Oder die «Costoletta Papagallo», die aus einem 260 Gramm grossen Stück Schweinefleisch besteht und mit Schinken und Käse gefüllt wird. Da wären aber auch noch die «Piselli alla Mamma Dorina», Erbsen mit Speck und Zwiebeln. So einfach wie wunderbar, genauso wie das Bollito misto, das vornehmlich in den Wintermonaten am Samstagmittag aufgetragen wird. Das «Baratella» ist wie ein Kleintheater. Ein perfekt funktionierender Familienbetrieb, in dem auf der Bühne St. Galler Dialekt und hinter den Kulissen italienisch palavert wird.

9000 St. Gallen, Unterer Graben 20, 071 222 60 33, www.restaurantbaratella.ch

Schwarzer Adler

Im ersten Stock und höher Der «Schwarze Adler» kann mit der schönsten Innenhofterrasse der Stadt punkten. Die Beiz wird von allen Schichten genutzt, von Jung und Alt, von Links und Rechts, von Vereinen, Einzelgängern und erstaunlich vielen Frauen. Vielleicht hat das auch mit der Köchin und Gastgeberin Bernadette Eberle zu tun, die eine leichte Küche zelebriert, an der Vegetarierinnen Gefallen finden, zumal sie auch ohne Fleisch innovativ kocht. An einem lauen Frühlingsabend steht eine Salbeirolle auf dem Programm, bestehend aus einer Salbei-Ricotta-Füllung in hausgemachtem Nudelteig mit Tomatensauce und Parmesan oder panierter Mozzarella auf Spargeln an einer Dörrtomaten-Knoblauch-Vinaigrette. Zwei Gerichte, die locker ohne Fleisch auskommen, wobei im «Schwarzen Adler» Fleischtiger nicht darben müssen: Lammrückenfilet, Kalbssteak oder Schweinsschnitzel lassen sie hörbar aufatmen.

9000 St. Gallen, Marktplatz 12, 071 222 75 07, www.schwarzeradler.ch

Praliné Scherrer

Süss – und anders Intensiv, reich, anders. So schmecken die Pralinen und Truffes von «Praliné Scherrer» in St. Gallen, die ohne Konservierungsstoffe hergestellt werden. Das junge Team von Vittoria Hengartner ist erfinderisch, ohne dabei die Tradition aus den Augen zu verlieren. Handwerkskunst, Liebe zum Detail und überraschende Ideen sind ihre Zutaten für diverse neue Pralinen- und Truffesorten. Und wer einen erlesenen Single Malt zuhause hat, kann ihn gleich mitbringen und bei Scherrer seine eigenen Whisky-Truffes kreieren lassen, was alles andere als eine Schnapsidee ist.

9000 St. Gallen, Marktgasse 28, 071 222 18 52, www.praline-scherrer.com

NEU Drahtseilbähnli

Braun Wer St. Gallen besucht, kommt am «Drahtseilbähnli» nicht vorbei. Das war eigentlich früher schon so, dann gab es aber eine Zeit, in der die Beiz bei «tout St-Gall» nicht mehr so angesagt war. Heute kommt sie wieder aus einem Guss daher, was mit der Familie Braun zu tun hat, die das Traditionshaus übernommen hat und eine erfrischende Gastfreundschaft lebt. Los geht's mit dem Frühstück, das sich am Wochenende zum Brunch steigert. Weiter geht's zum Mittagstisch, zu Kaffee und Kuchen, zum Aperitif mit kleinen Snacks, der von 16 bis 22 Uhr dauern darf und zum Nachtessen, bei dem das wechselnde Angebot auf der Schiefertafel steht. Zahlreiche Stammgäste halten sich aber auch gerne an die Klassiker wie Kalbsleber oder St. Galler Olma-Bratwurst oder das vorzügliche Ghackets mit Hörnli und Apfelmus. Spannend ist auch das Weinkonzept des Hauses: Neben dem Standardangebot wird immer wieder eine andere Weinregion vorgestellt. So bei meinem Besuch das Languedoc-Roussillon, bei dem ich am Cabernet Franc aus den Côtes de Thongue Gefallen fand. Und schön zu sehen, dass aus meiner Region ein Gutedel und Grauburgunder des Weinguts Ziereisen aus dem badischen Efringen-Kirchen angeboten und gern getrunken wird.

9000 St. Gallen, St. Georgenstrasse 3, 071 222 42 17, www.drahtseilbaehnli.ch

Kaffeehaus

Windgeflüster und Donnergrollen Das ist der Titel eines musikalischen Geschichtenabends mit Akkordeon und Liebesgeschichten, der Freude macht wie alle anderen Kulturabende, die Gallus Hufenus in seinem ausgesprochen stimmungsvollen Kaffeehaus zelebriert. Den ausgebildeten Journalisten hat es bei einer Reportage über Kaffeehäuser in Argentinien gepackt, sodass ihm nach seiner Rückkehr nichts Besseres einfiel, als selbst ein Kaffeehaus zu eröffnen. Ausgerechnet im Linsebühlquartier, dem einstigen Sündenpfuhl der Stadt. Gallus Hufenus bezeichnet es als ein «Hier-geht-noch-was-Quartier». Mir gefällt es in diesem lebendigen Quartier und in dieser einzigartigen Kaffeehaus-Oase, in der nicht nur der hausgeröstete Kaffee exzellent ist, sondern auch die Brioches, die Croissants und die hausgemachten Kuchen. Ein Ort zum Durchatmen und um angenehm einen verkaterten oder verregneten Samstag über die Runden zu bringen.

9000 St. Gallen, Linsebühlstrasse 77, 071 534 34 24, www.kaffeehaus.sg

Kündig Käselaube

Wer die Wahl hat, hat die Qual Kein Wunder bei über 300 Käsesorten. Es ist aber nicht allein die Menge, die beeindruckt, sondern vielmehr das Qualitätsdenken der Inhaber Barbara und Matthias Kündig, die den Betrieb in der dritten Generation führen. Zur Käseauswahl gesellen sich gutes Brot, grossartige Butter, Lachs aus Wildfang, Frischteigwaren aus der Region, erstklassige Olivenöle und noch so einiges mehr. Es ist ein Laden, der es in sich hat, und bei dem immer die Gefahr besteht, viel mehr einzukaufen, als geplant war. Für mich ein zusätzliches Highlight ist das Süssholz an der Kasse, das ich natürlich immer kaufen muss – Kindheitserinnerungen garantiert.

9000 St. Gallen, Webergasse 19, 071 222 28 59,
9400 Rorschach, Am Marktplatz 6, 071 841 17 75, www.kuendigfeinkost.ch

Weingallerie Simone Lanz

Unique Simone Lanz kennen viele St. Galler noch als langjährige Gastgeberin und gute Seele des Restaurants Jägerhof. Damals, als noch die national bekannte Köchin Vreni Giger in den Kochtöpfen rührte und Ueli Lanz den Weinkeller des Hauses bestellte. Der Weinhandel und die Weingallerie (wird bei Lanz mit zwei l geschrieben) ist heute das Steckenpferd von Mutter und Sohn Nils Lanz, der neu seine Frau Petra mit an Bord geholt hat. Das Angebot liest und trinkt sich spannend, einige der Weine sind in der Schweiz nur bei ihnen zu bekommen, was etwas über die Geschäftsphilosophie des Hauses aussagt und zahlreiche Weinnasen schon einmal dazu lockt, St. Gallen aufzusuchen. Ins Auge stechen zum Beispiel die Weine «Las Migas Matias i Torres» von den kanarischen Inseln, aus dem Vulkangestein von La Palma, ohne Zusatzstoffe und Pestizide, der Riesling Loibenberg von Pichler-Krutzler aus der Wachau und die genialen Provenienzen von Sami Odi, dem angesagten Geheimtipp aus Australien.

9000 St. Gallen, Hinterlauben 15, 071 220 98 71, www.weinesimonelanz.ch

G'nuss

Rauchzeichen Stefan Bischof sprüht nur so vor Ideen. Anregungen findet er mit seiner Frau Claudia in den Ferien. Ob in Frankreich oder Spanien, Kurzbesuche bei Stefans Vorbildern sind eingeplant. So hat er auch den spanischen Meisterpatissier Jordi Bordas besucht und dessen revolutionäre neue Methode der Schokoladeherstellung (B-Concept) gelernt, die eine Patisserie ermöglicht, die mit weniger Fett und Zucker auskommt. Gelassenheit und Inspiration holen sie sich in den Bergen, tief in der Natur. So ist auch Stefans Meisterstück, der «Peat of Islay», entstanden. Für diese Eigenkreation verbindet er die Felchlin «Grand Cru Cocolate Grenada 65 Prozent» mit einem torfig-rauchigen «Laphroaig» von der schottischen Hebrideninsel Islay zu einer zart schmelzenden Ganache. Die Kostbarkeit wird mit getränktem «Cocolatebiskuit» über einem Knusperboden zusammengesetzt und als Finish mit einer «Cocolateglasur» überzogen.

9000 St. Gallen, Lämmlisbrunnenstrasse 4, 071 223 29 77, www.gnuss.info

NEU Paradiesli

Unter dem Kiwibaum Der Landgasthof Paradiesli im Weiler Betlis ist eine Oase am Walensee. Die Anreise mit dem Auto erfordert Mut. Die Strasse von Weesen-Fli nach Betlis ist nur einspurig befahrbar und wird immer zur halben und vollen Stunde für fünf Minuten freigegeben. An einem sonnigen Wochenende teilt sich der Automobilist den schmalen Weg mit Bikenden, Walkenden, Spaziergängern und Hunden, was zum Spiessrutenlauf wird. Wer Verstand hat, parkiert sein Auto in Fli und wandert in rund einer Stunde nach Betlis oder legt mit dem Kursschiff an und erklimmt von der Anlegestelle in einer Viertelstunde den Hügel zum Gasthaus. Das Kleinod wird von Regula Basler und Bruno Gugele seit Jahrzehnten umsichtig geführt. Einmal angekommen, schweift der Blick über die vier Hektaren Land, die terrassierten Beete, in denen Gemüse, Kräuter und Beeren gezogen werden, die Bruno Gugele täglich in der Küche verarbeitet. Quitten-, Kiwi- und Feigenbäume ergänzen das Angebot. Wer dem «Paradiesli» an kalten Tagen seine Aufwartung macht, geniesst das Haus mit seinem wärmenden Kachelofen und bleibt in einem der drei romantischen Gästezimmer gleich etwas länger.

8872 Weesen, Obere Betliserstrasse 12, 055 611 11 79, www.paradiesli-betlis.ch

Gasthaus Rössli

Bloderchäs und Rebensäfte Mogelsberg ist ein kleines Dorf im Toggenburg. Das Gasthaus Rössli trabt seit vierzig Jahren an den Zügeln von Sabine Bertin. Sie, die einst auszog, um die Welt zu erobern, fand das Rössli, und das Rössli fand sie. Sie ist immer noch da, sitzt fest im Sattel, hat Ideen, ist innovativ und frech, ohne dabei das Bewährte aus den Augen zu verlieren. Sie ist eine wunderbare Köchin, hat ihre kulinarischen Versuchungen in einem Kochbuch zusammengefasst und ihr Wissen und Können an ihr innovatives Küchenteam Ohd, Pascal und Sandy weitergegeben. Getafelt wird hier mit regionalem Biofleisch, Gemüse aus der Biogärtnerei und Pilzen aus den umliegenden Wäldern oder einfach mit einem «Bloderchäs». Noch schöner isst es sich mit einer Flasche Wein zu freundschaftlichem Preis aus einem Angebot, das einen spannenden Querschnitt durch Europas Bio-Reben bietet, mit dem Wissen, dass eines der schönen Gästezimmer auf den Schlaf danach wartet.

9122 Mogelsberg, Dorfstrasse 16, 071 374 15 11, www.roessli-mogelsberg.ch

Forster Metzgerei

Die Beste Wenn ich in die Ostschweiz fahre, nehme ich immer einen Umweg über Arnegg in Kauf. Nicht wegen einer Beiz oder wegen dem Dorf an und für sich, das wohl nie den Wakker-Preis gewinnen wird, nein, allein wegen der Metzgerei Forster. Zwar gilt die Metzgerei Schmid in St. Gallen als Gralshüter der St. Galler Bratwurst; die mit Abstand beste für meinen Geschmack finde ich aber bei Peter und Marcel Forster. Vater und Sohn kaufen das Vieh regional ein, schlachten und wursten im Betrieb und sind eine Vorzeige-Metzgerei wie aus dem Bilderbuch.

9212 Arnegg, Bischofzellerstrasse 338, 071 385 16 68, keine Website

Windegg

Beiz mit Gebrauchsanweisung Die «Windegg» mit ihrer einmaligen Aussicht auf den Bodensee ist auf den ersten Blick fast zu schön, um wahr zu sein. Beim zweiten wird's reeller. Bobby Walser polarisiert. Er ärgert nicht nur Hundehalter, die ihren Liebling nicht mitbringen dürfen, sondern auch Gesellschaften, die bei ihm Geburtstag, Jubiläum oder Hochzeit feiern wollen und bei ihm abblitzen. Denn sonst wäre die «Windegg» permanent von geschlossenen Gesellschaften besetzt. Das will er nicht, also lässt er es bleiben, die Aussicht ist für alle da, die Stammgäste danken es ihm. Sehr ruhig geht es hier noch am Morgen zu und her. Gegen Mittag fängt der Sturm an, am Nachmittag entwickelt er sich bei schönem Wetter zum Orkan. Fazit: Wer als Zivilisationsmüder auf der Flucht ist, kommt unter der Woche früh oder am späteren Nachmittag, aber nie am Wochenende und auch nicht zu spät, denn mit dem Sonnenuntergang schliesst die Beiz.

9404 Rorschacherberg, 071 855 30 41, www.windegg.info

Im Büdeli

Zivilisierte Tischkultur Die schlechte Nachricht vorneweg: Das «Büdeli» tischt seine vorzüglichen Gerichte nur noch am Freitag- und am Samstagabend ab 19 Uhr auf. Die gute Nachricht: Schön, dass Theresa und Urs Zünd überhaupt noch Gäste bewirten und für sie kochen, denn eigentlich spielen sie schon seit Längerem mit dem Gedanken, sich zurückzuziehen. Für Vollblutgastgeber ist es aber nicht einfach, ganz loszulassen, also bleiben die zwei Abende weiterhin bestehen. Gottlob. Denn die kleine Beiz ist urgemütlich, das Gedeck edel, das Essen schmackhaft, die Weinauswahl überlegt, und das Erlebnis als Ganzes speziell und unvergesslich. Also noch schnell hingehen, bevor der Vorhang endgültig fällt. Aber Vorsicht! Das haben noch einige andere Genussmenschen vor. Eine frühzeitige Reservierung ist empfehlenswert.

9442 Berneck, Taastrasse 2, 071 744 39 25, www.urszuend.ch

Schmid Wetli

Eine Familiengeschichte Die Wetlis sind eine Familie von Vollblutwinzern, angefangen bei Mama Susanne und Vater Kaspar bis zu den Söhnen Kaspar, Matthias, Florian und Adrian. Dabei kommen auf unkomplizierte Art Routine, Erfahrung und neue Ideen am Familientisch zusammen. Das sind beste Voraussetzungen, um exzellente Weine zu produzieren. Der Freisamer und der St. Johannis (Johanniter) sind nur zwei Beispiele für Weissweine, die mit viel Frische und schönen mineralischen Noten für Trinkfreude sorgen. Komplexer wird es bei ihrer Premiumlinie. Zum Beispiel beim sortentypischen Pinot Blanc mit vielschichtiger Struktur oder beim cremigen Chardonnay mit floralen Noten. Bei den Rotweinen halte ich mich an die einfachen Flaschen, die Provenienzen in der gehobenen Klasse sind mir persönlich zu konstruiert und zu üppig. Meine Lieblinge, die filigranen Weine von Schmid Wetli, kommen aus den ehemaligen Reben von Ex-Winzer Felix Lutz aus Wienacht-Tobel.

9442 Berneck, Tramstrasse 23, 071 747 90 90, www.schmidwetli.ch

Barcelona-Central

Muy gut Einmal mehr ist es die Leidenschaft, die einen vom eingeschlagenen Weg abbrachte. Werner Scherrer war Sattler, Polsterer, Tapezierer und Bühnenbildner, bevor er im legendären «Adler» zum Koch und Genossenschaftsbeizer avancierte. Und dann kam Isabel, die schöne Unbekannte aus Granada – und alles wurde anders. Na ja, fast. Das Kochen ist geblieben. Heute sind sie nicht nur privat ein Paar, sie stehen auch gemeinsam am Herd, verbrennen sich die Finger, fluchen helvetisch und kochen spanisch oder umgekehrt. Im «Barcelona-Central» dreht sich alles um eine gutbürgerliche Küche mit iberischem Touch. Dieser Touch macht sich auch im Weinkeller bemerkbar, in dem sich «nur» spanische Flaschen befinden, die mit Frische und Frucht überzeugen. Das Angebot wechselt täglich und wird frisch zubereitet. Am Mittag gibt es Menüs, Salate und Suppen, zur «Cena» kommen dann auch Tapas-Enthusiasten auf ihre Kosten. Olé und weiter so!

9500 Wil, Tonhallestrasse 24, 071 999 03 97, www.barcelona-central.ch

Vinothek Freischütz

Mirto von Weber Keine drei Akte, sondern sechs Tische, keine romantische Oper, sondern eine schöne Beiz, keine Agathe, sondern Giovanni in der Küche. Der «Freischütz», die romantische Oper von Carl Maria von Weber in drei Akten dauert rund drei Stunden und wurde 1821 in Berlin uraufgeführt. Der «Freischütz» in der Wiler Altstadt ist etwas jünger, keine Oper, sondern eine Beiz, die 1876 erstmals schriftlich erwähnt wird. Für diesen «Freischütz» reichen drei Stunden nicht aus. Wer sich bei Mirto Errico erst einmal hinsetzt, bleibt sitzen. Zu gut ist die Stimmung, zu gut das Essen und die Weine, zu angeregt das Gespräch mit dem Nachbarn. Wer kommt, plaudert, trinkt und isst wie in einer grossen Familie. Mit drei Antipasti, einem Primo und einem Secondo oder manchmal nur mit einem Teller Pasta. Die Weine gibt es zu fairen Preisen, was diverse Stammgäste schon am frühen Abend zum Aperitif oder zum Einkauf in der hauseigenen Vinothek lockt.

9500 Wil, Marktgasse 51,
071 911 17 56, www.vinothek-wil.ch

Waldrose

Der ultimative Wurstsalat Eigentlich wollte Karin Mueller das Gastgewerbe hinter sich lassen. Bei der Suche nach einem privaten Anwesen für sich, ihren Mann und ihre Pferde hat sie die «Waldrose» in der Nähe von Wil entdeckt. So ist sie, ohne lange zu überlegen, in ihr Metier zurückgekehrt. Einfach anders. Sie hat das Deux-Pièces aus- und die Kochjacke angezogen, den Schreibtisch mit dem Kochherd getauscht. Kein Wunder bei dieser Aussichtsterrasse mit beeindruckendem Blick auf Säntis und Alpstein. Traumhaft, wie ihr Wurstsalat, den sie eigenwillig, aber unverschämt gut zubereitet. So vermählt sie Cervelat, Käse, Kohlrabi, Radieschen, Apfel und Meerrettich zu einem einzigen Gaumentanz. Ja, und dann gäbe es da noch ihre exzellenten Käsespätzle nach einem Rezept aus dem Bregenzer Wald. Schlicht betörend.

9512 Rossrüti, Boxloo 564,
071 565 19 20 www.waldrose.ch

Gasthaus und Pension Frohwies

Der Gasthof lebt Der Emmentaler Mundartbarde Dänu Wisler hat mich auf seinen musikalischen Beizengang mitgenommen und mir «sein» Toggenburg gezeigt. Und dazu gehört der «Frohwies». Eine romantische Insel abseits jeglicher Verkehrsströme, mit einem Kachelofen, der noch funktioniert, mit tiefen Decken und ehrlicher Küche. Es ist eine Einkehr fürs Gemüt, mit herzlichem Personal und sympathischen Gastgebern, die wissen, was ihre Gäste mögen und was nicht. Jeder, der eine Flucht aus dem tristen Alltag sucht, ist hier gut aufgehoben. Siedfleischsalat, eine Rösti, so, wie sie sein muss, mit oder ohne Spiegelei, ein zart-saftiges Kotelett – und nach dem Essen ein wohlig warmes Gefühl, das zurückbleibt. Jeden dritten Freitag im Monat wird ein Stück Heimat musiziert, und wer dabei über den Durst trinkt, wird sich in einem der einfachen Gästezimmer wohl fühlen. Monika und Christian Müller sind nicht nur gute, sondern auch aufmerksame Gastgeber.

9633 Hemberg, Bächli, Wisstrasse 42, 071 377 11 43, www.frohwies.ch

NEU Löwen

Vom guten Leben In der Gaststube dominieren einige grosse Kuhglocken, die Tradition vermitteln, und aus der Küche kommen sorgfältig zubereitete Klassiker, die exzellent schmecken. In sich eine stimmige Einkehr mit herzlichen Gastgebern, die an einem Strick ziehen und ihre Gäste unkompliziert verwöhnen. Seit über zwei Jahren führen Elsbeth und Ruedi Roth den «Löwen». Unterstützt werden sie von Tochter Marlene, und in der Küche schaltet und waltet Mattias Schlegel. Rindfleischvogel an Rotweinjus, dünn aufgeschnittener Tafelspitz mit einer exzellenten Kräutervinaigrette, hausgemachte Safran-Gnocchi und Zander mit einer Radieschen-Quarksauce, die besser nicht sein könnte. Vegetarier halten sich an den überbackenen Ziegenkäse mit Hemberger Bienenhonig auf Randen-Carpaccio mit einem Salatbouquet an Feigendressing. Suppenkasper verpassen nicht die aromatische Spinatcremesuppe mit Jersey-Blue-Käse und geröstetem Sesam. Die Weinkarte überrascht und besticht mit einem ausgezeichneten Preis-Leistungs-Verhältnis. Alles gut? Alles! Auch die Gästezimmer.

9633 Hemberg, Wattwilerstrasse 1, 071 377 24 14, www.loewen-hemberg.ch

Drahtseilbähnli, St. Gallen (Seite 235)

Militärkantine

Achtung! Bekanntmachung! Die «Militärkantine» ist allein schon wegen der Architektur einen Besuch wert. Die Einrichtung des Hauses beschränkt sich auf das Notwendige. Das Ganze besticht durch seine Einfachheit. Die Gaststube ist mit Holztischen und -stühlen des Möbelklassikers Horgenglarus ausgestattet. Blickfang ist die Bar mit ihrem Bilderfries. Sommerlicher Treffpunkt ist die Gartenwirtschaft mit Kastanienbäumen und grünen Blechtischen. Das Kommando in der «Militärkantine» teilen sich die sympathischen Gastgeber Anna Tayler, Angelica Schmid und Martin Kappenthuler. Die Küche ist qualitätsvoll, ohne preistreibenden modischen Schnickschnack. Die Karte wird jeden Tag neu geschrieben und beglückt etwa mit paniertem Tomme auf jungem Blattsalat, Ziegenfrischkäse im Windbeutel auf jungen Sprossen, gebackenem Fenchel mit Karotten oder butterzarten Lammkoteletts vom lokalen Hausmetzger Bechinger.

9000 St. Gallen, Kreuzbleicheweg 2, 071 279 10 00, www.militaerkantine.ch

Alpenhof

Eine Oase auf den zweiten Blick
Wer Lust auf eine sehr einfache Unterkunft im historischen Stil hat, die von zwei sympathischen Spinnern betreut und geführt wird – anders kann man diese Abenteurer nicht bezeichnen –, dem lege ich diese «Baustelle» wärmstens ans Herz. Die Zimmer sind zum Teil wundervoll, ursprünglich mit altem Lavabo, die Toiletten und das Bad sind, je nach Zimmer, meilenweit entfernt. Die Lesestube im Parterre ist urgemütlich, stilvoll renoviert, der Rest, inklusive Beiz, soll vom aktuellen Zustand wieder in seine ursprüngliche Form gebracht werden. Eine erste Etappe konnte im Winter 2020 realisiert werden. Zwei frisch renovierte Biedermeier-Zimmer mit eigener Dusche und Toilette erstrahlen in historischem Glanz. Diese abenteuerliche Zeitreise, mit ausgezeichneter, bodenständiger Küche und einigen interessanten regionalen Weinen, ist für Historiker, Geschichts- und Alpengänger ein idealer Platz.

7326 Weisstannen, Oberdörflistrasse 16, 081 723 17 63, www.alpenhof-weisstannen.ch

Laui

Im Refugium Silvia Schaub ist nicht nur eine ausgewiesene Journalistin, den Künsten und der feinen Küche zugetan, sie ist auch eine charmante und zuvorkommende Gastgeberin. Mit ihrem Partner Beat Herrmann hat sie sich ihren gemeinsamen Traum verwirklicht und 2018 ihr «B&B Laui» eröffnet. Ursprünglichkeit, Qualität, Design und Architektur haben sich in diesem Haus gefunden. Als Gast fühlt man sich auf Anhieb wohl, und hat man erst einmal sein erstes Frühstück hinter sich, will man gar nicht mehr weg, sondern einfach noch etwas länger bleiben. Dies mit Blick auf Säntis, Stockberg, Speer und sattgrüne Wiesen inmitten eines Stücks heiler Welt. Das gefällt nicht nur den Gastgebern und Gästen, sondern auch Jamie, der gerne im Halbschatten döst und in aller Ruhe über das Leben als Haushund nachdenkt.

9651 Ennetbühl, Lauistrasse 782,
076 369 00 09, www.laui-ennetbuehl.ch

Metzgerei Fässler

Bei Franz Der preisgekrönte Lehrmeister Franz Fässler hat gemeinsam mit seiner Frau Margrit in seiner Metzgerei zahlreiche Fleisch-Novizen ausgebildet. Seit April 2020 führen die Söhne Benjamin und Reto Fässler gemeinsam mit ihrer Schwester Denise Meyer-Fässler das Familienunternehmen, und im Sommer 2020 hat der fünfzigste Lernende seine Ausbildung abgeschlossen, notabene der Sohn des ersten Metzgerlehrlings von 1990. Kein Wunder, interessiert nicht nur Berufskollegen das Erfolgsrezept der Familie Fässler. Die kurzweiligen Betriebsführungen sind sehr beliebt. Dazu gehört auch das Abfüllen, Kochen und Verkosten der Appenzeller Siedwurst. Alle Produkte der Metzgerei sind vorzüglich, zu meinen Favoriten zählen das geräucherte Schweinsfilet, der Rauchschinken, das «Saftschwinis» aus der Büchse und natürlich die Siedwurst.

9050 Appenzell, Rinkenbach 33, 071 788 09 50, www.metzgerei-faessler.ch

NEU Altes Bild

Erste Hilfe Die Wirtschaft Altes Bild ist ein Gefühlsverstärker in einer ländlich-lieblichen Gegend. Mit seinem «Worschtmöhli» bietet es bei schlechter Laune Erste Hilfe! Dann wird's «gmögig». Die «Südworscht» wird hier mit Kartoffelsalat serviert und nicht mit Chäshörnli, was die traditionellere, ältere Form ist. Silvia Koller ist eine gute Köchin, deren einfache Gerichte begeistern, die ihr Mann Paul mit einer Prise Humor auftischt. Sei es ein Schweins- oder Kalbsbraten oder ein heisser Bauernschinken: Es schmeckt. Dazu einen Halben Appenzeller Wy, weiss oder rot, und die Welt scheint schwer in Ordnung. So einfach geht das hier. Na ja, nicht ganz: Ihre Spezialitäten gibt es nur auf Voranmeldung, und eine Tafelrunde von vier Personen sollte es dafür schon sein, am Sonntag mindestens zehn, sonst bleibt die Wirtschaft zu. Wer zu zweit und unter der Woche spontan kommt, lässt sich überraschen oder wird mit einer Sennerösti, einer Portion Fleischkäse mit Ei, Mostbröckli oder Cervelat mit Brot verwöhnt.

9050 Eggerstanden, 071 780 07 07, www.altesbild.ch

NEU Hirschen

Die Schönen Was haben die Appenzeller für ein Glück! Ob in Inner- oder Ausserrhoden, die «Appen» haben noch Beizen, von denen wir in der übrigen Deutschschweiz nur träumen können. Denken wir nur an das «Alte Bild» in Eggerstanden (siehe Text links) oder die «Krone» in Speicher (Seite 251), und in Teufen bis vor Kurzem die «Blume», die heute leider geschlossen ist und unklar ist, ob sie je wieder ihre Türe öffnen wird. Teufen hat aber auch den «Hirschen», dessen Besitzer Rolf Sonderegger 2017 den «alten Hasen» Brigitte und Rico Bloch sein wunderschönes Elternhaus anvertraut hat und die wiederum 2019 durch Ingrid Wetzold und Erich Schönenberger die notwendige Unterstützung erhalten haben. Ein Quartett, das gut zusammenspielt und die Sache nicht vergeigt, was jedem Puristen und Liebhaber alter Beizen gut tut, ist doch der «Hirschen» weit mehr als nur eine schöne Wirtschaft. Hackbraten, Mistkratzer, Pouletleber, Kalbsmedaillon – das Angebot steht auf der Schiefertafel, wechselt nach Saison und nach Lust und Laune des Kochs, einige Klassiker bleiben, alles da, alles ganz wunderbar, auch wenn das einige «Tripadvisors» nicht so sehen mögen.

9053 Teufen, Hauptstrasse 25, 071 333 24 44, www.hirschen-teufen.ch

Kabier

Für Besseresser Wenn das Schweizer Fernsehen einen echten Appenzeller für einen Heimatfilm suchen müsste, wären sie bei Sepp Dähler richtig. Das Bild vervollkommnen seine Frau Magdalena, seine vier Lausbuben und sein Vorzeigebauernhof mit glücklichen Viechern, die von Sepp gestriegelt und massiert werden, bevor es ihnen an den Kragen geht. Die Brauerei Locher suchte vor Jahren nach einer Möglichkeit, ihre Nebenprodukte Biertreber, Bierhefe und Biervorlauf sinnvoll zu verwerten. Nach der Grundidee der japanischen Wagyu-Rinderhaltung verfüttern Sepp und Magdalena die Biernebenprodukte an ihre Kälber und Rinder und reiben sie zweimal täglich damit ein. Ihre Fleischspezialität haben sie unter dem Namen Kabier® (Kalb und Bier) schützen lassen. So schliesst sich der Kreis. Sepp liefert der Brauerei Getreide zur Bierherstellung, und diese gibt ihre Nebenprodukte zur sinnvollen Verwertung zurück auf den Hof. Zum Betrieb gesellen sich noch Lamm und Wollschwein, die ein sauwohles und lammfrohes Leben führen dürfen – bis der Schlachter kommt.

9063 Stein, Blindenau, 071 367 17 19, www.kabier.ch

Holzofenbäckerei Brotkorb

Alles echt Eine unscheinbare Holzofenbäckerei, leicht zu übersehen, da sie gleich nach einer Kurve liegt. Wer wissen will, wie gut Brot schmecken kann, legt bei Annelies Allenspach und Christoph Engetschwiler zwingend einen Zwischenstopp ein. Wer nun denkt, dass er mit einem Brot einfach so davonkommt, irrt. Hier bieten sich so viele verführerische gebackene Spezialitäten an, dass es einem schwerfällt, nur mit einem Halbweissen die Bäckerei zu verlassen.

9104 Waldstatt, Mooshaldenstrasse 35, 071 351 22 62, keine Website

Bären

Rolf ist da Der «Bären» in Gonten ist eine üppige Angelegenheit. Holz, Stoff, Leder, Horgenglarus-Stühle, Prunk und Pracht ohne zu übertreiben, eine verspielte und zugleich schlichte Architektur, die auf dem Teller ihre Fortsetzung findet und mühelos Tradition und Moderne miteinander vereint. Die kulinarische Krone setzt Rolf Grob dem «Bären» auf. Er, der sportliche Spitzenkoch, der über 20 Jahre im «Rössli» in Lindau von GaultMillau und Michelin geehrt wurde, zieht seine Kochregister und zaubert. Karamellisierter Kartoffelsalat mit Entenleber, Wachtelbrust mit Sommertrüffel, Pasta mit bretonischem Hummer, Alpschweinfilet und Weide-Kalbsrücken zeigen seine klare Handschrift. Wer Zeit mitbringt, gönnt sich gleich ein Menü und bleibt über Nacht, um am nächsten Tag in der Taverne vom handgeschnittenen Tatar zu kosten und in einen Chäsfladä beissen zu können. Hinzu kommt ein Weinangebot, das spannender nicht sein könnte und mit einem vorbildlichen Preis-Leistungs-Verhältnis überzeugt. «Sönd willkomm» ist im «Bären» keine Floskel, sondern zelebrierte Gastfreundschaft.

9108 Gonten, Dorfstrasse 40, 071 795 40 10, www.baeren-gonten.ch

Restaurant Treichli

Weit- und Nahblicke Das «Treichli» punktet mit Weitblick auf den Bodensee und Nahblick auf eine klassisch-innovative Küche, die alltagstauglich ist. Essen bei Freunden ist der Leitgedanke der Gastgeber Lian-Ling und Michael Knellwolf. Da gibt es Erbsencremesuppe mit Speck-Gremolata oder Karotten-Vanille-Suppe mit Jakobsmuschel, Kalbsleber mit Rösti und ein Cheesecake mit Cassis und Pfirsich. Auch sind sich die Gastgeber nicht zu schade, die jahrzehntelang beliebte Tradition ihrer Vorgänger, «Poulet im Körbli», beizubehalten. Das kleine Weinagebot würde noch einige Naturweine vertragen, Freude bereitet mir aber die Scheurebe mit ihrer Stachelbeeren-Note von der Weinbaugenossenschaft Berneck. Also nichts wie hinein in die luftig-leichte Welt des «Treichli», das mit Terrasse, Holzboden, offenem Kamin, knisterndem Feuer und Panoramafenster überrascht.

9405 Wienacht-Tobel, Unterwienacht 451, 071 891 21 61, www.treichli.ch

Sonne

Lass den Sonnenschein herein Wer zur «Stobete» kommt oder die «Huusmetzgete» besucht, der weiss, warum die «Sonne» so beliebt ist. Stammgäste sind nicht nur die Einheimischen, sondern auch Beizengänger aus der ganzen Deutschschweiz, die das Stück heile Welt in Blatten zu schätzen wissen. Die Metzgete eignet sich für alle, die über einen gesunden Appetit verfügen und sich lustvoll satt essen mögen an Rippli, Speck, Voressen, Chesselifleisch, Blut- und Leberwurst, Kotelett und Geschnetzeltem. Dazu werden Kartoffeln, Sauerkraut, Apfelmus und Apfelschnitze serviert. Nicht irgendwelche, sondern solche von aromatischen Lederäpfeln, die heute genauso selten zu finden sind wie charaktervolle, schön gealterte Beizen.

9413 Oberegg, Blatten, 071 891 15 85, www.sonne-blatten.ch

Hotel Krone, Speicher

Hotel Krone

Himmlisch Wenn Nebelschwaden wie eine nasse Wolldecke auf dem winterkalten Bodensee liegen, locken die sonnendurchfluteten Hügel des Appenzellerlands. Das mag jetzt etwas gar kitschig klingen, ist aber so und sehen auch ganz viele St. Galler genauso. Ein gutes Basislager, um auf Entdeckungstour zu gehen, ist das Hotel Krone in Speicher. Zwar steht es nicht einsam in der Hügellandschaft, sondern ziemlich real an einer Durchgangsstrasse, die, befindet sich der Gast erst einmal im Innern des Hauses, aber sehr schnell vergessen ist. Angenehmer geht es kaum, ob im Zimmer oder Restaurant, hier fühlt man sich auf Anhieb wohl. Das wird einem spätestens bei einem Carpaccio von der zwölf Stunden lang gegarten Schweinsbrust bewusst. Einfach himmlisch. Genauso wie die Mörschwiler Ribelmais-Poulardenbrust oder die Bodenseee-Felchen oder ganz banal, aber sorgfältig angerichtet und gut, der gemeine Wurstsalat.

9042 Speicher, Hauptstrasse 34,
071 343 67 00, www.krone-speicher.ch

Alpenhof

Einmalig Der wuchtige Bau ist weithin sichtbar, und auf den ersten Blick will der Name nicht so recht zum Gebäude passen. Das ändert sich aber schnell, wenn der Besucher eintritt, spürt, wie er ankommt, und bleibt. Egal, ob die Sonne scheint oder Nebelschwaden ums Haus schleichen, eine Bibliothek mit 12 000 Büchern, eine Jukebox mit wundervoller, immer wieder mal wechselnder Musik und die Atmosphäre insgesamt lassen den Alltag vergessen. Was zählt, ist nur noch die Momentaufnahme, der Duft, die Aura des Hauses. Wie beschreiben es die Macher selbst? «Der Alpenhof ist ein inspirierender Rückzugs- und Arbeitsort mit Raum für Austausch und Erholung. Mit Blick auf das Rheintal und den Bodensee trifft Weite auf Weile, Alpstein auf Nebelmeer, Ostschweiz auf Übersee, Alpaufzug auf Astronomie.» Wer die ganze Familie einladen und hier feiern will, kann gleich alle 25 Zimmer mieten. Kurz, der «Alpenhof» ist die etwas andere Herberge. Wer sich darauf einlassen will, studiert zuerst die Website.

9413 Oberegg, St. Antonstrasse 62,
071 890 08 04, www.alpenhofalpenhof.ch

GRAUBÜNDEN

Lorenzo Ostini

Ungeschminkte Weine Die Weine von Lorenzo Ostini gehören zum Essen auf den Tisch und nicht zum Philosophieren vor den Kamin. Der studierte Agronom Ostini ist im Tessin eine Ausnahmeerscheinung. Allein schon deshalb, weil seine Reben im Misox stehen, er also streng genommen Bündner Wein im Tessin keltert. Überholzte, geschmeidig konstruierte Weine sind ihm ein Gräuel. Seine Provenienzen sind das pure Gegenteil. Und auch wenn sie nicht biozertifiziert sind, mehr Natur geht in die Flaschen nicht rein. Reinzuchthefen, Filtration, chemische Mittel sind für Ostini tabu. Doch selbst nach Jahren hervorragender Jahrgänge ist er immer noch kaum bekannt. Dies vielleicht auch, weil er zu bescheiden und das Gegenteil eines Verkaufstalents ist. Marketing ist für ihn ein Fremdwort; er geht einfach davon aus, dass, wer guten Wein zu schätzen weiss, ihn auch finden wird. Fazit: Wer auf der Suche nach dem ultimativen Geheimtipp ist, hat ihn hier gefunden.

6517 Arbedo, Via Selvetta 4, 091 829 17 75, keine Website

Da Erminia

Nonna Erminia Erminia hat Prinzipien. Seit Jahrzehnten. Neu bietet sie ein B&B an. Das hat ihre Tochter Christina eingefädelt, die im Hintergrund agiert und ihr alles Schwere abnimmt. Manchmal schleichen sich die Enkelinnen Siria und Giorgia in die Küche, naschen oder helfen gleich mit beim Rüsten. Wer spontan bei Nonna Erminia vorbeikommt, wird mit Coppa, Salami, Rohschinken, Lardo, Käse und dem Hauswein verwöhnt. Wer sich telefonisch zwei Tage im Voraus anmeldet und mit Erminia das Menü bespricht, für den wird opulent aufgetischt. Das können Klassiker wie Risotto, Schmorbraten, Kaninchen mit Polenta und Tessiner Mortadella mit Saubohnen sein. Je nachdem, wonach der Köchin und den Gästen zumute ist. Bei Erminia lehnen sich die Gäste zurück, nehmen sich eine Auszeit und bleiben manchmal über Nacht. Ascona, Design und Luxus sind weit weg – und vergessen. Das Heute ist der Traum von gestern.

6538 Verdabbio, 091 827 16 07, www.daerminia.ch

Gasthaus am Brunnen

Am Brunnen vor dem Tore Der Gunstplatz ist vor dem Haus, direkt an Europas grösstem Holzbrunnen. Hier ist ein Kommen und Gehen. Reisende, Feriengäste und Einheimische sitzen friedlich nebeneinander und freuen sich über den kompetenten Service von Gastgeberin Elvira Solèr Althof und über die innovative und vorzügliche Küche von Matthias Althof, der es sich nicht nehmen lässt, seine Speisen selbst den Gästen an den Tisch zu bringen. Tänzelnd, pfeifend und lächelnd, was nicht Show, sondern Ausdruck purer Lebensfreude ist. Hier ist einer zufrieden mit sich und seinen Kochkünsten. Seien Sie also auf einen Gaumentanz gefasst, wählen Sie das Menü mit fünf oder acht Gängen, und lassen Sie sich überraschen! Zum Beispiel mit einer Alpkäse-Zitronen-Fonduta, einem Rhabarber-Vanille-Risotto mit gebratenen Kalbsmilken, gefüllten Zucchiniblüten und verschiedenen Stücken vom Spiegelschaf mit Kräuter-Crêpes und einem Pfefferminzparfait.

7122 Valendas, Dorfplatz, 081 920 21 22, www.gasthausambrunnen.ch

Städtlibeiz

1591 Bis anhin gab es für mich nur einen Grund, in Ilanz einen Boxenstopp einzulegen. Das ist, und leider muss ich nun schreiben, das war der originelle Einkaufsladen Negozi, der mit Lebensmitteln, Büchern und Textilien aufwartete. Nun gibt es seit einem Jahr eine neue Adresse, die in einem wundervollen Haus aus dem 16. Jahrhundert lockt. Inge Graiss und Daniel Truniger haben während eines Vierteljahrhunderts die Brasserie Süsswinkel in Chur erfolgreich geführt. Mit den sympathischen Gastgebern und der mit viel Fingerspitzengefühl renovierten «Städtlibeiz» ist Ilanz um eine Attraktion reicher, was der Stadt nur gut tut. Viel schöner und schlichter lässt es sich in einer Beiz nicht sitzen. Das Essen ist genauso schnörkellos wie die Beiz. Angerichtet wird auf weissen, runden Tellern, sodass sich das Auge voll und ganz auf das Gericht konzentrieren kann. Kein Firlefanz, kein gar nichts stört. So stelle ich mir Capuns und einen Schmorbraten mit Polenta vor. Aufgetischt von Inge Graiss, die ebenso kompetent und mit diskretem Charme Weine empfiehlt, kredenzt und ihre Gäste aufmerksam durch den Abend begleitet.

7130 Ilanz, Rosmaringässli 1, 081 925 20 25, www.staedtlibeiz.ch

Scarnuz Grischun

Eine für alle, alle für eine Seit über zwanzig Jahren produzieren Bündner Bäuerinnen ihre selbst hergestellten Spezialitäten und versenden sie im typischen Papiersack, dem Scarnuz, per Post in jede Ecke der Schweiz. Die Bäuerinnen teilen sich in die Regionalgruppen Albula, Surses, Engiadina und Prättigau auf. Jede Gruppe hat ihr eigenes Sortiment, ihre eigenen Spezialitäten. Vom Nusswasser bis zu den Totenbeinli, Dörrschnitzen, Nusstorte, Konfitüren, Alpkäse und so einiges mehr. Alles da, was das Herz begehrt.

www.scarnuz-grischun.ch

Pensiun Alpina

Die schönste Terrasse der Schweiz Die Pensiun Alpina war einst das Schulhaus von Lumbrein. Heute ist es eine etwas in die Jahre gekommene Pension. Sanfte Renovationen sind geplant, zum Teil im Gang und werden irgendwann mal abgeschlossen sein. Und wenn nichts in Gang kommt, ist es auch egal. Denn was hier zählt, ist die herzliche Gastfreundschaft von Tochter und Mutter, Carla und Margrita Capaul, und der wunderbare Aussichtsbalkon hinter dem Haus. Blechtische und Holzstühle stehen im Gras und warten darauf, in Beschlag genommen zu werden, sekundiert von einem atemberaubenden Ausblick. Hier zivilisiert eine Flasche zu leeren, wird zum Entspannungsserum, das jede Zelle durchdringt und sie nicht mehr verlässt. Dazu ein Stück der sensationellen Rüeblitorte mit Frischkäse, und alles wird einem egal. Auch die Abfahrtszeiten des Postautos, zumal einige Gästezimmer zum Bleiben animieren.

7148 Lumbrein, Fontauna 32, 081 931 15 37 oder 079 798 27 47, www.alpinalumbrein.ch

Ustria Stiva Grischuna

282 Flaschen Zuerst war es meine ehemalige Partnerin, die mir von der Küche vorschwärmte, dann berichtete Andreas Caminada in den Medien, dass er immer wieder gerne in der «Stiva Grischuna» bei Elisabeth Coray einkehre, die gemeinsam mit ihrer Schwägerin Anna Canetas-Coray wunderbar einfache Gerichte koche. Mehr Komplimente gehen eigentlich nicht, und ich stimme in den Lobgesang mit ein. Ob in der guten Stube oder auf dem Freisitz zum Aperitif – allein schon die stimmungsvolle Atmosphäre ist die Reise wert. Um 14 Uhr öffnet die «Ustria», und ab 18 Uhr wird gekocht. Und wie gekocht wird! Einfach himmlisch. Capuns, Maluns und Gulasch mit Bizochels, wie sie besser nicht sein könnten. Göttlich gar wird es bei den Raviuls, deren Füllung unter anderem aus gedörrten Birnen und Zwetschgen besteht. Vervollständigt wird das Angebot durch eine kleine, feine Weinauswahl. Bemerkenswert hier der Resvegl (Rebsorte Solaris), der von Aron Candrian 2012 in Sagogn angepflanzt wurde und von dem der Jahrgang 2018 exakt 282 Flaschen ergeben hat.

7152 Sagogn, Via Vitg Dado 5, 081 921 60 70, www.stiva-grischuna.ch

Restaurant Alpina

«I bi de Kurt» Wer wert auf formvollendete Etikette legt, ist bei Kurt fehl am Platz. Wer zu ihm kommt, wird geduzt. Egal, wer da kommt. Kurt ist ein Wirt wie aus dem Bilderbuch. Bodenständig, redselig und ein guter Zuhörer. Er ist ein geerdeter Mensch, der auch noch kochen kann und seine Gäste mit einfachen Gerichten verwöhnt. Zum Pflichtprogramm gehören für mich die Käsewurst und die hausgemachte Siedwurst oder der obligate Evergreen «Hörnli mit Ghackets». Für schöne Damen deckt Kurt den Tisch auch gerne mal weiss ein, das Essen bleibt sich aber gleich. Mittlerweile sind Kurt und das am Eingang des Panixertals gelegene Bergdorf Pigniu so miteinander verbunden, wie der Papst mit dem Vatikan.

7156 Pigniu, Miasas 28, 079 620 12 16, www.alpina-restaurant-pigniu.ch

Ustria Steila

Tradition reloaded Streunen im Val Lumnezia, bummeln in der Surselva, ankommen in Siat. Eine kulinarische Langstreckenläuferin und eine geerdete Spitzenköchin ist Gabriella Cecchellero, die sich schon vor Jahren vom Punkte- und Sterne-Karussell verabschiedet und sich mit ihrem Partner Hugo Hess in die Provinz zurückgezogen hat. Ihre Kochsprache ist stärker denn je und überzeugt mit einer klaren Ansage für Zunge und Gaumen, die einfach nur Freude macht. Wer Wein mag, geht gleich selbst in den Keller und wählt sich eine Flasche aus oder lässt sich von Hugo Hess kompetent beraten. Er ist ein aufmerksamer und zugleich distanzierter Gastgeber, der lieber ein Wort zu wenig als zu viel sagt. Überschwänglichkeit und vertrauliches Schulterklopfen sind nicht sein Ding. Dafür Höflichkeit und Ehrlichkeit. Die «Ustria Steila» ist eine Begegnungsstätte im Bergdorf Siat. Mit der Unterstützung des Zürcher Unternehmers und Schöngeists Theo Schaub und dem Können des Bündner Stararchitekten Gion A. Caminada ist hier ein eigenwilliges modernes Haus entstanden, in dem man gerne länger verweilt.

7157 Siat, Vitg 12, 081 925 19 19, www.ustriasteila.ch

Mazlaria Schmed

Wir sind … einheimisch und denken und arbeiten so. Diese klare Ansage macht die Metzgerei Schmed aus Brigels nicht ohne Stolz. Zu Recht, ist doch die 1969 gegründete Metzgerei ein Vorzeigebetrieb, der es nicht Wurst ist, was sie verkaufen. So kommt ihr Fleisch vom Vieh von der Wiese nebenan und nicht von irgendwo sonst, nicht aus Tiergefängnissen, sondern von Bauern, für die eine artgerechte Tierhaltung nicht Trend, sondern seit jeher eine Selbstverständlichkeit ist. Seit 1993 führt Venanzi Schmed in zweiter Generation die Metzgerei. Lokal, frisch, sympathisch. Mit eigenem Schlachthof und zehn motivierten Mitarbeitern. 40 verschiedene Salsiz lassen den Kunden rätseln, welcher wohl am besten zu seinem Gaumen passt. Ich bleibe immer beim Steinbock- und beim Leber-Salsiz hängen. Da wären aber auch noch der Beinschinken, der Pfefferspeck, der hausgemachte Rohschinken oder das Brigelser Trockenfleisch.

7165 Brigels, Cadruvi, 081 941 15 77, www.metzgerei-schmed.ch

Ustria Val Sumvitg

Beinvegni e viva! Es gibt Beizen, da geht man nur mit den besten Freunden hin und bleibt. Die Ustria Val Sumvitg ist so eine. Wunderschön gelegen, abseits jeglichen Rummels ist die Beiz für sich allein schon eine Augenweide. Authentisch, echt, sympathisch. Wer hierher kommt, nimmt sich Zeit oder lässt es gleich bleiben. Capuns, Maluns, Bündner Gerstensuppe sind hier wunderbare aromatische Klassiker, die einfach Freude bereiten. Wer vor Ort schläft, hält sich abends an die Halbpension und lässt sich mit einem Pilzrisotto der besseren Art und anderen schönen Dingen verwöhnen. Wildpfeffer aus eigener Jagd zum Beispiel. Alles gut? Alles!

7173 Surrein-Val, Val 392, 079 357 85 74 und 081 943 11 96, www.ustriavalsumvitg.ch

Hof Bubretsch

Aus erster Hand Erdbeerwein kann eine klebrige und pampige Angelegenheit sein oder aber fruchtig, erfrischend, mit einem betörenden Süss-Säure-Spiel. Die Engländer sind Experten in Sachen Fruchtweinen, von denen ich den Johannisbeer- und den Rhabarberwein besonders liebe. In der Schweiz hat es mir der Erdbeerwein der Familie Pelican angetan, deren Erdbeeren in integrierter Produktion entstehen. Alles in bester Handarbeit. In einem Zweijahreszyklus wachsen so neben den reifen Erdbeeren die neuen Pflanzen für das nächste Jahr heran. Wer nichts mit Erdbeeren anzufangen weiss, weicht auf den würzigen Alpkäse oder den aromatischen Berghonig der sympathischen Bauernfamilie aus.

7173 Surrein, Plazzas, 081 943 11 65, 079 389 40 31, keine Website

Cuschina Menono

Mengia und Erwin Es war die Liebe, die den Südtiroler Erwin Braunhofer nach einigen Jahren in der «Krone» in Wassen über den Berg nach Camischolas geholt hat. Die Liebe heisst Mengia und ist die sympathische Gastgeberin der «Cuschina Menono», die mehr Privathaus als Restaurant ist. Erwin ist Verfechter einer Alpenküche, die viele regionale und saisonale Aspekte berücksichtigt, denen er seine eigenwillige Note verpasst. Steht Wild aus heimischer Jagd an, kann es schon mal vorkommen, das er aus einem Rehstück ein Cordon bleu schneidet, es mit Steinpilzen füllt und dem Fleisch einen Haselnussmantel umlegt. Erwin Braunhofer ist ein subtiler Koch, der frisch nach Lust und Laune und nur auf Voranmeldung kocht. Gegessen wird, was Saison und Küche hergeben. Immer eine gewichtige Rolle spielt bei ihm das Dessert, was bei einem gelernten Konditor auch irgendwie logisch ist. Und plagt ihn das Heimweh, kommen «Schlutzkrapfen» auf den Teller und Lagrein ins Glas.

7187 Camischolas, Via Alpsu 153, 079 220 40 53 oder 079 219 17 64, www.menono.ch

Steiger Pur

Mit Ross und Planwagen Vor einigen Jahren sind Iris und Cyril Steiger mit Ross und Planwagen durch die Lande gezogen und in Curaglia, im wilden Val Medel, hängen geblieben. Auf einem kleinen Betrieb haben sie an Steilhängen geschuftet und Erfahrungen gesammelt. Seit fünf Jahren sind sie nun in Camischolas. Die Produkte ihres Ziegen-, Wollschwein- und Käsebetriebs sind nicht nur bei Touristen, sondern auch bei den Einheimischen beliebt. Die mittlerweile fünfköpfige Familie ist im Val Tujetsch angekommen. Wer's gerne scharf mag, hält sich an die Ziegen-Chiliwurst, meinem Gaumen gefallen speziell die Lamm-Schaf-Wurst und die luftgetrocknete Coppa vom Wollschwein sowie der würzige Alpkäse. Zu kaufen gibt's die Produkte ab Hof, und ab und zu sind sie mit ihrem Verkaufswagen auf dem Gotthard- oder Oberalppass anzutreffen (Auskunft auf der Website).

7187 Camischolas, Via Clavaniev, 076 323 21 60, www.steiger-pur.ch

Lipp Weingut & Destillerie

Die Gedanken sind frei Angefangen hat alles mit den Störbrennern Margrit und Martin Kunz-Keller, die wohl als erste Profis in der Schweiz auf die Idee kamen, Karotten, Randen und anderes Gemüse zu Schnaps zu brennen. Nicht als Mode, sondern als anregenden Gaumenkitzel und natürliches Aroma für die Küche. Sie sind aber nicht beim Gemüse hängen geblieben, sondern haben sich erfolgreich mit ihrer Passion, dem Grappa, auseinandergesetzt. Mit zahlreichen prämierten Schnäpsen und Likören haben sie national für Aufmerksamkeit gesorgt. Hinzu kamen einfache, gute Weine von den eigenen Reben. Dies ist der erste Teil der Geschichte, der zweite geht mit Tochter Carina Lipp-Kunz weiter, die sich zur Winzerin aus- und weitergebildet hat und seit ein paar Jahren mit ihrem Mann Reto den Betrieb führt. Das Qualitätsdenken der Winzerin und das Resultat in den Flaschen erfreuen nicht nur die Stammkunden, sondern auch die Weinexperten. Bei den Schnäpsen gibt es neben Williams, Kirsch, Erdbeere und Himbeere auch Überraschendes wie Absinthe und Maienfelder Gin. Ein Gin, der locker mit denen von der Insel mithalten kann. Man darf gespannt sein, was als Nächstes kommt.

7304 Maienfeld, Fläscherstrasse 2, 081 330 15 55, www.lipp-destillerie.ch

Restaurant Falknis

Volltreffer Der «Falknis» ist ein Bild von einem Gasthaus, die Stube holzgetäfelt und ohne jeglichen Folkloreplunder. Einheimische, Reisende und Feriengäste vereinen sich an den Tischen. Die Auswahl der Gerichte ist durchdacht, nichts Spektakuläres, sondern einfach Gutes für Gaumen, Magen und Seele, was Gion Rudolf Trepp zu verdanken ist, der eine exzellente Küche pflegt, die allen gefällt. Cordon bleu, Vitello tonnato, Parpaner Hauswurst mit frisch zubereitetem Safranrisotto machen Appetit und vermitteln pure Freude und Lebenslust. Eine Extraklasse sind der hauseigene Schwartenmagen mit Kräutervinaigrette oder das Schweinskotelett mit Schwarte, der Mistkratzer oder ganz banal die Pouletflügel, an denen man den lieben langen Tag knabbern könnte. Dieses Einkehrglück ist jeweils von Donnerstag bis Montag ab 10 Uhr geöffnet. Es lohnt sich, seine Graubünden-Reise in diesen Tagen zu planen und auf der Autobahn den Blinker zu setzen.

7304 Maienfeld, Bahnhofstrasse 10, 081 302 18 18, www.restaurantfalknis.ch

NEU Zur alten Post

Museumsreif Bei Monika und Werner Ambühl lehnen sich die Gäste zurück, lassen die Routine aussen vor, lachen, sinnieren, diskutieren, essen und trinken. Das Ganze ist ein stimmungsvoller Ort mit einem durchmischten Publikum und einer grundehrlichen Küche. Ihr Gasthaus in der Viamala ist kein musealer Ballenberg, sondern vergessener Alltag von früher, konserviert für die Gegenwart. Nicht angemeldete Besucher werden mit einer Säumerplatte oder einer warmen Suppe bedient. Gäste, die länger verweilen wollen, rufen im Voraus an und bestimmen mit der Gastgeberin und Köchin Monika Ambühl das Wunschmenü. Die Köchin hat Prinzipien, und ihre Frischküche benötigt Vorbereitung. Wer die «Alte Post» besucht, nimmt sich Zeit, hört als Appetithappen den Einheimischen zu, isst Braten mit Kartoffelstock oder eine Bündner Wurst mit Polenta, in der Saison Spargeln aus Reichenau mit hausgemachter Sauce Hollandaise, trinkt dazu Wein (Veltliner oder Blauburgunder) und nippt danach am Schnaps oder bestellt sich einen Corretto. Werner Ambühl ist ein umsichtiger und herzlicher Gastgeber, an dem nicht nur seine Frau, sondern auch die zahlreichen Stammgäste ihre helle Freude haben.

7430 Rongellen, Italienische Strasse 3, 081 651 33 77, www.alte-post-rongellen.ch

Spezialitäten-metzg Splügen

Esst Wurst Tatsächlich geht es für einmal um die Wurst. Nicht als Kalauer, sondern weil die Würste von Orlando Strub einfach so grandios sind. Angefangen bei der Königin der Schweizer Würste, der Beinwurst, bis hin zur Schwartenwurst oder der Hirschbratwurst aus heimischem Wild. Aber da wären auch noch die Haus- und Käsewurst, das Vitellini vom Kalb oder der exzellente Cervelat. Von den Salsiz ganz zu schweigen, die in zahlreichen Varianten produziert werden. Das alles ergibt immer wieder geniale Geschmacksmomente, die nachhaltig im Gaumen und in der Erinnerung haften bleiben. Natürlich sind nicht nur die Würste begehrt, sondern in der Saison auch Gams und Hirsch, daneben Coppa, Speck, Jägerschinkli und Bündner Rohschinken. Eigentlich alles, was Orlando Strub produziert. Wer als Genussmensch auf der A13 verkehrt, setzt bei der Ausfahrt Splügen automatisch den Blinker.

7435 Splügen, Italienische Strasse 44, 081 664 11 07, www.strubmetzg.ch

Stizun da Latg

Eine Herzenssache Käser haben keine Freizeit. Kühe, Bauer und Milch können nicht warten. Die Käsemeisterin Maria Meyer und der Senn Martin Bienerth gönnen sich in der von ihnen gepachteten «Stizun da Latg» in Andeer sozusagen keine Freizeit, nehmen sich aber viel Zeit für Milch und Käse. So schmeckt auch das Resultat. Ihre Käse sind schlicht sensationell. Sie haben ein wundervolles Aroma und werden, bevor sie in den Verkauf kommen, von Hand liebkost. Täglich. Maria und Martin benötigen keinen TV-Spot, der nicht hält, was er verspricht. Ihr Käse spricht für sich und verblüfft die Fachwelt immer wieder, die mit Auszeichnungen nicht geizt. Aus ihren vier Grundrezepten haben sie sechzehn Sorten Käse entwickelt. Sie beliefern die Schweiz, das Ausland und Übersee. Aber auch diverse Gourmettempel, Delikatessenläden und Hotels sind dankbare Abnehmer, genauso wie der Nachbar von nebenan. Maria und Martin zahlen den Bauern für ihre Milch einen korrekten Preis und zeigen dem Grossverteiler, was möglich ist.

7440 Andeer, 081 661 13 15,
www.sennerei-andeer.ch

Kurhaus Bergün

Damenwahl Das Kurhaus Bergün ist eine ehrwürdige alte, aber quicklebendige Dame, die von den sympathischen Maya und Christof Steiner geführt wird. Hier elegant zu tafeln und danach in der Bar das letzte Glas auszutrinken, hat was. Auch die Sonnenterrasse ist an lauen Tagen ein Argument für die Einkehr. Das Haus macht von Beginn an gute Laune, lange bevor das Essen serviert und der Wein kredenzt wird. Dass hier auch noch zwischen gut und vorzüglich gekocht wird, lässt den Besuch für alle Romantiker zur Pflicht werden. Wenn ich an die Spaghetti mit Speck, Salsiz und Ei denke, habe ich bereits den Telefonhörer in der Hand, um zu reservieren, aber zuerst muss ich einmal mehr endlich diese neue Ausgabe zu Ende bringen. Das verhält sich auch diesmal nicht anders. Also nichts mit hausgemachten Ricotta-Gnocchi, dem Filisurer Bio-Lamm mit Polenta und dem hauseigenen Schokoladenkuchen. Auf ein Neues. Nach dem Buch. Dann aber wirklich.

7482 Bergün, Puez 112, 081 407 22 22,
www.kurhausberguen.ch

Hotel Piz Linard, Lavin

Hotel Piz Linard

Mitten drin Seit 150 Jahren steht das Hotel Piz Linard mitten in Lavin. Schön und lebendig, mit wachen Geistern und mit grossen Meistern im Verwöhnen. Allen voran Hans Schmid. Dichter, Denker, Turmzimmerwärter und Gastgeber in Personalunion. Die Gästezimmer geben sich einfach oder edel, klar oder verspielt, je nach Lust und Laune und Budget. Stimmungsvoll sind sie alle. Hinzu kommen wundervolle Begegnungsräume. Die Ustaria ist voller Licht und Leichtigkeit. Auf die Hotelgäste wartet der Arvensaal, der sich in unaufdringlich festlichem Glanz präsentiert. «Unsere Küche ist regional geprägt, von Neugier inspiriert, frisch zubereitet.» Rauchforellentatar, Gelbe-Rüben-Suppe, Gnocchi an Weissweinsauce mit Blauschimmelkäse und Lammrücken mit Polenta. Als Nachklang bieten sich die Engadiner Harten von Ziege, Schaf und Kuh oder der Zwetschgenofenkuchen mit Vanillesauce an. Die Weinkarte liest sich spannend, ist überlegt zusammengestellt, und dies zu reellen Preisen. Kurz: Ein lebendiger Ort und eine Oase für alle Fälle.

7543 Lavin, Plazza Gronda 2, 081 862 26 26, www.pizlinard.ch

Bistro Staziun

Halt auf Verlangen Das Bistro Staziun lässt spielerisch die alte Tradition des Bahnhofbuffets aufleben und ist unter diesen wohl das kleinste und schönste der Schweiz. Unter der Woche mutiert das Bistro zum stillen Wartesaal, an den Wochenenden läuft es zur Hochform auf und lockt eine bunte Gästeschar von Einheimischen und Unterländer Fussvolk an, die sich an Suppe, Fondue oder einfach an Käse und Trockenfleisch vom lokalen Biohof gütlich tun. Wer Glück hat und zur Zeit der «Metzgete» im Bistro landet, dem seien die Wollschweinwürste empfohlen. Aufgetragen wird lokal, zahlreiche Produkte stellen die Mitgastgeber Rebekka Kern und Jürg Wirth her. Das Bier ist von hier, die Weine sind aus der Bündner Herrschaft und aus dem nahen Veltlin oder überschreiten je nach Lust und Laune des Gastgeberteams auch mal die Kantonsgrenzen. Das Bahnhofbuffet von Lavin entwickelt sich zum sympathischen, unprätentiösen Kultur- und Kultplatz und wird wohl noch lange einer sein, auch dann noch, wenn der letzte Zug abgefahren ist.

7543 Lavin, 079 438 50 08, www.staziun-lavin.ch

Hof Uschlaingias

Der Bauer machts Jürg Wirth, der journalistische Bauer oder bauernde Journalist, schreibt unter anderem fürs Kulturreisemagazin «Transhelvetica» und bewirtschaftet gemeinsam mit Rebekka Kern den Familienbetrieb Uschlaingias in Lavin. Bewirtschaftet wird die Fläche von 20 Hektaren nach biodynamischen Richtlinien, auf der sich Rätisches Grauvieh, Wollschweine und Esel tummeln. Sämtliche Milch wird zu Käse verarbeitet und alle Produkte werden direkt ab Hof verkauft. Darunter auch ProSpecieRara-Kartoffeln und Artischocken (!). Hinzu kommt das Bistro Staziun im Bahnhof Lavin, in dem an den Wochenenden Rebekka Kern Wurst, Käse oder mal ein Fondue auftischt.

7543 Lavin,
081 860 33 41 oder 079 438 50 08,
www.uschlaingias.ch, www.staziun-lavin.ch

Metzgerei Hatecke

Der Edelmetzger Wer das erste Mal Produkte von Ludwig Hatecke kauft, mag etwas irritiert und sich nicht ganz sicher sein, ob in der edlen Verpackung auch tatsächlich ein Salsiz steckt. Er steckt! Hatecke macht nicht nur den Unterschied im Fleisch, sondern gibt seinem Erscheinungsbild ein ausgeklügeltes Design, das für einen Metzger wohl einzigartig ist. Geschmack sichtbar machen. Schweinsleberwurst, Gamsschlegel, Hirschwurst, Coppa, Brühwürste, die Arme-Leute-Kartoffelwurst als Meisterwerk oder die Qualität eines Salsiz ohne Fett, ohne Sehnen, nur pures Fleisch von Tieren, die artgerecht auf Engadiner Wiesen aufgewachsen sind. Hut ab vor so viel Qualitätsbewusstsein.

7550 Scoul, Stradun 197, 081 864 11 75,
www.hatecke.ch

Gasthaus Avrona

Ein Glücksfall Viel schöner geht's nimmer. Und herzlicher schon gar nicht. Dazu eine Aussicht, die passt. Das Ganze ist ein Hideaway im Weiler Avrona oberhalb von Tarasp. Am Mittag hat die Oase für spontane Gäste offen. Am Abend werden die Tische für die Hotelgäste und, falls es noch Platz hat, für Auswärtige auf Voranmeldung reserviert. Claudia Kläger hat sich hier innert kürzester Zeit ein Refugium geschaffen, das, hat man es erst einmal erreicht, einen magisch festhält. Romantiker wie Pragmatiker quartieren sich hier ein und fühlen sich wohl. Die Stüva und der Blick von der Terrasse sind zwei Highlights, zu denen sich noch die guten Gerichte gesellen, mittags etwa ein Dinkel-Roggen-Brot aus dem Holzofen und Ochsenherztomaten oder eine geräucherte Engadiner Bratwurst mit Polenta. Am Abend wird dann die Kür zelebriert mit einem in vier Gängen servierten Überraschungsmenü. Die Stiftung Bergschule Avrona hat 2018 das Gasthaus von den langjährigen Besitzern Peter und Helen Witmer kaufen und Claudia Kläger verpflichten können, die während einigen Jahren im «Piz Linard» in Lavin eine exzellente Kochsprache zelebrierte.

7553 Tarasp, 081 861 20 20,
www.avrona.ch

Pensiun Aldier

Immer gerne Carlos Gross ist ein Schöngeist, ein Mann von Welt, ein Gentleman. Er sammelt Walderdbeeren und produziert wundervolle Konfitüren. Er ist ein Querdenker und ein Müssiggänger, Geschäftsmann und Hotelier. Er hat Erfahrung und Geschmack, kultiviert die Tafelfreuden und ist der Kunst zugetan. Er kann zuwarten, zuhören und unaufgeregt antworten. Wer die Pensiun Aldier besucht, lässt sich auf kein Abenteuer ein, sondern auf ein kleines, feines Hotel, das etwas anders tickt als andere. Mit einem Heringssalat an Sauerrahm und Apfel zum Beispiel. Oder mit einer wunderbaren Minestrone, serviert ohne Schnörkel. Das Team ist spontan, natürlich und bodenständig. Allen voran Geschäftsführerin Nadia Rybarova, die mit Augenmass dafür sorgt, dass das «Aldier» so zuverlässig läuft, wie ein Rolls Royce mit Chauffeur. Gipfel, Wälder, gleissendes Licht, der Himmel in hypnotisierendem Blau, die Luft rein. Sent und «Aldier» sind eine Reise wert.

7554 Sent, Plaz 154, 081 860 30 00,
www.aldier.ch

Bun Tschlin: diverse Betriebe

Samnaun? Nein, Tschlin! Samnaun, wo tagein, tagaus zollfrei eingekauft wird, kennen alle. Ein unwirklicher Ort, an Widersprüchen kaum zu überbieten. Ganz anders Tschlin, das wunderschöne Dorf in der Mitte von Nirgendwo. Wer hier überleben will, muss Ideen haben und Qualität als natürliche Pflicht anerkennen. Was hier zählt, ist nicht allein der schnöde Mammon, sondern das Einzigartige. Das findet man in Tschlin gleich vierzehnmal. In vierzehn kleinen lokalen und innovativen Betrieben. Unbedingt hingehen, und wenn sich vor Ort Hunger und Durst bemerkbar machen, wartet das «Hôtel Macun» mit seiner kleinen, sonnigen Terrasse auf den Gast.

7559 Tschlin, 081 864 02 02, www.buntschlin.ch

NEU Belvedere

Allegra Eine subtile Verbindung zwischen Klassik und Moderne, alles mit Stil, die Gastgeber gesegnet mit Herzlichkeit und Können, das sind die Merkmale, die das «Belvedere», dessen Name Programm ist, auf der Alp Grüm so auszeichnen.Die Aussicht ist so phänomenal, wie das Essen vorzüglich ist. Es wird frisch gekocht, liebevoll angerichtet, subtil gewürzt, kurz, das Qualitätsdenken der Gastgeber lässt sich auf der Zunge und im Gaumen erspüren. Die Zimmer sind schlicht, die Luft rein, die Ruhe himmlisch auf 2189 Metern über Meer. Schleckmäuler kommen am hausgemachten Kuchen nicht vorbei, Weinnasen freuen sich über das sorgfältig zusammengestellte Angebot, und Schlemmer halten sich an die Käse-, Wurst- und Trockenfleisch-Spezialitäten. Den Rest macht die Natur mit ihrer reichen Alpenflora und der bunten Vogelwelt, während Bahnfreunde den Tag auf der Sonnenterrasse verbringen und die kurvenreiche Strecke des legendären Bernina Express beobachten.

7710 Alp Grüm, 081 844 03 14, www.belvedere-alpgruem.ch

NEU

Hostaria del Borgo

Unscheinbar Weinnasen erkennen die Oase sogleich und treten ein, Frischlinge setzen den ersten Fuss etwas zögernd über die Schwelle. Die «Hostaria del Borgo» ist Weinbar und Restaurant zugleich, gibt sich rustikal und modern, sodass sich Puristen wie Trendsetter wohlfühlen und an der Bar miteinander ins Gespräch kommen oder auch nicht. Mitten im historischen Zentrum von Poschiavo werden traditionelle Gerichte aufgetischt mit unverfälschten Produkten aus dem Valposchiavo und dem nahen Veltlin. Wer mit ein paar Freunden kommt, bestellt, teilt und isst sich schon beim Aperitif durch die exzellente Produktauswahl, bestehend aus Würsten, Käse und Trockenfleisch. Dann einen Löffel voll von der rustikalen Buchweizensuppe, gefolgt von Pizzocheri, Capunet, Polenta mit Spiegelei und Speck, Haxe, gekochter Mortadella – und dabei das Teilen nicht vergessen. Sonst wird das nichts mit dem «Sich durch die Karte Essen». Dazu Weine aus dem Veltlin, Nebbiolo aus dem Stahltank, klar, frisch und trinkig. Eine wundervolle Adresse.

7742 Poschiavo, Via da Mez 135,
081 844 00 79, www.hostariadelborgo.in

Nühus

Entdeckt Auch der Schweizer Heimatschutz hat das Kleinod entdeckt und lobt das «Nühus» in seinem Guide «Die schönsten Hotels der Schweiz», der wärmstens zu empfehlen ist. Das «Nühus» ist ein Platz mit Perspektive, ein Ort mit Geschichten und Gerichten, die abends als Dreigänger aufgetischt werden. Zum Wohlfühlfaktor gehören auch der Specksteinofen, das Kaminzimmer und die stilvolle Möblierung. Der Zauber des Ortes macht auch die Lage aus, in der die natürliche Entspannung auf einem Graspolster zu den kleinen Schönheiten zählt. Eine verwunschene Einkehr.

7107 Safien Platz, Bruschgaleschg,
079 590 11 77, www.safientalferien.ch

Berghaus Splügenpass

Einsam am Pass Herzlich ist der Empfang von Felicitas und Andreas Gisler in ihrem zweihundert Jahre alten Berghaus. Die historischen Doppelzimmer sind einladend, die Gemeinschaftsduschen stilvoll. Mit dem Kauf des Berghauses haben sich die Gastgeber einen Traum erfüllt und ihre Passion zur Profession gemacht. Mit der Hilfe von Freunden und Familie und viel Eigenleistung ist ein Bijou entstanden. Eine Oase zum Essen, Trinken, Schlafen und Träumen. Reizvoll, überraschend, gastfreundlich, anders. Gewirtet wird am Wochenende. Unter der Woche gehen sie ihren Berufen nach. Am Abend gibt es ein Menü mit saisonalen Produkten. Stets schnörkellos, geradlinig und gut. Die Gäste palavern, lachen und trinken. Fremde werden schnell zu Freunden. Dies auch an den spannenden Themenabenden, mit denen Felicitas und Andreas ihre Gäste immer wieder überraschen und die für alle Beteiligten wunderschöne Momentaufnahmen sind.

7435 Splügen, Splügenpassstrasse 130,
081 664 12 19,
www.berghaus-spluegenpass.ch

Berghaus Splügenpass

Markt in Bellinzona

Mercato del Sabato Der bei den Einheimischen beliebte und bei zahlreichen Touristen noch immer unbekannte Samstagsmarkt in Bellinzona lohnt einen Boxenstopp für Salume und Co. Dann, wenn das Ferienhaus wartet oder die Heimreise ansteht. An heissen Tagen die Kühlbox nicht vergessen. Nicht, dass die gekaufte Ware noch ins Schwitzen kommt. Nebenbei: Kaufen Sie dort ein, wo die Nonnas Schlange stehen. Dann kann nichts schief gehen.

6500 Bellinzona, Piazza Nosetto, jeweils Samstag 8 bis 12 Uhr

Casa Vanolli

Am Anfang der Welt Indemini ist ein pittoreskes, verkehrsfreies Bergdorf im Valle Veddasca an der Grenze zu Italien. Mittelalterlich, malerisch und fast unberührt liegt es am Hang. In den Achtzigern erlebte Indemini einen Boom wie zu seinen besten Zeiten. Familien zogen her, Kindergarten und Schule wurden eröffnet, bis der Alltag die Visionen vom besseren Leben wieder platzen liess. Übrig blieben treue Indemini-Pilger wie Rosmarie Brennwalder und Beat «Bewe» Wüthrich, die nach ihrer Pensionierung ins Bergdorf zogen, heute Ferienhäuser unterhalten, bewirtschaften und Goldmelissensirup, Limoncello sowie Grappa herstellen. Wer den Reiz von Indemini erleben will, der kommt in der Zwischensaison, mietet sich im rustikalen Rustico von Rosmarie und Beat ein, verbringt die Tage am Dorfbach und vor dem Kamin und schlägt dem Alltagstrott ein Schnippchen.

6571 Indemini, 091 780 44 70, www.lunasole.ch

NEU Grottino Ticinese

Authentisch So nah bei Ascona, so nah bei den Schönen und Reichen und jenen, die es gerne wären und nie sein werden. Klingt nach Klischee, ist es auch und ist trotzdem was dran. Der Lago Maggiore kann ein Stimmungsverstärker, aber ebenso ein Stimmungskiller sein, nämlich dann, wenn die Heerscharen von Touristen die Seepromenade stürmen, dann hilft nur noch die Flucht ins Hinterland oder nach Losone ins «Grottino Ticinese». Unverwüstlich, zuverlässig, herzlich, kompetent und gut – das sind die Merkmale von Sandra und Claudio, die hier seit über zwanzig Jahren ihre Vorstellung von Gastlichkeit wunderbar umsetzen. Zu Beginn eine Platte Salumi misti oder nur weisser Speck, der in Lorbeer, Pfeffer, Salbei und Salz gelagert wurde, gefolgt von einem herrlich bitteren Cicorietta con cipolle. Dazu einige Scheiben Brot mit Olivenöl und Knoblauch, danach ein hervorragender Risotto (Safran oder Steinpilz) oder eine überbackene Polenta, die keine Wünsche offen lässt, oder – was hier schon fast Pflicht ist – eine Portion der exzellenten Gnocchi al burro e salvia. Grazie an Sarah Rohner vom «Dornacherhof» (siehe Seite 101) für diesen Tipp.

6616 Losone, Via San Materno 10, 091 791 32 30, www.grottino-ticinese.ch

Osteria Grotto da Peo

Mit Aussicht An und für sind mir Grotti auf dem Sonnenhügel von Ascona suspekt. Auch dann, wenn ich sie nicht kenne. Ich lasse mich eigentlich nie dazu überreden, sie näher kennenzulernen. Auch das «da Peo» bildete da keine Ausnahme – ich musste förmlich zum Aufstieg gezwungen werden. «Dieses oder keines», lautete der Marschbefehl. Wer von ganz unten zu Fuss nach ganz oben auf die 900 Meter über Meer kraxelt, darf sich einige Kalorien gönnen. (Ein Wochenende sollte es für dieses Unterfangen aber besser nicht sein.) Was auf die Teller kommt, kocht ein Team, das sein Handwerk versteht und Hand in Hand arbeitet. Und die Aussicht ist tatsächlich beeindruckend, wobei ich genauso gerne am Tisch vor dem Kamin sitzen würde, wenn mal nicht die Sonne scheint und die Beiz nicht von Tagesausflüglern und Sonnenanbeterinnen gestürmt wird. Kaninchen, Costine, ein geniales Kotelett, karamellisierte Formaggini und vieles mehr.

6622 Ronco sopra Ascona, Via ai Monti, 091 791 70 00, keine Website

Senzapunti

Entspannt Die Bezeichnung «ohne Punkte» stammt von dem nach St. Gallen und wohl bald wieder nach Bern umgezogenen Spitzenkoch Beat Blum, der hier in Contra ein intensives, leider nur kurzes Gastspiel gab. Heute sind es Gabi und Markus Baumann, die hier kochen, Gäste verwöhnen und einen Gunstplatz schaffen, der ein Tessin ohne Pomade garantiert. Schlicht, einfach, effizient und gut, das sind die Zutaten, mit denen sie punkten, unterstützt von Luigi Petrella, Beatrice Ritter und Beatrice Züst. Auf weissen, runden Tellern werden Klassiker auf leichte Art serviert, deren Geschmacksnoten sich auf das Wesentliche konzentrieren und das Grundprodukt so belassen, wie es schmeckt. Sagen alle, machen aber nur wenige. Kaninchen, geschmortes Rind – es wird in bester Qualität gekocht, was die traditionelle Tessiner Küche ausmacht. Dass die Baumanns entspannter als andere Gastgeber auftreten, hat wohl auch damit zu tun, dass der langjährige Immobilienentwickler seine Schäfchen im Trockenen hat und aus purer Lebensfreude wirtet.

6646 Contra, Via Contra 440, 091 600 15 15, www.senza-punti.ch

Macelleria Salumeria Freddi

Wider den Verlust der Tradition Die amtlichen Bestimmungen führen ad absurdum und zahlreiche Kleinmetzgereien in den Ruin. Was übrig bleibt, sind zentrale Schlachthäuser, Fleischfabriken ohne Seele. Eine kleine Bastion an Metzgern wehrt sich mit Innovation und Qualitätsanspruch gegen diesen Trend. Wie die Brüder Nicola und Fabio Freddi, die mit ihren Spezialitäten die ganze Region nach Intragna locken, während ihnen im Alltag die Talbewohner die Treue halten, im Wissen, dass es die einzige verbliebene Metzgerei im Centovalli zu pflegen gilt. In der Saison gibt es das Hinterbein von der Gämse, das die Brüder poetisch «Violina di Camoscio» nennen und zu einer Delikatesse lufttrocknen. Daneben aber auch eine Mortadella, die nichts mit dem Bologneser Namensvetter gemein hat und in der rohen Variante auf Linsen oder Bohnen zum frugalen Mahl mutiert, oder Salami und zahlreiche andere Würste.

6655 Intragna, 091 796 12 49, keine Website

NEU Osteria Bordei

Ein Traum Wer träumt nicht von einer Oase im Tessin, in der die Feigen vom Baum fallen und der Kellner den Gast mit Grandezza zuvorkommend bedient. Weit weg von Promenade und Pomade findet sich im Centovalli mit der Osteria Bordei ein solcher Glücksort, der alles bietet, wovon die Deutschschweizer Seele träumt. Drückt der Nebel, verströmt der offene Kamin wohltuende Wärme, scheint die Sonne, bietet der lauschige Garten die richtige Temperatur. Hinzu gesellt sich eine faszinierende Aussicht auf die Berge. Gastgeber Marco lebt in Luino, seine Mitarbeiterin wohnt im Valle Vigezzo. Kulinarisch bekommt der Gast gute Klassiker wie Risotto al Merlot con Luganighette oder Tagliata di manzo und als Süsses eine Kastanienglace mit Beeren. Bei den Weinen empfiehlt Marco etwas zwischen Tradition und Innovation. Wer diese Oase länger geniessen will, bezieht eines der stilvollen Gästezimmer. Alles gut? Die Osteria Bordei ist eine zarte Pflanze, die gepflegt werden muss. Das wissen ihre Besitzer, und das wissen auch Enthusiasten wie der ehemalige TV-Mann Stefan Tabacznik und der Autor, Publizist und Dozent Hans R. Amrein, die – der eine am Herd und der andere im Hintergrund – die Osteria Bordei mit ihrem Wissen und Können unterstützen. Am besten im Frühsommer 2021 mal vorbeischauen und nachschmecken, wie sich das Ganze entwickelt hat.

6657 Palagnedra, Bordei, 091 780 80 05, www.osteria.bordei.ch

NEU Antica Osteria del Ghiridone

Zeitreise Am langen alten Tisch vor dem grossen Kamin sitzen, über das Leben reden, über die Abgeschiedenheit sinnieren und ein Glas mehr trinken, im Wissen, dass im Haus ein Schlafzimmer wartet – das sind die wahren Tessiner Momente, von denen die Seele noch lange zehren wird. Vornehmlich im Herbst, wenn die Nebelschwaden ums Haus streichen, das Feuer knistert und die Stammgäste auf den zwei Holzbänken im (!) Kamin sitzen und den Dorfklatsch nach allen Regeln der Kunst und ohne Facebook, aber mit Grappa pflegen. Nein, kein Blablabla, sondern Alltag in Palagnedra. 2010 wurde das Haus mit Augenmass renoviert, hat an Substanz gewonnen und ist nach wie vor der Treffpunkt im Dorf, in dem eine gute Traditionsküche gepflegt wird. Mit Kastanien, Polenta, Luganighe, Cotechino, Salami, Mortadella di fegato, Merlot und Bondola inmitten einer guten und grundehrlichen Stimmung. Grazie.

6657 Palagnedra, 091 798 12 21, www.osteriadelghiridone.ch

TESSIN

Hostelleria

Sozialstation mit warmer Küche Aus dem Maggiatal bei Cevio führt eine in den Hang gelegte Strasse steil bergan nach Bosco Gurin und ins Valle di Campo. Allein von Cevio bis Linescio sind zehn extreme Kurven und 220 Höhenmeter zu bewältigen. Kein Problem für Auto und Postauto, ambitiös für Velofahrer. Das alte Terrassendorf Linescio ist baulich und landschaftlich ein Höhepunkt. Das Dorf wurde am steilen Hang auf kleinen Geländeterrassen erbaut. Häuser, Felder und Weiden wurden von Trockensteinmauern gehalten, bis sich Abwanderung, Erosion und Zerfall breit machten. Ein Teil des Bergdorfes ist heute wieder sorgfältig restauriert, aber bis auf einzelne Hausgärten wächst auf dem mühsam zusammengehaltenen Grund nicht viel mehr als Rasen. Um der während Jahrhunderten von Hand geschaffenen und erhaltenen Terrassen-Kulturlandschaft wieder Leben einzuhauchen, haben sich einige Gleichgesinnte in der Fondazione Rivivere zusammengetan. Mit Unterstützung des Fonds Landschaft Schweiz, der Stiftung für Landschaftsschutz, des Kantons Tessin, der Berghilfe, von Sponsoren und unentgeltlich krampfenden Kämpfern konnten Landschaftseinsätze stattfinden und die heutige «Hostelleria» verwirklicht werden. Entstanden ist ein Bijou für unverbesserliche Pragmatiker, die ihre Reise nach damals mit dem Komfort von heute verbinden wollen. Das Ganze ist ein idealer Begegnungsort für Familien, Freunde, unkomplizierte Gesellschaften, Weltverbesserer mit Bodenhaftung und andere. Wer in einem der patinierten Ferienhäuser nicht Selbstversorger sein will, lässt sich im hauseigenen «Grottino» mit Tessiner Spezialitäten verwöhnen. Gute Tage im Tessin ohne Protz und Promenade von und mit dem Initiator und der guten Seele des Ortes, Umberto Florèo.

6682 Linescio, Canton Sott' 1,
079 839 89 88, www.hostelleria.ch

Hotel Fusio

Am Ende der Welt Claudia Muntwyler und Urs Hofer empfangen in ihrem Kleinod Gäste, die sich nichts mehr beweisen müssen. Auch die Gastgeber müssen sich nichts mehr beweisen, sondern zelebrieren an diesem aus der Welt gefallenen Flecken professionelle Gelassenheit. Bei ihnen findet das Leben in all seinen Facetten statt. Losgelöst von Hektik und Lärm. Heitere Momente wechseln mit ruhigen, witzige lösen schräge ab. Auf dem speziellen Freiluftplatz, der durch die Dorfstrasse getrennt wird, sitzen Habitués und sinnieren in der Abgeschiedenheit bei einer Flasche Wein über das Leben. Einheimische und Durchreisende tauschen sich aus oder lauschen der Maggia, die an ihnen vorbeirauscht, während es sich die Hotelgäste im Garten im Liegestuhl bequem machen. Die Küche überzeugt mit Klassikern wie Brasato und Polenta, mit lokalen Produkten und passt zum Gesamtkunstwerk Hotel Fusio.

6696 Fusio, 091 600 09 00, www.hotelfusio.ch

Caseificio Töira

Alles bio oder was Die Ricotta-Gnocchi von Hedi Roth und Giampaolo Marchi, dazu etwas Butter und Salbei – und schon kommt Ferienstimmung auf. Vor dem Essen vielleicht noch eine kleine Wanderung in der unberührten Pflanzenwelt am Lukmanier, und der Glaube an das Gute der Schweiz und seiner Bewohner kehrt zurück. Klar, es sind auch keine Politiker, welche die Milch und den Käse der Biomolkerei in Olivone produzieren, sondern zwei geerdete Gutmenschen, die gar nicht anders können, als nur Gutes herzustellen.

6718 Olivone, Via Lucomagno 91, 091 872 11 06, www.caseificiotoira.ch

Grotto Rodai

Nächster Halt: Rodai Wer in der Leventina von einem staufreien Zollübergang in Chiasso und einem späten «Pranzo» an der ligurischen Küste träumt, träumt tatsächlich. Besser ist es, gleich in Giornico den Blinker zu setzen und im Grotto Rodai auszusteigen. Hier wird gradlinig gekocht, mit lokalen Produkten, einfach und gut. Was auf den Teller kommt, überzeugt mit Aromen, ist luftig und nie zu schwer. Eine schnörkellose Küche, zu der die Weinauswahl perfekt passt. Steht der gebackene Schweinsnacken auf dem Programm, wird nicht lange überlegt, sondern bestellt. Aber auch beim Risotto mit Zincarlin oder bei der Polenta mit Mortadella kommt Freude auf. Im Grotto grüsst kein Maisdekor von der Decke, ins Auge sticht wohltuende Schlichtheit, die im Garten unter den Bäumen an Steintischen ihre Fortsetzung findet. Ligurien? Warum Ligurien?

6745 Giornico, Via ai Grotti 25,
091 864 10 19, www.grottorodai.ch

Vini Bettoni

Bekannt unbekannt Eigene Weinberge, eigene Trauben, eigener Wein. So grüssen Renate Süess und Corrado Bettoni von ihrer Website, die auf den ersten Blick nur wenig von ihren eigenwilligen, grossartigen Weinen vermittelt. Es sind eben keine modischen Blendwerke, sondern Gewächse, die sich durch stilistische Klarheit auszeichnen. Der «Nöda», der zu neunzig Prozent aus Sauvignon Blanc besteht und den Corrado Bettoni mit einigen lokalen Traubensorten ergänzt, ist immer schnell ausverkauft. Von meinem Liebling «Tòpia», eine Assemblage aus Bondola und Merlot, der im Seignée-Verfahren hergestellt wird und frisch, blumig daherkommt, gibt es aber noch einige Flaschen genauso wie vom Bondola, der sechzehn Monate im Eichen- und Kastanienfass reifen darf, von Hand homogenisiert und nicht filtriert.

6745 Giornico, Fond d'la Tera,
078 852 14 74 oder 078 646 74 73,
www.vini-bettoni.ch

Osteria Anzonico

Gute Nacht … Im Aussenposten «Bellavista» oberhalb der A2 in der Leventina verwöhnen Claudia und Francesco ihre Gäste mit einer grundsoliden Küche, über die im Tessin viele Köche reden, die aber nur wenige kochen. Hier werden gute, reelle, frische Gerichte aus heimischen Produkten aufgetischt. Kaninchen, Gnocchi mit Speck oder «Pom e pasta», ein traditionelles Tessiner Gericht, das wir nördlich des Gotthards als Älplermagronen kennen. Das «Bellavista» ist nicht nur eine gute Essens-Adresse, sondern bietet sich bei Stau auf der Betonpiste als einfaches Nachtlager an. Übrigens! Wenn die gekonnt zubereiteten Gerichte wieder auf gewöhnlichen runden Tellern serviert werden, ist für mich alles gut.

6748 Anzonico, 091 865 12 20, www.osteriaanzonico.ch

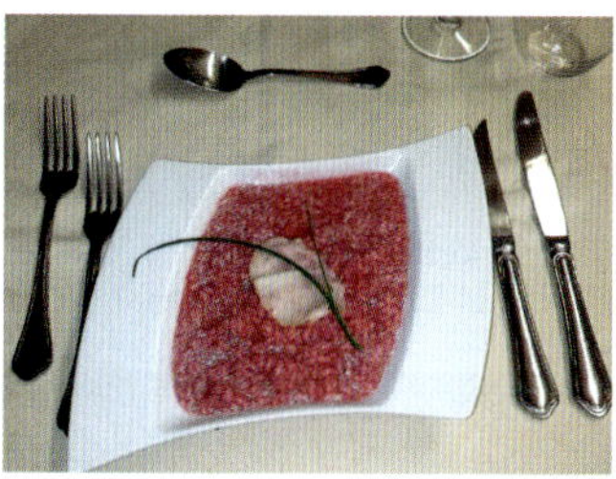

Macelleria Salumeria Piccoli

Nächster Halt: Piotta Was für eine Metzgerei in einem Dorf, das bei der Durchfahrt nicht sehr lebendig wirkt. Da hat es weiche Salami, feinste Tessiner Mortadella mit Leber, geniale Cotechino und opulente Luganighe, besten Rohschinken, Lardo und vorzügliches Trockenfleisch von Fausto Piccoli, der einen kleinen Namen trägt, aber grosse Produkte produziert, die sich jenseits des Gotthards so nirgends finden lassen. Und Käse und Butter von der Alpe Piora werden im Laden von seiner herzlichen Frau auch noch verkauft. Also Blinker setzen und parkieren.

6776 Piotta, Via San Gottardo 154, 091 868 11 19, keine Website

Molkerei Togni

Käse von hier Marco Togni steht seit über dreissig Jahren mit Leib und Seele Tag und Nacht für seine Produkte ein. Wer schon einmal seine Käse verkostet hat, spürt auf der Zunge und im Gaumen den kleinen Unterschied. Seine essbaren Kunstwerke sind erstklassig, ein anderes Wort wird seinen liebevoll gepflegten Laiben nicht gerecht. Seine kleinen Wunderwerke gehören zur «Familie» der Büscion, Formagelle, Formagelline, Ricotta und Nante. Sein Käse aus der Milch von Kühen von der Alpe di Pontino, östlich des Gotthardpasses, hat es mir im Speziellen angetan.

6780 Airolo, Via Nante 63,
079 207 13 20 oder 091 869 20 06,
www.nante.ch

Locanda Orelli

Wieder belebt Lange war für mich der Besuch in der Locando Orelli auf meinen Reisen ins Tessin Pflicht. Wegen der Küche von Gianna und der herzlichen Gastfreundschaft von Sonja und Diego Orelli. Ein weinseliger Höhepunkt war nach dem Essen der Gesang von Diego, der einen dazu animierte, noch einen Grappa zu trinken. Dann war irgendwann Schluss mit dem Gitarrenspiel, und die Locanda wurde dichtgemacht, bis Luigi Zanini das Haus renovierte und den jungen Alessandro und Michela Manfré das Vertrauen aussprach. Seitdem ist das Leben in dieses ehrwürdige Haus zurückgekehrt. Die einstigen einfachen Kammern wurden in komfortable Gästezimmer verwandelt, was die Gäste mit Bettschwere freut. Was aber zählt, sind die Gerichte von Alessandro und der herzliche Service von Michela. Auch am Mittag. Wer bleibt und übernachtet, lässt sich auf fünf Gänge ein oder bestellt noch zwei dazu. Die Pasta ist delikat und «fatta in casa», die aromatischen Gerichte betören manchmal mit Düften von Bergamotte und Salbei. Ein schöner Beginn oder ein sinnliches Ende einer Reise in den Süden.

6781 Bedretto, Centro paese,
091 869 11 85, www.locandaorelli.ch

Pausa Caffè

Wie die Zeit vergeht Als ich 2005 für «Salz & Pfeffer» eine Tessin-Reportage schrieb, war das «Pausa Caffè» gerade mal ein knappes Jahr alt. Der Familienbetrieb hat sich entwickelt und auf dem Markt behauptet. Ihre Produkte lassen die Kaffeefreaks nicht nur südlich des Gotthards schwärmen. Hier werden mit viel Leidenschaft, Geschick und Wissen hochwertige grüne Bohnen langsam und sorgfältig geröstet, was zu einer perfekten Ausgewogenheit der diversen Kaffeesorten führt. Attilio, Ottavio und Giovanni freuen sich über jeden Besuch, nehmen sich bei telefonischer Voranmeldung gerne Zeit und zeigen, dass es ein Leben auch ohne Nespresso geben kann, frei nach dem Motto: «Pausa Caffé – what else?»

6802 Rivera, Via Capidogno 87, 079 407 16 86, www.pausacaffe.ch

Casa del vino Ticino

So einfach geht das Klein, eng, fein. So präsentiert sich diese wundervolle «Casa». Wunderbar sind Essen und Weine, und voll ist es eigentlich hier immer. Es ist eine ideale Anlaufstelle für ein ausführliches Mittagsmahl an einem trüben Sonntagmittag. Schön und schlicht präsentieren sich die Teller. Rohschinken, Merlot-Risotto, Ragout mit Polenta, mal ein Roastbeef oder ein Cordon bleu. Alles, was kommt, ist gut und zeugt vom Qualitätsdenken des herzlichen und sympathischen Gastgebers Massimo Mainelli. Die Küche bespielen Remi Augustoni und Marinella Maggetti. Die drei sind ein perfekt funktionierendes Team und immer gut drauf, was der Gast an Körper und Seele angenehm zu spüren bekommt. Die Provenienzen der Tessiner Winzer weiter vorzustellen, ist unnötig; wer von der Auswahl überfordert ist, lässt sich von Signore Massimo beraten. Neugierige Weinnasen wagen sich an Tessiner Chasselas, Sémillon, Kerner, Bondola und Cabernet Franc heran. Es muss ja nicht immer Merlot sein.

6834 Morbio Inferiore, Via Ghitello 3, 091 695 75 52, www.casadelvinoticino.ch

Mulino di Bruzella

Historisch Durch Freunde, die zeitweise in Bruzella leben, habe ich vor Jahren den Mulino und das Valle Muggio kennengelernt. Das erste Mal triefend nass, was damit zu tun hatte, dass ich die Mühle fotografisch ins rechte Licht rücken wollte, auf einem Stein abgerutscht und ins Wasser gefallen bin. Alles andere ist eine Erfolgsgeschichte. Seit über zwanzig Jahren läuft die 1996 umgebaute und wieder in Betrieb genommene Mühle dank dem Einsatz von Irene Petraglio, Giuseppe Bernasconi und Silvia Medici. Die von ihnen gemahlene Polenta wird schweizweit verkauft, einige führende Restaurants rühren in ihr. Obwohl es diese einmalige Polenta in Spezialitätenläden in der Deutschschweiz zu kaufen gibt, ist es nicht das Gleiche, wie wenn man das vor Ort tut. Erst recht nicht am Mühlentag im Mai. Dann, wenn in und vor dem Mulino die rote Polenta mit Käse aus dem Tal geschöpft wird.

6837 Bruzella, 091 690 20 38, www.mevm.ch

Osteria e Negozietto Manciana

Eine Reise ins begnadete Abseits Von Lugano bis Mendrisio fährt es sich spielend auf der Autobahn, danach wird die Reise ins letzte Dorf im Valle di Muggio recht abenteuerlich. Wer keine Nerven hat, nicht rückwärts fahren und ausweichen kann, weicht besser auf das Postauto aus, alle anderen tuckern mit Bedacht nach Scudellate. Das Dorf besticht durch seine Lage und die Osteria Manciana, die eine einfache und gute Küche zelebriert und dazu noch einen kleinen Einkaufsladen betreibt, in dem es nebst allerlei anderem auch exzellenten Käse und Honig aus dem Tal zu kaufen gibt. Das Ganze ist ein Relikt aus vergangenen Zeiten, herrlich antiquiert. Einmalig.

6838 Scudellate, Via Principale, 091 684 11 36, keine Website

Ul Furmighin

Zu Tisch Im Mittelpunkt steht der dunkle Raum mit einem langen Holztisch und einem mächtigen offenen Kamin, in dem an kühlen Tagen das Holz knistert. Tessin pur mit einer opulenten Küche und noch opulenteren Portionen auf den Tellern. Milchlamm, Spanferkel, Brasato, Polenta, Schnecken und Kutteln, es gibt, was es hat, und das wechselt nach Jahreszeit und nach Lust und Laune des Kochs. Leicht ist die Küche nie, muss sie auch nicht sein. Ihre Stärken kommen aber für mich im Winter besser zur Geltung. Achten Sie bei der Reservation darauf, dass Sie nicht im Nebenraum landen, der im Vergleich zur Kaminstube den Charme einer Abstellkammer versprüht. Wer nach dem letzten Grappa zu müde für die Weiterfahrt ist, kann sich in eines der sehr einfach gehaltenen Gästezimmer zurückziehen.

6839 Sagno, Piazza Garuf, 091 682 01 75, www.ul-furmighin.ch

I Salumi del Pin

Noch eine Wurst! Bei diesem Firmennamen steht logischerweise die Wurst im Mittelpunkt. Aber auch Lardo, Pancetta oder Prosciutto sind hier zu haben. Oder doch lieber eine Mortadella di fegato, Luganighe, Salsiccia piccante oder vielleicht gleich einen ganzen «Zampone»? Wie auch immer, das ist für Wurstliebhaber eine Pflichtadresse mit Würsten von Schweinen, die noch erfahren durften, dass das Leben auf Erde und Schlamm stattfindet und nicht nur auf Beton.

6850 Mendrisio, Via Stella 14, 091 646 16 56, www.salumidelpin.ch

Grotto della Salute

La vita e bella Nein, ruhig ist es hier nicht. Aber schön und lebendig. Der Laden brummt. Ein zufriedenes Gemurmel macht sich breit und scheint nicht mehr verebben zu wollen. Ein «Ciao bella» hier, ein «Ciao bello» da, verbunden mit einigen «Bellos», die an diesem Abend zu palavernden Gockeln mutieren. Das Spektrum der Gäste ist so breit wie die Karte, es reicht vom kleinen Schwarzen bis hin zu Bundfalten mit Hosenträgern. Wer die animierende Atmosphäre einer pulsierenden Beiz schätzt, ist hier gut aufgehoben. Die Kellner flitzen hin und her. Mit einem Salat vom jungen Spinat, mit frischer Pasta mit luftig-leichten Ricotta-Gnocchi, die mit Mönchsbart angereichert sind, ein «Primo», der in der Saison ein absolutes Muss ist, genauso wie die «Secondo»-Klassiker, ob Polpette oder Kaninchen-Brasato. Mangia bene!

6900 Lugano Massagno, Via Madonna della Salute 10, 091 966 04 76, www.grottodellasalute.ch

Morchino

Grüss Gott, Hermann Es gibt wohl kaum jemanden, der das Grotto Morchino noch nicht kennt, wurde es doch durch Hermann Hesse so berühmt, dass es fast täglich in irgendeinem Magazin beschrieben wird. Selbst die ehrenwerten kulinarischen Ritter von Slow Food haben es mit ihrer Schnecke geadelt. Dafür, dass die Beiz so bekannt ist, sind ihre Macher erstaunlich solide und natürlich geblieben. Und auch das Grotto hat nach seiner sanften Renovation den Charme des 18. Jahrhunderts beibehalten. Die Qualität der Speisen ist vorbildlich und die Preise zeugen von einem pragmatischen Denken. Die durch ein Unwetter zerstörte Terrasse ist wieder aufgebaut. Die Musik spielt für mich aber im patinierten Innern des Hauses mit Weinen zu fairen Preisen und guten Speisen wie in Essig eingelegter Forelle, Kuttelsuppe oder einem zarten Brasato der besseren Art.

6912 Lugano-Pazzallo, Via Carona 1, 091 994 60 44, www.morchino.ch

Cantina Barbengo

Heitere Aussichten im Glas Die Reise nach Barbengo, südlich von Lugano, führt zuerst durch eine industriell verschandelte Landschaft, bis die Augen mit der architektonischen Schönheit der Cantina belohnt werden. Die Cantina Kopp von der Crone Visini bewirtschaftet heute sieben Hektaren Reben, verteilt auf die drei Regionen Mendrisiotto, Luganese und Bellinzonese. Die Hauptsorte ist Merlot, zudem werden Arinarnoa, Petit Verdot, Cabernet Sauvignon und Cabernet Franc angebaut. An weissen Trauben werden neben Chardonnay und Sauvignon Blanc auch für das Tessin ungewöhnliche Spezialitäten wie Kerner und Viognier kultiviert. Anna Barbara von der Crone und Paolo Visini überzeugen mit ihrer Arbeit eine grosse Fangemeinde, die weit in die Deutschschweiz und über die Landesgrenzen hinaus reicht.

6917 Barbengo, Via Noga 2, 091 682 96 16, www.cantinabarbengo.ch

NEU Grotto Figini

Bene Klein, modern und sympathisch anders, so präsentiert sich das Grotto Figini. Das Personal ist locker, salopp und freundlich, aber nie unaufmerksam oder nachlässig. Die Flasche «Vino rosato da tavola» der Cantine Riva Morcôte besticht nicht nur durch ihre witzige Etikette, sondern auch durch ihren Inhalt, der französischen Naturweinen in nichts nachsteht und ein wundervoller sommerlicher Begleiter zur Luganiga ist. Die Minestrone hat Klasse, der Risotto Biss und die aromatischen Lammkottelets sind saftig. Klar geht's auch hier nicht ohne Polenta, auf der sich zwei vor sich hin schmelzende Tessiner Alpkäse vereinen. Das Tessin und die Polenta ist eine Einheit wie das Piemont und der weisse Trüffel, der aber in der Saison auch im «Figini» gehobelt wird. Und sonst? Die unwiderstehlichen Costine di maiale vom Grill sind es wert, nochmals von vorne zu beginnen, zumal es zugleich ein guter Grund wäre, sich vertieft mit der durchdachten 400 Positionen starken Weinauswahl auseinanderzusetzen.

6925 Collina d'Oro, Gentilino, Via ai Grotti 17, 091 994 40 80, www.grottofigini.ch

NEU Grotto Posmonte

Der Reiz des Einfachen Das mit den Grotti ist so eine Sache. Viele sind nicht der Rede wert, vornehmlich diejenigen, die sich nur auf die «Tedeschi» ausrichten, anderen fehlt die echte Passion, zu kochen und Gäste zu betreuen. Eineinhalb Jahrhunderte Intensivtourismus bleiben nicht ohne Folgen. Doch da gibt es auch die guten Gastgeber, die mit unbekümmerter Herzlichkeit ihre grundehrlichen Gerichte auftischen. Das «Posmonte» gehört zu dieser Sorte Grotti; es vermittelt ungetrübte Freuden, pflegt eine sorgfältig zubereitete Küche und gibt dem Gast ein Gefühl von Geborgenheit. Das Tatar besticht durch seine hervorragende Qualität, ist von Hand geschnitten, wird sec und liebevoll angerichtet und schmeckt köstlich. Nicht anders verhält es sich mit dem dunkelroten Risotto, auf dem der Käse (Büsciòn) schmilzt, der genialen Polenta mit Brasato oder dem flachgedrückten Mistkratzer vom Grill. Perfetto.

6927 Collina d'Oro, Via Posmonte,
091 994 11 11, www.grottoposmonte.ch

Grotto dell'Ortiga

Gratulation Allein schon die Website löst eine positive Grundstimmung aus, und wer einmal bei Antonio Mazzoleni und Barbara Cavadini zu Besuch war, wird begeistert und zufrieden nach Hause gehen und immer wieder kommen. Ihre Gäste kennen ihre Stärken und freuen sich über die unkomplizierte Atmosphäre in einem patinierten Haus bei zwei sympathischen Gastgebern. Mein Lieblingsplatz ist im Freien oder im Kaminzimmer, und was ich hier esse, hängt von meiner Tagesform und von den Empfehlungen aus Antonios Küche ab, die zu den reellsten und besten im Tessin gehört. Lammschmorbraten, Lammfrikadellen, lauwarmer Kuttelsalat, Fleischvögel, Lardo mit Kastanien oder butterweiche Kalbsbacken zeugen wie all die anderen zahlreichen Klassiker von Gespür und Verstand. Hier wird keine Artistik geboten, sondern brauchbares und genussvolles Handwerk. Die Weinauswahl besticht mit zahlreichen Merlots zu vernünftigem Preis.

6928 Manno, Strada Regina 35,
091 605 16 13, www.ortiga.ch

Grotto Alpe Valà

Tessin pur Angelo Mascetti und sein Grotto auf der Alpe Valà nordöstlich von Lugano ist eine Oase für all diejenigen, die das Einfache zu schätzen wissen, mit einer unkomplizierten Küche, die sich reell und ehrlich präsentiert und mit regionalen Produkten arbeitet, frei von Öko- und Saisonlügen. Keine blassrote geschmacklose Tomate ziert den Teller, keine Industrietunke malträtiert den Salat, dafür beglückt Angelo seine Gäste mit bester Polenta, die ihren wunderbaren Geschmack im Kamin erhält, mit flach gedrückten Mistkratzern, Kalbshaxen, Braten, einem aromatisch duftenden Eintopf oder einfach mit einer Platte voller Salume, Prosciutto und Coppa, gefolgt von einigen Tessiner Käsen, die mit ihren unverkennbaren Aromen betören. Ob draussen oder drinnen, es ist urgemütlich und herzlich. Hier treffen sich Einheimische und Frischlinge, die sich viel Zeit nehmen und das Ganze auf sich wirken lassen können. Sie bleiben, gehen und kommen wieder. Und für alle Schleckmäuler sei erwähnt: kein Besuch ohne eine «Torta di Pane».

6965 Cadro, Via alla Valà-Primaioo 8, 091 943 25 87 oder 079 357 01 04, www.grottoalpevala.ch

Osteria Nostranello

Giorgio il primo Patron und Gastgeber Giorgio Caneva ist ein Energiebündel, das seine Gäste bedient, mit ihnen plaudert, scherzt, Weine kredenzt, abräumt und ab und zu zur Mandoline greift. Das Mobiliar der Osteria ist ein eigenwilliger Cocktail, an den Wänden hängen Kunst und Krempel dicht nebeneinander. Egal, es ist ein schöner, bodenständiger Platz, ohne Design, dafür mit viel Alltag, der dazu animiert, sich völlig auf den Teller zu konzentrieren. Liliane Cavena ist eine begnadete Köchin, die mit achtzehn Jahren von Portugal in die Schweiz kam, heute Schweizerin ist und immer noch kocht. Und wie sie kocht! Kleine Artischocken, gefüllte Tomaten, Tagliarini mit Kapuzinerkresse, Risotto mit Sauerampfer, gefülltes Perlhuhn, ein Krustenbraten, Wachteln mit Polenta oder Gitzi mit Kräutern aus dem eigenen Garten, Kaninchen in Weisswein. Zum Abschluss etwas Käse und zum Dessert die beste Torta di pane, die das Tessin kennt. Basta.

6991 Neggio, Piazza San Domenico 7, 091 600 98 94, keine Website

Casa Lucomagno

Villa Ricordo

Die Schöne Das Haus besticht durch seine bauliche Schönheit, die vielen kleinen neckischen architektonischen Details und die stilsichere Einrichtung. Die Möbel wurden mit Fingerspitzengefühl, Sachverstand und Geld ausgewählt, das Speisezimmer, in dem die Gäste an kalten Tagen Raum und Frühstück geniessen können, schreit förmlich nach einer Tavolata. Hinzu kommt ein Garten, der durch seine Schlichtheit und sorgfältige Pflege besticht und in dem der Tag schnell zum Abend wird. Die Villa gehört für mich zu den ungewöhnlichsten Adressen im Tessin. Hier ein Wochenende zu vertrödeln, ist Balsam für die Seele. Zwei Zimmer stehen zur Verfügung, eines, das ich dem anderen vorziehe, besitzt einen Balkon und eine Badewanne. Einzig die Farben der Bettwäsche sind für mich in der ansonsten gut gewählten Farbgebung eine Überlegung wert. Wie wäre es zur Beruhigung fürs Auge mit weisser Bettwäsche?

6714 Semione, Via Semione Chiesa 25, 091 870 18 66, www.villaricordo.ch

Casa Lucomagno

Ganz hinten im Tal Wacholder-Spaghetti und Kaninchenleber mit Artischocken hören sich für ungeübte Zungen auf den ersten Blick abenteuerlich an. Wer sich aber getraut und kostet, wird seine Freude daran haben. Gastgeber Werner Birnstiel und Pia Steiner kochen interessante Gerichte, die nicht schwer aufliegen. Weder dem Magen noch der Brieftasche. Auch ihr Weinangebot überrascht und überzeugt mit Winzern und Flaschen, die relativ unbekannt sind. Einige Tage in der Casa Lucomagno zu verbringen, tut Leib und Seele gut. Es ist ein sympathischer Fluchtort vor dem Alltagsgrau, mit einer wundervollen Stube, in der ein knisterndes Kaminfeuer auf die Gäste wartet. Hinzu kommen ein unprätentiöses Esszimmer und ein grosszügiger Garten, in dem sich der Nachmittag mit Buch, Bondola, Brot und Käse herrlich vertrödeln lässt. Besonders zu erwähnen sind die sorgfältig renovierten Deckenmalereien, die Holzböden und das Originalmobiliar. Haus und Garten sind rollstuhlgängig und behindertengerecht. Die modernen Toiletten und Duschen der Gästezimmer befinden sich auf der Etage.

6718 Olivone, Via Chiesa San Martino 20, 091 872 16 03, www.casalucomagno.ch

Affineur Claude Luisier

Der Walliser Käsepapst Sein Keller ist Gold wert. Sein Standort fast ein Geheimnis. Jeder Käsefreund wird in Tränen ausbrechen, wenn er ins Käseparadies von Affineur Claude Luisier hinabsteigen darf. Jeder Deutschschweizer Lebensmittelinspektor ebenso. Nur aus anderen Gründen. Dem Naturkeller sind seine optimalen Eigenschaften nur deshalb nie abhanden gekommen, weil ihn die Besitzer in all den vielen Jahren stets in Ruhe liessen, Vorschriften hin oder her. Claude Luisiers Passion ist die Käseveredelung. Die meisten der Laibe, die er kauft, sind bereits vor Ende der Reifung wieder verkauft. Claude Luisier hegt und pflegt Rohmilchkäse von Kuh, Schaf und Ziege, aus den Walliser Alpen und aus verschiedenen Regionen Frankreichs und Europas. Einmal im Jahr, immer im September, treffen sich auf seine Initiative hin auf 2000 Meter über Meer anlässlich der «Fromage & Cime» rund 20 Käseproduzenten, die ihre wundervollen Produkte präsentieren. Und mittendrin Affineur Claude Luisier.

1911 Ovronnaz, 079 628 34 10, www.claudeluisieraffinage.com

Café Le National

Das Original Martigny ist nicht nur wegen der berühmten Fondation Pierre Gianadda eine Reise wert. Gleich zwei innovative Beizen locken mit ihrem Angebot in den Stadtteil Bourg, und zu beiden gehört jeweils ein Spezialitätengeschäft. Der Platzhirsch ist das Café Le National. Es bietet eine grundehrliche Küche, ohne langweilig zu werden. Die Foie gras ist deliziös und hausgemacht, das Weinangebot durchdacht. Den Rest besorgen die gute Grundstimmung der sanft renovierten und patinierten Beiz sowie sein durchmischtes, gut gelauntes Publikum. Wer im Januar vorbeischaut, hat Schwein und darf sich auf keinen Fall die delikate «Cochonaille» (Metzgete vom Schwein) entgehen lassen.

In der hauseigenen Épicerie Der Einkaufsladen in der Beiz ist verlockend. Er bietet Gewöhnliches und Aussergewöhnliches aus der Region, der Schweiz und den Nachbarländern. Ölliebhaber kommen an den Produkten der Moulin de Sévery nicht vorbei. Auch wer keine Zeit hat, nimmt sie sich hier automatisch.

1920 Martigny-Bourg, Rue du Bourg 25, 027 722 53 90, www.cafenational.ch

Maison Chomel

Im Doppel besser Nur einige Häuser vom «Café Le National» entfernt hat sich vor Kurzem ein Duplikat eingenistet. Die «Maison Chomel» der Brüder François und Christophe Chomel folgt dem gleichen Konzept wie das «National», ist also Beiz und Verkaufsladen zugleich. Das Haus ist aber nicht einfach nur eine billige Kopie, sondern geht seinen eigenständigen Weg. Etwas moderner, designter, aber nicht minder lustvoll. Und im Einheitsbrei zahlreicher Walliser Beizen verträgt es durchaus zwei solche innovative und herausragende Genussoasen.

Genuss im Regal Auch hier setzt der Verstand bald aus, was zur Folge hat, dass sich der Einkaufskorb füllt. Alles aufzuzählen, was es an Gutem hier zu kaufen gibt, würde das Platzangebot sprengen. Also nichts wie hin und Augen auf oder, wenn Ebbe in der Kasse ist, Augen zu – was allerdings sehr schwierig ist bei all den Terrinnen und Rillettes, den Schinken, dem hausgemachten Ketchup und so einigem mehr.

1920 Martigny-Bourg, Place du Bourg 11, 027 722 95 98, www.maison-chomel.ch

La Pinte

Bei Nicolas Nach dem ersten flüchtigen Eindruck vor der Beiz ist die «Pinte» ein Lokal, wie es sie noch zu Dutzenden in der Schweiz gibt, die vor sich hin dümpeln und sich mehr schlecht als recht am Leben erhalten. Doch dieser Eindruck ändert sich am Tisch im Nu. Die saisonale, regionale Küche bereitet Freude, wozu die sorgfältige Zubereitung und die klare Kochsprache ihren Teil beitragen. Dazu eine Flasche von einem der Lokalmatadoren (es gibt einige wunderbare Weine der lokalen Winzer; auf die Empfehlungen hören!) – viel mehr braucht es nicht, um einen Moment des Glücks zu geniessen, das einem auch dann noch erhalten bleibt, wenn die Rechnung auf dem Tisch liegt. Alles manierlich und sehr fair, beinahe schon freundschaftlich. Übrigens: Für Bücherwürmer lohnt es sich, vor oder nach der Einkehr die zahlreichen Antiquariate im Dorf, das heute zu Chamonson gehört, abzuklappern.

1955 St-Pierre-de-Clages, Rue de l'église 20, 027 306 25 04, keine Website

Bäckerei Arnold

In der Fünften Nach über 125 Jahren hat in der Bäckerei Arnold die fünfte Generation das Zepter übernommen. Dem Junior Amadeo wurden die Bäckerhosen sozusagen in die Wiege gelegt. Seit fünf Jahren führt er die Tradition des Familienbetriebs im Einklang von Tradition und Innovation erfolgreich fort. Ein Rezept hat die Bäckerfamilie von Beginn an begleitet: das Sauerteig-Roggenbrot, das zu den besten im Wallis gehört, wenn nicht das beste ist. Hinzu kommen noch weitere Spezialitäten nach alten, überlieferten Rezepten wie die «Simpilär Härzjini» oder die «Simpilär Horli». Die Weihnachtszeit wird mit einem Panettone der Extraklasse versüsst, die Osterzeit mit Hasen aus feinster Schokolade und der Sommer mit köstlichem Glace, hausgemacht versteht sich.

3907 Simplon Dorf, Alte Simplonstrasse 11, 027 979 11 25, www.baeckerei-arnold.ch

NEU Brasserie Uno

AWARD 2021

1608 m ü. M. In Cervo-City, pardon, Zermatt gibt es eine neue unkonventionelle, erstklassige Adresse, die sich in vielem vom Herkömmlichen unterscheidet. Da wäre Luis, der innovative mexikanische Küchenchef, der unter den Augen der Gäste vor sich hinzaubert, dann sticht der wilde und doch gelungene Einrichtungs-Cocktail ins Auge, und ein Übriges tut der sympathische schwedische Patron und Gastgeber Andreas, der einfach nur wohltuend zuvorkommend ist. Wer sich an das grosse Menü heranwagt, was eine gute Idee für Omnivoren ist, wird gefordert, aber nicht überfordert, zeitlich und vom Umfang der Gerichte her wie auch von den Aromen, die Luis miteinander kombiniert. Blumenkohl mit Krebsfleisch, Sardinen mit sardischen Fregola und Moussaka, Cevice, knuspriger Schweinebauch, Fassona-Beef, Gemüse-Carpaccio, Burrata, Flank Steak vom Angus-Rind, Mangold mit Wasabipüree, Schokoladentorte, hausgemachte Glace – es liest sich nicht nur spannend, es schmeckt auch so. Die Brasserie Uno ist unser Newcomer des Jahres 2021 (siehe auch Seite 12).

3920 Zermatt, Kirchstrasse 38, 079 851 17 68, www.brasserieuno.com

NEU Blatten

1740 m ü. M. Vierzig Jahre haben Leander und Simone Taugwalder ihr Bergrestaurant Blatten geführt. Umsichtig und nachhaltig das Haus und die Lebensart, nachsichtig mit der manchmal überbordenden Gästeschar, was an solch einem Gunstplatz nur allzu verständlich ist. Tochter Sarah Taugwalder und ihr Mann Hans Muoser führen mit einem aufgestellten Team das Traditionshaus mit Herzlichkeit und Kompetenz weiter. Wer hier nicht entspannen kann, kann es nirgends. Der romantische, naturbelassene Weiler Blatten gibt einem gegenüber dem urbanen Zermatt das Gefühl, sich in eine andere Zeit zu bewegen. Ganz in der Gegenwart ist das Angebot, die Qualität ist vorbildlich, und die moderate Rechnung hilft einem, das Ganze problemlos zu verdauen. Salat, Rösti, Pilzragout, ein täglich wechselndes Gericht und ein vorzügliches Fondue, das sind die Ingredienzien im Hause Blatten, und selbst die obligate musikalische Berieselung hört sich hier mit einer durchdachten Auswahl erträglich an und mag zeitweise sogar zu begeistern.

3920 Zermatt, Blatten, 027 967 20 96, www.blatten-zermatt.ch

NEU Zum See

1750 m ü. M. Wer unangemeldet kommt, hat Pech, es sei denn, es ist gerade die Hausherrin vor Ort, die einem mit einem freundlichen Lächeln einen reservierten Tisch zuweist. In der Sonne notabene. «Zum See» heisst der Weiler, «Zum See» das Traditionshaus, das mit einem freundlichen Team überzeugt, das selbst bei starkem touristischem «Verkehrsaufkommen» den Überblick und die Ruhe bewahrt. Dass es auch nur für eine Flasche Wein und etwas Kleines zum Picken einen Tisch gibt, ist genauso löblich wie die Tatsache, dass vier Frauen und drei Kinder, die zwei Liter Mineralwasser und die Tagesuppe konsumieren, genauso freundlich bedient werden wie der Tisch nebenan, bei dem grosse Namen entkorkt und ein Menü bestellt wird. Max und Greti Menning haben an Sohn Markus und seine Frau Marion übergeben, die zahlreichen Stammgäste begrüssen sie nach wie vor auf ihre ganz persönliche und herzliche Art. Es gibt Fischsuppe, Milken in Morchelsauce und Nieren so gut wie nirgendwo. Die Cremeschnitte ist für zahlreiche «Zum See»-Freunde Pflicht, für mich muss es zu Beginn stets die Omelette sein. Die Weinkarte überzeugt mit einem guten Preis-Leistungs-Verhältnis und mit exzellenten Weinen von Walliser Winzern wie Besse, Maye, Chanton und Co.

3920 Zermatt, Zum See, 027 967 20 45, www.zumsee.ch

NEU Adler Hitta

2200 m ü. M. Der Aufstieg hat es im Sommer in sich, vornehmlich dann, wenn die Bahn nicht fährt, alle E-Bikes an Ausflügler vermietet sind und es keine Alternative gibt, als per pedes den Berg zu erklimmen. Dann schweifen die Gedanken ab zu Winter, Schnee, Skipass und Pistenplausch. Jetzt sind aber die Wanderschuhe dran, der Rucksack drückt – und diese «Adler Hitta» will und will nicht kommen. Gottlob sind wir wohl die Einzigen, die sich das antun, und ein Platz in der ersten Reihe ist uns sicher. Von wegen. 350 Essen gehen an diesem Pfingstsamstag über den Tresen. Wohlgemerkt werden hier den Gästen keine Pseudoteller aus der Convenience-Schublade, drapiert mit angerührten Pulversaucen, aufgetischt, sondern Küchenchef Florian Reichert und sein motiviertes Team bietet eine sorgfältig zubereitete Frischküche, die Freude bereitet, sodass «Adler»-Frischlinge schnell zu Wiederholungstätern werden. Tatar, kalte Tomatensuppe mit Büffelmozzarella, Linsensuppe mit Saucisson vaudois, Mistkratzer, geschmorte Schweinsbacken und so manches mehr.

3920 Zermatt, Findeln, 027 967 10 58, www.adler-hitta.ch

Wirtshaus Godswärgjistubu

Wie bitte? Albinen hat sich in der Natur ausgebreitet. Schön wird es ab der Dorfkirche, im ursprünglichsten Teil des Dorfes. Dort, wo ein Schild darauf hinweist, dass der Parkplatz dem Herrn Pfarrer vorbehalten ist. Für die Normalsterblichen ist bereits vorher Schluss mit Fahren, wobei kein Lenker nach der abenteuerlichen Anfahrt unglücklich sein wird, endlich den Gaul anbinden zu können. Der Name der Beiz ist ein Zungenbrecher. Aber nach dem zweiten Glas Fendant geht's. Das Gastgeberpaar Hannelore und Sasha zelebriert eine sorgfältige Küche, sie würzen gekonnt und richten die Gerichte mit dem Blick fürs Detail an. Das freut Auge und Gaumen. Aprikosenkaltschale, mit Buchweizen gefüllte Kohlrabi auf grünem Salatbett aus dem eigenen Garten am Dorfrand, rote Linsenbällchen mit Johannisbeeren-Relish, Auberginengemüse, Kartoffelcurry mit Tomaten und Basmatireis, Holunderblütencreme – oder einfach ein aromatisches Gigot oder ein zartes Stück Rind von der Wiese nebenan. Genuss kann so einfach sein.

3955 Albinen, Lüübuweg 2, 027 473 21 66, www.godswaergjistubu.ch

Gommer Bäckerei

Handarbeit Bäcker Rolf Winkler ist kein Mann grosser Worte. Viel lieber steht er in der Backstube und ist dafür besorgt, dass seine Produkte die Touristen und Eingeborenen dazu verleiten, den Laden zu stürmen. Die Gommer Bäckerei arbeitet ausschliesslich mit natürlichen Zutaten, verzichtet auf die üblichen chemischen Konservierungsstoffe, verarbeitet Getreide aus der Region, und zwar schonend von Hand. So etwas spricht sich herum. Wer also auf Nummer sicher gehen will, reserviert sich telefonisch sein Walliser Roggenbrot, sein Urdinkel oder seine Walliser Nusstorte, die sich im Gaumen wunderbar mit einem Glas Johannisberg vermählt. Und dann gibt es da noch den Hexenbretzel mit seiner delikaten Mandelfüllung oder die Cremeschnitte, für die Freaks aus Andermatt über die Furka fahren, nur um sich ein Exemplar vor Ort in den Mund schieben zu können.

3985 Münster, Furkastrasse 743,
027 973 23 30, www.gommer-baeckerei.ch

Mühle

Hirn und Hoden Klaus Leuenberger ist ein kreatives, innovatives Kraftbündel, der seine «Mühle» seinem Schwager Marko Merker übergeben hat. Gemeinsam mit der sympathischen Gastgeberin Evelyn Steudel sammeln sie Stammgäste wie andere Beizen Fliegen. Einrichtung, Küche, Keller und Service bestechen und verführen. Wer Lust auf Lamm-Tatar, Steinbock-Kohlroulade, Hecht-Cannelloni oder auf eine Freiland-Ente hat, sitzt hier in der ersten Reihe. Wem das zu banal erscheint, wagt sich an eine Murmeltier-Omelette, an Hirn und Hoden im Backteig, an einen Kalbskopf auf Eisenkraut oder einen Kutteleintopf. Alles gut? Dass in der Wintersaison dann und wann mal den Gastgebern die Puste ausgeht, kann ich verstehen. Dass nun aber für einige rastlose Gäste ein Pseudo-Mittagsbuffet installiert wird, das die schlichte, fast sakrale Aura in der «Mühle» schlichtweg zerstört, kapiere ich nicht und ist die Überlegung wert, darauf zu verzichten.

3985 Geschinen, Seestrasse 26,
027 973 19 20, www.muehle-geschinen.ch

Hotel Ofenhorn (Seite 297)

Maya's 5

Schön Produziert wird nun das ganze Jahr, wobei der Winter nach wie vor die Hauptsaison für die Cholera ist. Ein traditioneller Walliser Gemüsekuchen, gefüllt mit Raclette-Käse, Kartoffeln, Lauch, Äpfeln, Zwiebeln und eingepackt in einen hausgemachten Teig und im Ofen ausgebacken. Maya macht die beste Cholera, sagen viele, eigentlich alle, die mir im Oberwallis begegnet sind. Ich glaube es ihnen und lasse mich mit jedem Bissen überzeugen. Neu gibt es als Sommeredition und als innovativen Wanderproviant eine Grill-Cholera, 200 Gramm schwer, die sich perfekt für das Backen im Holzfeuer eignet. Erfinderisch sind sie ja, die Walliser.

3988 Obergesteln, Stattgarte 9a, 079 102 34 44, www.mayas5.ch

Erner Garten

Nachhaltig Klaus Leuenberger, ein gebürtiger Emmentaler, der mittlerweile mehr Walliser ist als so mancher Eingeborene, hat während knapp zwanzig Jahren im «St. Georg» in Ernen gekocht, den er unlängst mit einem neuen Konzept von «Brot, Spiis und Trank» als Backstube und Wirtschaft mit Wirtin Chantal Käser und Bäcker Robert Turzer wiedereröffnet hat. Vor einigen Jahren ist Leuenberger mit der «Mühle» in Geschinen erfolgreich das Wagnis einer zweiten Beiz eingegangen. Heute sind es drei, und trotzdem funktioniert es. Er selbst kocht mit seinem Speisewerk im «Erner Garten» gross auf. Leuenberger setzt sich wie kein anderer für eine raffinierte regionale Küche ein. Nicht grossspurig, nicht überteuert, vielmehr pragmatisch, zahlbar und ohne Schnickschnack. Seine Alpenküche überrascht, reizt und fordert heraus, ohne zu überfordern. Mit Gerichten von Dachs und Murmeltier, mit Hirn und Kopf, mit Lunge und Herz. Schlachtabfälle kennt er keine, bei ihm wird alles lustvoll und schmackhaft verwertet. Wem solches nicht behagt, wählt einen Löwenzahn-Hamburger mit Walliser Bio-Ketchup und Mairüben, Käsefrikadellen oder eine einfache Rösti, gebraten in einer schmackhaften Mischung von Schweine- und Kalbsnierenfett. Die Zeit ist reif für mehr Leuenbergers.

3995 Ernen, Bieutistrasse 22, 027 971 11 28, www.ernergarten.ch

WALLIS

Chäserstatt

Hopfen und Malz Wer dem inneren Schweinehund nicht nachgibt, schafft selbst im Winter die 500 Höhenmeter auf dem schmalen Fussweg zum Berghotel Chäserstatt. Wer es auf der kurvenreichen Forststrasse versucht, der hat nach seiner Ankunft rund sieben Kilometer in den Beinen. Es gibt zwar auch ein Schneetruck-Taxi, doch was Janos Schweizer auf die Teller zaubert, erfordert Appetit. Den Rest des Glücks machen Standort, Aussicht und die Herzlichkeit von Jessica Vogel und Jasmin Seiler aus. Die Walliser Gerstensuppe, das Tatar, der Wurst-Käse-Salat, das Siedfleisch vom Eringer Rind oder der Edel-Burger sind sichere kulinarische Werte. Wer länger bleiben will, nistet sich in einem der Gästezimmer ein und labt sich am hauseigenen naturtrüben, ungefiltert aromatischen Ernergalenbier oder gönnt sich eine gute Flasche aus dem Wallis – oder beides.

3995 Ernen-Mühlebach, Chäserstatt, 027 971 23 98, www.chaeserstatt.ch

Albrun

Die Reise wert Das Binntal hat es kulinarisch in sich. Zuvorderst im Tal, in Ernen, kocht Klaus Leuenberger in seinem «Erner Garten», ganz hinten in einem Seitental lohnt sich der Besuch des Gasthauses «Heiligkreuz», und in Binn stehen das Bilderbuch-Hotel «Ofenhorn» und das kulinarisch ambitionierte «Albrun», das während knapp dreissig Jahren von den Eltern von Mario Inderschmitten geführt wurde. Vor einigen Jahren ist der gelernte Koch und Konditor in seine Heimat zurückgekehrt und hat in Binn mit seiner Frau Laetitia den elterlichen Betrieb übernommen. Wenn einer den Mut hat, so abgelegen sein kulinarisches Ding durchzuziehen, dann gehört er zwingend in dieses Buch. Der Mittagstisch wird für bescheidene neunzehn Franken bespielt, den vorzüglichen Mehrgänger gibt es für etwas mehr als hundert Franken. Mario Inderschmitten gelingt es, Einheimische und Touristen gleichermassen zu begeistern. Mit Forelle und Apfel, Tatar und Himbeer-Chili-Ketchup, Lammleber und Senfrahmsauce, kurz, mit einer ausgetüftelten Küche, gepaart mit Walliser Klassikern. Und beim Dessert spürt man im Gaumen den Patissier. Das Binntal lohnt die Reise.

3996 Binn, Binna 4, 027 971 45 82, www.albrun.ch

Hotel Ofenhorn

Aufgewacht Das Binntal habe ich im Militär kennengelernt. Das Militär habe ich vergessen, das wildromantische Binntal nicht. Es verkörpert einen Flecken Schweiz, der das Gefühl von Anmut, Schönheit und Heimat vermittelt. Wer hier wandert und im Hotel Ofenhorn nächtigt, ist Zeitzeuge vergangener Tage, die sich in die Gegenwart gerettet haben. Wer im «Ofenhorn» nach den Festtagen ein Zimmer ergattert, wird Silvester irgendwie anders erleben und immer in Erinnerung behalten, und wer im Mai anreist, wird spüren, wie sich der Frühling herantastet. Langsam, zärtlich und so völlig anders als in der Grossstadt. Regula Hüppi versteht es, den Gästen ein temporäres Zuhause zu bieten, mit ihrer herzlich-diskreten Art, mit der einfachen und guten Küche und mit der Patina des Hauses. Das kurze Fazit zum Schluss bei einer Flasche Syrah: Hingehen, ankommen und ausspannen.

3996 Binn, Ufem Acher 1,
027 971 45 45, www.ofenhorn.ch

Gasthaus Heiligkreuz

Heilig und gut Freundlich, luftig und aufgeräumt. So präsentiert sich das Restaurant Heiligkreuz in seinem Neubau. Das ursprüngliche Haus war 1999 ein Raub der Flammen geworden. Allein schon die Natur, die Kapelle und der Weiler an und für sich lohnen die Reise ins Lengtal, ein Seitental des Binntals. Freude bereiten im «Heiligkreuz» die zahlbaren Provenienzen von Altmeister Chanton und Königin Chappaz, das Vesper mit Trockenfleisch und Käse aus der Region oder ein Fondue der besseren Art. Um 17 Uhr ist mit «Zvieri näh» Schluss. Dann wird das viergängige Abendmahl vorbereitet. Noch besser ist es, sich gleich in einem der vier Gästezimmer einzuquartieren und einige Tage zu bleiben. Vor der Bettruhe nach der Tafelrunde sorgt der Génépi (den gibt's nicht nur im Aostatal) für den balsamischen Beistand. Bis zum Sonntag, dann wartet der Mittagstisch mit dem Pilgermenü, das sich zum Beispiel aus Linsensuppe, Schweinsbraten und einer Beerencreme zusammensetzt.

3996 Binn, Heiligkreuz 18, 027 971 01 63,
www.gasthaus-heiligkreuz.ch

Bärgkristall

Ganz hinten Die Fahrt nach Binn ist ein Abenteuer, und im Winter bei glatten Strassenverhältnissen kann die Fahrt von Ernen aus schon mal zur Mutprobe werden. Einmal angekommen, ist hier für den Natur- und Beizenfreund noch nicht Schluss. Er zieht die Bergschuhe an und wandert weiter nach Fäld zum «Bärgkristall», in dem Ursula und Ernst Ledermann eine ausgezeichnete Chuchi- (Walliser Minestrone) und Steckrübensuppe auftischen. Im Sommer wird der Dorfplatz zu einem einzigen Freisitz, der zum Bleiben verführt. Es gibt einige Gästezimmer, die dazu einladen, sich hier für ein paar Tage niederzulassen, um Gegend und Hausküche näher zu erkunden. Hauswurst, Cholera (der gedeckte Gemüsekuchen ist die Gommer Spezialität schlechthin) und Cordon bleu werden von Ernst sorgfältig zubereitet und bereiten rundum Freude. Ursula Ledermann ist die Herzlichkeit in Person, liest dem Gast jeden Wunsch von den Augen ab, kredenzt feine Weine und weiss dabei eine ganze Menge über Land und Leute zu berichten. Goms – ins Härz gmeisslet oder so.

3996 Binn-Fäld, 027 971 03 78, www.baergkristall.ch

Bio-Bergkäserei Goms

Im Naturparadies Im Goms produzieren 230 Kühe von elf Biohöfen täglich 3500 Liter Milch, die in der genossenschaftlichen Käserei verarbeitet werden. Täglich frisch und Biss für Biss Bio. So steht es auf der Website, und so ist es. Die vielfältige Produktepalette inspiziert der Reisende direkt im Verkaufsladen in Gluringen, und wer Gomser Käse frei Haus haben will, bestellt ihn online, was aber nicht das Gleiche ist, denn der eigenwillige Charme des Personals ist erlebenswert oder auch nicht – je nachdem wer hinter der Theke steht. Für den Ziger besteht Kaufpflicht, aber auch die Joghurts, die Butter und die Fonduemischungen haben es in sich. Und am Rohmilch-Halbhartkäse «Baschi» kommt wohl kein Käsefreund vorbei – zumindest keiner, der nur einen Tropfen Walliser Blut in den Adern hat.

3998 Gluringen, Furkastrasse 32, 027 973 20 80, www.biogomser.ch

La Grande Maison

«Do you speak english» Früher war die «Grande Maison» so etwas wie ein Geheimtipp. Allerdings nur für kurze Zeit. Heute liegt das Haus im Trend, wird rege besucht, auch von einer internationalen Klientel, hat aber seinen eigenwilligen Charme bewahren können. Dies ist also keine Neuentdeckung, aber dennoch ein aussergewöhnlicher Ort, für den es sich lohnt, ein Wochenende im Wallis zu investieren. Kommt hinzu, dass Savièse, wo eine meiner Lieblings-Domaines beheimatet ist, nur wenig weiter östlich liegt und sich für einen Besuch aufdrängt. Die Domaine Cornulus der Cousins Stéphane Reynard und Dany Varone produziert herausragende Weine. Unbedingt probieren: den Païen und den Chenin Blanc (www.cornulus.ch).

1965 Chandolin-près-Savièse,
Route du Sanetsch 13, 079 830 76 07,
www.lagrandemaison.ch

Ben & Léo – Café de la Fonderie

Talente im Element Durch einen alten Freiburger Freund habe ich von Ben und Léo erfahren. Zwei Bratkünstler, die ihre Passion ausleben. Sec und voller Lust. Bevor es so weit war, schnupperte Ben im Institut von Paul Bocuse und Léo in der École von Alain Ducasse. Nicht nur die Namen der Kochdenkmäler beeindrucken, sondern auch, wie die beiden das Erschnupperte interpretieren und umsetzen. Frei von Schnickschnack, mit einer klaren Kochsprache und einer genial subtilen Verbindung der Aromen. Möge es hier im Café de la Fonderie noch lange so weitergehen – mit einer exzellenten Küche in einem schlicht urbanen Rahmen zum Freundschaftspreis.

1700 Freiburg, Route de la Fonderie 11, 026 301 20 33, www.benandleo.ch

Cyclo Café und Le Cintra

O Zeiten, o Sitten Die Zeit scheint hier stehen geblieben zu sein – gleich wird die Gauloise-Fraktion um die Ecke kommen und sich eine Runde Pastis verschreiben. Ohne Qualm natürlich, denn Dampfen tut hier nur noch der Kaffeeschaum. Die Beiz gäbe eine reelle Kulisse zu einem «Film noir» ab. Tagediebe des Quartiers, Eingeborene der Stadt, schläfrige Studenten und einige Touristen tauschen sich aus oder spinnen ihre Gedanken, die wie Nebelschwaden um die Tische ziehen. Die Bierauswahl ist gepflegt, die Cocktails sind fein, die Weinauswahl ist klein, aber spannend. Nicht weit entfernt vom «Cyclo» befindet sich das «Cintra». Der alte Patron, die lebende Legende Miquet Tinguely, hat sich in die Pension verabschiedet, eine Prise seiner Aura ist aber geblieben, weil die Neuen es mächtig gut machen. Eine weitere spezielle Adresse am Boulevard de Pérolles.

1700 Freiburg, Cyclo Café: Boulevard de Pérolles 91, 026 322 02 28, keine Website; Le Cintra: Boulevard de Pérolles 10, 026 322 65 25, www.cintra.ch

Brasserie le Boulevard 39

Unter sich Tout Fribourg trifft sich im «39». Privatiers, Connaisseurs, Dandys, Snobs, die Bohème der Stadt, Gastronomen und Normalsterbliche. Rachel und Philippe Roschy zelebrieren in der Brasserie eine bekömmliche Normalität, die gefällt und nichts Überkandideltes an sich hat, auch wenn Philippe bei Didier de Courten seine Sporen abverdient hat. Beide legen Wert auf Qualität und löbliche Details, zu denen auch ein unkomplizierter Service gehört, der bestens funktioniert. Das Tatar wird von Hand geschnitten, die Saucen werden angesetzt und nicht angerührt, die «Frites» und das Ketchup sind «fait maison», wie so vieles in dieser wundervollen Brasserie. Kommt hinzu, dass einige Spitzenweine zu zivilisierten Preisen glasweise kredenzt werden. Wer in Freiburg Beizencharme mit einer Prise Extravaganz sucht, findet sie hier.

1700 Freiburg, Boulevard de Pérolles 39, 026 424 35 98, www.leboulevard.ch

Les Trentenaires

Noch ein Bier, das rat ich dir Das mag zwar etwas salopp klingen, wer aber Bier nicht mag, ist im «Trentenaires» definitiv fehl am Platz. Weintrinker überleben mit einer kleinen Auswahl an Säften, das Angebot an Bieren ist aber derart überwältigend und gibt einen so profunden Einblick in die Braukunst zahlreicher Mikro- und Kleinbrauereien, dass hier Wein zu trinken keinen Sinn ergibt. Nach einer gewissen Zeit verliert man gerne den Überblick, was auch damit zu tun hat, dass der Laden permanent proppenvoll ist und der Hüftkontakt dazugehört. Introvertierten Einzelgängern ist daher von einem Besuch abzuraten. Einfach berauschend das Ganze. Ein Bier geht noch!

1700 Freiburg, Rue de Lausanne 87, 026 322 44 11, www.lestrentenaires.ch

L'Artizan

Käse, was sonst? Die Laiterie Gougler und die Fromagerie de Broc bei Bulle arbeiten eng zusammen. Die Stärken des Käseladens liegen bei den verschiedenen Reifegraden von Gruyère und Vacherin, die aufzeigen, wie vielfältig Schweizer Käse ist. In der Saison kommt auch der fruchtig würzige Vacherin Alpage in den Verkauf. Pascal Guenat, dem der Alpkäse am Herzen liegt und der Mitglied der IG Schweizer Alpkäse ist, sorgt mit seinem Qualitätsdenken dafür, dass die sympathische kleine «Laiterie» in Freiburg bestehen bleibt.

1700 Freiburg, Rue de Lausanne 83, 026 341 73 00, www.lartizan.ch

Cantina del Mulino

Gleich nebenan Die «Cantina», gleich schräg gegenüber vom «Arcades», ist für mich die erste Weinhandlung in Freiburg. Die Macher haben in Bern einen weiteren Laden, mir gefällt das Geschäft in Freiburg aber weitaus besser. Das Angebot ist ungemein spannend. Vor allem Frankreich ist mit zahlreichen Regionen vertreten: Gascogne, Madiran, Périgord, Rhônetal, Loire, Jura und andere. Natürlich liegen diverse grosse Namen zu satten Preisen in den Regalen, es hat aber auch zahlreiche Flaschen von kleinen Produzenten zum Freundschaftspreis. Die Degustationen sind legendär und werden ab und zu mit einer Ladung Kultur angereichert, die schon manchen geübten Zecher ins «Arcades» getrieben hat, das sich bei Redaktionsschluss leider in einer grösseren Umbauphase befand und somit in der aktuellen Ausgabe nicht aufgeführt ist.

1700 Freiburg, Place des Ormeaux 1, 026 323 36 34, www.cantinadelmulino.ch

Café le Tunnel

Für unverbesserliche Romantiker
In den Achtzigern war das «Tunnel» noch eine düstere Spelunke, in der der Samos in Strömen floss, dieser klebrig-süsse griechische Wein, der so wunderbar schnell einfährt. Damals zu meiner Zeit im «grünen Gewand», als die nahe Basse-Ville mit ihren unzähligen kleinen Pinten für den endgültigen Absacker besorgt war. Heute sind zahlreiche Bistros dem Zeitgeist zum Opfer gefallen, das «Tunnel» hat als gepflegtes, zivilisiertes Café-Restaurant überlebt, ist aber nicht minder lebendig als damals. Das engagierte Team versteht es, eine gute Atmosphäre zu schaffen, mit herzlichen Mitarbeitenden, die lässig nicht mit nachlässig verwechseln. Den Rest machen die unprätentiöse Küche und die gute Weinauswahl zu fairem Preis. Was es sonst noch mit dem Bistro auf sich hat und welche soziale Funktion es ausübt, ist unter www.le-tunnel.ch nachzulesen.

1700 Freiburg, Grand Rue 68,
026 321 33 34, www.le-tunnel.ch

Café du Marché

Die Gedanken sind frei Lebendiger kann eine Beiz nicht sein. Im Café du Marché an der Hochzeitergasse geht es hoch zu und her, obwohl es die Traditionsbeiz seinen treuen Stammgästen mit fortlaufenden Pächterwechseln nicht einfach macht. Bleibt zu hoffen, dass mit Jean-Pascal Graf endlich der Richtige in dieses stimmungsvolle Lokal eingezogen ist. Hier reichen Studenten Arbeitern die Klinke und trinken gemeinsam mit Bankern und Marktfrauen Limonade, Freiburger Bier oder ein Glas Wein. Freiburg ist eine katholische Stadt und zweisprachig, wobei weitaus mehr französisch gesprochen wird. Auch im Café du Marché. Zum katholischen Freiburg passt gut, was der Theologieprofessor Josef Imbach in seinem Buch «Geheimnisse der kirchlichen Küchengeschichte» schreibt: Der Christenmensch schwankt zwischen Fasten und Feiern, er will asketisch sein und bleibt doch ein Schlemmer. So sind denn bei Jean-Pascal Graf auch Gäste mit kleiner Brieftasche und ohne Appetit willkommen, was ihn umso sympathischer macht. Eine Portion handgeschnittenes Tatar oder Wachtel mit einer Polenta, die auch im Tessin durchgehen würde, sind aber auch nicht schlecht, zumal David Roulin und Alexandre Aubert zwei exzellente Köche sind.

1700 Freiburg, Rue des Epouses 10,
026 321 42 20,
www.cafedumarche-fribourg.com

Boulangerie Hofstetter

Unvergessene Duftnoten Die Bäckerei Hofstetter scheint wie einem Schweizer Heimatfilm von Regisseur Kurt Früh entsprungen. Allein schon der Standort in der Rue la Grand-Fontaine ist kameraverdächtig, und auch die patinierte Bäckerei, auf die lediglich ein kleines Schild hinweist, hat ihren speziellen Charme. Wer die Türe zum Laden öffnet, freut sich über die duftende Auswahl und über ein Brot, das nicht bereits am nächsten Tag schlapp macht. Und dann wäre da noch die Patisserie, ganz so wie früher. Hoffentlich noch lange. Merci an Monsieur Joseph Hofstetter, der die Nachtschwärmer und Frühaufsteher um vier Uhr mit Croissants bedient und um elf Uhr im Quartier seine Runde macht und das Brot aus dem Kofferraum heraus verkauft. Wie früher!

1700 Freiburg, Rue la Grand-Fontaine 18, 026 322 38 03, keine Website

Bar de La Brasserie Fri-Mousse

Mit Bar Was sich schon viele Biertrinker gewünscht und erhofft haben, ist eingetreten, die Biere von «Fri-Mousse» können in ihrer neuen Bar «La Muse» genossen werden. Von Mittwoch bis Freitag ab 17 Uhr, am Samstag und Sonntag ab 13 Uhr. Vorbei sind die durstigen Zeiten. Ob es das beste Bier der zahlreichen Freiburger Kleinbrauereien ist, darüber sind die Meinungen geteilt, und das ist auch gut so. Auf alle Fälle ist die Lage der Bar wie auch der Brasserie Artisanale schön, sind die Etiketten speziell und die Macher der würzigen Biere sympathisch. Nebenbei: Mir schmeckt das «Barberousse» ungemein gut.

1700 Freiburg, Samaritaine 19, 026 322 80 88, www.fri-mousse.ch

Chocolaterie Artisanale & Biscuiterie

In der Unterstadt Klein, fein und gut sind die Kunstwerke, die Marianne Schneider in der Basse Ville aus ihrem Atelier hervorzaubert. Ob Pralinen, Florentiner, ob Branchli, schwarze Schokolade mit rosa Pfeffer oder kandierte Orangenschnitze mit dunkler Schokolade – wer als Schleckmaul einmal bei Marianne eingekauft hat, wird zum Wiederholungstäter.

1700 Freiburg, Rue de la Samaritaine 31, 079 396 71 93, www.fleur-de-cacao.ch

Boucherie Bertschy

Der Beste Seit 1931 existiert die Metzgerei Bertschy, und bis heute sind ihre Spezialitäten «fait maison». Besuche ich Freiburg, geht es nicht ohne einen Besuch bei der Familie Bertschy in der Freiburger Basse-Ville, warten hier doch auf mich geniale Brat- und Brühwürste, einige Scheiben Jambon fumé à la Borne, zwei, drei dicke Tranchen der exzellenten Terrinen, und in der Saison muss die grandiose Blutwurst auch noch mit. Kurz, die Boucherie Bertschy ist eine meiner Lieblingsmetzgereien in der Schweiz.

1700 Freiburg, Rue de la Neuveville 25, 026 322 12 86, keine Website

Bistro le Port de Fribourg

Erfrischend anders Der «Port» wurde vor einigen Jahren auf dem Areal des alten Gaswerks aufgebaut. Entstanden ist ein Stück Natur inmitten der Stadt, mit Gemeinschaftsgärten und einem kulturellen Programm unter freiem Himmel, bereichert durch ein Bistro, das überzeugt. Das Ganze erinnert etwas an die Sechziger. Flower Power, gepaart mit Nachhaltigkeit, statt des Joints zum Brunch ist nun die Honigschnitte angesagt. Die Qualität der Frischküche im Bistro ist erstklassig, die Produkte sind regional, die Kräuter kommen aus dem eigenen Garten. «Le Port» hat nur von Mai bis Anfang September geöffnet. Es wird jeweils jährlich entschieden, ob es im kommenden Jahr erneut stattfindet. Unique!

1700 Freiburg, Planche-Inférieure 5, 026 321 22 26, www.leport.ch

Pinte des Trois Canards

Zunge und Suppenfleisch Urig. Anders lässt sich die legendäre Beiz nicht beschreiben. Die «Pinte des Trois Canards» ist ein Unikat. Keine Beiz versammelt so viele Stammgäste wie diese einfache Wirtschaft am Rande von Freiburg. Es kommen Studenten, Eishockeyspieler, Wanderer, Ausflügler, Arbeiter, Banker und andere. Sie kommen für Kutteln, Entenbrust und Nieren, an jedem ersten Donnerstagmittag für die Rindszunge und an jedem letzten Donnerstag im Monat für das Suppenfleisch, die beiden Pièces de Résistance des Hauses. Aber Vorsicht! Die Köche arbeiten ohne Zierleisten, kommen ohne Schäumchen, Häubchen und Türmchen aus, und die Portionen sind üppig. Wer das alte Freiburg kennenlernen will, fängt hier an.

1700 Freiburg, Chemin du Gottéron 102, 026 321 28 22, www.pintedestroiscanards.blogspot.ch

Les Menteurs

Freiburger Wunder Die Karte ist nicht opulent, die Küche meidet kompliziert arrangierte Gerichte, das Reagenzglas bleibt im Labor und das Weckglas im Vorratskeller, wo sie hingehören. Hauptdarsteller ist das, was auf dem Teller liegt und nicht umgekehrt. Catherine Portmann, Jean-Christophe Piguet und Pascal Hirt sind Macher mit dem Sinn für das Wesentliche. Ihre gastronomischen Weckrufe überraschen die Freiburger immer wieder aufs Neue. Das verhielt sich so mit ihrer national bekannten «Auberge aux 4 Vents», und das verhält sich jetzt mit der «Kantine auf Zeit» nicht anders, die sich auf dem Areal der Blue Factory wunderbar industriell, gemütlich und sympathisch schräg gibt und die Gäste seit ihrer Eröffnung dazu animiert, zahlreich zu kommen und zu bleiben. Dabei erfindet das Trio die Gastronomie nicht neu, sie gibt ihr aber eine erfrischende Unkompliziertheit, die sich in dieser Art in der Schweiz nicht so schnell wieder finden lässt. Hinzu kommt eine qualitativ ansprechende Küche mit klarer Sprache, die mit Linsen- und kalter Blumenkohlsuppe, Tomatenrisotto, Lamm, Zitronenpoulet, Beinschinken und anderen schönen Dingen zu fairen Preisen überzeugt. Chapeau!

1700 Freiburg, Passage du Cardinal 1, 026 422 22 17, www.lesmenteurs.ch

Übernachten in der Stadt Freiburg

Auberge aux 4 Vents

Freiluftsitz in der Badewanne Es hat sich so einiges verändert an diesem traumhaften Ort, seit Serkan und Sylvie das Zepter in der Auberge schwingen. Ob es nun gegenüber den beliebten Vorgängern besser oder schlechter ist, ist Geschmackssache. Mir gefällt der Ort nach wie vor, zumal der traumhafte, parkähnliche Garten mit Blick auf die Kathedrale unverändert geblieben ist und das beliebte Hotelzimmer mit der ausfahrbaren Badewanne ebenfalls den Pächterwechsel überlebt hat. Die neue Kaffee- und Teekultur bereitet Freude, die Küche von Serkan ist luftig-leicht und schmeckt. Die «Auberge aux 4 Vents» ist sicherlich in Freiburg die Übernachtungsadresse par excellence, und einen schöneren Freisitz, um an einem milden Tag der Teekultur zu huldigen, kenne ich in der Schweiz nicht.

1763 Granges-Paccot, Grandfey 124, 026 321 56 00, www.aux4vents.ch

Frogs & Roses

A Taste of England Dieses wunderschöne Bistro, das auch in «good old England» für Furore sorgen würde, zählt für mich zu den schönsten Beizen der Schweiz. Und kochen können sie auch. Hinzu kommt ein herzlicher Service, unterhaltsame Gastgeber und eine spannende Auswahl an Getränken. Haus wie Interieur überzeugen mit Unterstatement, mit einer geschickt zusammengestellten Kombination aus Kunst und Nippes, wovon diverse Stücke über die hauseigene «Brocante» käuflich zu erwerben sind. Auf dem Teller geht's frisch und saisonal zu und her. Hier tummeln sich Felchenfilet aus dem Neuenburgersee, Saibling mit Harissa «fait maison», Karottenhummus mit einem Pesto aus Haselnüssen und hausgemachtem Pitabrot und ein butterzartes Kotelett mit einer perfekten Salsa verde. Wenn es im Sommer in den Strassen von Estavayer jazzt, sitzt man auf dem Boulevard von «Frogs & Roses» in der ersten Reihe, hört den bunten Klängen zu, isst und trinkt gut. Ein Strauss Rosen für Stéphanie Aebischer und ihr Team für diese wundervolle, lebendige Beiz.

1470 Estavayer-le-Lac, Rue de la Gare 19, 026 664 01 01, www.frogsandroses.ch

Auberge de la Croix Blanche

Das Kalb machen Arno Abächerli kocht seit Jahren in der Mitte von Nirgendwo auf Sterne- (1 Michelin-Stern) und Punkteniveau (15 GaultMillau-Punkte). Die Auberge de la Croix Blanche ist unterteilt in Bistro und Gourmetstube. In der Holzbankklasse fühlt man sich sehr gut aufgehoben und kann sich Kalbskopf (der Beste!), Kutteln oder zartem Suppenfleisch hingeben. Klassiker, die Abächerli vorzüglich kocht. Natürlich könnten Foie gras auf Linsen oder Zander an Zitronenbutter mit Kokosflocken Gründe sein, um den minderen Fleischteilen untreu zu werden, aber wer bei Abächerli einmal «Nose to Tail» gegessen hat, lässt das mit der Gourmetküche bleiben.

1583 Villarepos, Route de Donatyre 22, 026 675 30 75, www.croixblanche.ch

NEU La Salamandre

Grenzenlos Der See, die Ruhe, die Aussicht, der Wind, das Essen, die Weine – was für eine Oase, trotz der Segler, denen die Landratten oft einen gewissen Snobismus unterstellen, was so nicht stimmen kann, sind mir doch im «La Salamandre» keine solche Kapitäne begegnet. Offenheit, Spontanität und Herzlichkeit unter den Gästen und von Seiten der Gastgeber und ihrem Team lassen das Ganze noch eine Runde entspannter angehen. Und das Essen erst! Seien es für den kleinen Hunger sorgfältig zubereitete Tapas oder à la carte mit asiatischen Einflüssen zum Beispiel ein Lamm-Sashimi mit Thaisalat. Auch die Rindszunge an einer delikaten Vinaigrette mit mariniertem Gemüse ist so exzellent wie der Hamburger aus Fleisch von der Weide nebenan oder die verschiedenen Tatars. Und nicht zu vergessen: Bei einem Besuch lockt auch der feine Sandstrand mit Liegewiese für den Schwumm im See davor oder danach.

1568 Delley-Portalban, Route du port 94, 026 677 15 43, www.la-salamandre.ch

Café Tivoli

«Sympa» Jambon de la Borne (im Kamin geräucherter Schinken), ohne Schnickschnack präsentiert, eine Käseschnitte der besseren Art, ein Fondue, das zu den besten gehört, die ich kenne, und ein Tatar der Extraklasse sind die rudimentären Ansagen von Sarah und Damien Colliard in ihrem Café Tivoli in Châtel-Saint-Denis. Ja, und dann wäre da noch die obligate Meringue samt Double Crème, deren 45 Prozent Fettgehalt einen noch tiefer in den Stuhl versinken lassen. Den Rest machen die Stimmung des Hauses, die gemalten Helden an den Wänden und die lebendigen Stammgäste an den Tischen, die fragend in die Runde blicken, wenn ein Neuling ihre gute Stube betritt. Wer sich hier als passionierter Beizengänger erst einmal an den Tisch setzt, wird länger bleiben, als ihm seine Termine lieb sind, und irgendwann zu später Stunde ein Zimmer nehmen, wenn denn noch eines frei ist. Denn der nächste Durst und Appetit kommen bestimmt.

1618 Châtel-Saint-Denis,
Place d'Armes 18, 021 948 70 39,
www.cafetivoli.ch

Café Paradiso

Charmant unkompliziert Bulle habe ich vor Jahrzehnten kennen und schätzen gelernt, und auch wenn in der Zwischenzeit zahlreiche schön gealterte Pinten gestorben sind, ist der kulinarische Charme von Bulle durch Virginie Tinembart und Georgy Blanchet, die Gastgeber im Café Paradiso, markant gestiegen. Die ehemaligen Macher der «Pinte des Mossettes» oberhalb von Cerniat verstehen es, der Kleinstadt einen von Dienstag bis Samstag ab 10 Uhr bespielten innovativen Treffpunkt zu schenken. Tagsüber ist er ein Café, mittags wird ein exzellentes Menü zelebriert, und abends mutiert er zur stimmungsvollen Beiz, die mit kleinen Degustationsplatten aufwartet. Geschmorter Rettich mit von Juratrüffeln parfümierter Butter, Markbein mit Rotweinjus, eingelegte Sardinen, Wildschwein im Cidre, Forelle und eine vorzügliche Terrine, ohne die ein Besuch nicht geht. Die Sirupe sind «fait maison», und es fehlen weder Cidre von Jacques Perritaz noch eine spannende Auswahl an Naturweinen. Neu hinzugekommen sind die Apfelweine und Schaumweine von «Siider» aus dem aargauischen Hornussen (siehe Seite 124), was über die Qualität dieser Weine alles sagt.

1630 Bulle, Rue du Marché 21,
026 525 86 96, www.café-paradiso.ch

NEU Café de la Promenade

Typisch Mitten in Bulle, einfach und schön, so präsentiert sich das Café de la Promenade. Die Gaststube besticht durch ihre Tapete, das Täfer und die schlichte Einrichtung, den Nebenraum würde ich weiss eindecken, wenn überhaupt, und bei einer Reservierung zwingend einen Tisch in der Gaststube verlangen. Hier wird eine schnörkellose, gute Traditionsküche zelebriert, die überzeugt, und auch wenn sie nicht überzeugen würde, wäre das auch irgendwie egal. Zu Beginn etwas Trockenfleisch, gefolgt von einem saftigen Jambon de la Borne, natürlich mit Frites maison oder doch lieber ein Fondue pur vacherin oder einfach eine luftige Omelette au fromage mit einem taufrischen grünen Salat. Dazu einen Chasselas vom Mont Vully, und zum Beinschinken darf es durchaus ein Saint-Joseph aus dem Vallée du Rhône sein. Chapeau für diese unaufgeregte, urgemütliche Einkehr und die Herzlichkeit der Gastgeber.

1630 Bulle, Rue de la Promenade 31,
026 912 74 48, www.cafedelapromenade.ch

Fromagerie de Marsens-Vuippens

In der Dorfkäserei Marc-Henri Horner ist ein Meister seines Fachs. Seine Freiburger Vacherins sind grossartig und seine Gruyères erstklassig. Apropos Vacherin: Die Rohmilch gibt diesem Käse ein reiches und vielfältiges Aroma, das auf der Zunge und im Gaumen zugleich nach Blume, Erde und Frucht schmeckt. Natürlich ist der Geschmack von der Qualität der Rohmilch, der Kuhrasse und der Jahreszeit abhängig. Liebhaber einer leichten Bitternote kommen beim Rohmilch-Vacherin von Horner voll auf ihre Kosten. Hingehen, einkaufen und geniessen! Vielleicht gleich vor der Käserei mit einem knusprigen Baguette Artisanale und einem Chasselas aus dem Hause Javet & Javet aus Lugnorre.

1633 Marsens, Route de Bugnons 2,
026 915 28 42 oder 079 299 96 03,
www.fromagerie-de-marsens.ch

Danivino

No Barrique Daniel Dula war Pöstler mit Appetit, folgte seiner Passion und wurde erfolgreicher Gastgeber in Fribourg. Zuerst im «Union» und einige Jahre später in der Unterstadt im «Grotta». Vorbei sind diese hektischen Zeiten. Heute widmet er sich seiner Weinhandlung in Broc, in der er ab und zu zur piemontesischen Tavolata einlädt. Seine Weine stammen ausschliesslich von Winzern, die kein Barrique verwenden und ihre Weine im Stahltank oder im grossen Eichenfass reifen lassen. Es sind Weine zum Trinken, nicht um Punkte zu verteilen. Weine mit natürlicher Frucht, Säure und Gerbstoffen. Weine voller Frische und Charakter. Provenienzen von gewichtigen Grössen wie Scarpa, dessen Barolo Tettimorra hier für wenig Geld gekauft werden kann.

1636 Broc, Rue A. Cailler 27,
079 412 77 81, www.danivino.ch

Buvette Les Mongerons

Ménage à trois Im Kanton Freiburg gibt es zahlreiche Bergbeizen. Eine aber ist uneingeschränkt meine liebste, auch wenn es hierher nur zu Fuss geht. Die Mühe des kurzen, aber steilen Aufstiegs lohnt sich. Satte grüne Wiesen und der Blick auf Schloss Gruyères dominieren die Szenerie. Die sympathischen Besitzer Odile und Marcel Pharisa halten ihre Buvette kitschfrei. Die gute Stube hat einen Herrgottswinkel und einen Bolleroofen. In der Küche kocht Madame Christine ihre Spezialitäten über dem offenen (!) Feuer. Am Sonntag wird die «Soupe aux choux» mit Fettaugen, Kohl, Wurst, Speck und Schinken aufgetischt. Immer zu haben sind Vacherin- und Moitié-moitié-Fondue und die im Kupferkessel servierten «Macaroni de chalet», Hörnli an einer sämigen Rahm-Zwiebel-Sauce. Genug, der Abstieg wartet!

1663 Epagny, Les Chaumiaux 39, 026 921 22 39 oder 078 709 45 21, www.mongerons.ch

NEU Hôtel de la Croix de Fer

Authentisch Wer wieder einmal abtauchen, unkompliziert übernachten und gut essen, wer die Natur erfahren und erspüren, wer mit dem Sound von grasenden Kühen und ihren Kuhglocken einschlafen oder im Winter der Stille lauschen will, der zieht sich auf ein Wochenende in der Haute Gruyère im Weiler Allières in das einfache Hôtel de la Croix de Fer zurück. Der Gasthof war schon im 18. Jahrhundert eine beliebte Einkehr auf dem Saumpfad über den Col de Jaman, über den die Käsebarone die begehrten Laibe hinunter nach Vevey transportieren liessen. Von dort wurde der Gruyère per Boot, Strasse und Lastkahn bis nach Lyon gebracht. Doch zurück in die Gegenwart. Herzlich und eigenwillig ist der Gastgeber Philippe Roch, authentisch das Essen, stimmungsvoll das Haus. Bergsuppe, Fondue, Älplermakkaroni, Rösti und Beinschinken, Würste, je nach Lust und Laune der Küche ein Menü, kurz, das ganze opulente Programm mit Spezialitäten aus der Region. Dazu unkomplizierte, grundehrliche Weine. Mehr gibt's nicht, mehr muss es auch nicht geben.

1669 Les Allières, La Croix de Fer, 026 928 16 06, 079 822 94 60, www.lacroixdeferallieres.ch

Cidrerie du Vulcain

Im Paradies ohne Eva Wenn ein Schweizer Cidre-Produzent seinen Most in der Hochburg des Cidres, also in der Bretagne und Normandie, verkaufen kann, dann muss sein Saft Kraft, Finesse und Qualität haben. Kurz, er muss grandios sein. Ist er auch. Nicht nur einen, sondern gleich sechs «Möschte» produziert Jacques Perritaz. Eine Komposition überragt für mich aber alle: Sein «Trois Pépins», eine Cuvée aus Apfel, Birne und Quitten, ist ein absoluter Genuss und erinnert in der Nase und im Gaumen an einen jugendlichen Vin Jaune – was zugegeben ein Widerspruch in sich ist. Die Nase will sich förmlich in den Aromen ertränken und sich den Düften hingeben. Der Gaumen frohlockt, und der Abgang provoziert ein Halleluja. Tatsächlich paradiesische Zustände.

1733 Treyvaux, Chemin du Clos d'Illens 11, 079 663 42 45, www.cidrelevulcain.ch

Gasthof zum Roten Kreuz

La Bénichon Kennengelernt habe ich den Gasthof an einer «Bénichon», der berühmten Freiburger Metzgete, die so einzigartig wie keine zweite in der Schweiz ist. Vor einem Vierteljahrhundert sind wir dafür stets zu Judith Baumann gepilgert, die für mich die beste ihrer Art zelebrierte. Nun sind wir bei Xavier Briand und Anne-Raymonde Corpataux gelandet, die mir endlich wieder die alten Geschmäcke zurückgeben. Das Gasthaus ist ein Allerweltsbau, innen ist es in Gaststube und Speisesaal gegliedert, zwei Räume, die mit unterschiedlichen Speisekarten bespielt werden. Was hier zählt, ist die Kochsprache von Briand und die Herzlichkeit der Gastgeberin Corpataux, die kompetent Weine empfiehlt, etwa einen Vin Jaune 2001 von Altmeister Lucien Aviet zum Freundschaftspreis, was ich eigentlich für mich behalten sollte. Wer Lust auf eine Terrine aus Entenschenkel und -leber hat, eine marinierte Makrele oder einen wunderbaren Zander aus dem Greyerzersee, der ist hier richtig. Ich für meinen Teil freue mich, in der Gaststube zu sitzen und mich am exzellenten Clubsandwich mit Frites «fait maison» gütlich zu tun und dazu eine Flasche Vin jaune zu geniessen. Zugegeben, eine etwas abenteuerliche Kombination, aber eine gute.

1735 Giffers, Dorfplatz 8, 026 418 11 25, www.aubergedelacroixrouge.ch

Hôtel Restaurant de L'Ours

Hôtel Restaurant de L'Ours

Vorsicht: Terroir Im «Bären» wird seit Jahren eine inspirierende Küche zelebriert, die mit der Saison geht, sich aufs Wesentliche konzentriert und ohne Modetrends auskommt, ohne dabei langweilig zu werden. Das verdient Anerkennung. Schnecken und Kalbskopf kommen bei ihr genauso zum Zug wie Lamm und Saibling. Das Bistro verströmt für mich mehr Charme als das üppig dekorierte Speisezimmer. Der Weinkeller des Hauses überzeugt, und im Rauchersalon schmeckt die Zigarre doppelt so gut. Alles in allem ist das Haus eine kulinarische und stilsichere Oase für eine Auszeit. Mont Vully und Murtensee sind nah, die lokalen Winzer ebenso.

1786 Sugiez, Route de l'Ancien Pont 5, 026 673 93 93, www.hotel-ours.ch

Javet & Javet

Je nachdem Gérard und Etienne Javet haben eine gelungene und stilsichere Website, die sich wohltuend von anderen Internetauftritten von Winzern abhebt. Mit dem allein ist es natürlich nicht getan, aber es versinnbildlicht dennoch den Inhalt der zeitlosen eleganten Weinflaschen. Ihr Savagnin Rose etwa betört mit einer wundervollen Frische und überrascht mit intensiven Aromen. Ebenso der kräftige, aber nicht fette Pinot Gris oder der leichtfüssig, elegante Chasselas. Wenn sich die Herren für ihre Besucher Zeit nehmen können, wird es spannend, wenn nicht, eher förmlich.

1789 Lugnorre, Quart-Dessus 8, 026 673 10 67 oder 079 267 42 46, www.javet-javet.ch

Restaurant zum Jäger

Verleiht Flügel Freunde von mir pilgern von Zürich, Solothurn, Bern und Basel nach Jeuss, um sich am Geflügel von Heinz Kocher gütlich zu tun. Manchmal gehe ich mit und freue mich mit ihnen an den Pouletflügeli, von denen wir immer einige Platten verdrücken. Ab und zu nehmen wir davor auch noch einen Wurst- oder Käsesalat, etwas Bauernschinken oder eine bereits mundgerecht aufgeschnittene Bratwurst, oder wir verputzen nach dem Federvieh noch eine Platte panierter Schnitzel. Vielleicht hängt das auch mit den Erinnerungen zusammen, sind wir Freunde doch vor vierzig Jahren hier immer wieder mal nachts durch die Gegend marschiert. Nicht freiwillig zwar, aber die Gegend hat es uns angetan. Heute sind wir keine pirschenden Jäger mehr, sondern wir gehen mit Appetit in den «Jäger», was mit Sicherjeit der angenehmere Weg ist. Dazu eine Flasche vom Mont Vully oder zwei oder drei oder vier – je nachdem, wie viele Copains wir sind. Die alten Militärgeschichten lassen wir aber in unserem Gedächtnis ruhen.

1793 Jeuss, Dorfstrasse 25, 026 674 12 35, www.restaurant-jaeger-jeuss.ch

The Single Malt Shop

Sláinte Whisky-Freunde kommen am «Single Malt Shop» in Murten nicht vorbei. Das nur 25 Quadratmeter grosse Geschäft ist eine Whisky-Insel für sich, die mit Raritäten glänzt und mit einigen Destillaten aus Ländern brilliert, deren Whiskys vornehmlich von Insidern getrunken werden. Ein Whisky aus Wales zum Beispiel oder einer aus Frankreich. In beiden Ländern ist der Dudelsack zwar nicht weit, was ganz offensichtlich verbindet und zum Lebenswasser führt. Zur Auswahl steht ein Sortiment von knapp sechshundert verschiedenen Whiskys, 80 Sorten Rum und Grappa sowie eine exquisite Auswahl an Gins in allen Variationen. Den grössten Teil der Produkte können Lebenswasserfreunde direkt vor Ort degustieren.

3280 Murten, Hauptgasse 39, 026 670 79 00, www.singlemalt-shop.ch

Schloss Ueberstorf

Aus dem Bilderbuch Schloss Ueberstorf ist eigentlich fast zu schön, um wahr zu sein. Mit stilsicherer Hand wurde das Haus eingerichtet und wird seit Jahrzehnten unterhalten. Nichts beisst sich, alles ist durchdacht und entspannt Geist und Auge. Schon beim Studium der Website kommen reiselustige Schlemmer und Kulturbeflissene ins Träumen und reservieren sich subito einige Tage Schlossluft gegen den Alltagstrott. Die Gäste freuen sich im wundervollen Garten auf die Mittagstafel, sie begrüssen den Abend in der Schlosskapelle, reden über den vergangenen Tag und fragen sich, was wohl die sternenklare Nacht bringen wird. Sie sinnieren bei einem Glas oder zwei über die Pastinakensuppe, den Zander, das Moorhuhn und das Mohnparfait. Die Gläser klingen, die Auszeit ist fühlbar. Irgendwann, jederzeit und immer gerne.

3182 Ueberstorf, Schlossstrasse 14, 031 741 47 17, www.schlossueberstorf.ch

Brasserie Le Cardinal, Neuchâtel

Brasserie Le Cardinal

Glückliches Neuchâtel Die Brasserie Le Cardinal mitten in der Altstadt von Neuenburg gehört zu der Sorte von Beizen, von denen die Deutschschweiz nur träumen kann. Hier zu sitzen, ist Lebensqualität pur für Gaumen, Magen und Gemüt. Die Küche ist auf ihrer Höhe, die Klassiker überzeugen. Gastgeber Jean-Luc Geyer ist ein Mann der leisen Töne, ein Schöngeist und guter Koch. Das Spektrum der Gäste ist so breit wie die Speisekarte: Foie gras, Schnecken, marinierter Biolachs, Muscheln, Fischsuppe, Zander, Schweinsfilet, Entrecôte Café de Paris mit knusprigen Pommes frites, Carré d'agneau mit Provence-Kräutern oder einfach nur ein Fondue. Eine abgeklärte Gastlichkeit, wie sie früher in Frankreich häufig anzutreffen war und heute fast nicht mehr zu finden ist. Die Distanz zur Deutschschweiz erkennt man auch daran, dass die Weinflaschen bereits mittags auf den Tischen stehen.

2000 Neuenburg, Rue du Seyon 9, 032 725 12 86, www.lecardinal-brasserie.ch

Vin Libre

Freie Weine Unfiltriert, mit wenig Alkoholgehalt, im Beton-Ei oder in der Amphore, im Stahltank oder im grossen Eichenfass ausgebaut. Naturweine sind anders als die herkömmlichen. Natürlicher eben. Mal grosse Stinker, mal filigrane Blüten, bei denen sich die Natur in der Flasche eingenistet hat. Noch vor wenigen Jahren wurde ich ausgelacht, mir solche Weine anzutun. In der Zwischenzeit hat sich bei den Winzern vieles zum Guten verändert, und die, die es nicht können, haben es wieder aufgegeben. Die Könner unter den Naturwinzern aber blühen auf und stehen für Weine ein, die beim Trinken unheimlich Spass machen und so ziemlich ganz ohne Chemie auskommen. Ohne Label, einfach mit dem eigenen Wissen und dem guten Gewissen, Hand in Hand mit der Natur zu arbeiten. Wer eine neugierige Weinnase hat, sucht Weinhändler wie Joëlle und Nicolas Turin auf, die in ihrem «Vin Libre» eigenwillige Provenienzen aus der Ardèche, dem Jura, der Loire, dem Beaujolais und vielen anderen Regionen Frankreichs verkaufen.

2000 Neuenburg, Rue des Chavannes 15, 032 721 37 27, www.vinlibre.ch

NEUENBURG

Pinte la Golée

Alles fliesst Auvernier besticht mit Kopfsteinpflaster, herausgeputzten Häusern, einem herausragenden Weingut und einer Pinte, in der man sich von Patron Cédric Bellini umfassend über die Weine der Region beraten lassen kann. Für den Appetit gibt es Trockenwürste und ein gutes Fondue. Die Pinte ist in der Region beliebt, hat ihre Stammkundschaft, öffnet täglich um 16 Uhr und hat lange Öffnungszeiten. Nichts für zart besaitete Gemüter; wer aber eine raue, ehrliche und unkomplizierte Atmosphäre mag, fühlt sich hier wohl. Ab und zu finden Konzerte (laut) und Lesungen (leise) oder spezielle kulinarische Themenabende statt. Im Februar sind die «Tripes à la neuchâteloise» Trumpf, Kutteln in Gemüsebrühe, mit geschwellten Kartoffeln, Zwiebeln, frischer Mayonnaise und sämiger Vinaigrette. Dazu wird der erste Non-filtré der Saison getrunken.

2012 Auvernier, Grand-Rue 34–36, 032 731 67 46, www.lagolee.ch

NEU Boucherie Vito Viande

Saumässig Was wortwörtlich zu verstehen ist. Martin Graf ist Fotograf, hat das Titelbild und die Ausgezeichneten fotografiert und ist sonst, wenn er nicht am Knipsen ist, den kulinarischen Dingen zugetan. Er hat die Nase eines Trüffelschweins, womit ich natürlich nicht die Form seiner Nase meine, sondern dass er immer wieder gute Produkte aus Stadt und Land entdeckt. Als Freund behält er seine Schätze nicht für sich, sondern teilt sie mit seiner Partnerin und ab und zu auch mit mir. Bei meinem letzten Besuch liess er mich in eine Salsiccia beissen, wie ich sie erst einmal in Italien gegessen habe; sie hat es mir in Geschmack und Konsistenz so angetan, dass ich kurz vor Druck dieser Ausgabe extra noch hingefahren bin und mich mit den Spezialitäten der Boucherie Vito eingedeckt habe. Mein Gott, was für eine Metzgerei! Allein der gerollte Schweinebauch, die «Porchetta», ist jeden gefahrenen Kilometer wert; kommt hinzu, dass ich mich einige Schritte weiter gleich mit einigen Flaschen der Domaine de La Maison Carrée eindecken und in der Pinte La Golée auf das Ganze anstossen kann. Schöne Aussichten für kalte Wintertage, schöne Aussichten auf Salami, Foie gras à l'armagnac, Foie gras au torchons, Arancini und so weiter und so fort.

2012 Auvernier, Rue des Epancheurs 10, 032 740 14 88, keine Website

Domaine de la Maison Carrée

Boden und Passion Die biodynamischen Weine der Maison Carrée in Auvernier sind nicht grundlos vom Mémoire des Vins Suisses geadelt worden. Sie sind allerdings sehr schnell verkauft, vor allem der aussergewöhnliche Pinot Gris oder die grandiosen Pinot Noirs, die mit Kraft, Eleganz und Alterungspotenzial überzeugen. Auch der Savagnin blanc, im Wallis als Heida oder Païen ein Begriff, bietet ein grandioses Trinkerlebnis und kann problemlos mit den ganz Grossen aus dem französischen Jura mithalten. Ein Kompliment an die Familie Perrochet für ihr nachhaltiges Schaffen.

2012 Auvernier, Grand-Rue 33, 032 731 21 06, www.lamaisoncarree.ch

Plage de Boudry

Die Leichtigkeit des Seins Schwimmen wird hier zur Nebensache. Die lässige Buvette über der kleinen Plage liegt am Ende einer schmalen Strasse. Manche legen hier mit dem Boot an, andere legen vom Alltag ab. Geschäftsleute machen mal Pause oder handeln neue Verträge aus. Die Gäste sehen sich an oder um, reden, schweigen und träumen ins Weite. In der kleinen Küche wird der Fisch mit Kräutern gefüllt, das Fleisch weich geklopft, das knackige Gemüse in Butter geschwenkt, im Fondue gerührt und das Brot mit krachender Kruste geschnitten. Alles stimmt, alles ist da. Auch einige Weine der lokalen Winzer. Baden ginge auch, wäre aber schade. Wer Verstand hat und es einrichten kann, kommt unter der Woche und lässt die Wochenenden in der Hochsaison sausen, an denen manchmal die sonst gute Leistung des Betriebs ins Wasser fällt.

2015 Areuse, Route du Lac 15, 032 841 28 22, keine Website

La Maison du Village

Mitten im Dorf Da kocht sich ein Talent an die Spitze. Marc Strebel gelingt es seit Jahren, unverkrampft und lustvoll mit den grossen Namen der Region mitzuhalten. Seine Küche ist grandios und hebt sich wohltuend von den im goldenen Schnitt auf den Tellern drapierten Speisen ab. Er gehört zu meinen Lieblingsköchen in der Region. Das sieht auch der Guide Michelin so und adelt ihn mit einem Stern, obwohl sein Restaurant einfach ist und sich gerade deshalb so wohltuend von anderen Genusslokalen abhebt. Auch Gault Millau lobt Marc Strebel in den höchsten Tönen und gibt ihm 15 Punkte. Mehr müssen es auch nicht sein, sonst wird es für alle zu kompliziert. Hier isst man im Sommer auf der Terrasse Felchen aus dem Neuenburgersee mit gelben Rüben und Waldmeister oder Schweinsbrust. Alles ist bezahlbar, auch die Weine, deren Auswahl sich spannend liest und noch spannender trinkt.

2024 Saint-Aubin-Sauges,
Rue de la Fontanette 41, 032 835 32 72,
www.maisonduvillage.ch

Laurent Pierrehumbert

Der Weinbrötler Per Zufall bin ich auf die Weine von Laurent Pierrehumbert gestossen. Ihn zu besuchen, habe ich aber noch nicht geschafft. Entweder hat er keine Zeit, oder er nimmt das Telefon schon gar nicht ab. Sein Pinot Noir und sein Gameret sind Charakterweine, die sich nicht für Etikettentrinker eignen. Vielmehr sind es Provenienzen für Weinfreunde, denen das Terroir mehr am Herzen liegt als grosse Namen. Wer nicht bis zu Laurent vordringen kann, der trinkt sie im Hôtel-Restaurant de la Béroche. Zum Beispiel am Stammtisch oder auf der Terrasse mit herrlichem Blick auf Hausgarten und Dorfbach.

2024 Saint-Aubin-Sauges, Les Peleuses, 032 835 15 79, keine Website

L'Aubier

Wo das Leben spriesst Der Ausblick geht über den Neuenburgersee zu den Alpen, der Blick zurück bleibt an der schroffen Jurakette hängen. Montezillon ist sich seiner Gunstlage bewusst. Hier ist das Unternehmen L'Aubier zuhause, zu dem ein biodynamischer Landwirtschaftsbetrieb, zwei Hotels und Restaurants in Montezillon und Neuenburg, eine Kaffeerösterei und eine Demeter-Käserei gehören. L'Aubier wird von einem Team von sechs Personen geleitet, unterstützt von rund fünfzig Mitarbeitenden, ermutigt und finanziert durch über tausendfünfhundert Sympathisanten, die sich aufteilen in Aktionäre sowie Inhaber von Partizipationsscheinen, Leihkonten und Obligationen. Die Verkaufsprodukte von L'Aubier zeugen von hohem Qualitätsdenken, das sich in der Küche der Restaurants fortsetzt. Wer sich interessiert, studiert die Website, packt den Koffer und lässt sich entspannt verwöhnen oder geht einfach mal mit dem Einkaufskorb vorbei.

2037 Montezillon, Les Murailles 5, 032 732 22 11, www.aubier.ch

Neuchâtel Vins et Terroir

Unfiltriert Die einen lieben ihn, die anderen lehnen ihn ab. Der «Non filtré», dieser Neuenburger Traditionswein, polarisiert. Er liegt aber in Zeiten von Naturweinen im Trend. Gerade in der Deutschschweiz und vornehmlich in Zürich wird der süffige Rebensaft gerne getrunken. Eine Vorreiterrolle hat da Franz Lehner von der «Alten Post» im Aeugstertal gespielt. 1975 hat der mittlerweile verstorbene Weinbauer Henri-Alexandre Godet den «Non filtré» sozusagen erfunden. Der aktuelle Jahrgang kommt jeweils im Januar in die Flasche und auf den Markt. Frisch, knackig und ungemein süffig. Einen Überblick der Produzenten verschafft die Website der Neuchâtel Vins et Terroir. Meine zwei liebsten Unfiltrierten sind der von Christian Rossel aus Hauterive, in der Deutschschweiz von der Weinhandlung Küferweg vertrieben, und der von Jean-Christophe und Nicole Porret aus Cortaillod.

2053 Cernier, Route de l'Aurore 4, 032 889 42 16, www.neuchatel-vins-terroir.ch

Métairie de Dombresson

Bodenständig gut Wer im Sommer vor der Hitze im Tal flüchten will, findet am Chasseral in der Métairie de Dombresson Zuflucht. Leicht ist die Küche von Chantal Torche nicht, aber gut. Die Stammgäste genehmigen sich zum Aperitif einen Absinthe mit einer würzigen Trockenwurst von Metzgermeister Alexandre Junod aus Corgémont (siehe Seite 41), andere rühren gleich von Beginn an im sämigen Fondue, Sommer hin oder her. Saftig ist der Beinschinken und butterzart das Rindsfilet, das mit einer vorzüglichen Morchelsauce und einer perfekten Rösti serviert wird. Dazu passt die durchdachte Auswahl an erstklassigen Neuenburger Weinen, und nach der obligaten Meringue empfiehlt sich zur Verdauung eine «Gentiane». Die Métairie de Dombresson liegt zwischen dem Berner und Neuenburger Jura in wilder Natur, in der ein ausgedehnter Spaziergang vor dem Mahl einem den erforderlichen Appetit verschafft. Und wer wieder einmal Lust auf eine delikate Zunge hat, findet sie jeden ersten Sonntag des Monats, gekocht wie von Grosi – nur besser.

Alpage Chasseral, 032 751 20 10 oder 078 640 77 81, keine Website, von Mitte Mai bis Ende Oktober täglich ab 10 Uhr geöffnet

Hôtel Restaurant de l'Aigle

Im Tal der Grünen Fee Das Val de Travers ist berühmt für seinen Absinthe, seine Höhen rund um den Creux du Van, seine «Métairies» und die Kunst unter freiem Himmel in Môtiers. Aber auch für Käse, Würste und Schaumweine (siehe Mauler). Wer der Grünen Fee begegnen will, ist am besten mit Zeit und Musse und ohne fahrbaren Untersatz unterwegs. Als Unterkunft bietet sich der «Adler» in Couvet an. Ein altehrwürdiges Haus, gut im Schuss, mit kleinen Schönheitsfehlern, was nicht weiter schlimm ist, ist doch das Ganze stimmig – und wo sonst als im «Aigle» kann man im Val de Travers unter einem Dach nächtigen und sich verpflegen? Letzteres vorzugsweise im stimmungsvollen Bistro und nicht im hüftsteifen Speisesaal, der an und für sich schön ist, durch die biederen Komfort-Stühle aber etwas an Charme verliert.

2108 Couvet, Grand' Rue 27, 032 864 90 50, www.hotel-aigle.ch

Mauler

Im Keller Seit 1829 werden in dem ehemaligen Benediktinerkloster Saint-Pierre auf traditionelle Art Schaumweine produziert. Viele kennen den Namen Mauler und seine guten Basisweine aus dem Grosshandel; die Spitzenprodukte, die den Vergleich mit den grossen Brüdern aus der Champagne nicht zu scheuen brauchen, sind direkt vor Ort erhältlich. Neunzehn Cuvées erzeugt Mauler heute. Ein Besuch der Kellerei Saint-Pierre, verbunden mit einer Degustation, lohnt sich und hat schon manchen Champagner-Kenner überrascht. Dem Önologen Julien Guerin, der seit 2011 Kellermeister bei Mauler ist, gelingen immer wieder grosse Würfe, wie unlängst die «Cuvée Bel Héritage Brut», deren facettenreiche Aromatik und finessenreiches, florales Bouquet zu begeistern vermögen. Jährlich werden rund eine halbe Million Flaschen produziert, was für die Schweiz beachtlich, im internationalen Vergleich aber nur ein kleiner Fisch ist. Was zählt, sind aber die Produkte und das Preis-Leistungs-Verhältnis, und die überzeugen.

2112 Môtiers, Le Prieuré St-Pierre, 032 862 03 03, www.mauler.ch

Absinthe La Valote Martin

Messieurs, c'est l'heure! Das erste Absinthe-Rezept findet sich 1794 im Tagebuch von Abram-Louis Pernod. 1798 nimmt in Couvet die erste Brennerei ihren Betrieb auf. 1805 eröffnet Sohn Henri-Louis Pernod im französischen Pontarlier den ersten industriellen Betrieb. Bald wird Absinthe in Paris salonfähig, ab 1850 küren ihn Dichter und Denker zu ihrem Treibstoff. Sechzig Jahre später, am 7. Oktober 1910, wird die Grüne Fee zur Hexe und in der Schweiz verboten. Ein Familiendrama mit dreifachem Mord war der Auslöser des Verbots. Fortan wird Absinthe im Verborgenen gebrannt und getrunken. Wenn es bei Francis Martin um Absinthe geht, wird der sympathische Destillateur zum Professor. Vor der «Maison des Chats» in Boveresse im Val de Travers blüht neu der vom Schweizer Heimatschutz renovierte Absinthgarten, im Innern macht sich in der Brennküche intensiver Anisduft breit, aus der Brennblase tropft das klare Destillat. Mittlerweile hat Sohn Philippe die Brennerei übernommen. Die Geschichte geht weiter.

2113 Boveresse, Rue du Quarre 10, 032 861 26 54, www.absinthe-originale.ch

La Ferme des Brandt

Die Stadt auf dem Land Erst wer durch die Strassen von La Chaux-de-Fonds streift und in den Beizen sitzen bleibt, lernt die Stadt kennen, verstehen und vielleicht sogar lieben. Ein guter Einstieg wäre «La Chaux-de-Fonds à pied», ein zweistündiger Rundgang, der zu den Denkmälern und Sehenswürdigkeiten führt. Das eigenwilligste Lokal der Stadt ist die an der Peripherie gelegene «Ferme des Brandt». Sie überzeugt seit Jahren mit einer guten Terroir-Küche und einer wundervollen Weinauswahl. Wer hier einmal ein Poulet mit Morcheln isst und dazu vielleicht einen Vin Jaune trinkt, weiss, wovon ich rede. Vorausgesetzt, dass der Gaumen den Vin Jaune tatsächlich zu goutieren weiss. Ob im archaischen Inneren des historischen Hauses oder im verträumten Garten, Cyril Tribut und seine Beizen-Philosophie sind einen Besuch wert.

2300 La Chaux-de-Fonds,
Petites-Crosettes 6, 032 968 59 89,
www.fermedesbrandt.ch

Crème Renversante Magasin Bar à Chocolat

Schleckereien Ihre Produktionsstätte liegt im Vallée de la Sagne, einem einsamen Tal, eingebettet zwischen la Chaux-de-Fonds und der Vue des Alpes. Hoch, rau, weit, erschlossen von einer Strasse, an der die einzelnen Höfe wie am Tropf hängen. In Les Ponts-de-Martel produziert die sympathische Valérie Henchoz ihre Köstlichkeiten. Caramels, Truffes und Pralinen, Schokolade von einem anderen Stern und andere Schleckereien. Die Anlaufstelle für Schleckmäuler ist das in La Chaux-de-Fonds neu eröffnete Geschäft samt einer Bar à Chocolat. Noch ein Grund, die Heimat von Le Corbusier zu besuchen.

2300 La Chaux-de-Fonds,
Rue Daniel-Jeanrichard 17, 032 913 05 77,
www.cremerenversante.ch

Le Café du Coin

Auf einen Kaffee Reto Juon hat seinen Ostschweizer Dialekt nicht verlernt, und ich habe es immer bedauert, dass er die schönste Beiz in La Chaux-de-Fonds, das Café de Paris, zugunsten seines heutigen kleineren Betriebs aufgegeben hat. Tempi passati. Wer seine unkomplizierte Gastfreundschaft und die Einheimischen kennenlernen will, geht am Samstag zuerst auf den Markt und dann zu Reto auf einen exzellenten Kaffee. Die Beiz lebt und läuft. Auf der Schiefertafel steht, was die Küche aktuell zu bieten hat und welche Weine im Moment ausgeschenkt werden. Und über allem wacht der Patron, der wie kein Zweiter ein Händchen für eine stimmungsvolle Beiz hat.

2300 La Chaux-de-Fonds,
Rue du Marché 3, 032 968 06 31,
www.cafeducoin.ch

La Maison du Fromage

Alles is(s)t Käse Pierre-Alain Sterchi ist ein Meister seines Fachs. Die von ihm affinierten Käse sind Weltklasse, und die Käse, die er aussucht und verkauft, sind schlicht genial. Der Mann hat die Käsenase schlechthin, und seine «Maison du Fromage» bringt jeden Käsefreund ins Schwärmen. Da finden sich neben zahlreichen Schweizer Spezialitäten aromatische Trouvaillen aus Frankreich und Italien, und sein Blue Stilton ist biologisch und von einer anderen Welt. Wer diesen Käse mit einem Schluck Port im Gaumen vermengt, meint für einen Augenblick über dem Boden zu schweben. Von solch einer Käserei kann die Deutschschweiz nur träumen. Auf nach La Chaux-de-Fonds!

2300 La Chaux-de-Fonds,
Hall'titude, Rue de la Serre 19–21,
032 968 39 86, www.sterchi-fromages.ch

Le Croissant Show

Gipfeltreffen «Le Croissant Show» ist das Leben von Marcel Vogel, der ein grosser Australienfan (daher der englisch angehauchte Name der Bäckerei) und mit Leib und Seele Konditor ist. Sein Brot, seine Patisserie, all die exzellenten Kuchen, die exquisiten Torten und sonstigen Schleckereien sprechen Klartext. Sein Croissant schmeckt so, wie ein Croissant schmecken muss, sein Brot ist luftig und gehaltvoll zugleich, der feuchte, üppige Thonkuchen ist eine Entdeckung für sich, und die «Tarte aux noisettes» birgt Suchtpotenzial. Alle Füllungen werden frisch zubereitet, nichts ist vorgefertigt. Die Milch ist regional und von Kühen mit Hörnern. Viel Freude bereitet auch das kleine, sympathische, zum Laden gehörende Café mit einer vorbildlichen Kaffee- und Teeauswahl und wundervollen heissen Schokoladen. Eine Show ist das Ganze keineswegs, sondern grundehrliche Arbeit.

2300 La Chaux-de-Fonds, Rue du Versoix 4, 032 968 76 34, keine Website

Übernachten im Kanton Neuenburg

Maison DuBois

Ankommen Als Bed and Breakfast in der Schweiz noch in den Kinderschuhen steckte, war das «Maison DuBois» bereits geboren. Mit stilsicherer Hand eingerichtet, verbindet es den Charme von gestern mit dem Komfort von heute. Es ist ein Lichtblick im Neuenburger Jura für eine entspannte und wohnliche Übernachtung. Hinzu kommt eine herzliche Gastfreundschaft und ein exzellentes Frühstück, bei dem Wert auf regionale Qualitätsprodukte gelegt wird. Ausserdem ist die sympathische Gastgeberin Céline Jeanneret nicht nur eine schöne Frau, sondern auch eine exzellente Köchin. Ihre «Table d'Hôte» ist bekannt und wird von den Gästen sehr geschätzt, von denen zahlreiche schnell zu Stammgästen werden. Ein Haus für einen Abstecher zwischendurch und immer wieder.

2400 Le Locle, Grande-Rue 22, 079 342 25 37, www.maisondubois.ch

The Great Escape

Ganz schön verrückt Die lebendige, unprätentiöse und doch so spezielle Gastronomie, die Lausanne zu bieten hat, lässt mich immer wieder gerne hierher zurückkehren. Ein heimwehgeplagter Engländer hat mich ins «The Great Escape» geführt. Ich kenne kein vergleichbares Lokal in der Deutschschweiz, wahrscheinlich würde es auch in dieser Art und Weise nicht funktionieren. «The Great» ist so schräg wie der Schiefe Turm von Pisa. Das fängt beim Gebäude und der Einrichtung an und hört in der Küche auf, die nicht vorgibt, mehr zu sein als das, was sie ist. Gute Drinks im Glas und die Premier League am Bildschirm, bei der das Zusehen Durst und Appetit (in dieser Reihenfolge) verursacht. Bei Erbsensuppe mit Minze, Slow Pulled Pork Burger und einem Pint of Bitter fühlt man sich in Lausanne sauwohl und auf die Insel versetzt.

1003 Lausanne, Rue de la Madeleine 18, 021 312 31 94, www.the-great.ch

La Couronne d'Or

Die unperfekte Schöne Es spielt gar keine Rolle, ob das Essen in der «Couronne» in Lausanne gut ist oder nicht, zumindest nicht für Freunde stimmungsvoller Beizen, wie es sie in der Deutschschweiz nur noch selten gibt. Sie gehören unter Artenschutz gestellt, was in Grossbritannien problemlos möglich ist, in der Schweiz aber sehr schnell den Amtsschimmel zum Wiehern bringt. Die «Couronne» ist weder perfekt noch eine genormte Schönheit, aber sie erfüllt ihre Aufgabe als lebendiger Treffpunkt. Wenn in einer Beiz gutes Brot frisch geschnitten wird, kann das Essen nicht so schlecht sein. Eine Terrine du Moment, eine Trockenwurst, eine Saucisse mit Lauch, vier lokale Weine, viel mehr gibt es in der «Couronne» nicht und muss es auch nicht geben.

1005 Lausanne, Rue des Deux-Marchés 13, 021 311 38 17, www.couronnedor.ch

WAADT

Étoile Blanche

Mittendrin Noch so eine stimmungsvolle Beiz, in der sich der Tag bei Bier und «Frites maison» wunderbar unaufgeregt verbummeln lässt. Passionierte Beizengänger werden jubeln, Trendsetter sich fragen, was um alles in der Welt sie hier verloren haben. Zwar liegt auf jedem dritten Teller ein Burger, aber die Küche kann weitaus mehr. Da gibt es Schnecken, Rindsfilet mit Morcheln, Rosmarin-Poulet aus dem Ofen und Cordon bleu im Cornflakes-Mantel mit hausgemachter Mayonnaise. Klingt abenteuerlich, schmeckt aber ganz wunderbar. Im Gegensatz zu anderen modernen Konzepten scheint hier angenehm wenig in Stein gemeisselt zu sein. Wer in Lausanne weilt, geht auf einen Augenschein hin. An milden Tagen sitzt man auf dem pulsierenden Boulevard, bei Regen in der stimmungsvollen Beiz.

1005 Lausanne, Place Benjamin-Constant, 021 351 24 60, www.etoileblanche.ch

NEU Abbaye de Montheron

Im Fluss ist das Team von Pächter Romano Hasenauer, und am Fluss ist das wunderschöne, vor einigen Jahren sanft und mit viel Fingerspitzengefühl renovierte Herrschaftshaus, das einst auf den Ruinen der Abbaye de Montheron erbaut wurde. Hier kann man nich anders, als sich treiben zu lassen und den Tag bei Gastgeber David Donneaud zu verbummeln. Hinzu gesellt sich die spannende und durchdachte Küche von Rafael Rodriguez, der sein Handwerk in Spanien im Drei-Sterne-Haus El Celler de Can Roca in Girona gelernt hat. Saisonal und regional ausgerichtet sind die Gerichte, deren Produkte er fast alle im Radius von dreissig Kilometern einkauft, mal abgesehen von einigen Ausnahmen wie Pfeffer und Co. Rillette von der geräucherten Forelle, Rindstatar, Zander mit Teeschaum, Hechtfilet, Jungschwein und Gurkenglace mit Minze. Genussmenschen mit Kalkül lassen sich von der Küche überraschen, indem sie auf ein spannendes Menü setzen und den Weinempfehlungen des Gastgebers folgen. Das Angebot ist grossartig, reichlich versehen mit regionalen Flaschen und diversen spannenden Naturweinen.

1053 Montheron, Route de l'Abbaye 2, 021 731 73 73, www.montheron.ch

Boulangerie Bidlingmeyer

Mit gutem Brot fängt alles an Der erste Bidlingmeyer kam 1791 aus dem deutschen Göppingen nach Chexbres. Mittlerweile wird die Boulangerie in der achten Generation durch Jean-Marc geführt. Und wie sie geführt wird. Am Samstagmorgen platzt die Bäckerei aus allen Nähten. Sie überzeugt die Region seit jeher mit ausgezeichneten Broten und einer nicht überkandidelten Patisserie. Den einzigen Wermutstropfen bildet das Tea Room, zumindest wenn man das Heute mit dem nostalgischen Vorgestern auf der Homepage vergleicht. Es gibt zahlreiche Beizen in der Schweiz, die irgendwann einmal zu Tode renoviert wurden, und bei den Cafés hat es wohl wirklich alle erwischt. Doch was heute zählt, sind die Produkte und nicht der wehmütige Blick zurück. Ja, hier duftet es so, wie es in einer guten Bäckerei duften muss. Mein Lieblingsbrot ist das «Pain vaudois», aber auch mit dem kräftigen «Pain Maggia» oder dem leichten «Rotoillon blanc» lässt sich der Tag ganz wunderbar beginnen. Und dann gäbe es da noch die diversen Tartes, die «Tourte Citron», die «Caracs» und so manches mehr.

1071 Chexbres, Grand Rue 1,
021 946 10 28, www.bidlingmeyer.com

Domaine Potterat

Etikette Wer Cully sagt, denkt zuerst an Altmeister Louis Bovard. Doch nicht nur sein Name bürgt für gute Weine aus Cully. Im traditionsreichen Weindorf am Lac Léman befindet sich hinter einem imposanten Tor das sechshundert Jahre alte Winzerhaus der Domaine Potterat, die heute von Jean-François, Jacques und Guillaume geführt wird. Die Familie Potterat bringt authentische und charaktervolle Weine hervor, etwa aus der berühmten, in der Deutschschweiz wenig bekannten Plant Robert, einer einzigartigen endemischen historischen Rebsorte. Das Flaggschiff der Domaine ist der Chasselas Vielles vignes, ein kräftiger und vollmundiger Gutedel mit Lagerungspotenzial. Gut gefällt mir auch der komplexe und frische Savagnin, der, kaum abgefüllt, schon ausverkauft ist. Schön ist auch, dass die Familie Potterat an ihren antiquierten Weinetiketten festhält. Sie stechen selbstbewusst aus dem modernen Einheitsbrei zahlreicher hipper Provenienzen hervor.

1096 Cully, Rue du Temple 15,
021 799 15 63, www.vins-potterat.ch

Café de Riex

Mit Seitenwagen Peter Hasler ist mehr Welscher als Deutschschweizer, wobei er sein Deutsch um keine Silbe verlernt hat. Er kocht in seinem Traumbistro munter drauf los, was Saison und Region hergeben. Frische Morcheln mit Felchen aus dem Genfersee, Milken, Nieren und an gewissen Tagen ein Fondue der besseren Art. Im Bistro und Speisesaal bedient und unterhält Rogerio die Gäste mit Witz und Charme. Auf der Bonsai-Terrasse, die wie ein Motorrad-Seitenwagen am Haus klebt und einen schmalen Blick über die Dächer von Riex und den Lac Léman freigibt, stehen ein kleiner Blechtisch und zwei Tabourettli. Ideal für ein Glas vor oder nach dem Essen oder fürs Lebenswasser zwischendurch. Ein einmaliges Kleinod.

1097 Riex, Route de la Corniche 24, 021 799 13 06, www.cafe-de-riex.ch

Auberge du Vigneron

So einfach und gut Wohl kaum ein anderer Kanton kann auf so eine Fülle von guten Lokalen zurückgreifen wie die Waadt. Natürlich ist der Kanton auch reich gesegnet mit hoch bewerteten Sterne- und Punktehäusern, die interessieren mich aber nicht so sehr. Ich schätze mehr die kleinen kulinarischen Zwischentöne, die den Reiz des Waadtlands ausmachen. Auch wenn GaultMillau die Auberge du Vigneron mittlerweile mit 13 Punkten bewertet, heben die Gastgeber Estelle und Laurent Frutig weder ab, noch werden sie übermütig. Sie sagen Danke für die Bewertung und kochen lustvoll weiter. Sie sind herzliche Gastgeber, und ihre gradlinige, schnörkellose Küche macht immer wieder Freude. Würde ich in der Waadt leben, würde ich Estelle und Laurent Frutig noch viel häufiger aufsuchen. Die Gründe sind so einfach wie gut: ein in Haselnusspanade ausgebackener Tomme Vaudois, ein mit dem Messer von Hand geschnittenes Rindstatar, ein butterzartes Rindsentrecôte oder einfach eine Portion Forellen- oder Eglifilets.

1098 Epesses, Route de la Corniche 16, 021 799 14 19, www.aubergeduvigneron.ch

La Pinte au XXème Siècle

Einmal Schweinsfuss bitte Schon wieder so eine in die Jahre gekommene, verwitterte Vorzeigebeiz. Diese datiert von 1850 und steht in Morges. Nicolas Sautebin ist ein Charakterkopf, ein Wirt, der seinen Gästen sagt, wo's langgeht und nicht umgekehrt. Aus seiner Küche kommen die üblichen, sauber gekochten Klassiker, gegessen von den üblichen Verdächtigen, vorwiegend Einheimische und einige wenige mutige Touristen, die wissen, was im Waadtland Sache ist. Donnerstag und Freitag kocht Monsieur Rindszunge an Kapernsauce, sonst sind oft Fondue und die Waadtländer Pièce de Résistance Papet Vaudois angesagt. Für Connaisseurs schmoren noch Kutteln, Kalbskopf und Schweinsfüsse in den Töpfen. Was zählt, ist die Beiz an und für sich, ihre Patina, die, wenn sie reden könnte, viel zu erzählen hätte. Alte Bilder hängen an der Wand, alles ist echt, alles ist gut – mit und ohne Tischgespräche.

1110 Morges, Passage de la Couronne 5, 021 801 27 00, www.xxemesiecle.com

Domaine Henri Cruchon

Biodynamik in der Flasche In der Domaine von Père Henri Cruchon teilen sich die Söhne Michel (Rebbau) und Raoul (Keller) die Arbeit auf. Ihre finessenreichen Provenienzen – 33 an der Zahl – begeistern nicht nur die Romandie, sondern vor allem auch die Deutschschweiz. Die biodynamische Bewirtschaftung und die grandiosen Spezialitäten, wie zum Beispiel Altesse und Vigonier, sind zwei Merkmale dieser aussergewöhnlichen und grossartigen Domaine.

1112 Echichens, Route du Village 32, 021 801 17 92, www.henricruchon.com

Moulin et Huilerie Sévery

Alles im Fluss Vor Jahren war sie noch ein Geheimtipp, heute ist sie etabliert und weit über den Röstigraben hinaus bekannt. Und auch wenn die Spezialitäten der «Moulin» mittlerweile in zahlreichen Deutschschweizer Kleinläden erhältlich sind, lohnt sich ein Besuch vor Ort im Hinterland von Morges. Das Walnussöl ist mein Favorit, daneben wären aber auch noch diverse andere Öle, Senfe und Essige, bei denen für mich der Quittenessig hervorsticht. Eine wunderbare Adresse.

1141 Sévery, Route du Moulin 10, 021 800 33 33, www.huilerie-de-severy.ch

Boucherie de Sévery

Boutefa mit Morcheln Die Spezialitäten der Metzgerei von Sévery sind vielfältig und haben Klasse. Perfekte Saucisson, in der Saison eine exzellente «Saucisse au choux», ein «Atriau» der Extraklasse und eine «Boutefa» mit Morcheln, die ich erst durch diese Metzgerei kennen- und schätzen gelernt habe. Nicht zu vergessen der grandiose Rohschinken, der von den Metzgern der Boucherie de Sévery während 36 Monaten gehegt und gepflegt wird, und der sich vor den grossen Namen aus Italien und Spanien nicht zu verstecken braucht.

1141 Sévery, Route de Cottens 4, 021 800 33 72, www.boucheriesevery.ch

Auberge du Chêne

Glückliche Waadt Mehr Ruhe und Müssiggang geht nicht in der Provinz. Verschlafene Dörfer, in denen am Morgen der krähende Hahn von der schlagenden Kirchturmglocke abgelöst wird, wechseln mit endlosen Weiden, auf denen sich die Kühe an schmackhaften Gänseblümchen delektieren und sich fragen, was die Panzer der nahen Kaserne Bière auf ihren Wiesen verloren haben, derweil sich in der Auberge du Chêne in Pampigny die Stammgäste fragen, ob sie dem Löwenzahn von der Wiese nebenan trauen können. Sie können! Alte Tische und Stühle stehen im Raum, an denen friedlich Arbeiter, Auswärtige und die Lokalprominenz sitzt und tafelt. An den Wänden hängen Blechschilder und Ölbilder, auf der Schiefertafel steht das Tagesangebot. Suppenfleisch mit frischem Meerrettich und Lauchgemüse, Speck und Bohnen und ein Poulet mit Erbsen und «Frites fait maison». Auf den Tischen stehen Weinflaschen, der Herr Pfarrer lässt sich eine Flasche Mondeuse noire der Domaine de Maison Blanche kredenzen und denkt sich bei einem zarten Stück Onglet (Zwerchfell) die Predigt vom Sonntag aus. Alltag in Pampigny.

1142 Pampigny, Rue de l'Auberge 1,
021 800 35 09, keine Website

Confiserie Boillat

Die hohe Kunst Die Confiserie Boillat ist in der Waadt ein Begriff. Patisserie und Schokolade herstellen können sie, keine Frage, einen vernünftigen Architekten engagieren leider nicht. Schade, dass es ihnen nicht gelingt, die Atmosphäre ihrer Cafés dem Niveau ihrer wundervollen Spezialitäten anzupassen. Zumindest ich sehe das so. Was aber zählt, ist ihre Confiserie-Kunst, die überzeugt.

1162 Saint-Prex, Rue de la Gare 1,
021 806 13 44, www.confiserieboillat.ch

Auberge de la Passade

Geht doch! Die kulinarische heile Welt in Frankreich ist mehr Mythos als reell. Staatliche Reglementierungen, hohe Steuern und Personalkosten machen ihr zu schaffen. Grosse Flaggschiffe federn das besser ab, zumal es immer noch genug finanzkräftige Sternejäger auf der Genusspiste gibt. Aber auf dem Land, im Dorf, in der Kleinstadt muss sich der Reisende oft in Selbsthilfe üben und den Picknickkorb packen, will er nicht Hunger und Durst leiden. Olivier Dalmier stammt aus der Region Toulouse, die berühmt ist für ihre nahrhafte Küche und die sich problemlos mit der üppigen Waadtländer Traditionsküche vereint. Dalmier hat sich als Nachfolger des legendären Nicolas Sautebin in der Auberge de la Passade in Perroy etabliert. Wer sich hier mit Appetit niederlässt, lässt sich auf das Menü ein, alle anderen wählen vorsichtiger und vor allem weniger. Vielleicht fangfrische Egli- oder Felchenfilets, zuvor etwas Rohschinken mit Blattsalat und zum Finale eine Tartelette au citron, selbst gemacht, versteht sich. Auch das Rindsfilet an einer aromatischen Pinot-Noir-Sauce, der Beinschinken, die Rindszunge oder eine Saucisse aux chou ist einen Versuch wert.

1166 Perroy, Ruelle des Jardins 20, 021 825 16 91, keine Website

Artisan-Chocolatier Tristan

Die Krönung Er gilt unter Kennern als der Chocolatier der Waadt, der Romandie, ja, der ganzen Schweiz. Je nach dem wer's sagt und wie ausgeprägt das Lokalkolorit ist. Ob Tristan Carbonatto tatsächlich die Nummer 1 ist, weiss ich nicht, dass seine Produkte Spitzenklasse sind, aber schon. Das wird mir immer wieder dann bewusst, wenn mir in seinem kleinen, üppig ausgestatteten Laden seine Delikatessen bereits in Gedanken auf der Zunge zergehen, bevor ich sie überhaupt gekauft habe. Wer in Richtung Genf unterwegs ist, sollte hier zwingend einen Boxenstopp einlegen.

1166 Perroy, Chemin des quatrevents 1, 021 807 21 25, www.chocolatier-tristan.ch

Domaine La Colombe

Monsieur Chasselas Thomas Vaterlaus hat im Weinmagazin «Vinum» Raymond Paccot als beschwingten Freigeist und als Winzerlegende bezeichnet und über ihn ein kurzweiliges und liebenswertes Portrait geschrieben, dem es nichts beizufügen gilt. Bestellen Sie diese Ausgabe bei «Vinum» nach. Es lohnt sich, genauso wie ein Besuch auf der Domaine La Colombe in Féchy. Seit 2010 wird die ganze Betriebsfläche von rund 20 Hektaren nach den Richtlinien von Demeter bewirtschaftet. Wer es klassisch mag, hält sich an den «Bayel», einen Chasselas, der mit seiner knackigen Frische überzeugt. Wer es spezieller liebt, dem empfehle ich die «Amédée», eine Assemblage aus Savagnin, Chardonnay, Doral und Chasselas, die mit Komplexität und Finesse zu begeistern vermag.

1173 Féchy, Route du Monastère 1, 021 808 66 48, www.lacolombe.ch

Café Restaurant l'Union

Fast ohne Worte Gut, viele Worte muss ich übers «Union» nun wirklich nicht verlieren, ist es doch eine der ultimativen Traditionsadressen der Waadt, die alle kennen oder zumindest so tun, als ob sie sie kennen. Die Adresse überzeugt seit Jahr und Tag mit ihren Hausspezialitäten Malakoff und Coquelet aux morilles. Ebenso sind hier Schnecken, Omelette und Wachteln zu empfehlen. Ja, und dann wäre da noch der Beinschinken – und steht die Zitronen-Tartelette auf dem Programm, heisst es nicht lange überlegen, sondern zugreifen. Das kurze Fazit: Die Beiz hat Charme, die Gastgeber sind aufmerksam, und wer die Waadt verstehen will, sitzt im «Union» richtig.

1183 Bursins, Route de la Perette 2, 021 824 12 04, www.union-bursins.ch

Au Cœur de la Côte

Im Hause Malakoff Wer in der Region die besten Malakoffs zubereitet, ist eine heikle Frage, die ich unbeantwortet lasse, da jedes Dorf und jede Beiz sowieso die einzig echten Malakoffs auftischt. Wie wird diese Waadtländer Spezialität hergestellt? Bei Marianne Kaltenbach selig als neutraler Instanz wurde ich fündig: Es benötigt geriebenen Greyerzer, Mehl, gepressten Knoblauch, Backpulver, Cayennepfeffer, Muskatnuss, Kirschwasser, rundes Toastbrot, Eiweiss, Öl zum Frittieren. Der Greyerzer wird fein gerieben und mit den verquirlten Eiern, dem Knoblauch, den Gewürzen und dem Kirschwasser verrührt. Das Mehl wird mit dem Backpulver vermischt, gesiebt und mit der Käsemasse zu einem dicken, festen Teig verarbeitet. Eine Seite der Brotscheiben wird mit leicht aufgeschlagenem Eiweiss bestrichen. Die Käsemasse auf den Brotscheiben halbkugelförmig verteilt, glatt gestrichen und im heissen Öl frittiert (bestrichene Seite nach unten), bis sie schön goldbraun sind. Ob die seit 1999 im geschichtsträchtigen «Au Cœur de la Côte» wirtenden Doris Antonini und Philip Wolfsteiner ihre Malakoffs genauso zubereiten, weiss ich nicht. Auf alle Fälle schmecken sie bei ihnen ganz wunderbar. Wenn sie jetzt noch die bunten Tischtücher und Servietten durch weisse Stoffservietten und blanke Holztische ersetzen würden, wäre an dieser Adresse eigentlich alles perfekt.

1184 Vinzel, Route du Vignoble 12, 021 824 11 41, www.malakoffvinzel.ch

Café du Marché

Englisch für Anfänger «A Geordi man» in Nyon! Gut, es ist nur eine Vermutung, dass Tom Watson aus der Region von Newcastle upon Tyne kommt, zumal zahlreiche Watsons aus Nordengland stammen. Wie auch immer, Tom Watson ist ein begnadeter Koch, der zeigt, wie exzellent die britische Küche ist und wie gut Briten kochen. Natürlich kocht er lokale Gerichte wie Filets de perches mit Pommes Alumettes, aber auch die britischen Klassiker wie Fish und Chips mit Erbsenpüree, das mit frischer Minze parfümiert ist, ein Gammon Steak (Beinschinken) mit leicht zerdrückten Apfelschnitzen, ein Cheesecake oder ein Bread and Butter Pudding der Extraklasse sind kulinarische Trümpfe, die stechen. Am Samstag zelebriert Tom Watson die englische Frühstückskultur mit allem, was dazugehört und bei dem natürlich Baked Beans nicht fehlen dürfen. Die Gerichte von Tom Watson sind teilweise überraschend und frech interpretiert, während seine britischen Klassiker bei ihm Klassiker bleiben, nur etwas leichter und sorgfältiger zubereitet als in anderen Küchen. Watson, ohne Holmes. Unique!

1260 Nyon, Rue du Marché 3, 022 362 49 79, www.lecafedumarche.ch

Ty Nico

Degemer mat e Breizh Willkommen in der Bretagne! Da schwelge ich noch intensiv in der britischen Küche von Tom Watson, und schon stolpere ich einige Häuser weiter über einen bretonischen Spezialitätenladen. Passt zu England, haben doch einst die kornischen Fischer einen regen Schmuggelhandel mit den bretonischen betrieben. Das ist zwar schon lange her und Geschichte, aber Kornen wie Bretonen spielen den Dudelsack, trinken Cidre und haben sonst noch so einige Gemeinsamkeiten. Wer also Lust auf eine Prise Bretagne hat, kann sich hier satt kaufen an Cidre, Salz, Gebäck, Rillettes, Patés und Fischsuppen aus der Büchse.

1260 Nyon, Rue de Saint Cergue 39, 022 361 39 67, www.produitsbretons.ch

Chez mon oncle

Ein Malakoff geht noch Die «Pinte de Rive» nennt sich neuerdings «Chez mon oncle». Die Beiz ist mehr Schlauch als Raum, was sie umso spezieller macht. Hier an einem verregneten Tag im Fondue rühren oder an den Filets de perche aus dem Lac Léman knabbern, wenn denn der Fischer Fangglück hatte, ist eine gute Idee. Am Montag und Mittwoch bleibt kein Stuhl frei, dann wenn die exzellenten Malakoffs à discretion aufgetischt werden und tout Nyon im «Onkel» zu Tische sitzt. Momentaufnahmen, die schöner nicht sein könnten.

1260 Nyon, Rue de Rive 40, 022 361 23 18, www.lapintederive.ch

WAADT

Boucherie Jemmely

Die Fleischboutique Hohe Qualität und diverse Spezialitäten zeichnen die Boucherie Jemmely aus, die mit ihrem Unternehmen mittlerweile bei der dritten Generation angelangt ist. Die Brüh- und Trockenwürste, aber auch das Pferdefleisch (Viande chevaline) gehören zu den Stärken des Hauses. Wer am Samstag die Metzgerei aufsucht, reiht sich einfach mal in die Schlange ein, unterhält sich mit den Stammkunden, entwickelt Appetit und kauft nach Lust und Laune ein. Eine exzellente Saucisse aux choux zum Beispiel.

1260 Nyon, Rue du Collège 11,
022 361 17 57, www.boucheriejemmely.ch

Café du Raisin

Un restaurant sympa Man tritt ein und freut sich über die in Jahren gereifte Mischung aus Café, Bistro und Restaurant. Gedämpftes Licht, behagliche Stimmung, freundliche Bedienung und der Adlerblick von Madame. Marie-José Defferrard wacht resolut und bestimmt über ihr Café Raisin. Hier trifft sich die Schickeria von Nyon und die Dorfbevölkerung von Begnins. Das verwinkelte Haus ist zwar nicht ein Ausbund an Schönheit, aber man fühlt sich sehr schnell wohl in dieser lockeren Atmosphäre, in der Küche und Keller im Mittelpunkt stehen. An den Tischen werden Stücke von Foie gras weggeputzt, Hausterrinen und Schnecken aufgetragen, Fischsuppen geschöpft, auf grossen Silberplatten einer der Hausklassiker, fangfrische Felchen aus dem Genfersee mit Frites «fait maison» serviert. In der Küche wird zartes Fleisch geschmort, gebraten und pochiert, während das quirlige Personal die verlockenden Desserts an die Tische befördert. Die Zapfen ploppen, der Champagner schäumt, Gläser klirren, Sprüche und Wünsche werden in Französisch und Englisch ausgesprochen – Nyon und die Uefa sind nah. Eine inspirierende, quicklebendige und lebensfrohe Adresse.

1268 Begnins, Grand Rue 26,
022 366 16 18, www.cafeduraisin.com

Boucherie Chez Philou

Wie aus dem Bilderbuch Philippe Grange ist ein Metzgermeister fürs Kalenderblatt. Er ist nicht zum Fleischverkäufer mutiert, sondern produziert Spezialitäten, für die die Waadt so berühmt ist. Der Speck, die Saucisse aux choux fumée à l'ancienne, das abgehangene Rindfleisch am Knochen, die Boutefas – Produkte, die einfach nur gut sind. Am Samstag wird brav in der Reihe gestanden, wie das noch bei so einigen anderen Metzgern in diesem Landstrich der Fall ist.

1268 Begnins, Grand-Rue, 022 366 13 14, www.lard-de-begnins.ch

Caves du Pélerin

Von September bis März Der Keller ist nicht nur stimmungsvoll, sondern in ihm schlummern diverse fantastische Käse, die mit Sachverstand und Liebe gehegt und gepflegt werden. Von September bis März ist der Laden täglich geöffnet, in dem man sich nebst Käse und Weinen auch mit anderen regionalen Spezialitäten eindecken kann. Dem Haus ist ein kleines Museum angeschlossen, das die Historie rund um den Vacherin Mont d'Or dokumentiert. Jeweils gegen Ende September findet in dieser kleinen Ortschaft das grosse Fest um den berühmten Lokalkäse statt. Mit Alpabzug, Markt, viel Käse und noch mehr Wein.

1343 Les Charbonnières,
Rue du Mont-d'Or 17, 021 841 10 14,
www.vacherin-le-pelerin.ch

Chalet des Croisettes

Im Frühtau zu Berge Völlig abgelegen, ohne Weitsicht und Seeblick, dafür umgeben von Tannenbäumen und saftigen Wiesen, so weit das Auge reicht, steht die unscheinbare Ferme d'Alpage Les Croisettes. Muss man dorthin? Man muss! Archaisch, wild, deftig, bodenständig und eigenwillig schön ist es hier. Das Fondue dampft, das Raclette läuft, die Tarte verlässt mit knusprigem Rand den Holzofen, ich sitze in der Mitte des Hauses und lasse es mir gut gehen. Im «Les Croisettes» besteht akute Sitzbleibgefahr, die durch die dargebotenen einfachen Spezialitäten in Spitzenqualität verursacht wird. Kompliment an Roseline und Louis-François Berney für ihre Oase für beschauliche Momente.

1344 L'Abbaye, 021 841 16 68
(in der Saison, von Mai bis Oktober)
oder 021 845 46 02, www.lescroisettes.ch

Christian Dugon

Der unbekannte Bekannte Christian Dugon ist in Bofflens zuhause, nicht weit von Romainmôtier, dem einzigartigen Flecken am Pied du Jura. Von sechs Hektaren Reben stellt er rund 45 000 Flaschen her, darunter diverse Assemblagen, aber auch einen filigranen Gewürztraminer oder einen gehaltvollen und zugleich frischen, nicht zu fetten Chardonnay. Er ist in der Deutschschweiz nicht so bekannt wie Cruchon, Paccot oder Bovard, spielt aber in der gleichen Liga.

1350 Bofflens, Derrière l'Église 8,
024 441 35 01, www.dugon.ch

La Ferme

Auf dem Bauernhof in der Stadt
Glückliches Yverdon. Mittendrin gibt es einen Laden, der die Bauernhöfe und die Spezialisten der Region vertritt und mit zahlreichen exzellenten Produkten, auch von weiter her, auftrumpft, immer unter dem Aspekt von Qualität und seriösem Umgang mit der Natur. Fleisch, Fisch, Käse, Wurst, Brot, Gemüse, süsse Schleckereien, Weine, Schnäpse, Säfte, Öle und so einiges mehr. Ist der Korb voll und die Kasse nah, wird es einem beim Gedanken an den Kassenzettel Angst und bange. Danach die staunende Kontrolle der Quittung, verbunden mit der Frage, ob die nun wirklich alles getippt haben. Sie haben!

1400 Yverdon-les-Bains,
Rue de la Plaine 15, 024 425 66 56,
www.lafermeyverdon.ch

Passionément Chocolat

Einfach süss Pascale Philippe ist eine herzliche, zuvorkommende Gastgeberin, die ihren Stammkunden das Leben versüsst. Zu ihren klassischen Delikatessen gesellen sich Spielereien, eigene Kreationen wie Zigarren, Malstifte und Würste aus reiner Schokolade. Exzellent sind ihre hauchdünne Schokolade und ihre Ingwerpastillen. Ihren Ladenrenner nennt sie «Les Ganaches». Das sind kleine, flache Schokoladenquadrate in den unterschiedlichsten Aromen, die von Erdbeere, Rose über Lavendel und Safran bis hin zu Karamell, Ingwer, Pistazien und mehr reichen. Über 50 Geschmacksnoten gilt es auszuprobieren. Das kann dauern. Aber der nächste Sommer kommt ganz bestimmt, und mit ihm ihre exzellenten hausgemachten Glaces.

1400 Yverdon-les-Bains,
Quai de la Thièle 15, 024 420 39 00,
www.passionnement-chocolat.ch

WAADT

À la Petite Auberge

Das Leben ist ungerecht Die «Petite Auberge» ist ein altes Haus mit grünen Holzklappläden, die der zweite Blick als Aluminiumläden entlarvt. Schade, aber nicht so störend wie der lieblose Steinboden in der Beiz. Da hat die Gemeinde als Besitzerin auf praktisch und pflegleicht gesetzt. Versöhnt wird das Auge durch die zum Teil schönen Holztische, die türkisfarben gestrichene halbhohe hölzerne Wandverkleidung und die liebevoll eingedeckten Tische. Die Beiz ist brechend voll, und mehr als sechzig Prozent der Gäste laben sich an – Amphibienfreunde bitte mal weglesen – «Cuisses de grenouilles à la provençale» oder am «Petit coq rôti au four mit Pommes Alumettes». Die Karte ist übersichtlich, alles ist frisch, gut und mit Liebe zubereitet. Madame Manue serviert, Monsieur Jean-Marcel kocht; sein Handwerk hat er unter anderem bei Girardet und Ravet gelernt, was so einiges erklärt. Die «Soupe de poisson de mer», die mit geröstetem Brot und einer «Rouille maison» aufgetischt wird, ist ein weiterer bemerkenswerter Klassiker dieser guten Traditionsküche. Dass die «Auberge» von morgens bis abends durchgehend geöffnet hat, ein lebendiger Treffpunkt für das Dorf ist, in dem diskutiert, getrunken und oft getafelt wird, macht die Gastgeber umso sympathischer.

1407 Bioley-Magnoux, Place du Village 9, 024 433 11 78, keine Website

Oberson Pêcheurs

Fischers Fritz Nicht mit Fritz, sondern mit Papa Robert hat alles begonnen. Heute führen seine Söhne Alain und Philippe Oberson die Fischerei am Neuenburgersee. Mit modernen Hilfsmitteln, aber nicht mit weniger Arbeit. Sie fahren täglich um fünf Uhr morgens mit ihren zwei Booten auf den See hinaus, zu ihren am Vortag ausgelegten Netzen, die eine Spannweite von hundert Metern haben und für den Felchenfang bis in eine Tiefe von zehn Metern gehen. An guten Tagen fangen sie etwa 800 «Bondelles» und «Palées» (Felchen und Felchenarten). Egli sind Mangelware, Seeforellen und ab und an ein paar Hechte ergänzen den Fang, allerdings an anderen Fangplätzen und in anderen Tiefen. Die Familien der Brüder helfen bei der Weiterverarbeitung der Fische, die fein säuberlich geschuppt und filetiert werden. Geräuchert werden die Felchen über dem warmen Rauch des erstickten Buchenholzfeuers.

1426 Corcelles-près-Concise, Le Moillat 16, 024 434 14 42, keine Website

Café du Raisin, Begnins (Seite 340)

WAADT

Auberge Communale l'Écusson Vaudois

Im Dorfgasthaus Madame kocht, Monsieur serviert. Dominique Favre schwingt in der «Auberge Communale» in Provence die Kochlöffel und trumpft mit einfachen Gerichten gross auf, bei denen der Koch alles falsch oder alles richtig machen kann. Es kommt auf die Arbeitsmoral und das Verständnis für die Produkte an. Foie Gras, Croûtes aux morilles, Eglifilets mit «Frites fait maison» und Filet de Bœuf Rossini etwa. Saisonale Gerichte wie Wild und frische Grenouilles sind eine weitere Option, dem Haus einen Besuch abzustatten, in dem Christian Favre seine Gäste mit Herzlichkeit und würzigen Bonmots unterhält. Essen in der Provinz kann so unkompliziert schön sein.

1428 Provence, Place de l'Église 5, 024 434 11 43, https://auberge-communale-lecusson-vaudois.business-site/

Laiterie fromagerie de Provence

Auf 850 Meter über Meer Der Blick auf Alpen und Neuenburgersee ist beeindruckend. Aber nicht nur das. Die Käserei von Provence ist eine jener kleinen Kooperativen, die sich mit gutem Käse behaupten und auf eine intakte Gesellschaft zurückgreifen dürfen, die global denkt und lokal einkauft. Zwanzig Bauern bringen ihre Milch in die Käserei, wo sie zu ausgezeichnetem Käse, Butter und Joghurt verarbeitet wird. Die Spezialität des Hauses ist der Creux-du-Van, ein halbharter Käse mit einem unwiderstehlichen Aroma. Probieren geht über studieren.

1428 Provence, Place d'Arme 1, 024 434 11 63, www.fromagerie-provence.ch

Brasserie Trois Dames

Naturtrüb und mehr Die Brasserie Trois Dames in Sainte-Croix hat ihr Domizil in einem alten, rustikalen Haus mit Steinwänden und viel Patina. Hier braut Raphaël Mettler aromaintensive Biere, die einen begeistern oder eben nicht. Wer seine Kehle vorwiegend mit Lagerbier benetzt, lässt es lieber bleiben; wer Interesse an Charakterbieren hat, die den Gaumen heraus-, aber nicht überfordern, wird seine helle Freude an den Bieren der Brasserie Trois Dames haben. Kein Wunder, wenn die Biere von einem Brauer stammen, der sich vor seiner Braukunst ausgiebig mit Absinthe und Wein beschäftigt hat.

1450 Sainte-Croix, Rue de France 1, 024 454 43 75, www.brasserietroisdames.ch

Boîte à Musique

Zurück zu den Wurzeln Das Grand Hotel des Rasses in Les Rasses am Lac de Joux ist ein grosser Kasten aus vergangenen Tagen. Aus einer Zeit, in der die Uhrenindustrie der Schweiz ihre Hochblüte erlebte und einzigartig war. Teilweise ist die Renovation des Hauses gelungen, teilweise bleibt es bei einem seufzenden «Na ja». Egal. Das jüngste Kind macht Freude. In der «Boîte à Musique» begibt sich der Gast auf eine unkomplizierte Zeitreise. Zwar sind die Gerichte banal, aber bei der hier herrschenden Atmosphäre stört das nicht weiter. Fondue, Raclette, Tatar, Trockenfleisch und Käse, es ist alles da für den grossen und den kleinen Appetit.

1452 Les Rasses, Route des Alpes 25, 024 454 19 61, www.grandhotelrasses.ch

Restaurant Belle5

Beim Kunstkoch Seit Jahren zelebrieren Gastgeberin Eva Güntensperger und Künstler Sandro Zimmermann in ihrem «Belle5» eine schnörkellose Küche, die mit Frische, Authentizität und einer Prise Spontaneität zu überzeugen weiss. Wer sich auf der schmalen Terrasse niederlässt, bleibt oft länger sitzen, als er eingeplant hat – und wer weiss, vielleicht ist ihm gerade das Glück beschieden, dass Kunstkoch Sandro seine Kochkunst zelebriert. Leichte Vorspeisen, hausgemachte Ravioli und aromatische Schmorgerichte von der Rindsbacke bis zur Lammhaxe sind die Stärken des Hauses. Wer länger bleiben will, quartiert sich in einer der zwei Ferienwohnungen über der Künstlerbeiz ein. Ein spezieller und individueller Ort.

1585 Bellerive, Chemin de la Plantaz 11, 026 677 03 12, www.belle5.ch

La ferme gourmande

Fürs gute Gewissen Also, es geht doch! Ein Bauernhof, der nicht über die Tierliebe schwadroniert, sondern sie praktiziert und gleich selber schlachtet und das Fleisch vor Ort verkauft. So soll, so muss es sein. Keine Tier- und keine Schlachtfabriken, sondern eine artgerechte Heimat für Rinder und Schweine. Apropos Rinder: Wer schon einmal im Piemont ein Carne cruda vom Fassona-Rind gegessen hat, weiss, wie wunderbar dieses Fleisch ist. Ein Grund mehr, vor oder nach dem «Belle5» bei der Familie Marti vorbeizuschauen.

1585 Salavaux,
Route de Villars-le-Grand 18, 026 677 22 20, www.la-ferme-gourmande.ch

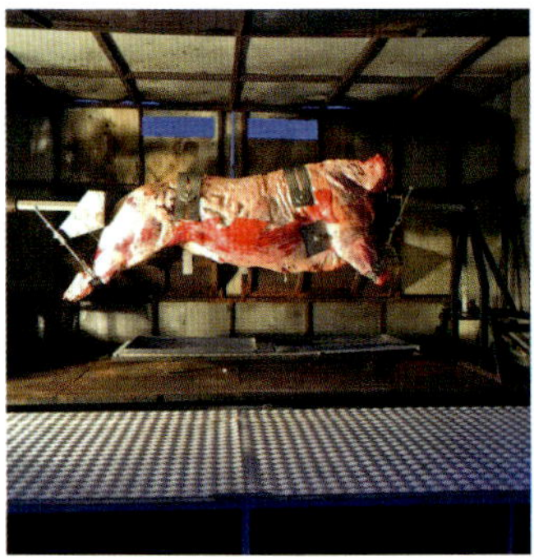

Fromagerie Fleurette

Das Original Michel Beroud hat seinen Betrieb an Arnaud Guichard übergeben. Still und leise hat sich dieser wunderbare Mensch und Käser in die Pension verabschiedet. Berühmt ist die Käserei für ihren «Tomme Fleurette», den wohl alle kennen. Wer in der Region weilt, darf einen Besuch der Käserei nicht verpassen, warten hier doch diverse exzellente Käse aus Kuh- und Geissenmilch auf die Käseliebhaber. Zum Beispiel ein «Cru de Rougemont», der mit einer leichten Champignonnote überrascht oder ein «Fromage des Forts», aber auch der «Pavé de Rougemont» vermag zu beeindrucken.

1659 Rougemont, Route de Flendruz 4, Les Praz, 026 925 82 10, www.tommefleurette.ch

Le Café littéraire

Seeblick inklusive Im Café Littéraire werde ich herzlich begrüsst, umgehend bedient und mit geräucherten Felchen und einem Glas Chasselas verwöhnt. Dichter und Denker und andere Zeitgenossen freuen sich über die spezielle, grandiose Bierauswahl des Hauses, die mit Flaschen von der BFM aus den jurassischen Freibergen, mit lokalen und regionalen Brauspezialitäten von Dr. Gab's und La Nebuleuse aufwarten und stets drei Biere frisch zapfen. Die Weinkarte ist durchdacht, bestückt mit (vermeintlich) kleinen Namen und grossen Weinen aus der Waadt und dem Wallis. Zu essen gibt es täglich einen «Plat du jour» und einige ausgewählte Gerichte wie zum Beispiel eine Paté maison, ein Tatar mit Parmesan-Mousse, eine Burrata mit Tomate oder gute hausgemachte Gnocchi.

1800 Vevey, Quai Perdonnet 33, 021 922 00 08, www.lecafelitteraire.ch

Ze Fork

Das Leben halt Was für eine Beiz! Lebendig, frech, überraschend und gut die Küche, aufgestellt das Personal, stimmungsvoll das Haus. Es ist der «Place to be» in Vevey für einen unkomplizierten, angenehmen und zahlbaren Abend, bei dem man als Gast schnell einmal mit anderen ins Gespräch kommt, gut isst und trinkt. Ein Tatar von Felchen mit Fenchel und grünem Apfel, einen Foie-Gras-Burger mit Safranbrot und Aprikosen-Jelly oder ein Rolls-Royce-Saltimbocca mit Lardo di Colonnata und püriertem Brokkoli oder einfach eine Blutwurst-Tarte. Grossartig!

1800 Vevey, Quai Perdonnet/Rue du Léman 2, 021 922 18 13, www.zefork.ch

Boucherie Ruchet

Bei Daniel Über die Produkte der Metzgerei von Daniel Ruchet gibt es eigentlich nicht viel zu erzählen, ausser dass sie gut sind. Das weiss der selbstbewusste Metzger, das wissen die Einheimischen, die hier gerne und oft Schlange stehen, wie das bei diversen Waadtländer Metzgereien zur Tagesordnung gehört. Seine Saucisson ist vorzüglich, die «Saucisse au choux» famos, und so geht das weiter. Versuchen Sie einmal seine «Chantzé», ein «Boudin» von einem «Boudin», der seine Wurzeln im Pays-d'Enhaut hat, das «Atriau», ein Schweinefleischküchlein, das mit Leber angereicht und in Schweinsnetz eingewickelt wird, oder den Jambon maison. Glückliche Waadt.

1800 Vevey, Rue des Deux-Marchés 5, 021 921 24 96, www.boucherie-ruchet.ch

Fromagerie-Crèmerie de la Grenette

Klein und fein Gleich neben dem Marktplatz von Vevey ist das Domizil der kleinen «Fromagerie», die mit einem durchdachten Angebot zahlreicher exzellenter Käse aufwartet. Hinzu kommen diverse andere regionale Produkte, gutes Brot und eine Bedienung, die sich nicht zu schade ist, kompetent über die vielen Käse Auskunft zu geben. Am Samstag nach dem Markt gehört ein Besuch einfach dazu.

1800 Vevey, Rue des Deux-Marchés 27, 021 921 23 45, www.lachaudiere.ch

Les 3 Sifflets

Leben in der Beiz «Les 3 Sifflets» ist ein stimmungsvolles Bistro, das von seinem Interieur, dem Patron Patrick Delannoy, seinen Gästen, dem Personal und der unprätentiösen Küche lebt. Kurz, der Laden brummt. «Hier ein Plat du jour, dort ein Fondue, einmal Rösti mit Käse und Zwiebeln, bitte, hier das Lamm, wie gewünscht, das Tatar, kommt sofort.» Das Leben halt, bei dem Wein an den Tischen getrunken wird und nicht Wasser. Hier fühle ich mich wohl. Eine wunderbare Momentaufnahme, die wunderbar gegen den Deutschschweizer Alltag hilft.

1800 Vevey, Rue du Simplon 1, 021 921 14 13, www.3sifflets.ch

Le National

Im Natio Wer sich auf der Homepage des «Le National» verlustiert, weiss schon, worauf er sich einlässt, wenn er in Vevey diese Kultbeiz aufsucht. Die Welt verändert sich, das «Natio» bleibt, wobei die Beiz in allen Altersgruppen beliebt ist und so dafür sorgt, dass der Alterspegel nicht zu einseitig hoch bleibt. Es ist ein lebenssatter Platz mit treuen Gästen, die sich hier an einer exzellenten Foie gras, gut gewürzten Gemüsesuppen, Fisch aus dem Genfersee, Geschmortem und kurz Gebratenem und zum Schluss an reifem Käse mit Zwiebelconfit und an feinen hausgemachten Desserts laben, die weit von jeglicher Einfallslosigkeit entfernt sind. All dies wird in einer ansprechenden Umgebung, in einem organisierten Durcheinander und mit einer vorbildlichen Einstellung aufgetischt. Zum Durchatmen bietet sich die Terrasse mit kleinem Seeblick an. Ein Platz für Habitués und mutige Fremde, die hier schnell zu Copains werden oder auch nicht.

1800 Vevey, Rue du torrent 9, 021 923 76 25, www.natio.ch

WAADT

L'Air du Temps

In Reih und Glied An diesem schönen Samstagmorgen bin ich absolut beeindruckt, wie lebendig sich der Marché de Vevey präsentiert und wie viele Käser und Biobauern ihre Produkte anbieten. Wie die Stadtmusik aufspielt, frech und laut, wie eine Klezmer-Band in einer Seitengasse groovt, wie sich die Einheimischen beim Frühschoppen an der Sonne wärmen. Und ich staune, wie sich langsam mein Einkaufskorb mit Gemüse, Fleisch, Brot und Käse füllt. Angetan bin ich von einer älteren Dame, die mir in leisem, bestimmtem Ton erklärt, mit welchen guten Zutaten sie ihre Brote in Handarbeit herstellt. Alles Demeter, alles gut, alles hat seinen Preis. Ich zahle gerne, wie ich auch an einer Stippvisite in einem der schönsten kulinarischen Läden der Schweiz nicht vorbeikomme. Im «L'Air du Temps» stehen die Spezialitäten in Reih und Glied. Ich komme nicht aus dem Staunen heraus, was sich hier an Qualität und Sinnlichkeit versammelt, sofern man ein Gespür dafür hat, einen Zapfenzieher als sinnlich zu empfinden. Unbedingt hingehen, sehen und ausrechnen, ob noch genug Geld im Portemonnaie ist, und dann einkaufen.

1800 Vevey, Rue des Deux Marchés 25, 021 922 23 03, www.lairdutemps.ch

Auberge de la Cergniaulaz

Dem Himmel so nah Abgelegen, dem Himmel so nah und umgeben von sattgrünen Wiesen, befindet sich oberhalb von Montreux die waadtländische Auberge de la Cergniaulaz, die durch die Walliser Claudia und Christian Mathey bespielt wird. Die Speisen präsentiert Claudia Mathey auf der Schiefertafel, das Angebot macht Appetit, und die Preise zeugen vom gesunden Selbstbewusstsein der Gastgeber. Ich wähle vier Vorspeisen aus und bin fasziniert von Qualität, Geschmack und Präsentation. Die Rindermarkknochen, das Felchentatar, ein Dreierlei von der Entenleber, bei dem die Crema-catalana-Variante ein Gaumentanz ist, und das Schnecken-Cassoulette unter der Blätterteighaube lassen mich an das Gute im Menschen glauben.

1833 Les Avants, Route de Cergniaulaz 18, 021 964 42 76, www.lacergniaulaz.ch

Château Maison Blanche

Nicht nur für Prinzessinnen Die Grundlage von gutem Wein ist die selektive Handlese. Als Spitzenerzeuger setzt das Château Maison Blanche auf eine konsequente Ertragsreduzierung, weit unter das heute übliche Mass. Das gibt Provenienzen, die gefallen und bei den Kennern begehrt sind. Immer am Donnerstag und Freitag (mittags und abends) öffnet zudem das Schlossrestaurant seine Pforten und lädt den Gast zu einem kleinen, durchdachten Angebot mit je drei Vor-, Haupt- und Nachspeisen. Selbstredend, dass die Weinauswahl grossartig ist. Hier zu speisen, ist ein guter Moment im Leben eines jeden Genussmenschen, zumal die Gastgeber ohne jegliches Gedöns auskommen, was sie nur umso sympathischer macht. Wie wäre es mit einem Besuch in der Önothek (nur freitags), gefolgt von einem Déjeuner im Schloss mit Rindstatar, Poulet fermier, Aprikosentarte und einer Käseauswahl, die nicht mit Umfang, sondern mit Qualität punktet? Dann nichts wie hin.

1853 Yvorne, Route de Corbeyrier, 024 466 32 10, www.maison-blanche.ch

Café de Luan

Feine Aussichten Im Café de Luan bei Pierre Bellwald, gerade mal eine Viertelstunde von Yvorne entfernt auf 1200 Meter über Meer, ist die Welt noch in Ordnung. Gemütlich die Stube, rein die Luft, wenn nicht gerade am Nachbartisch im Fondue gerührt wird. Da werden imposante Markbeine aufgetragen, eine Foie gras der Extraklasse, eine Portion Tatar, perfekt abgeschmeckt, und als eine Spezialität des Hauses ein mit viel Zeit und Sorgfalt geschmortes Kaninchen mit gut gerührter Polenta. Ein Dessert muss natürlich auch noch sein, das perfekte Parfait glacé maison raisinée (Vin cuit) rundet das einfache, wunderbare Mittagsmahl ab. Das Café de Luan bietet eine gradlinige Küche mit guten regionalen Produkten, die keinen Gast kalt – und ihn schnell zum Wiederholungstäter werden lässt. Auch wegen der Weinauswahl, die mit bezahlbaren Provenienzen, vorwiegend aus der Waadt und dem Wallis, überzeugt.

1856 Corbeyrier, Route de Agittes 22, 024 466 81 15, www.cafedeluan.ch

Le Café Suisse

Bei Marie Robert Seit einigen Jahren wird im nostalgischen Café Suisse mit der jungen Marie Robert gesund und leicht gekocht und gegessen. Ich bin dezidiert kein Freund einer Baukastenküche, von McLuxus und Kochakrobatik, aber was Marie Robert hinzaubert, hat Hand und Fuss, ist überlegt und alle zwei Jahre eine Einkehr wert. Pipette, Glasschälchen, Tupfer, Pinzette, alles kommt zum Einsatz, auch der Goldene Schnitt bei der Präsentation der Gerichte. Für Spannung ist gesorgt auf dem Teller und im Glas, bedingt durch eine Weinauswahl, die ein spezielles Lob verdient. Eine ungewöhnliche Adresse, ideal für neugierige Trüffelnasen, die Neuem gegenüber offen sind. Für einmal ist es hier umgekehrt: Trendsetter werden jubeln, Puristen die Flucht ergreifen.

1880 Bex, Rue Centrale 41, 024 463 33 98, www.cafe-suisse.ch

Fondation des Mines de Sel de Bex

Um die Ecke Vor oder nach dem Café Suisse, je nach Tageszeit, ist ein Besuch im Salzgeberwerk von Bex angesagt, auch wenn es nur mal schnell für den Shop reicht, der aufzeigt, dass die Schweiz über erstklassige Salze wie das Fleur des Alpes verfügt und den Griff zum berühmten Fleur de Sel unnötig macht. Ein wunderschöner Ort, renoviert mit dem Respekt gegenüber der Geschichte.

1880 Bex, Route des Mines de Sel 55, 024 463 03 30, www.mines.ch

Auberge de Rivaz

Chapeau MIn der stimmungsvollen Auberge de Rivaz lässt es sich zum Freundschaftspreis mit Sicht auf See und Berge wundervoll nächtigen wie auch essen und trinken. Ich sitze gerne in der wundervollen Pinte, die an vergangene Tage erinnert, und lasse mich unbeschwert und heiter in den Abend begleiten. Mit einer Artischocke sekundiert von einer Vinaigrette der besseren Art, mit einem Onsenei und einer perfekten Focaccia, einem sämigen, auf den Punkt gegarten Safran-Zitronen-Risotto und vorzüglichen Eglifilets mit Frites «fait maison». Zum Schluss etwas Käse und dann mit der richtigen Bettschwere nur noch die Treppe hinauf. Den Gastgebern Stéphanie Papazian und Jacques Staempfli gebührt uneingeschränktes Lob für dieses Kleinod, das nicht nur mit Qualität überzeugt, sondern auch mit einer vorbildlichen Preispolitik.

1071 Rivaz, Route de Sallaz 6, 021 946 10 55, www.aubergederivaz.ch

Le Château

Im Schloss Wer am Pied du Jura das Besondere sucht, findet im «Château» von Suzanne Rapin seine stilvolle, ruhige Oase für spezielle Momente. Kurz, ein Wochenende in Montcherand zu verplempern, hat was, wenn die wenigen Zimmer denn nicht besetzt sind, was nur allzu oft vorkommt. Wer also seine Liebe hierher entführen will, soll sich das frühzeitig überlegen. Viel schöner auswärts wohnen geht nicht.

1354 Montcherand, Rue du Château 7, 024 441 62 20, www.lechateau.ch

Bistrot du Bœuf Rouge

In der Stadt der Bistrots Genf strotzt nur so von Weltstadtallüren. Damit meine ich vor allem die explodierenden Preise für Wohnkultur, die den Genfern allmählich verunmöglichen, in ihrer eigenen Stadt leben zu können. Es verwundert daher nicht, dass immer mehr Genfer ihr Wohnglück im benachbarten französischen Jura oder in Savoyen suchen. Dabei ist Genf eine wundervolle Stadt mit einer Beizenkultur, die im Vergleich zu anderen Schweizer Städten einmalig ist. Wer mehr über die Genfer Beizenkultur lesen will, dem sei die neuste Auflage des Buchklassikers «Les Nouveaux Bistrots de Genève» von Nicolas Burgy, André Klopmann und Marie Battiston empfohlen, ein Führer, der unentbehrlich ist für die kulinarischen Belange in Genf. Im Bistroklassiker «Bœuf Rouge» ist die Kulisse filmreif, und auch die Küche ist auf ihrer Höhe mit Rillettes maison, mit diversen delikaten Boudins, mit einem Poulet fermier, ertränkt im Beaujolais, einem Entrecôte au beurre de Pastis, Kutteln à la lyonnaise und noch so einigen anderen, ganz wundervollen Spezialitäten mehr. Ganz abgesehen von der Weinauswahl, die mit exzellenten Provenienzen aus dem Beaujolais und anderen Regionen Frankreichs aufwartet.

1201 Genève, Rue Dr. Alfred-Vincent 17, 022 732 75 37, www.boeufrouge.ch

Le Cottage Café

Bunt sind schon die Teller Die Teller, die Nicole Boder und ihr Team im Cottage Café auftragen haben es in sich. Und auch wenn sie für mich persönlich zu bunt und zu überladen sind, liegt Qualität darauf, die schmeckt. Das Ganze ist ein Rückzugsort für stressgeplagte Genfer, die hier durchatmen und entspannen können, bei einem Thonbrot der Extraklasse, gutem Kaffee, kühlen Drinks und einer kleinen, feinen Weinauswahl aus Genf und Frankreich, die auch einige Vins naturels anbietet. Es ist ein Ort zum Verweilen, zum Träumen, zum Sein, an dem kein Gast mehr an die verstopften Strassen in und um Genf denkt. Im Gegenteil, er bestellt lieber nochmals eine Flasche, pickt in sautierten Champignons, Serrano-Schinken und Hummus und geniesst den Nachmittag oder lässt sich zum Mittagsmahl nieder, bei dem immer zwei, drei ausgezeichnete saisonale Menüs aufgetragen werden. Die Stimmung ist heiter und locker, es ist eine Oase zum Verweilen und zum Wiederkommen.

1201 Genève, Rue Adhémar Fabri 7, 022 731 60 16, www.cottagecafe.ch

Café des Bains

Im Wandel der Zeit Die alten, verwitterten Schluckstuben fallen allmählich auch in der letzten Bastion der Schweiz. Nicht alle, aber einige sind in den letzten Jahren verschwunden. Und nicht alle Bistrots haben dabei das Glück, so kompetent erneuert zu werden wie das Café des Bains. Die Beizen kommen oft unters Messer wie alternde Stars und werden mit scharfen Einschnitten zu viel ihrer Patina beraubt. Es ist Caroline Vogelsang hoch anzurechnen, dass sie ihrem Café mit dem nötigen Respekt vor der alten Bausubstanz eine Frischzellenkur unter der Ägide von Architekt Charles Pictet verordnet hat. Und so frisch wie das Interieur präsentieren sich die Gerichte von Rico Alexandre und seinem jungen Team, die geradlinig kochen, sec anrichten und subtil würzen. Ein Tatar vom Wolfsbarsch, eine Artischocke mit Vinaigrette, eine Dorade, ein Curry oder einfach ein Kalbsschnitzel milanese mit luftiger Panade. Es sind Gerichte, die überzeugen. Das Café des Bains pulsiert und freut sich des Seins und mit ihm Directeur Sébastien Bertossa.

1205 Genève, Rue des Bains 26,
022 320 21 22, www.cafedesbains.com

Le Verre en Cave

Angesagt Im sympathischen «Le Verre en Cave» werden nach dem Motto «Erst probieren, dann kaufen» die Weine in entspannter Atmosphäre verkauft. Das Spektrum des Angebots ist interessant und überzeugt auch mit einer durchdachten Auswahl an Genfer Provenienzen, wie etwa einer Auswahl an Weinen von Stéphane Gros, der ursprünglich Diplomat werden wollte und dann für kurze Zeit in einer Privatbank arbeitete, bevor er seiner Passion gefolgt ist und sich zu einem erfolgreichen Genfer Winzer hochgearbeitet hat.

1207 Genève, Rue des Eaux-Vives 27,
022 736 51 00, www.verreencave.ch

Pâtisserie Golay

Endlich Die Pâtisserie Golay gehört für mich zu den Bestsellern der Schweiz. Schlicht phänomenal, was die hinzaubern! Ob süss oder salzig, ist egal, es sind kleine Kunstwerke, die zu normalem Preis käuflich zu erwerben sind. Und endlich einmal ein Familienunternehmen, das bei der Einrichtung ihres Tea-Rooms Fingerspitzengefühl bewiesen hat. Dieses ist den ganzen Tag hindurch stets gut besucht, und es braucht schon eine Portion Glück, um sich hier einen freien Stuhl zu ergattern.

1207 Genève, Rue Adrien-Lachenal 12, 022 736 71 56, www.patisseriegolay.ch

La Belotte

Wo ist der Haken? «La Belotte» liegt an einem Gunstplatz direkt am See, mit einem gekiesten Garten, der mit hochwertigen Tischen und Stühlen aus Blech ausstaffiert ist. Das Innenleben des Hauses ist schlicht, schön und lebendig. Hier walten und schalten sichere Hände und verwöhnen das Auge mit Stil. Das alles ist fast zu schön, um wahr zu sein. Doch die Freude bleibt auch beim Studium der Karte und beim aufgetischten Resultat auf dem Teller. Der taufrische Gartensalat besticht durch das feine Nussöl, auf der exzellenten Gazpacho schwimmt ein Basilikumsorbet, und die Lammkoteletts sind so, wie man sie sich wünscht, zart im Biss, saftig und mit einem ausgewogenen Duft nach Lamm. Den Abschluss bildet ein Cheesecake, der mich an meine englische Grosstante Pauline erinnert, was als Lob zu verstehen ist. Wer sich hier niederlässt, bleibt länger sitzen, was auch damit zu tun hat, dass die Weinpreise zum Trinken und nicht zum Lagern kalkuliert sind.

1222 Vésenaz, Chemin des Pécheurs 11, 022 300 68 88, www.labelotte-geneve.ch

La Diligence

Von und mit Madame Annie Diese Adresse ist ein charaktervoller Klassiker, eine einfache Beiz, dekoriert mit allerlei Krimskrams und Grünpflanzen. Und mittendrin Gastgeberin und Köchin Annie Koller-Escanez, sekundiert von Madame Isabelle, die ein Cordon bleu der Extraklasse zubereiten. Vorneweg die hausgemachte Hühnerleberterrine oder einfach ein halbes Dutzend Schnecken, danach Nieren in einer ausgezeichneten Madèresauce oder doch lieber, sofern sie fangfrisch aus dem Genfersee an der Angel zappeln, Eglifilets, klassisch und mit viel Butter zubereitet. Madame Annie hat ihre Küche und ihre Gäste sicher im Griff, viele davon sind Stammgäste, die täglich oder zumindest wöchentlich hier anzutreffen sind. Und wenn das Halali ruft, trifft sich tout Genève zum kulinarischen Schauspiel im «Diligence».

1225 Chêne-Bourg, Rue du Gothard 20, 022 349 02 54, www.ladiligenceannie.ch

La Laiterie de Carouge

So schön Sara Isgro hat die Nachfolge von Claire Delsouiller angetreten. Kompetent, charmant und mit einer Erweiterung des Angebots, was der schönen «Laiterie» in Carouge nur zugute kommt. Es macht allein schon Freude, diesen Laden zu betreten, den herben Duft der zahlreichen Käse einzuatmen, sich freundlich, zuvorkommend und kompetent bedienen zu lassen und dann, nach einigen Proben, aus dem durchdachten Sortiment Käse auszuwählen – was bei mir meistens dazu führt, dass ich zu viele Käse kaufe. Am cremigen Brie de Meaux komme ich sowieso nicht vorbei. Beim Appenzeller weiss ich dann, dass es Zeit ist aufzuhören. Wobei – da gibt es noch ganz viele andere Köstlichkeiten zu kaufen wie Terrinen, Pâtes, Würste, Kaviar und in der Saison weissen Alba-Trüffel. Und so geht das weiter hier.

1227 Carouge, Rue Saint-Joseph 7, 022 342 22 55, www.lalaiteriedecarouge.ch

Le Dix Vins

Eine Hommage Seine Küche ist eine Hommage an die Bistrokultur, die Weinkarte eine Liebeserklärung ans Vallé du Rhône, das Ganze eine Reise nach damals. René Fracheboud ist der Verfechter schlechthin der traditionellen Bistroküche. Sein «Dix Vins» zelebriert klassische Gerichte in Reinkultur wie Kalbskopf und Kalbszunge an Sauce ravigote, längs aufgeschnittenes Markbein mit Meersalz und Pfeffer und zum süssen Finale vielleicht eine Schokoladenterrine mit kandierten Orangenschnitzen. Zart besaitete Kalorienzähler sind bei Monsieur fehl am Platz. Sein «Dix Vins», geschmückt mit alten Plakaten, Email-Schildern und Plaketten, so wie man sich das für ein Bistro französischen Stils vorstellt und aus alten Filmen kennt, ist stets «complet». Was fehlt, ist die Béret-Fraktion und die Gauloise-Sektion, die am langen Tisch bei einem «Ballon de rouge» oder einem Absinthe sitzt. Vergangene Zeiten, die mittlerweile durch Schlemmer und zivilisierte Trinker abgelöst wurden. Auch gut.

1227 Carouge, Rue Jacques-Dalphin 29bis, 022 342 40 10, keine Website

Boucherie Brönnimann fils

Eine Bastion Auch wenn der Familienname die Herkunft verrät, ist Monsieur Brönnimann Genfer durch und durch und ein Meister glorioser Würste, die so gut schmecken wie nirgendwo sonst in Genf. Die Vorzeigemetzgerei wird tagein tagaus frequentiert, zahlreiche Stammkunden treffen sich auf einen kurzen Schwatz, bevor sie ausgiebig einkaufen. Das Fleisch ist aus der Region, die Charcuterie stadtbekannt, und selbst zahlreiche Vaudois finden den Weg nach Carouge, was als grosses Kompliment zu interpretieren ist. Hier eine Andouillette zu kaufen, benötigt weniger Mut als anderswo.

1227 Carouge, Rue du marché 4, 022 342 00 79, www.boucherie-bronnimannfils.ch

Auberge de Landecy

An einem Sonntagmittag In Genf gibt es noch zahlreiche Einkehren, von denen wir in der Deutschschweiz nur träumen können. Nicht weil sie besser kochen würden – da wird in den einschlägigen Magazinen und Guides manchmal ganz schön übertrieben –, aber die Atmosphäre und die Weinkarte machen oft den Unterschied. Wer einen Freund oder eine Freundin in der Romandie hat, lässt sich von diesen zum sonntäglichen Mittagstisch begleiten, ist die Kommunikation mit dem Servicepersonal doch weitaus entspannter, wenn ein perfekt französisch sprechender Gast mit am Tisch sitzt. Doch auch als wir letzthin ohne frankophone Begleitung in der Auberge de Landecy waren, hat uns das freundliche Personal trotzdem verstanden und zuvorkommend bedient, obwohl unser Akzent unüberhörbar war. Der Crémant aus der Loire wirkte, die Sprachmuskeln wurden weich, und der Chasselas der Domaine Lolliets tat das Seine, bevor der Pinot Noir der Domaine des Abeilles uns freud- und trinkvoll mitten ins Weinherz traf. War der gut, ebenso wie das Essen! Eine Pouletterrine mit Morcheln, eine kleine Friture von Meeresfrüchten und danach Kalbsnieren an einer perfekten Senfsauce. Zum Schluss waren Hunger und Akzent weg oder zumindest für mich nicht mehr hörbar.

1257 La Croix-de-Rozon,
Route du Prieur 37, 022 771 41 41,
www.auberge-de-landecy.ch

Le Jour & La Nuit

Zuhause bei Freunden Alain und Sylvie bieten in ihrem Privathaus eine stimmungsvolle und persönliche Unterkunft an, bei der Stil, Preis und Gastfreundschaft Hand in Hand gehen. Vor vier Jahren haben sie das seit 1923 im Besitz der Familie von Sylvie befindliche Haus renoviert und das Nebengebäude als Gästehaus eingerichtet, in dem eine grosszügige Küche dazu verleitet, die eingekauften Terroir-Produkte gleich vor Ort zu degustieren. Ich kenne in Genf keinen sympathischeren Ort, in dem es sich zu zivilisierten Kosten angenehmer übernachten lässt.

1209 Gèneve, Avenue du Mervelet 8, 079 214 73 87, www.lejouretlanuit-bnb.com

Café des Bains, Genève (Seite 358)

Biohotel Schwanen Bizau

Eine Familiengeschichte Mama Antonia kocht, Papa Wolfgang serviert, und der aus den USA zurückgekehrte Sohn Emanuel setzt im einzigartigen Biohotel Schwanen in Bizau neue Akzente. Der Bau ist modern-sachlich renoviert, die gute Stube stammt aus dem 16. Jahrhundert und beherbergt einen Vorzugsplatz am Kachelofen. Der Weinkeller samt Inhalt ist phänomenal, die Auswahl der Weine zeugt von Fachwissen, und die Gerichte lesen sich schwer und sind wundervoll leicht. Das Haus zeigt sich eigenwillig und gibt sich selbstbewusst. Wer hier als Gast ohne Allüren absteigt, wird herzlich verwöhnt. Emanuel Moosbrugger ist nicht nur ein Wein-, sondern auch ein Biersommelier, der seine Gäste stets aufs Neue überrascht, mit ausgewogenen, frechen Aromen, mit Weinen, die nach Natur riechen, mit grossen Weinen von kleinen Namen und sehr vielem Filigranem aus Österreich und Europa. Dazu die exzellente saisonale und taufrische Küche, bei der in einzelnen Gerichten der Geist Hildegard von Bingens mitschwingt. Bei Apfel-Kohlrabi-Salat mit Löwenzahn, gegrilltem Kalbstafelspitz mit Foccacia oder einem Cordon bleu vom Bioschwein der besseren Art kommt grosse Freude auf. Das Ganze ist ein Rundumerlebnis der Extraklasse.

A-6874 Bizau, Kirchdorf 77,
0043 5514 21 33,
www.biohotel-schwanen.com

Frau Kaufmann

Das Original Die Schweiz hat Betty Bossi, Vorarlberg Frau Kaufmann, mit dem Unterschied, dass Frau Kaufmann aus Fleisch und Blut ist und auf den Vornamen Karin hört. Das Kochen hat sie zwar nicht erfunden, und andere kochen aufwendiger. Aber ich kenne keine Kochschule, die authentischer ist und in der es lustiger zu und her geht als bei Karin Kaufmann. Sie vermittelt auf unprätentiöse Art die handwerklichen und geschmacklichen Fertigkeiten, die früher von Generation zu Generation weitergegeben wurden. Mit saisonalen Zutaten aus der Region, eingekauft bei lokalen Produzenten auf dem Markt, kocht sie in Gruppen von maximal zwölf Gästen einfache und verblüffende Gerichte wie Schinkenschöberl, Kalbfleischsuppe oder Mangold-Spargel-Kuchen. Kochen und Feiern im «Engel» bedeutet, dem reellen Genuss auf der Spur zu sein. Als Privatperson, als Urlauber oder als Unternehmen. Und bei Frau Kaufmann einkaufen geht auch. Gewürze, Schürzen und neuerdings ihr im AT Verlag erschienenes Kochbuch. Lesenswert!

A-6863 Egg, Buchenrain 339,
0043 676 495 41 44, www.fraukaufmann.at

Jagdgasthaus Egender

Natur pur Das Handy hat Sendepause, TV und andere Lärmquellen ebenso. Den Sound bestimmen die Kuhglocken der Rindviecher auf den Wiesen oder er kommt vom Palaver der zufriedenen Gäste an den Holztischen. Ein heilsamer, ein wundervoller Ort, den man sich im Hochsommer mit rund zweihundert Kühen und unzähligen Fliegen teilt, was für den Zustand der Natur spricht. Dazu gibt es eine lupenreine Bergwelt und die besten (wohl auch berühmtesten) Käsknöpfle Österreichs. Zum Dessert noch eine Runde Ribelknödel, und der Abend kann kommen. Dazu einen oder zwei Absacker zum Verdauen. Ein beglückendes Abseits auf über tausend Meter über Meer.

A-6870 Bezau, Schönenbach 342,
0043 664 244 04 47,
www.jagdgasthaus-egender.at

Taberna

Pie and peas Das wäre wohl für die Einheimischen in Müllheim des Guten zu viel, wenn Tom Birks auch noch eine Spezialität aus seiner nordenglischen Heimat auftischen würde. «Pie and peas» ist eine kleine Fleischtorte, die mit Erbsenpüree und Gravy serviert wird, wobei Letzteres nichts anderes als der Fleischjus ist. Die Handschrift von Tom sei gewöhnungsbedürftig, sagen die einen, die anderen sind begeistert und geniessen Fish and Chips und knusprigen Lammbauch. Seine Frau und Gastgeberin Catinka muss den Gästen ab und zu erklären, warum sie im Markgräflerland neben lokalem Gewächs auch südafrikanische Provenienzen ausschenkt. Dabei reicht ein Satz: «Hey, Leute, ich bin in Südafrika geboren und pflege meine alten Wurzeln, das Markgräflerland ist aber meine Heimat.» Und egal wo –, ob im Burgund, im Piemont oder sonst wo, die einheimischen Winzer trinken auch gerne mal einen anderen Wein als den, mit dem sie täglich zu tun haben. Die «Taberna» ist ein schönes Restaurant mit Holzterrasse über dem Klemmbach, mit sakral anmutendem Inneren und einer spannenden, unkonventionellen Küche, die den Spagat zwischen dem Kontinent und dem Vereinigten Königreich perfekt beherrscht. Zum Beispiel mit Rillette vom Kaninchen mit Dattel-Chutney oder glasierter Schweinsbacke mit Selleriepüree. Any questions?

D-79379 Müllheim, Marktplatz 7,
0049 7631 174884,
www.taberna-restaurant.de

DEUTSCHLAND

Hirschen

Eine Reise nach damals Eine der ursprünglichsten Wirtschaften befindet sich im Markgräflerland. Eine Lebensoase mit herzlichen Gastgebern und mit einem jungen Patron, der das Erbe seines Grossvaters mit Sorgfalt weiterführt. Das kulinarische Angebot ist klein und durchdacht. Der Salat wird in der Glasschüssel serviert, die panierten Schnitzel liegen im klaren Jus auf der Platte, der Wurstsalat hat deutschen Feinschnitt, der Kartoffelsalat und die Rösti sind perfekt. An lauen Tagen speist man im Traumgarten mit Blechtischen, Holzstühlen, Kieselsteinen und schattenspendenden Bäumen. Max kredenzt seine filigranen Weine; die Gäste trinken, sinnieren und blicken hinüber zu den über das Gras flanierenden Hühnern. Wird es frisch, bietet die gute Stube Patina und Kachelofenwärme.

D-79400 Kandern-Egerten, Am Neuweg 2,
0049 7626 388, www.hirschen-egerten.de

Dormitorium

Ora et labora Auch, aber nicht nur. Das über dreihundertjährige Privatweingut H. Schlumberger ist bekannt für exzellente Weine, die nicht nur in der Region, sondern auch in weiten Teilen Europas begehrt sind. Mir haben es ihr Grau- und Weissburgunder Altenberg sowie der Winzersekt Chardonnay brut nature angetan. Natürlich freut es Vater Ulrich Bernhart, dass seine Tochter Johanna in seine Fussstapfen tritt und somit die Familientradition des Weinguts weitergeht. Vor zwei Jahren hat die Winzerfamilie unter der Leitung von Mama Claudia Schlumberger-Bernhart in Sulzburg ein wundervolles Refugium eröffnet, das nicht nur von seiner architektonischen Aura eines Klosters profitiert, sondern auch von der Herzlichkeit der Gastgeberin. Dies alles zu einem freundschaftlichen Preis mitten in einer intakten Natur. Hinzu kommt die historische Kleinstadt Sulzburg, die sich durch den «Hirschen» mit der Michelin-Sterne-Küche von Douce Steiner und durch den «Rebstock» der Familie Keller, der von Michelin mit einem Bib Gourmand ausgezeichnet wurde, als Pilgerort für genussaffine Weinnasen etabliert hat.

D-79295 Sulzburg, Hotel am Klostergarten, Klosterplatz 2, 0049 7634 8992, www.dormitorium-sulzburg.de

Auberge La Petite Échelle

Zum Durchatmen Die kleine Traumbeiz liegt nicht am Ende der Welt, aber beinahe. Hier dominieren Kühe, Felder, Wälder und Wiesen. Wer die Natur liebt und mit einem sympathischen Chaos umzugehen versteht, wer sich über einfache, sauber gekochte Gerichte freuen und Handy und Zeitnot zuhause vergessen kann, der sitzt hier richtig. Mont d'Or, Dent de Vaulion, Vallée und Lac du Joux – alle Naturschauspiele sind nahe und werden doch nebensächlich, ist man erst einmal bei Norbert Bournez angekommen. An kühlen Tagen knistert das Feuer im Kamin, im Sommer spenden Bäume Schatten. Eine Trockenwurst zum Aperitif, gefolgt von einem Pilzragout mit Rösti, etwas reifem Comté und zum Schluss ein Stück Heidelbeerkuchen. Es sind die kleinen Dinge, die diesen Ort so einzigartig machen. Selbst ein Sommerregen oder ein Gewitter wird hier mit einer Flasche Poulsard auf dem Tisch zum Erlebnis. Kleine Genüsse weitab von Pomade und Promenade.

F-25370 Rochejean, 0033 381 49 93 40, keine Website

Bistrot Le Goût des Autres

Extra Das unscheinbare Dorf Granges-sur-Baume kennen nur jene Jurareisenden, die sich nicht von Prunk, Kunst und Sternen führen lassen, sondern das Auge und den Gaumen für das Wesentliche haben. Weit unten im Talkessel liegt in tiefgrüner Romantik Baume-les-Messieurs mit seiner historischen Abtei, seinen Wasserfällen und einer der grössten landschaftlichen Sehenswürdigkeiten Frankreichs, dem Cirque de Baume mit seinen schier lotrechten Felswänden, sozusagen die grosse Schwester des helvetischen Creux du Van. Droben in Granges-sur-Baume geht es noch beschaulicher zu als im Talkessel. Die Dorfkäserei verkauft ihren Morbier und Comté, dazu einige regionale Würste und was es halt sonst so für den französischen Alltag braucht. Neu hinzugekommen ist eine einfache Unterkunft, die in ihrem Bistro gross aufkocht, wobei mit «gross» keine Luxusküche gemeint ist, sondern eine einfache Landküche, sauber gekocht, die so in Frankreich Seltenheitswert hat und zu einer aussterbenden Spezies gehört.

F-39210 Hauteroche, Place de l'église 8, Granges-sur-Baume, 0033 384 47 20 41, www.bistrot-legoutdesautres.com

Aux Crieurs de Vin

Santé! Was waren das vor Jahren noch für wundervolle Beizentouren in Frankreich. In Dörfern mit dreihundert Einwohnern und vier Beizen, die natürlich alle besucht werden mussten. Heute sind diese Dörfer gewachsen, zu Schlafstätten mutiert und beizenfrei. Als Reisender mit Durst und Appetit wird es auf dem Lande in Frankreich schwierig. Also ab in die Stadt! Warum nicht gleich ins pittoreske Troyes, das zwischen Dijon und Reims liegt und ab Basel in vier Stunden erreichbar ist. Dieser Aufwand lohnt sich für das Bistrot Aux Crieurs de Vin. Es überzeugt mit Kellnern, die wissen was sie tun, mit üppigen Terrinen, bestem, von Hand grob geschnittenem Tatar und einem butterzarten Milchlamm. Die Stammgäste zechen, man kennt sich, es wird diskutiert, geplaudert und schwadroniert. Flaschen werden geköpft, ein Stück Langres (Käse) wird aufgetischt, die Luft riecht würzig – bis die lauwarmen Apfel-Tartelettes den Duft von Blätterteig verströmen, dazu Kaffee und «Lebenswasser». Wir bleiben und trinken weiter. Das volle Leben. Satt, prall, toll.

F-10000 Troyes, 4 place Jean Jaurès, 0033 325 40 01 01, www.auxcrieursdevin.fr

NEU Le Saint-Martin

Comme avant Vor einigen Jahren habe ich per Zufall den friedvollen Bilderbuchort Chapaize mit seiner wunderschönen frühromanischen Kirche kennen und lieben gelernt. Genau gegenüber der Kirche steht das aussergewöhnliche und doch so sympathisch einfache Gasthaus Le Saint-Martin. Der Service ist jung, kompetent und aufmerksam. Der Patron Luc Ory geht von Tisch zu Tisch und empfiehlt nicht nur seinen Stammgästen Weine, die nicht auf der Karte aufgeführt sind, sondern auch Neulingen, die sich gerne beraten lassen. Empfehlungen werden bei Luc Ory nicht teurer, sondern spannender. In der Küche wirkt Noé, der keine abgehobene Pinzettenküche praktiziert, sondern geradlinig kocht und sec anrichtet. Kalbsterrine auf Linsensalat, Kaltschale aus Erbsen mit Minze und geräucherter Entenbrust oder eine perfekt geschmorte und konfierte Rindsbacke mit Gemüse sind Gründe, diese Beiz aufzusuchen. Den Rest machen die Gastfreundschaft und der Ausblick auf Dorf und Kirche. Wer die Region länger und genauer erkunden will, was sich durchaus lohnt, übernachtet im Château du Thil bei Daniel Graf (siehe Seite 370).

F-71460 Chapaize, Le Bourg, 0033 385 50 13 08, www.saintmartin-chapaize.fr

Hôtel Savel

Träumereien Die Ardèche liegt zwar nicht gleich um die Ecke, aber es ist der SRF-Radiosendung «Ich lebe meinen Traum» zu verdanken, dass diese Adresse den Weg ins Buch gefunden hat. Hier berichtete Stefanie Eigenmann über sich und ihre Oase in der Ardèche. Ihr kleines, schmuckes Traumhotel, das sich so wohltuend abhebt vom uniformierten Einheitsbrei zahlreicher Boutique-Hotels, führt sie persönlich. Zwar hat das Haus mittlerweile seine Unschuld verloren, eine kleine, spezielle Oase ist es aber immer noch. Das trifft nicht nur auf das Haus und die Gastgeberin zu, sondern auch auf das hauseigene Restaurant, die Qualität der Speisen und das animierende Frühstück. Wer einmal angekommen ist, will gar nicht mehr weg. Wenn ich erst an das Rindfleisch mit der Tomatenkonfitüre denke ... Warum geht das nicht überall so? Das «Savel» ist ein Stück heile Welt in einem lebendigen Dorf, umgeben von intakter Natur. Kompliment.

F-07120 Ruoms, Rue des Brasseries 38, 0033 475 39 60 02, www.hotel-savel.com

Château du Thil

Der helvetische Burgunderschotte
In Zürich war der Basler Daniel Graf dreissig Jahre zuhause, bevor er auszog, um im Burgund seinen lang ersehnten Traum vom eigenen Schloss zu verwirklichen. Der Informatiker und von Schottland als «Keeper of the Quaich» für seine Verdienste für den Whisky geehrte Querdenker hat sich in Frankreich ein geschichtsträchtiges Schloss gekauft und erfreut sich heute mit Freunden und zahlenden Gästen in seinem Chambre d'hôte an der Leichtigkeit des Seins. Der Schöngeist Graf hat sein auf Single Malt Whiskys spezialisiertes Fachgeschäft in der Zürcher Altstadt aufgegeben und führt nun auf Anfrage seine bekannten Tastings im Burgund durch. Seinen ursprünglichen Traum, vor seiner Haustüre das Meer und auf dem Nachbargrund eine Whiskybrennerei vorzufinden, hat er im Burgund stilvoll beerdigt – mit dem Gedanken, vielleicht nächstens Reben zu pflanzen. Platz genug hätte es auf dem riesigen Anwesen.

F-71390 Chenôves, Le Thil, 0033 771 218 000 oder 079 405 89 91, www.du-thil.fr

Hotel Savel, Ruoms

Trattoria Risorgimento

Grundehrlich Mehr Tradition und Traditionsbewusstsein als bei der Familie Colonna im piemontesischen Treiso geht nicht. Was Mamma Mariuccia, Tochter Elisa, Sohn Giolele und Mitarbeiterin Jacqui, eine im Piemont hängengebliebene Amerikanerin, auftischen, überzeugt durch seine Schlichtheit und ist einfach nur gut. Ihre Antipasti Carne cruda, Vitello tonnato, Insalata russa, Insalata di coniglio, Peperoni farciti, Crespelle, Carpione und Lingua di vitello con salsa verde sind so einfach wie grandios. Und die Primi mit Gnocchi, Agnolotti dal plin und Tajarin mit Wurstragout stehen ihnen in nichts nach. Auch die Secondi überzeugen mit Geschmack und kommen, wie alles, was hier die Küche verlässt, ohne Firlefanz aus. Ob Bollito misto, Fritto misto oder ein Arrosto mit Haselnüssen – es schmeckt. Ab und zu plaudert Elisa Colonna mit ihren Gästen aus aller Welt, bei denen der Dolcetto violett und der Nebbiolo rubinrot im Glas leuchtet, ebenso wie mit den Einheimischen, die sich hier auf ein Glas Barolo Chinato zum abendlichen Schwatz treffen. «Mangia, mangia bene», flüstert sie ihren Gästen zu, was als Befehl zu verstehen ist. Übertrieben? Nein! Oder? «Se non e vero e ben' trovato.»

I-12050 Treiso, Viale Rimembranza 14, 0039 0173 63 81 95, www.trattoriarisorgimento.yolasite.com

Fre

Stille Tage im Piemont Auf dem Dorfplatz werfen die Strassenlaternen ihr schwaches Licht in die Gassen, am dunklen Firmament verabschieden sich die Savoyer Alpen, und in der Osteria am Dorfplatz treffen sich die Einheimischen zum Schwatz bei einem Glas Barolo Chinato. Miroslav Lekes, tschechischer Unternehmer und passionierter Weinliebhaber, investiert hier aus Leidenschaft in seine Azienda agricola Réva und in die feine Lebensart. Isabel Oberlin ist in den Hintergrund des Unternehmens gerückt, wo sie als rechte Hand des Besitzers die Fäden zusammenhält, was natürlich schade ist, auch wenn das Niveau des Hauses bezüglich Freundlichkeit und Kompetenz gleich geblieben ist. Koch Paolo Meneguz hat eine neue Herausforderung angenommen. Mit den Veränderungen haben aber weder die unkomplizierte Atmosphäre im Haus noch die Qualität des kulinarischen Angebots Schaden genommen, und der Michelin-Stern ist geblieben. Die stillen Tage bleiben. Mit Trota und Trippa, mit Fassone und Faraone, mit Cachi und Cioccolato und mit Weinen, die zu fairen Preisen begeistern. Neu zum Unternehmen ist das wundervolle Hotel «Bellavista» in Bossolasco gekommen, das, kaum eröffnet, aufgrund komplizierter Reparaturen schon wieder geschlossen hat und im Frühling 2021 nochmals an den Start gehen wird.

I-12065 Monforte d'Alba, Locanda San Sebastiano 68, 0039 0173 78 92 69, www.ristorantefre.it

Lorenzo Accomasso

Il Cavaliere Lorenzo Accomasso produziert in La Morra grossartige Barolos. Der legendäre Winzer ist müde, über sein Alter schweigt er sich aus, und plaudern mag er eh nicht. Schon gar nicht über seine Weine. Viel lieber rede er mit jungen Frauen oder gehe mit ihnen Tango tanzen, das erhalte ihn jung. Lorenzo Accomasso schenkt, wenn er denn überhaupt empfängt, grosszügig ein und nach. Sein Barolo «Rocche» wird ehrfürchtig leergetrunken. Ein tiefes Dunkelrot mit Beerendüften und kräftigem Abgang bleiben in Erinnerung. Der «Rocchette» kommt ins Glas, und obwohl Accomasso seine Gäste gerne in Trance murmelt, ist der Gaumen hellwach. Was für eine tiefschwarze, animalische Steigerung. Lorenzo Accomasso ist einer der letzten Traditionalisten und Barolisti, ein piemontesisches Urgestein und ein bescheidener Cavaliere (Ritter), von Italien für seine Verdienste fürs Land geehrt – und wie gesagt sehr müde. Wie lange er tatsächlich noch Weine produzieren wird, weiss niemand, wohl nicht einmal er selbst.

I-12064 La Morra, Frazione Annunziata, Borgata Pozzo 32, 0039 0173 508 43, keine Website

Übernachten im Piemont am Lago d'Orta

Villa Pastori

Landleben mit Ruth und Markus Vor Jahrzehnten sind die Innerschweizer Ruth und Markus ins Piemont nach Ameno oberhalb vom Lago di Orta gezogen und hier hängen geblieben. Mit Ausdauer und Fingerspitzengefühl haben sie die imposante Villa sanft renoviert und in eine Wohlfühloase der Extraklasse verwandelt. Wer eine ehrliche, distanzierte Gastfreundschaft zu schätzen weiss, ist hier richtig und wird gleich einige Tage bleiben. Die Villa Pastori ist ein wundervoller Ort mit Geschichte, mit diversen Rückzugsmöglichkeiten und ideal für das süsse Nichtstun. Dazu ab und zu eine Flasche Grignolino, eine Salami dick aufgeschnitten, frisches Weissbrot, einige saftige, aromatische Tomaten, und man ist gewappnet für alle Zumutungen des Alltags. Der kommt hier aber nicht und wartet, bis Sie wieder zuhause sind. Ruth und Markus geben ihren Gästen Insidertipps, wer wo aktuell am besten kocht und was sich wo in bester Qualität fürs Picknick im Pastori-Park einkaufen lässt. Wundervoll.

I-28010 Ameno, Viale Matteotti 1, 0039 0322 99 84 95, www.villapastori.com

Tanzer

Eine Familiengeschichte Der «Tanzer» ist der Baumgartner. Ein Familienbetrieb, wie er besser nicht sein könnte. Die herzliche Gastgeberin Mama Christl, der charismatische verschmitzte Papa Hans, der den Ruf der «Tanzer»-Küche begründete, Sohn Hannes, der sie weiterführt, weiterentwickelt und in ihr Innovation und Tradition verbindet. Tochter Melanie ist der administrative Boss und ihr Mann Michael der Weinspezialist. Gemeinsam sind sie alle zuvorkommende Gastgeber. Als Gesamtpaket ist der «Tanzer» eine schöne Einkehr für ein verlängertes Wochenende, um Land und Leute im Pustertal besser kennenzulernen. Das Haus ist modern und mit Fingerspitzengefühl renoviert, die alte Bauernstube bildet das Kernstück des Hauses, die Küche ist saisonal, frisch und zeugt von Qualitätsdenken. Sie verschreibt sich vornehmlich dem Terroir, unter anderem mit handgeschnittenem Tatar, Panzerotti (Kartoffelteigtaschen) und zartem Stubenküken. Wenn sie sich noch von den unnötigen Luxusprodukten wie Thunfisch, Hummer und vor allem US Beef (ein No-Go!) verabschieden würde, wäre für mich alles perfekt. Verpassen Sie die geführte Wanderung von Hans Baumgartner nicht. Sie ist beeindruckend und erspart den Seelenklempner.

I-39030 Issing-Pfalzen, Dorfstrasse 1, 0039 0474 56 53 66, www.tanzer.it

Übersichtskarten

Kapitel

4142 Münchenstein
4313 Möhlin
4315 Zuzgen
4144 Arlesheim
BS
4316 Hellikon
4123 Allschwil
4051–4059 Basel
4303
Kaiseraugst
4312 Magden
5082 Kaisten
4104 Oberwil
AG
4124 Schönenbuch
4132 Muttenz
5070 Frick
5235 Rüfenach
2944 Bonfol
4105 Biel-Benken
4410 Liestal
4450 Sissach
4112 Flüh
5064 Wittnau
5079 Oberzeihen
4116 Metzerlen
4412 Nugar
4466 Ormalingen
2922 Courchavon
4143 Dornach
4245 Kleinlützel
4416 Bubendorf
4495 Zeglingen
5015 Erlinsbach
2900 Porrentruy
2950 Courgenay
4244 Röschenz
BL
4494 Oltingen
4600 Olten
5000 Aarau
2912 Roche d'Or
2903 Villars-sur-Fontenais
SO
2800 Delémont
4632 Trimbach
2882 Saint-Ursanne
JU
2802 Develier
4718 Holderbank
4813 Uerkheim
4438 Langenbruck
4616 Kappel
5040 Schöftland
2856 Boécourt
4622 Egerkingen
4663 Aarburg
4800 Zofingen
2713 Bellelay
4539 Farnern/
Rumisberg
4808 Vordemwald
2362 Montfaucon
2740 Moutier
BE
3376 Berken
2748 Souboz
4532 Feldbrunnen
4915 St. Urban
4500 Solothurn
2340 Le Noirmont
2606 Corgémont
4528 Zuchwil
3373 Heimenhausen
6265 Roggliswil
6242 Wauwil
2604 La Heutte
2336 Les Bois
3294 Büren a.d. A.
4558 Hersiwil
LU
2610 St-Imier
2610 Mont Soleil
3297 Leuzigen
4564 Zielebach
2501–2504 Biel/Bienne
2058 Le Pâquier
2514 Schernelz
3298 Oberwil
4588 Brittern
3474 Rüedisbach
2514 Ligerz
3254 Messen
2520 La Neuveville
3312 Fraubrunnen
3054 Schüpfen
3256 Bangerten
3225 Müntschemier
3053 Münchenbuchsee
3067 Boll
3004–3014 Bern
BE
3600 Thun
3860 Rosenlaui
FR
3792 Saanen
3780 Gstaad
10 km

Kapitel

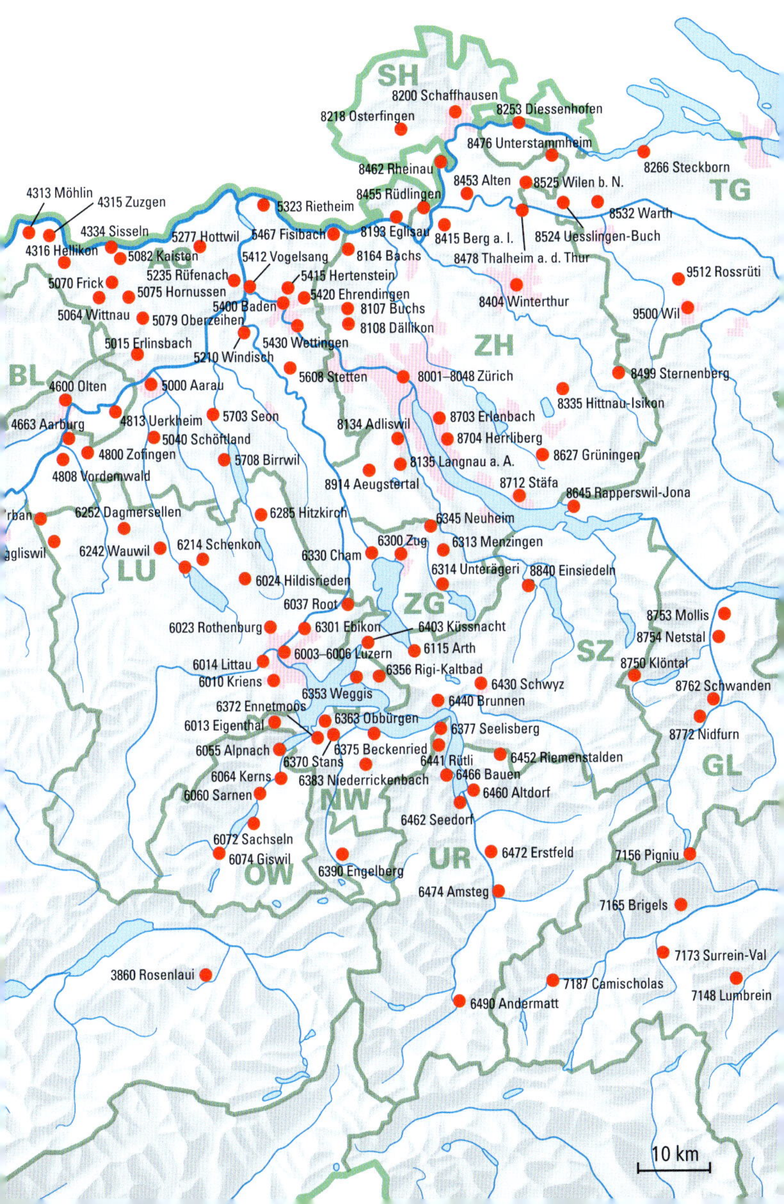
SH
8200 Schaffhausen
8253 Diessenhofen
8218 Osterfingen
8476 Unterstammheim
8266 Steckborn
8462 Rheinau
8453 Alten
8525 Wilen b. N.
TG
4313 Möhlin
4315 Zuzgen
8455 Rüdlingen
5323 Rietheim
8532 Warth
4334 Sisseln
5277 Hottwil
5467 Fisibach
8193 Eglisau
8415 Berg a. I.
8524 Uesslingen-Buch
4316 Hellikon
5082 Kaisten
AG
5412 Vogelsang
8164 Bachs
8478 Thalheim a. d. Thur
9512 Rossrüti
5235 Rüfenach
5415 Hertenstein
5070 Frick
5075 Hornussen
5420 Ehrendingen
8404 Winterthur
5400 Baden
8107 Buchs
9500 Wil
5064 Wittnau
5079 Oberzeihen
8108 Dällikon
5430 Wettingen
5015 Erlinsbach
ZH
5210 Windisch
BL
5608 Stetten
8001–8048 Zürich
8499 Sternenberg
4600 Olten
5000 Aarau
8335 Hittnau-Isikon
8703 Erlenbach
4663 Aarburg
4813 Uerkheim
5703 Seon
8134 Adliswil
5040 Schöftland
8704 Herrliberg
4800 Zofingen
5708 Birrwil
8135 Langnau a. A.
8627 Grüningen
4808 Vordemwald
8914 Aeugstertal
8712 Stäfa
8645 Rapperswil-Jona
6252 Dagmersellen
6285 Hitzkirch
6345 Neuheim
6300 Zug
6313 Menzingen
6242 Wauwil
6214 Schenkon
6330 Cham
LU
6314 Unterägeri
8840 Einsiedeln
6024 Hildisrieden
6037 Root
ZG
8753 Mollis
6023 Rothenburg
6301 Ebikon
6403 Küssnacht
8754 Netstal
6115 Arth
SZ
6003–6006 Luzern
6014 Littau
8750 Klöntal
6356 Rigi-Kaltbad
6010 Kriens
6430 Schwyz
8762 Schwanden
6353 Weggis
6440 Brunnen
6372 Ennetmoos
6363 Obbürgen
6013 Eigenthal
6377 Seelisberg
8772 Nidfurn
6375 Beckenried
6055 Alpnach
6441 Rütli
6452 Riemenstalden
6370 Stans
GL
6064 Kerns
6466 Bauen
6383 Niederrickenbach
6060 Sarnen
6460 Altdorf
NW
6462 Seedorf
6072 Sachseln
6472 Erstfeld
6074 Giswil
UR
7156 Pigniu
6390 Engelberg
OW
6474 Amsteg
7165 Brigels
7173 Surrein-Val
3860 Rosenlaui
7187 Camischolas
7148 Lumbrein
6490 Andermatt
10 km

Kapitel

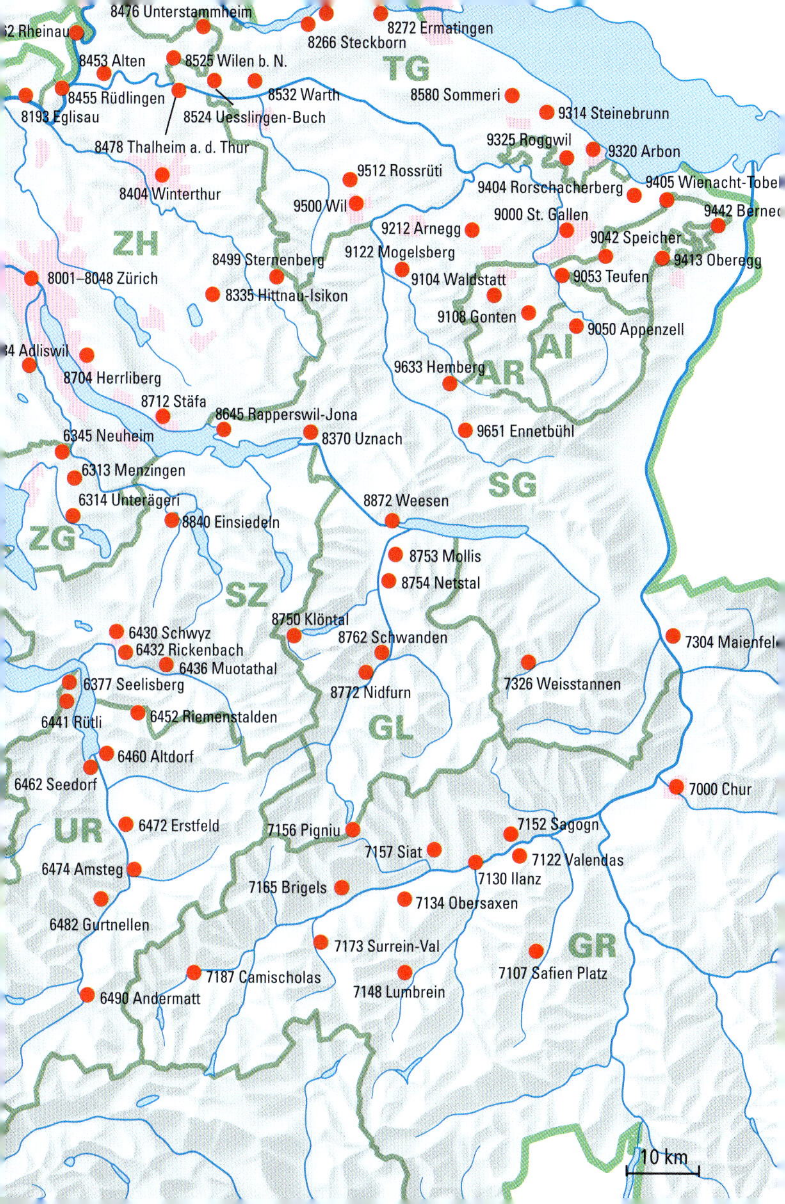
8476 Unterstammheim
2 Rheinau
8272 Ermatingen
8266 Steckborn
TG
8453 Alten
8525 Wilen b. N.
8532 Warth
8455 Rüdlingen
8580 Sommeri
8193 Eglisau
8524 Uesslingen-Buch
9314 Steinebrunn
8478 Thalheim a. d. Thur
9325 Roggwil
9320 Arbon
8404 Winterthur
9512 Rossrüti
9404 Rorschacherberg
9405 Wienacht-Tobel
9500 Wil
9000 St. Gallen
9442 Berne
ZH
9212 Arnegg
9042 Speicher
8499 Sternenberg
9122 Mogelsberg
9413 Oberegg
8001–8048 Zürich
9104 Waldstatt
9053 Teufen
8335 Hittnau-Isikon
9108 Gonten
9050 Appenzell
4 Adliswil
AI
9633 Hemberg
AR
8704 Herrliberg
8712 Stäfa
8645 Rapperswil-Jona
9651 Ennetbühl
6345 Neuheim
8370 Uznach
6313 Menzingen
SG
6314 Unterägeri
8872 Weesen
8840 Einsiedeln
ZG
8753 Mollis
8754 Netstal
SZ
8750 Klöntal
6430 Schwyz
8762 Schwanden
7304 Maienfel
6432 Rickenbach
6436 Muotathal
6377 Seelisberg
7326 Weisstannen
8772 Nidfurn
6441 Rütli
6452 Riemenstalden
GL
6460 Altdorf
6462 Seedorf
7000 Chur
6472 Erstfeld
UR
7152 Sagogn
7156 Pigniu
7157 Siat
7122 Valendas
6474 Amsteg
7130 Ilanz
7165 Brigels
7134 Obersaxen
6482 Gurtnellen
7173 Surrein-Val
GR
7107 Safien Platz
7187 Camischolas
7148 Lumbrein
6490 Andermatt
10 km

LU
ZG
8840 Einsiedeln
6023 Rothenburg
6301 Ebikon
8753 Mollis
8754 Netstal
6014 Littau
6003–6006 Luzern
6115 Arth
SZ
6010 Kriens
6356 Rigi-Kaltbad
8750 Klöntal
6353 Weggis
6430 Schwyz
8762 Schwanden
6372 Ennetmoos
6432 Rickenbach
6013 Eigenthal
6363 Obbürgen
6440 Brunnen
6436 Muotathal
6377 Seelisberg
8772 Nidfurn
6055 Alpnach
6375 Beckenried
6370 Stans
6441 Rütli
6452 Riemenstalden
GL
6064 Kerns
6383 Niederrickenbach
6060 Sarnen
NW
6460 Altdorf
6462 Seedorf
6072 Sachseln
6074 Giswil
6390 Engelberg
UR
6472 Erstfeld
7156 Pigniu
7157 Siat
OW
6474 Amsteg
7165 Brigels
6482 Gurtnellen
7134 Obersa
7173 Surrein-Val
3860 Rosenlaui
7187 Camischolas
7148 Lumbrein
6490 Andermatt
6780 Airolo
6718 Olivone
3988 Obergesteln
6781 Bedretto
6776 Piotta
3985 Geschinen
3998 Gluringen
6696 Fusio
6748 Anzonico
6745 Giornico
6714 Semione
3995 Ernen
3996 Binn
6682 Linescio
6538 Verdabb
TI
6655 Intragna
6646 Contra
6500, 6503 Bellinz
3907 Simplon Dorf
6616 Losone
6657 Palagnedra
6622 Ronco sopra Ascona
6571 Indemini
6802 Rivera
6928 Manno
6900, 6912 Lugano
6991 Neggio
6925 Gentilino
6917 Barbengo
6838 Scudellate
6850 Mendrisio
6839 Sagno
6834 Morbio Inferiore

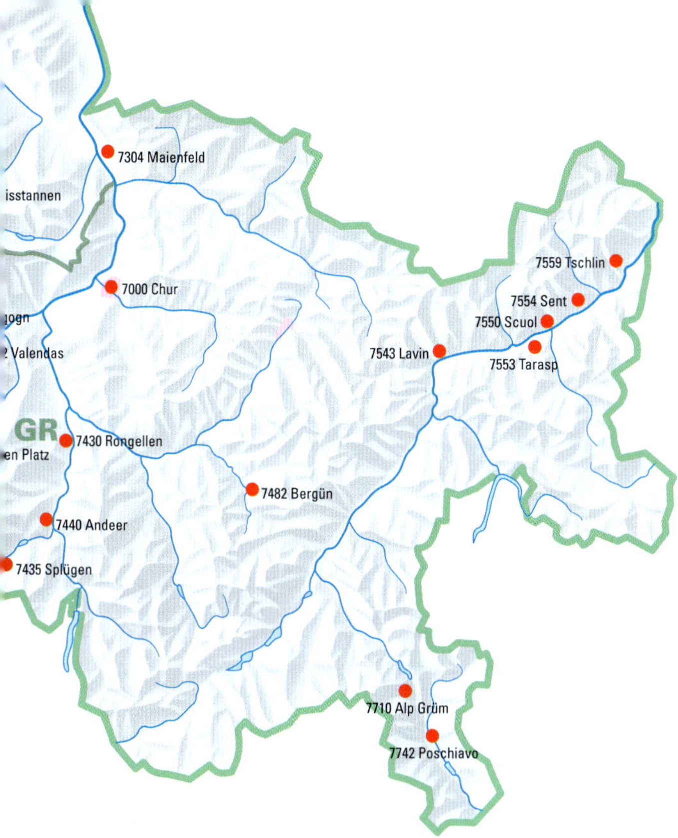

Kapitel

Graubünden

Seite 252 – 269

Tessin

Seite 270 – 287

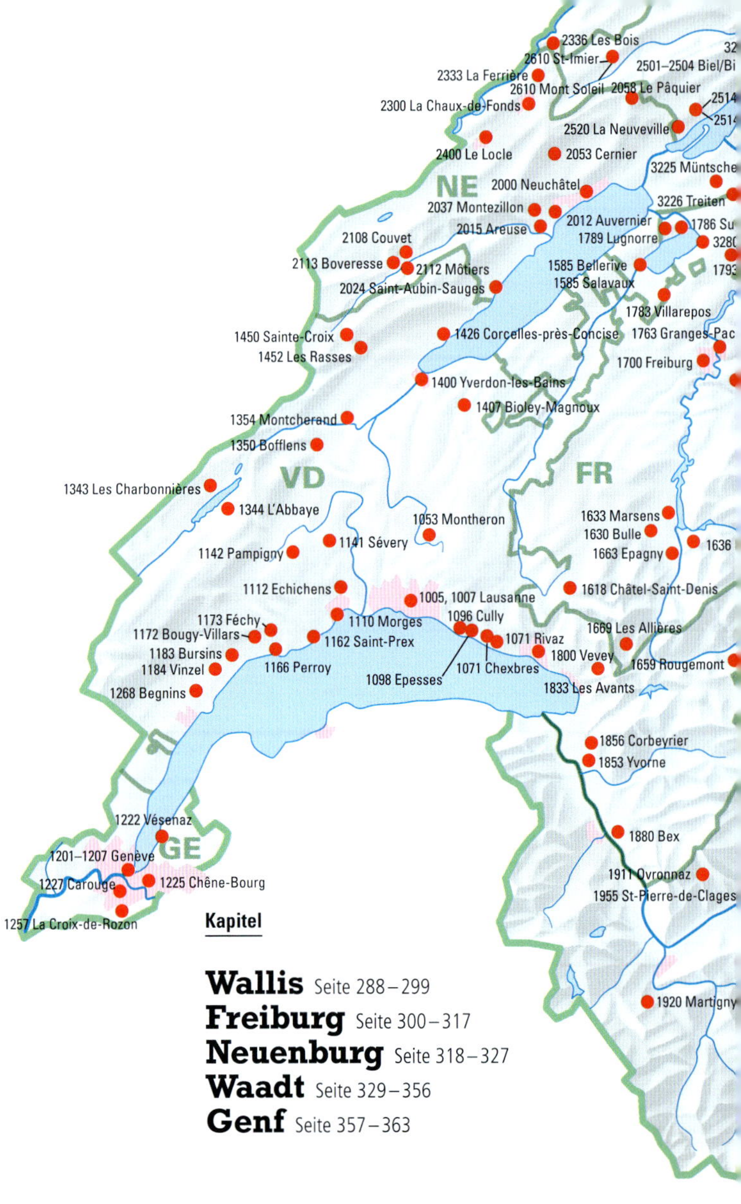
2336 Les Bois
2610 St-Imier
2333 La Ferrière
2610 Mont Soleil
2058 Le Pâquier
2300 La Chaux-de-Fonds
2520 La Neuveville
2400 Le Locle
2053 Cernier
NE
2000 Neuchâtel
2037 Montezillon
3226 Treiten
2012 Auvernier
2015 Areuse
1789 Lugnorre
2108 Couvet
2113 Boveresse
2112 Môtiers
1585 Bellerive
1585 Salavaux
2024 Saint-Aubin-Sauges
1783 Villarepos
1450 Sainte-Croix
1426 Corcelles-près-Concise
1452 Les Rasses
1700 Freiburg
1400 Yverdon-les-Bains
1407 Bioley-Magnoux
1354 Montcherand
1350 Bofflens
VD
FR
1343 Les Charbonnières
1344 L'Abbaye
1053 Montheron
1633 Marsens
1630 Bulle
1141 Sévery
1142 Pampigny
1663 Epagny
1112 Echichens
1618 Châtel-Saint-Denis
1005, 1007 Lausanne
1173 Féchy
1110 Morges
1096 Cully
1172 Bougy-Villars
1669 Les Allières
1162 Saint-Prex
1071 Rivaz
1183 Bursins
1800 Vevey
1659 Rougemont
1184 Vinzel
1166 Perroy
1071 Chexbres
1098 Epesses
1268 Begnins
1833 Les Avants
1856 Corbeyrier
1853 Yvorne
1222 Vésenaz
1880 Bex
GE
1201–1207 Genève
1911 Ovronnaz
1227 Carouge
1225 Chêne-Bourg
1955 St-Pierre-de-Clages
1257 La Croix-de-Rozon
1920 Martigny

Kapitel

La Heutte
n a.d. A.
3297 Leuzigen
3298 Oberwil
3254 Messen
elz
3312 Fraubrunnen
54 Schüpfen
3256 Bangerten
3053 Münchenbuchsee
3067 Boll
3004–3014 Bern
3097 Liebefeld
3182 Ueberstorf
iffers
3600 Thun
3612 Steffisburg
3860 Rosenlaui
3988 Obergesteln
3985 Münster-Geschinen
3998 Gluringen
Saanen
3780 Gstaad
3995 Ernen-Mühlebach
3955 Albinen
3996 Binn-Fäld
1965 Chandolin-près-Savièse
3907 Simplon Dorf
3920 Zermatt
LU
ZG
BE
NW
OW
UR
VS
10 km

Bildnachweis

Martin Graf: Umschlagbild
Christian Jaeggi: Seite 16, 17, 90 l., 92 r., 101, 102, 106 r., 108 r., 232
Marco Aste: 20 r., 27, 35 l., 37 r., 40 l., 45, 46 r., 48 r., 49 r., 51 l., 52 l., 53, 59 r., 60 l., 65, 66, 70 r., 73 r., 76 r., 77 l., 79 r., 82 r., 84 r., 87, 96 l., 99 l., 103 r., 104, 107 l., 109, 114, 125 l., 126, 127, 130 l., 133 l., 139 r., 144, 151 r., 154 l., 155 r., 158, 159, 164, 172 r., 181, 192, 198, 216 r., 219 l., 222, 223 r., 225 l., 229 l., 233 l., 234 l., 237 l., 239 l., 241 l., 244 r., 249 l., 252 l., 256 l., 261 l., 262, 263, 269, 273 r., 285 r., 286, 288, 293 r., 313 l., 318, 320, 325 r., 342, 343 r., 344, 345, 362 l., 366 r., 368

Seite 36	Épicerie Batavia: Oliver Oettli Photography
Seite 80	Stadtbrennerei & Stadtkeller: Donata Ettlin
Seite 101	Dornacherhof: Christian Jäggi
Seite 138	Café Bar Salü: Philipp Klemm
Seite 142	Café de Ville im Schwanen: Philipp Klemm
Seite 143	Karls Kraut: MIGN, Christian Felber
Seite 152	Rössli hü: Andre Meier
Seite 191	Lotti: Nina Mann
Seite 199	Volkshaus: Alfonso Smith
Seite 201	Josef: Maurice Haas
Seite 218	Tanne: SRF/Roger Steinemann
Seite 226	Morgensonnne: Susanne Burri-Schellenbaum
Seite 236	Kündig Käselaube: Tina Steiner
Seite 237	Paradiesli: allink AG
Seite 240	Barcelona-Central: Daniel Diggelmann
Seite 245	Laui: Sandra Ardizzone/Chris Iseli
Seite 255	Ustria Stiva Grischuna: Conny Wagner
Seite 266	Bun Tschlin: Copyright by Bun Tschlin
Seite 267	Nühus: Elia Aubry
Seite 298	Bio-Bergkäserei Goms: Bea Waldera-Kynast
Seite 301	Brasserie le Boulevard 39: Christophe Maradan
Seite 303	Café le Tunnel: Martine Wolhauser
Seite 326	La Ferme des Brandt: Martin Weiss
Seite 330	Abbaye de Montheron: Lionel Henriod
Seite 349	Le Café littéraire: Sebastien Agnetti
Seite 354	Café de Luan: Petinton

Alle übrigen von den jeweiligen Betrieben zur Verfügung gestellt.

Alle Angaben in diesem Buch wurden vom Autor nach bestem
Wissen und letztem Kenntnisstand erstellt, dennoch erfolgen sie ohne Gewähr.
Autor und Verlag übernehmen keinerlei Verantwortung
für etwaige Unstimmigkeiten.

AT Verlag, Aarau und München
Umschlagbild: Martin Graf
Fotos Inhalt: Sofern im Bildnachweis nicht erwähnt, von den jeweiligen
Betrieben zur Verfügung gestellt

ISBN 978-3-03902-097-3

www.at-verlag.ch

Der AT Verlag wird vom Bundesamt für Kultur mit einem Strukturbeitrag
für die Jahre 2016–2020 unterstützt.